女性的
上帝的祖国

Translated to Chinese from the English version of
Women of God's Own Country

瓦尔盖斯 V 德瓦西亚

Ukiyoto Publishing

所有全球出版权均由

浮世出版社

发布于 2023 年

内容版权所有 © Varghese V Devasia

ISBN 9789358466683

版权所有。

未经出版商事先许可,不得以电子、机械、复印、录制或其他方式以任何形式复制、传播本出版物的任何部分或将其存储在检索系统中。

作者的精神权利已得到维护。

这是一部虚构的作品。名称、人物、企业、地点、事件、地点和事件要么是作者想象的产物,要么是以虚构的方式使用的。与真实的人(活着的或死的)或真实事件的任何相似之处纯属巧合。

出售本书的条件是,未经出版商事先同意,不得通过贸易或其他方式出借、转售、出租或以其他方式流通本书,不得以任何形式的装订或封面形式(除原版外)。发表。

www.ukiyoto.com

到

克拉拉·马修

波纳玛·斯卡利亚

利拉玛·库里亚科斯

瓦尔萨玛·托马斯

罗丝·瓦尔盖斯

爱丽丝·瓦尔盖斯

詹西·多米尼克，和

吉尔西·瓦尔盖斯。

致谢

我曾多次走遍上帝之国，这是一片令人难以置信的生机勃勃的土地，有丰富的绿色植物、河流、回水、泻湖、山丘、动物和鸟类。我很高兴出生在这里并学会说和写它可爱的语言——马拉雅拉姆语。上帝的祖国也因其妇女而受到祝福；他们代表了我的故事，我感谢他们。

在上帝的祖国，真正开悟的女性多于男性。百分百的识字率迎来了光明，因为我遇到的每一位女性都是无神论者、人道主义者，更愿意成为人权活动家、社会工作者、社会改革者、教师、法律分析师、工程师、技术专家、运动员、作家、医生，或护士。他们随处可见，喜欢与外星人和陌生人建立个人联系。女性可以就任何主题发起明智的交谈，无论是与美国宇航局科学家、遗传学家、法律专家、建筑师、鱼贩、驯象师、耍蛇者、农民、蔬菜商、毛派、黄金走私者、宗教教条主义者、梦游者、立体主义者、新一代电影导演、虚无主义小说家、街头歌手、占星家、民族志学家、语言学家、神创论者、漫画家、跟踪者或人工智能梦想家。

关于上帝祖国的女性，一个引人注目的事实是她们热爱狗、猫和其他动物。在这个绿色天堂的每个角落，都可以看到妇女们在喂养流浪的小狗和小猫。小时候，我怀着极大的好奇、惊奇和尊敬，看到母亲每天虔诚地在我们村屋周围的几十个椰子壳里装满淡水。在无情的夏季，看着数百只鸟儿解渴，直到季风伴随着雷鸣闪电到来，真是一件令人高兴的事。麻雀成群结队而来，时不时来一场热闹的公共浴场。我清楚地记得我们聪明而忠诚的狗狗布尔甘，在我们家里有一个由我的姐妹们准备的舒适的角落。他是我们家里最快乐、最顽皮的成员。我确信"上帝的祖国"这个标签是最恰当、最流行、最有意义的，因为女性对动物和鸟类有着强烈的热爱。

在上帝的祖国，女人喜欢成为叛逆者。他们随心所欲地思考、行动和说话，挑战一切限制他们自由的事物。质疑父权制、男性征服的社会和政治结构、日常生活中的经济不平等以及可笑的宗教格言，女性的行动令人信服且令人信服。上帝祖国的政党、男性政客、宗教和宗教领袖本质上都是欺诈的。没有女性曾担任过首席部长或最高宗教领袖。男性控制着政治和宗教，通常是受教育程度最低、酗酒、腐败、放荡的男性。女性在公共汽车、火车、航班、礼拜场所、教室、警察局、政党会议、市场、体育场馆等场所挑战自恋者、恋童癖者、掠夺者、偏执狂、毒贩、厌女症者和狂妄自大者的情况并不罕见。电视频道。

法西斯主义在民主国家中生长，并因仇恨言论而蓬勃发展。它不是独立存在的，而是从民主进程和原则中逐渐积累力量和权力。政治和宗教是孪生兄弟，法西斯主义和信仰密不可分。所有宗教都是由男性创造的，并归因于想象的现实，是大男子主义的产物，因为所有的神都是男性。天堂不是他们的首要目标，而是剥削地球上和天堂里的妇女。原教旨主义是每一种宗教的门面，随时准备攻击女性，对社会和经济施加如此严格的限制，**使生活**变得难以忍受。**女性的着装**规范只是原教旨主义厌女症的一种表现，**因**为政治和宗教越来越亲密并融为一体。

共产主义作为喀拉拉邦的人民运动和政党意识形态，**有着悠久的**历史。它于 1957 年作为民主选举的实体在印度最有文化、**最开明的邦上帝之国掌权。** EMS Namboodiripad **是一位能**够读懂人民脉搏的杰出领导人，领导着世界上第一个民选的共产主义政府，人们对此铭记于心。AK Gopalan, **一位杰出的**议员； KR Gauri Amma, **一位忠**诚无私的部长和活动家；诚实而高效的首席部长 EK Nayanar 继续为解放被压迫和被剥削的人们而奋斗。**我的故事**讲述了人们对共产党成立初期的热爱。**最近的**历史告诉我们，领导人逐渐偏离了建国领导人的崇高理想，**侵入暴力和**滥用权力。**因此，**他们失去了同理心和目标，变成了野蛮人。**新的形象是人民的敌人，**反穷人、**反农民、反工人、反高等教育、反妇女、反渔民、反启蒙、反投**资者等等。**腐败、买卖假**学历、**裙带关系、黄金走私以及**选择性杀害那些反对全能领导人和党的人已成为新常态。**后真相成**为理想，**因为**曾经被视为令人厌恶的美国和欧洲国家成为**接受高等教育、家庭度假和最先**进医疗的首选目的地，**而所有**这些都由纳税人承担。

最近一个明显的现象是，马克思主义者认为自己是伊斯兰主义者密不可分的小伙伴，**而伊斯兰主义者则利用马克思**主义者来传播他们的压迫妇女、**仇恨言**论和荒谬的神格言的触角。**共产主义已经变异为极端民族主义、右翼主义、**专制主义等原教旨主义分支，贬低妇女权利和平等。**当伊斯兰主义者砍掉一名教授的手时，喀拉拉邦教育部**长公开支持伊斯兰主义者。**臭名昭著的事件震惊了社会，禁止一位备受尊敬和爱戴的杰出女性党员接受国际奖项，因为她**对医疗保健做出了无与伦比的贡献。

妇女在宗教和政党的枷锁下永无休止地受苦受难。**伊朗、阿富汗、索马里、苏丹、尼日利亚、古巴、朝鲜**和中国都在某种程度上讲述了废除宗教独裁或政治上人的故事。《上帝之国》经常从他们身上汲取灵感。

矛盾的是，妇女在上帝自己的国家里是自由的，这让她们每个人都感觉到她们的自由是一个充满质疑的聚宝盆。**她们的自由不是任何人的恩赐**，而是妇女不断奋斗、**教育、赚钱能力、独立**银行账户、**启蒙和毅力的**结果。

感谢乌普萨拉大学生态与遗传学系下属的北马尔马湖沼学研究中心和埃尔肯实验室野外站主任邀请我参加埃尔肯的课程。这是一个与来自全球不同大学**的大**约二十名女性和男性一起工作的丰富机会。**瑞典的**历史、**文化、独立、人**际关系、诚实、**勤奋工作、慈善事业、开放、**平等、自由**和性别公正**，令我着迷，超乎想象。

我感谢 Gracy Johny John、Mary Joseph、Pathrose Anpathichira、Jills Varghese 和 Joby Clement 阅读手稿。白鹰出版社出版了这本书，我很感谢他们。

歌颂自由精神和追求真理。

内容

第一章: 女人的孤独	1
第二章: 库塔纳德到埃尔肯湖	20
第三章: 一头白牛和一所舞蹈学校	43
第四回: 路边茶馆和曲棍球队的遗产	72
第五章: 艾扬昆努 (Ayyankunnu) 前往佛法世界并在马埃举行婚礼	97
第六章: 泰亚姆人	128
第七章: 乌普萨拉的爱情故事和集会	151
第八章: 马拉巴尔的季风	174
第九章: 圣母的王冠	197
第十章: 传奇	215
关于作者	240

第一章: 女人的孤独

在他死后二十五年，当阿穆第一次在墓地寻找她的丈夫拉维·斯特凡·梅尔的坟墓时，阿穆想到了杀害拉维的凶手纳拉亚南·巴特的坟墓。在那个久违的早晨，当阿穆和拉维帮助他建造路边茶店时，巴特衣衫褴褛，看上去很饥饿。她从未想象过巴特有一天会宣誓就任首席部长，并在五年内即将成为总理。

阿穆所在的墓地是市政府埋葬废弃尸体的地方，她的丈夫就是其中之一。拉维是一个无以言表地爱她的人。她像爱自己的心一样爱他，但无法参加他的葬礼，因为她不知道他死了，也不知道他们把他安葬在哪里。在寻找他的埋葬地点很长时间后，阿穆确信拉维可能就在那里的某个地方。到处都是荆棘丛和爬山虎，到处都有几棵大树。可能会有标志、小名牌或熟悉的东西。仔细观察茂密的植被下面，似乎已经举行过古老的葬礼。该墓地已有二十五年历史，拉维是最早埋葬于此的人之一。安·玛丽亚写信给阿穆说，这可能是拉维的尸体，市政府将其埋葬在废弃尸体公墓中，靠近一棵大树，在一块巨石旁边。那棵树已经被连根拔起消失了，但坟墓上仍然散落着许多巨石。

阿姆焦急地看着。"拉维，你在哪儿？"她大声喊道。她在体内寻找他二十五年，终于到达了墓地。她喜欢拥抱他，一个温暖的、不可分割的拥抱。"拉维，告诉我，你在哪里？"她的心问道。

他总是为自己的名字感到自豪。

"我是拉维，"当她在哥本哈根机场第一次见到他时，他说道。他是个身材高大、皮肤稍黑、英俊的男人，与她年龄相仿，留着胡须，笑容自然而然，极其迷人。"我是阿姆，"她回答道。"很高兴认识你，阿姆，"他说。"拉维·斯特凡·梅耶尔；斯特凡，不是斯蒂芬，"他微笑着拼出自己的中间名。她饶有兴趣地看着他，同时握着他的手。他的握力轻柔却又坚定。"我也很高兴见到你，拉维·斯特凡·梅耶尔，"她笑着说。"斯特凡·梅耶尔是我的父亲；他是来自斯图加特的德国人，斯图加特是赫尔曼·冈德特的出生地，"拉维的话语准确而温和。她有些惊讶，看了他一会儿，但没有再问什么。

她二十五年来一直在等待他,她的拉维。而一进墓地,她就低声说道:"拉维,我们今天又见面了。你只是在睡觉。寻找你是一项永无止境的任务,我只有一个想法:再次见到你。你每天每小时都会出现在我的思想、理智和梦想中一百万次。你是我永远的伴侣,我永远的朋友。没有你我就不可能生存。"她重复道。

"那里埋葬着一百多具尸体,"负责遗体葬礼的市政府官员说。

"你有埋葬的记录吗?"她问他。

警察盯着她看了几分钟,问道:"有你的亲戚吗?""是的,"她说。

"WHO?"

"我的丈夫,"她断言。

"你丈夫?"军官提高声音问道。"你有记录在这里安息的人吗?"她又问。"不,"他停顿了一下然后继续说道,"他们是无名的尸体。我们怎样才能保留记录呢?"她感到心里沉重。"你有葬礼日期的记录吗?"她双手合十,再次问道。"是的,"他说,声音相当严厉。他走进办公室,阿穆能听到铁柜子打开时发出的吱吱声。几分钟后,他带着一本航海日志回来了。"你自己看。"他把书从空荡荡的旧桌子的一角推向她,桌子上摆满了数千个茶渍圆圈。"根据我们的记录,墓地里放置了一百一十三具被遗弃的尸体。您可以看到按日期排列的条目。"

阿木急忙打开书本。第一次埋葬是在二十五年前的二月三号,第二次是在七月。拉维于十一月去世,并在太平间呆了一个月。没有人认领他;市政府可能在十二月安息了他。但12月的最后一周有两个条目。"我的丈夫于十二月安息。能找到具体地点吗?"她问道。"这是不可能的,因为所有的埋葬都是随意进行的,没有任何系统来标记其细节。我们把遗弃的尸体放在任何合适的地方,"市政官员看着她说道。

"请问你能找到它吗?"阿穆恳求道。"我们不维持任何秩序或系统。只要有空位,我们就挖坑,把被遗弃的尸体放在那里。"这名警官咆哮道,他强调了"遗弃"两个字。阿穆沉默地看着他。"而且,二十五年后,再也无法找到被遗弃的尸体的坟墓了。他们都像流浪狗一样死去,也像流浪狗一样被埋葬。没有人声称拥有它们,也没有人站出来拥有它们。你是第一个寻找废弃尸体并找到埋葬地点的人。市政府把他们扔在那里,没有任何名牌,因为他们都是被遗弃的尸体。"这名官员再次强调"被遗弃"这个词，大声说道。阿穆看着他，仿佛在恳求。"离开。墓地距离这里一公里，"他说。"先生……"阿穆想问市政当局在拘留前是否拍了照片，但她不敢问这个问题。"离开！去那个地狱里去找你的丈夫吧！"警官喊道。

墓地大门外挂着一块锈迹斑斑的旧木板，上面写着"被遗弃者的埋葬地"。由于荆棘灌木和爬山虎的树枝低垂，在墓地内行走非常困难。对阿穆来说，在灌木丛下爬行更舒服。墓地内绕完一圈大约需要三个小时。她看到角落里堆满了新的土，一个新的墓地，虽然没有名牌，但很明显那些都是无名之人，是被社会遗忘的人，没有亲人，没有朋友。他们的无名是他们犯下的罪行。

阿穆再次在旧院墙附近的灌木丛下爬行。许多地方的褐砂石都从墙上掉了下来。她看到那堆石头附近有一棵腐烂的古树残骸，另一边还有一块巨石。突然，她停了下来，心里猛地一跳。"这就是拉维睡觉的地方，"她回忆起安玛丽亚的话。

"最有可能的是，市政府将拉维·梅耶尔将军安葬在市政公墓中，埋葬在一块巨大巨石旁边的一棵古树附近的被遗弃者，"安·玛丽亚大约二十五年前写道。五年后，当监狱当局允许她接收信息时，阿穆收到了它。

这封信被监狱长保管了五年，这是阿穆在监狱里收到的第一封也是最后一封信。她仍然记得那美丽的、斜斜的字迹。一天晚上，狱长把阿穆叫到她的办公室，说道："你有一封信。你已经满五年了，并且有接收信件的特殊许可，但你仍然不被允许发送任何通信。"

封面上写着"Prof. Ammu Ravi Mayer"，发件人是 Sr. Ammu Ravi Mayer。《圣母之女》中的安玛利亚。

阿木双手合十表达谢意，走出了女子病房的看守室。她慢慢地打开信封，开始读："亲爱的教授，怀着巨大的悲痛，让我告诉你，Adv. 拉维·梅耶尔不再和我们在一起了。我从可靠消息来源得知，他大约一个月前去世了，就在你入狱后不久。由于您未能偿还贷款或其复利，银行官员没收了您的房子。他们把你的丈夫赶出了家门，他把孩子留在了一些房子或机构里。据推测，他在街上徘徊了几天，最后死在某个公园里。最可能……"阿木没有勇气继续读下去，所以她把信折叠起来，放在毯子里，以备稍后阅读。她不能哭，因为哭已经失去了意义。

阿姆慢慢地把掉落的砖块一一移走。"我的拉维可能就在这些石头下面，"她自信地想。她花了很长时间才清除所有的方块。"每一次挣扎都会超出你的想象，"她突然想起拉维的话。"阿姆，我们必须为这些孩子而战，将他们从剥削和压迫中解放出来。他们不应该每天工作十二到十四个小时。他们必须上学学习，享受与朋友一起玩耍的乐趣，并获得食物、住所和衣服。让我们为他们而奋斗。""拉维，你为童工的解放而奋斗，无论是男孩还是女孩，他们过着悲惨的生活，为微薄的辛苦劳作。你会成功的。"阿穆回答道。

搬走砖块后，阿姆平躺在墓地里，那里的土壤已经严重塌陷。她亲吻着大地，能听到她内心的抽泣。她气喘吁吁，脸上布满了汗水和泪水。"拉维·斯特凡！"她又打电话给他。在亲密时刻，她称他为"拉维·斯特凡"。"即使是糟糕的事件也可以帮助你成长并实现你的能力、潜力和优势，我们将克服这些死亡威胁，"她回忆起他的话。大约一周后，狂热分子袭击了拉维。"拉维，我确信你就在这片土壤之下。跟我讲话？"阿穆抽泣着。"你反对剥削儿童，这影响了压迫者的奢华生活方式和政治野心，而他们反过来对你也很残酷。但他们怎么能对你的生活和自由做出决定呢？他们的选择是消灭你，他们夺走了你的生命。但没有人追究他们的责任。当局对那些让你的生活变得悲惨的人视而不见。但为什么他们没有被追究责任呢？"她的思想对司法系统提出了质疑。

他作为孤儿来到这个世界，并被遗弃而死。六月二十一日，一个雨天，午夜时分，他的父母在坎努尔火车站的一座天桥下发现了他，他躺在一捆破烂的床单里。附近有几只流浪狗，当布包里有东西移动时，它们就发出咆哮声。"那个包裹里有东西，"艾米莉亚告诉她的丈夫斯特凡·梅耶尔。"是的，它正在移动，"斯特凡·梅耶尔回答道。"我们要打开看看吗？"艾米莉亚向她的丈夫建议。"当然，"斯特凡回答道。

艾米莉亚爬到桥下，狗们很好奇她会发现什么。她小心翼翼地抓起布包，爬回站台上。她站在离丈夫很近的地方，打开了包裹。

"是个婴儿！"两人异口同声地喊道。"是个婴儿！"

他们环顾四周，大声喊道。他们周围聚集了几个人。"这是一个婴儿！它是你的吗？"梅耶尔问他们。"这是一个被遗弃的孩子，"其中一个人说。渐渐地，他们一一消失了，只剩下艾米莉亚和史蒂芬。"我们应该对孩子做什么？"艾米莉亚问斯特凡。"我们应该做什么？"斯特凡没有回答。他们看到站台上有一名拿着警棍的警察走来，便朝他走去。"先生，是宝宝啊！"艾米莉亚边说边把孩子拿给警察看。"我们在桥下发现了婴儿，"斯特凡指着他们看到婴儿的地方。警察惊讶地看着他们。他很惊讶，不是因为有一个婴儿不可能是他们的亲生孩子，而是因为他们说的是马拉雅拉姆语。"你会说马拉雅拉姆语吗？"警察问道。"先生，我们要怎么处理孩子呢？"斯特凡问道。"什么宝贝，谁的宝贝？"警察问道。"先生，我们在桥下发现了婴儿，身上覆盖着这块撕破的布。这里是。"

警察没有表现出任何兴趣。"去找站长问问吧。"警察说完就走开了。"站长办公室在哪儿？"斯特凡问道。"那边。"警察边说边从他们身边走开。艾米莉亚和斯特凡朝站长走去。"我们可以进来吗？"斯特凡敲了敲检票门后问道。"请进。"站长说道。他们进屋的时候，站长正在和一些上级通电话，没有看他们。"先生，我们大约十五分钟前在站台附近的天桥下发现了这个婴儿，"他们等了一会儿后说道。"一个宝宝？"站长惊呼道。"宝宝在哪儿？"他看也不看他们，问道，继续干自己的工作。"先生，这是我手里的婴儿。"艾米莉亚说道。站长抬起头看着他们。"你是英国人吗？"他用英语问道。"不，德国人，"艾米莉亚用英语回答。"你说着一口完美的马拉雅拉姆语。先生，我们在坎努尔已经两年了，"斯特凡解释道。"你叫什么名字？" "我是斯特凡·梅尔，她是艾米莉亚，我的妻子。" "那么，我该为你做什么呢？"站长问道。"孩子怎么办？" "随身携带。"站长的语气很直白。"和我们？"艾米莉亚惊呼道。她的声音里带着几分喜悦。

"是否可以？"梅耶尔质疑道。"在印度一切皆有可能。我们国家的婴儿太多了。我们仅在十年前获得独立。我们不知道如何对待五亿六千万人。少一个不会有什么问题。"站长斩钉截铁地说。"你的意思是我们可以留下这个孩子？"艾米莉亚想确认一下。"你可以给宝宝起名字、食物、衣服和良好的教育。这是你的宝宝。一周后来。我会帮你办理收养手续，这样你回德国的时候就能把孩子也带走。"站长继续说道。"这是我们的孩子！"斯特凡喊道。"我们的宝贝！"艾米莉亚放声大哭。

艾米莉亚小心翼翼地用围巾包裹着孩子，并将其压在胸前，为孩子保暖。当他们乘出租车前往住处时，他们的喜悦之情溢于言表。"我们的宝贝，"他们一到家斯特凡就喊道。"这是我们的孩子，我们的宝贝，"艾米莉亚再次哭泣。她小心翼翼地取下了包裹婴儿的围巾和破布。"哦，天哪，脐带还在那里，"斯特凡惊叹道。"还是新鲜的。"艾米莉亚能够感觉到。"婴儿在过去的两到三个小时内出生了。看，有血迹，"艾米莉亚说着，向斯特凡伸出了手。"孩子能活下来吗？"斯特凡表达了他的怀疑。突然，婴儿哭了。整个屋子里都回荡着哭声。这是一声哭声，粉碎了他们生活中的恐惧。这一声哭声给他们带来了喜悦和突然的为人父母的感觉。那一声哭声，给了他们无限的希望。正是这种呼喊使他们与印度建立了永久的联系。

"孩子状况很好，"艾米莉亚喊道。"但是斯特凡，"艾米莉亚叫她的丈夫，他能看出她脸上隐藏着的焦虑。

"是的，艾米莉亚，"他回答道，仿佛在等待她的消息。"出生后一小时内的母乳喂养是新生儿存活的关键。"艾米莉亚低声说道。"它可以拯救生命并提供其他终生福利，"她继续说道。"我们该怎么办？"斯特凡的问题表明他们无法为婴儿提供救生花蜜。"婴儿等待的时间越长，风险就越高。在大学里，我了解到等待两到二十三个小时会增加死亡风险，而等待一天或更长时间会使死亡风险增加两倍以上。明天早上我们需要找到一个可以母乳喂养我们孩子的女人。"艾米莉亚表达了她强烈的愿望。"我们在这里认识很多人，其中很多都是我们的朋友，我们将能够找到一位可以帮助我们的女性。"斯特凡安慰他的妻子。"当然，"艾米莉亚说。"亲爱的宝贝，你将在我们中间成长。我们会一起唱歌、一起跳舞、一起吃饭。你，你的妈妈，和我，我们最亲爱的宝贝，是一体的。我们爱你，"斯特凡用德语背诵了一首摇篮曲。

艾米莉亚将牛奶煮沸，用温水稀释，冷却后用小勺子给孩子喂了几滴。"安全吗？"斯特凡表达了他的焦虑。"现在我们还能给孩子什么？"艾米莉亚回答道。"明天，我们将要求卡利亚尼寻找一位可以母乳喂养婴儿六个月的妇女，"艾米莉亚继续道。卡利亚尼 (Kalyani) 是一名高中老师，她将艾米莉亚 (Emilia) 和斯特凡 (Stefan) 介绍给了 *Theyyam* 舞者。卡利亚尼是他们的朋友和邻居。

宝宝整个晚上都在床上睡着了。艾米莉亚和斯特凡没有睡觉，他们给孩子喂了两次奶，坐在孩子的两侧，孩子安静地睡着了。第二天早上，他们给孩子裹上保暖的衣服，来到卡利亚尼家。"我们有孩子了！"当卡利亚尼的丈夫马达万打开门时，艾米莉亚和斯特凡高兴地喊道。听到骚动，卡利亚尼跑向正门。艾米莉亚讲述了这个故事，并要求卡利亚尼找一个女人来给孩子喂奶。"有一位妇女带着刚出生的孩子，离这里有七栋房子。她的名字叫雷努卡，"卡利亚尼的女儿玛雅站在母亲身后看着婴儿说道。"我认识雷努卡。她一定会同意的。"卡利亚尼自信地说。"我认识她的丈夫，"瓦拉帕塔南最著名的 *Theyyam* 舞者 Madhavan 说。其他 *Theyyam* 舞者恭敬地称他为"Gurukal"，Renuka 的丈夫 Appukkuttan 从 Madhavan 那里学到了舞蹈的细微差别。马达万和他的父母在马哈拉施特拉邦度过了很多年，他的父母和圣雄甘地一起住在塞瓦格拉姆。他小时候在瓦拉帕塔南学习*泰亚姆*舞蹈，后来加入甘地参加自由运动。"我在*蒂拉帕图节*期间见过雷努卡几次，*他们*唱歌跳舞，"艾米莉亚高兴地说。"当然，我认识雷努卡的丈夫阿普库坦。他参加过我们的学习班很多次。"斯特凡惊呼道。"我们去见一下雷努卡和阿普库坦吧，"马达万说。

斯特凡抱着孩子，让艾米莉亚自由行走。卡利亚尼、马达万和玛雅向前行进。在隔壁房子附近，吉萨正在采集茉莉花，她询问卡利亚妮他们要去哪里，她讲述了整个故事。"我很了解雷努卡。我会请她喂孩子，"吉萨说，加入他们的行列。"雷努卡是我的二表弟，"吉萨的丈夫拉文德兰走上前来说道。拉文德兰也是一名 *Theyyam* 舞者。他与 Madhavan 一起巡演了卡萨拉戈德、门格洛尔和南卡纳拉，培训年轻人进行 *Theyyam* 舞蹈。阿马鲁和她的丈夫乌尼克里什南 (Unnikrishnan) 以及莫伊丁 (Moideen)、莎拉 (Sarah) 和他们的孩子们也加入了隔壁房子里的人群。邻居们都渴望加入这个团体，因为他们有一种深深的团结感和归属感。几乎每个人都在瓦拉帕塔南河岸瓷砖工厂的各个 *Theyyam* 团体工作。此外，他们都是共产主义者，包括马达万。退出印度运动后，马达万和他的父母成为共产主义同情者。"我们来了！"昆吉拉曼和他的妻子苏米特拉在第六宫喊道。

这群人中有超过二十五人，其中包括成人和儿童。雷努卡和阿普库坦惊讶地发现一小群人正接近他们的家。"发生了什么？有什么严重的问题或者事故吗？"阿普库坦从家里喊道。到达雷努卡住处后，卡利亚尼简单地解释了一切。

"宝宝需要母乳喂养，"她最后说道。

"当然，"雷努卡说。

"我很高兴，"雷努卡的丈夫阿普库坦说。

突然，艾米莉亚抱住了雷努卡，亲吻了她的脸颊。就好像她要吃掉雷努卡一样。"我们很感激你，"斯特凡对阿普库坦说。艾米莉亚拥抱了所有的女人。他们都认识艾米莉亚和斯特凡。"你是我们中的一员，"莎拉说。"我们来这里是为了与你们分享一切，"她继续说道。偶尔，莫伊丁会与 Madhavan 和 Appukkuttan 一起跳 *Theyyam* 舞蹈，莫伊丁和莎拉为自己与这个团体的密切关系感到自豪。"是男孩还是女孩？"雷努卡突然问道。"哦，上帝，我们不知道，"艾米莉亚说，她感到很尴尬。当斯特凡拿着包裹时，卡利亚尼打开了婴儿的包裹。"这是一个男孩，"卡利亚尼说。"一个男孩！"大家都喊道。"我们会教他 *Theyyam*，"马达万说。"当然，"阿普库坦说。

雷努卡带着孩子走进了她的房子。艾米莉亚陪着她。雷努卡打开婴儿的包裹，用注入阿育吠陀药用植物叶、茎、花和坚果的椰子油轻轻按摩他的身体。然后，她将婴儿放在 kavunginpala（覆盖树干的槟榔树叶的柔性茎）上，并给他洗了一个温和的温水浴。洗完澡后，她拿了一块金饰，沾上蜂蜜，给婴儿喂了三滴，然后桑，"让你做一个孝子，一个好人。成长为一个充满爱心的人，一个对他人充满同情心的人，一个有智慧和知识的守法公民，坚强无病，像杜鹃一样唱歌，像鹿一样奔跑，像孔雀一样跳舞。你像大象一样聪明，就像马拉巴尔国王一样……"然后，她母乳喂养了婴儿和她六个月大的儿子阿迪亚。艾米莉亚带着极大的欣赏、尊敬、崇敬和好奇观看了这些仪式。当雷努卡和艾米莉亚带着他们的儿子出来时，斯特凡、马达万、卡利亚尼、阿普库坦、莎拉和其他人讨论了当晚举行庆祝活动。"今晚我们将在我的住所庆祝新生儿的到来！"斯特凡·梅耶尔(Stefan Mayer) 满怀喜悦地宣布。"我会带来 *maracheeni puzhuku*，这是一道用木薯粉、椰丝、青辣椒、姜黄、豆蔻和其他香料制成的美味佳肴，"马达万说。"羊肉印度饭是我们家的，"莫伊丁宣称。我们俩都会做饭，"莎拉声称。"让我带牛肉来吧，"拉文德兰恳求道。"椰子托迪是我家的，"昆吉拉曼广播道。

顿时，一阵巨大的骚动。"牛肉酒派对！起来，起来，万岁！起来，起来，万岁！"大家欢呼雀跃。他们手拉着手，跳舞。他们是一个亲密的群体，彼此很了解，而且都是共产党员。他们每月在不同的房子里见面两到三次。他们讨论了马拉巴尔穷人和剥削工人从地主和其他压迫者的枷锁中解放出来的问题。斯特凡和马达万解释了共产主义的基本原则及其内在力量，鼓励他们将被压迫者从各种压迫中解放出来，因为解放是他们的梦想。斯特凡出身于巴登-符腾堡州一个富裕的地主家庭，研究过共产主义的哲学含义和意识形态坚韧。他在柏林大学的硕士论文是《共产主义在农民和工人解放过程中的动力》。他能用纯洁的马拉雅拉姆语，结合生活中的相关例子，结合人们的实际情况，充分地阐述自己的想法。到达瓦拉帕塔南后的两年内，他开始用马拉雅拉姆语撰写有关马拉巴尔人民运动的文章。当斯特凡抵达马拉巴尔时，他已经二十七岁了，他可以轻松地在任何群体中赢得尊重和关注，因为他用当地人的方言中肯地说话和写作。

马达万顽强地为弱势群体争取权力，为弱势群体发声。八岁时，他与父亲一起参加了有关印度自由和解放力量的会议。四十岁出头，马达万成为人民运动愿景的权威。他能够令人信服地、简洁地讲述关于人民需求的每一种意识形态立场的内在含义，并对被压迫者遭受的难以言喻和无法容忍的侵犯人权行为做出反应。当他的父母与圣雄甘地一起在塞瓦格拉姆时，他曾与父亲一起去过维达尔巴和马拉斯瓦达的数百个达利特和部落村庄。马达万深深尊重甘地，但他相信军备斗争，并认为穷人和受压迫者需要与地主*扎明达尔*作斗争。对于人们来说，参加他的演讲是一次难得且丰富的经历。他的大多数朋友也是*泰亚姆*舞者，他们的舞蹈充满威严和力量。

他们并没有发现通过舞蹈描绘各种神有任何矛盾，尽管用斯特凡·梅耶尔的话来说，共产主义是一场"神毁灭"运动。*泰亚姆*的诸神代表了前雅利安时代的普通人。

艾米莉亚与丈夫抵达坎努尔时二十五岁。她的父亲格哈德·施密特 (Gerhard Schmidt) 在德国法兰克福拥有几家珠宝店。大学期间，艾米莉亚读了赫尔曼·黑塞的《悉达多》、《水仙与歌德蒙》、《玻璃珠游戏》和《东游记》，激发了对印度难以抑制的迷恋。她的教授告诉她，赫尔曼的外祖父赫尔曼·冈德特 (Hermann Gundert) 在萨拉塞里度过了很多年，写了超过十四本马拉雅拉姆语书籍。其中最著名的是《马拉雅拉姆语语法》和《英语-马拉雅拉姆语词典》。艾米莉亚决心学习马拉雅拉姆语和马拉巴尔的历史和文化，决定参观萨拉塞里。

在大学里阅读马拉巴尔的古代艺术形式时，她偶然发现了一种名为 *Theyyam* 的异国舞蹈兼戏剧。她获取了所有可能的德语和英语文献以了解更多信息。在访问柏林大学时，她遇到了斯特凡，他们坠入爱河。他们环游欧洲并在几周内结婚。两人都非常积极地前往马拉巴尔，因为艾米莉亚喜欢研究*泰亚姆*，而斯特凡则想通过共产主义影响人们的运动。就这样，艾米莉亚和斯特凡经历了一次 *Fernweh*，一种前往遥远国度旅行的渴望。对他们来说，那就是马拉巴尔。他们到达坎努尔的两年前，EMS Namboodiripad 宣誓就任喀拉拉邦首任首席部长，领导世界上第一个民选共产主义政府。

一次偶然的机会，艾米莉亚和斯特凡·梅耶尔抵达坎努尔火车站后遇见了马达万。马达万邀请他们来到他位于瓦拉帕塔南河南岸的村庄，称为*巴拉普扎 (Barapuzha)*。他们找到了一栋俯瞰河流的大房子。艾米莉亚和斯特凡对其设施、地理位置以及充满椰子树、红树林和广阔贫瘠土地的美丽自然环境印象深刻。由于他们的村庄非常靠近 Thalassery 和 Kannur，并且位于 *Theyyam* 国家的中心，因此他们决定在 Valapattanam 定居，并在两年内成为了一个婴儿的父母。

梅耶斯为当晚的庆祝活动炸了大量的*卡里缅鱼*，这是喀拉拉邦回水和河流中的一种斑点鱼。那天晚上，梅耶尔家的庭院里竖起了一座色彩缤纷的熊猫，俯瞰着*巴拉普扎河*。到晚上七点时，大约有七十五人聚集在那里。艾米莉亚弹钢琴，马达万和阿普库坦弹奏*马达拉姆*。Kalyani 和 Geetha 在 *Vadakanpattu* 中歌颂了美丽而勇敢的 Unniarcha 以及 Aromal Chevakar 的英勇。食物很棒。男人、女人和孩子们大口大口地喝着牛肉和*棕榈酒*，享用着木薯菜肴和羊肉印度比尔雅尼菜。庆祝活动一直持续到午夜，没有剩下任何东西。聚会期间，雷努卡给新生儿和阿迪亚喂了三次奶，她是唯一一个没有喝*棕榈酒*的人。众人互相道谢后就离开了。

艾米莉亚和斯特凡带着孩子回到了卧室。"我们应该给他起什么名字呢？"斯特凡问艾米莉亚。"我们可以叫他拉维吗？"艾米莉亚立刻提议道。"拉维是一个美丽的名字。它的意思是 *Surya*，即太阳，非常适合我们的宝宝。"斯特凡回答道。"他哥哥的名字叫阿迪亚，"艾米莉亚说。"他弟弟是谁？"斯特凡听了很惊讶。"阿迪亚，雷努卡和阿普库坦的儿子，"艾米莉亚说。"他六个月大了，我认为他是拉维的哥哥。" "哦，那太好了。Aditya 这个词的意思是太阳，"斯特凡补充道。那天晚上，他们都睡得很好，包括拉维。

一大早，雷努卡就带着阿迪亚来了。她用阿育吠陀油轻轻按摩两个婴儿，给他们洗个热水澡，并母乳喂养他们直到他们吃饱。阿迪亚和拉维坐在同一个婴儿车里，身上盖着蚊帐。当婴儿们睡觉时，雷努卡向艾米莉亚解释了*他们的作品*，包括绘画、色彩、复杂的手势

瓦尔盖斯 V 德瓦西亚

、舞步和情感。她说，*泰亚姆*是马拉巴尔人民不可分割的一部分，涵盖了从南部的瓦达卡拉到北部的卡萨拉戈德的地区。*Theyyam* 在南卡纳拉和库格人民中很流行。这就是为什么来自库格、乌杜皮和门格洛尔的数千人参观坎努尔及邻近地区的各个寺庙的原因。艾米莉亚记下了雷努卡解释的最细微的细节，并提出了多个问题。对话和讨论总是非常富有成效、生动活泼。艾米莉亚喜欢雷努卡讲述每个故事的方式，也喜欢她每天的到来。

一周很快过去了，艾米莉亚和斯特凡计划去坎努尔见火车站站长，完成拉维的收养手续。他们邀请 Madhavan、Kalyani 和 Renuka 陪同，他们欣然同意。站长正忙着工作，但他立刻就认出了梅耶斯夫妇。"你的宝宝怎么样了？"他问道。"他还活着，还活着，"艾米莉亚回答道。"那好极了。你没有告诉我孩子是男孩还是女孩。"站长看着艾米莉亚说道。"直到第二天我们才发现这是一个男孩。现在我们有了孩子，这对我们来说就足够了。无论是男孩还是女孩，都没关系，"斯特凡解释道。"没关系。我会写一封信给副登记员，说孩子被遗弃了，你在铁路立交桥下发现了他。"站长看着斯特凡建议道。"太好了，先生！"斯特凡对这位军官敏锐的记忆力感到惊讶。

站长拿出了他的正式信笺。"顺便问一下，我可以知道你的名字吗？"站长问道。

"她是我的妻子艾米莉亚，我是斯特凡·梅尔。我们是德国公民，过去两年一直住在瓦拉帕塔南，"斯特凡解释道，并在纸上写下了他们的名字和居住邮政地址。"你的护照和签证都带了吗？" "我们愿意，先生，"艾米莉亚和斯特凡将文件交给站长时说道。当场，站长给分登记员写了一封信，请他办理领养手续。他在邮件中包含了有关艾米莉亚和斯特凡的所有相关数据，并复印了两份。他为副登记员标记了原件，并为印度铁路公司、艾米莉亚·梅耶尔夫人和斯特凡·梅耶尔先生标记了复写本。带着灿烂的笑容，他把信递给了他们。令人惊奇的是，他能在十五分钟内完成全部文书工作。Stefan 向站长介绍了 Renuka、Kalyani 和 Madhavan，并感谢他的出色合作和帮助。

分登记处位于距火车站约两公里的一栋破旧建筑内。即将退休的副登记员显得忧郁而冷漠。他仔细地读了站长的信。"我的办公室每个月都会收到三到四封来自站长的信。一些父母因贫困和饥饿而遗弃新生儿。对于一些人来说，这是因为孩子太多，他们像死猫一样抛弃了一些。存在未婚母亲将孩子留在人们可以找到的地方的情况。印度可能至少需要半个世纪才能克服这个复杂的问题。"副登记官看着艾米莉亚和斯特凡，解释道，他似乎对此类事件感到羞耻，外国人需要了解这个国家所处的严峻形势。

艾米莉亚和史蒂芬没有说话，恭敬地听着他的话。他们想要签署收养文件，以便拉维成为他们的孩子。

"那么，你想给孩子起什么名字呢？"副登记官询问艾米莉亚。

"先生，我们很乐意叫他拉维，"艾米莉亚回答道。

"为什么是拉维？你为什么不叫他一个德国名字呢？"

"先生，拉维是一个美丽的名字。它代表太阳。此外，我们热爱印度，想在这里生活和死去，"斯特凡说。副登记员惊讶地看着斯特凡。听到他的话，他感到很惊讶，因为过去几年来，有数百对外国夫妇来到他的办公室等待收养，但他们中没有人告诉他他们热爱印度并愿意永远留在印度。这些养父母宁愿在收养后立即带着孩子离开这个国家。副登记员解释说，梅耶斯是养父母希望留在印度的第一例。"即使你奋斗至死，获得印度公民身份也很困难。尽管如此，你至少可以收养六名印度儿童，而且我们目前没有法律禁止这样做。"

他准备了合法收养文件，孩子的出生日期是六月二十一日，当时梅耶斯在坎努尔火车站站台附近的桥下发现了拉维。然后，副登记员签了字，并要求艾米莉亚和斯特凡·梅耶尔签字。卡利亚尼和马达万是见证人，他们也在虚线上签名。在验证所有签名后，副登记员宣布拉维是艾米莉亚和斯特凡·梅耶尔的儿子。雷努卡、卡利亚尼和马达万与拉维的父母热情握手，向他们表示祝贺。突然，艾米莉亚高兴得哭了。

从副登记官的办公室里，他们可以看到阿拉伯海上由葡萄牙人建造的圣安杰洛堡。该堡垒由印度第一位葡萄牙总督弗朗西斯科·达尔梅达 (Francisco D'Almeida) 于 1505 年建造。1666 年，荷兰人击败葡萄牙人，占领了这座堡垒，并将其卖给了阿拉卡尔的阿里拉贾。1790 年，英国人从阿拉卡尔的贝维手中接管了它。马达万向艾米莉亚和斯特凡·梅尔讲述了堡垒的历史，同时他们在堡垒对面的一家餐厅享用了丰盛的晚餐。午餐后，他们探索了三角堡垒，艾米莉亚突然想起了斯特凡向她求婚的海德堡城堡。当艾米莉亚说"是的"时，斯特凡拥抱并亲吻了她。"我们将终生相爱，最亲爱的艾米莉亚，"他说。"

我很想永远和你在一起,最亲爱的斯特凡,"艾米莉亚回答道。这是他们的第一步。现在,在圣安杰洛堡,她体验到了兑现他们的诺言。

回到家里,艾米莉亚和斯特凡会见了所有的邻居,并分发了前一天从斯图加特收到的 *Moser Roth Edelbitter* 和 *榛子*德国巧克力,以庆祝他们的孩子被收养和命名。拉维和阿迪亚有两个母亲,艾米莉亚和雷努卡,她们对他们的爱无以言表。拉维曾多次向阿穆讲述过这个故事,并喜欢反复讨论。"我是一个被遗弃的婴儿,但后来我有了两个母亲,他们像爱自己的灵魂一样爱我,"拉维自豪地讲述了这个故事。"是的,最亲爱的拉维,现在我正在一个标有废弃尸体的墓地里寻找你,"阿穆坐在一块巨石上重复道。太阳正在沉入万里无云的天空。阿穆可能在墓地待了四个多小时。墓地外面不远的地方有一片椰林。她可以看到美丽、现代的双层房子。除此之外,高速公路通向城市。多年来,拉维在大学任教期间,这里就是他们的家,拉维在地区法院和高等法院担任人权律师,主要为从事劳工的儿童提供服务。

那是充满爱、斗争、痛苦和痛苦的日子。现在,阿木独自坐在荒凉的墓地里,寻找她爱如自己心的丈夫的坟墓,阿木感到头晕目眩。

"拉维,握住我的手,"她说。就在那时,她意识到自己怀上了他们的儿子特哈斯。"拉维,我好像怀孕了。"那是上大学前的早上。拉维准备前往高等法院。"来吧,我们去看妇科医生。"拉维紧紧地拥抱着阿姆说道。医生看上去开朗而和蔼,在初步检查后,她对拉维说:"你要当爸爸了。"拉维再次拥抱阿姆,亲吻她的额头,说道:"亲爱的,我永远爱你。""拉维,我爱你。我太爱你了,"她说着,倒在地上亲吻了坟墓。她可能已经在那里呆了很长一段时间了。

"嗨,你怎么了?你还好吗?"阿木听到有人在和她说话。

她抬起头,回头看了一眼。有人,但她看不到他的脸,因为太阳在他身后,西边的地平线上。"怎么了?你没事吧?"他再次问道。她抬起左手,伸出右手,紧紧地握住了她。"你看上去很疲惫。需要水吗?"他边问边拿出一小瓶水递给她。阿木打开瓶子,没有说话,喝了一半的水。"谢谢你,"她对陌生人说。她看着他;他是一个身材高大、皮肤黝黑、留着胡子的英俊男人。第一眼,她就喜欢上了他,并且立刻就对他产生了好感。"你在这里做什么?"他问。"寻找我丈夫的坟墓。""你找到了吗？""我想可能就是这个，"她回答道。"这看起来很旧。""是的，二十五岁。""二十五？""我是第一次来这里。我从来不知道市政府到底把我丈夫埋在哪里。二十五年前有人写信给我，说市政府把我丈夫埋在市遗体公墓里。我以前不能来这里。我希望我还不算太晚，"她看着陌生人说道。"任何一天都不算太晚，"那人回答道。

"重要的是我们的努力和希望。我们的目标赋予我们意义，而搜索可以给我们结果。如果我们不寻找，我们永远找不到，"他补充道。

他的声音引人注目、专注、愉快，就像拉维的声音一样。"拉维以前说话就像你一样。我总是喜欢听他讲几个小时。他有一个愿景、一个目标。他的想法令人着迷。他是我最好的朋友，我的理想，"阿穆看着陌生人说道。"拉维是谁？"他问道。"拉维·斯特凡·梅耶尔是我的丈夫，"她回答道。"好吧，他二十五年前就去世了，而你却在这里寻找他的坟墓。让我帮你找到那个地方吧。"他说。"我认为这就是最佳地点。写信给我的人提到，市政府将他埋在一块巨石旁边的一棵古树附近。我相信这是那棵老树的残骸和它旁边的一块巨石。这里没有其他古树，也没有像这样大的巨石。"阿穆解释道。"看来你对他的爱是无限的，你对他的钦佩也是无限的，"他说道。"是的，我做到了。他是我的宇宙。他是一个有着金子般的心的人。他对我的爱是无限的。我们是拥有同一个灵魂的独立人类，"阿穆诗意地说。"我可以知道你的名字吗，年轻人？""我是阿伦·南比亚尔，"他伸出手说道。"很高兴见到你，南比亚尔先生，"阿穆握着他的手说道。

他的手和拉维的一模一样，质感和感觉都一样。"我来这里是为了看看坟墓是否有墓碑，但不幸的是，没有。所以，我要回去了，"他说。"被遗弃的尸体埋在这里。市政府没有关于死者的数据。该官员告诉我不可能找到他们中任何人的名字。他们都是被遗弃的尸体，"阿穆说。"你想去哪里？我可以载你一程，"南比亚尔说道。"我会留在这里和拉维一起过夜。这将是一种美妙的感觉。我可以整晚和他说话，听他的心跳，感受他的呼吸，二十五年后触摸他。让我和他一起睡到永远，"阿穆坚持道。"在一个偏僻的墓地过夜？你在说什么？周围可能有毒蛇和危险的掠食者。晚上会很冷，可能会下雨。这对你来说很危险。跟我来。你可以睡我家。我的伙伴会很高兴见到你。此外，我感觉和你很亲近，"南比亚尔表示，表现出同理心。

阿伦扶她站起来。她看起来很迷人，大大的眼睛体现出她的聪明和成熟。"拉维·梅耶尔女士，我对你有一种亲切感，"他说。"谢谢你，南比亚尔先生，"阿穆回答道。"请叫我阿伦。我喜欢你叫我的名字。" "阿伦，我也对你有一种依恋，好像我可以信任你。" "这是相互的。" "当然，"阿穆说。"你可能已经接近六十岁了，必须照顾好自己的健康，"阿伦说。"你是对的。我六十一岁了，"阿穆回答道。"再见，拉维。我会再来的。我们将一起聊天、唱歌，再次庆祝。"阿穆看着坟墓说道。阿伦把他的车停在墓地外，一辆奔驰。阿穆坐在阿伦旁边。车辆在许多山丘上快速而柔和地行驶，山上长满了椰子树、槟榔树、菠萝蜜、芒果树和橡胶园。突然，阿穆想起了她和拉维一起驾车穿越喀拉拉邦的那些迷人日子。"梅尔女士，您的职业是什么？"阿伦问道。

"教学。我是大学教授，"她回答道。

"我和我的搭档都是计算机工程师。Janaki 创办了一家货币兑换初创公司，我专注于金融交易的数据分析和理论构建。我们经常合作。从印度理工学院毕业后，我们立即开始为自己工作。没有紧张，我们有二十四小时的时间。我们经常去东亚和东南亚国家，与新加坡大学一起从事人工智能数据分析工作。我们都很享受我们的工作，这是一次有益的经历，因为我们只对自己负责，"阿伦坚定地说。

阿穆看着阿伦。他对自己很有信心，他知道自己在说什么。开了半个小时的车程，阿伦在路边一家茶店附近停了下来。玻璃杯里的茶味道很棒。阿伦检查了手机并拨打了几个电话。"半小时内，我们就到家了，"阿伦说。天已经黑了。经过二十五年的监禁后，附近房屋和建筑物发出的灯光对阿穆来说具有特殊的意义。"它看起来很漂亮，"她评论道。"我们正在进入城市的郊区。我们家是从这里开始的第二个郊区。我们住在一套有七栋房子的公寓里，"阿伦说。阿穆在斯德哥尔摩做研究时住在一间公寓里。在乌普萨拉，她和另外三名研究人员合住一间小房子，在埃尔肯湖，她有一间小房子，只有一个房间、一个浴室和一个厨房，所有这些都是由大学提供的。"我们到了，"阿伦一边说，一边走进一栋七层的现代化公寓大楼。"我们住在三楼，每层只有一栋房子，"他补充道。阿伦手指在门上一划，门就开了。"它还能读懂我的眼睛，"阿伦说。

"欢迎，阿穆·拉维·梅耶尔教授，"贾纳基（Janaki）说道，她是一位身材高大、看上去很聪明的女士。她亲吻了阿穆的脸颊。

"谢谢你,贾纳基。阿伦一直在谈论你。很高兴见到你。"

"Mayer 教授,您拥有乌普萨拉的渔业博士学位,乌普萨拉是欧洲最好的大学之一。"

"你怎么知道?"

"当阿伦提到你的名字时,我在谷歌上搜索了它。你的博士学位是研究埃尔肯湖和维特恩湖的小龙虾以及库塔纳德的龙虾。"

"哦,这听起来棒极了,"阿伦说。

"女士,请入座,"贾纳基请求道。贾纳基和阿伦与阿穆坐在一起,互相寒暄。然后,贾纳基为阿穆提供了干净的衣服,并带她去了一间带浴室的卧室。洗完热水澡后,Ammu 与 Janaki 和 Arun 一起吃晚饭。食物很简单,但营养丰富。吃完饭后,阿穆就去睡觉了。

二十五年后,阿木第一次睡在单人房里。前一天晚上四点,监狱就把她释放了。这是她第一次离开位于喀拉拉邦一端的监狱。大门外没有人在等她。偌大的世界里只有她一个人。感觉一切都变了。步行去火车站既累又麻烦。她那已经褪色的旧皮包里有一些钱——这是她在监狱里工作二十五年得到的报酬。她每天领取的工资微乎其微,扣除个人生活所需后,剩下的钱就少得可怜,总共七千三百二十一卢比,还不到她原来月薪的十分之一。来自大学。监狱是一个剥削机构,而不是惩戒机构。它有时会沦为一个用于极端惩罚、威慑和报复的地牢。

阿穆在那里度过的时光比许多其他囚犯要好得多,因为她在头十年致力于向女囚犯传授识字知识,后来又向男囚犯传授识字知识。她可以赢得所有人的尊重和信任。在那高墙之内,她完全迷失了自我,逐渐变得顺从、易受影响、身体脆弱。阿穆渴望看到她的脸,与自己的眼睛对话,但她从未看到自己的倒影。

囚犯没有自由;他们总是受到监视。当局将囚犯视为半人;最痛苦的事情就是与世界完全脱节。她被禁止与外界联系五年。后来,她被允许接收信件,但不能寄出任何信件。这是非人性的,因为她觉得自己没有价值或荣誉,她的尊严和个人身份也永远丧失了。从一开始,监狱工作人员就对她很好。尽管如此,她始终处于胁迫之下,经历着羞耻和失范,这种感觉摧毁了她的个性、推理能力和对未来的希望。

日、周、月、年都失去了意义、强度和活力。他们的夜晚带来了深深的焦虑、悲伤和沮丧。克服孤独是一项艰巨的任务，一场持续的斗争，但它间接地带来了希望和与拉维见面的真诚愿望，即使是在墓地。这就是为什么她乘坐夜车去另一个城市；她一早就到达那里，然后乘公共汽车去了墓地所在的小镇。她在市政府门口等了三个小时才开门。军官粗鲁严厉，但她站在他面前就像一个卑微的仆人，顺从顺从。

带着难以置信的喜悦和焦虑，阿穆走到墓地去见拉维，拉维以绝对的信任和尊重永远爱着她。他的爱是她能体会到的最纯粹的爱。即使他正在睡觉，在墓地见到拉维也是一次幸福的经历。阿穆正试图睡在两个陌生人家里温馨舒适的房间里。那些人善解人意，善良又善解人意，从来不问她的身世。人们认为生命是他们送给自己的一份礼物；在此过程中，他们创造幸福和希望。贾纳基和阿伦正在做同样的事情，庆祝生活。

对于 Ammu 来说，生活就是选择；有些让她后悔，有些让她自豪，有些则日复一日、月复一月、年复一年地困扰着她。但一个人需要克服生活中所有不愉快的事件。已经是半夜了，墙上的钟向她发出呢喃的声音。想起自己一生中发生的事情，回忆起与拉维的记忆，二十五年后她陷入了沉睡。阿穆睡得像个孩子。卧室门被敲响，阿穆立刻站了起来。墙上的钟告诉她，现在已经七点半了。她缓缓打开门，是贾纳基，手里端着床上咖啡，笑容迷人。"早上好，梅耶教授，"贾纳基向阿穆打招呼。"早上好，贾纳基，"阿穆回答道。"你睡得好吗？"贾纳基问道。"我非常喜欢它，"阿穆回答道。

贾纳基将碟子和杯子放在边桌上。"八点吃早餐。"她一边说，一边关上卧室的门。"谢谢你，贾纳基，"阿穆说。咖啡味道极好，香气弥漫在她的周围，就像阿普在她父亲的榨油厂里绕着鼓的小台阶一样。八点钟，早餐准备好了。餐厅有两扇大窗户，光线充足。墙上挂的画作主题超现实，具有穿透力。餐桌和四把椅子看起来优雅而有吸引力。早餐包括 idli、vada、sambar、燕麦加温牛奶、煮鸡蛋、车前草和木瓜。"早上好，梅尔教授，"阿伦向阿穆打招呼。"早上好，阿伦，"阿穆回应道。"你睡的好吗？"阿伦问道。"是的，从午夜到七点三十分。" "通常，我们十点睡觉，四点起床。这是我们的惯例，"贾纳基说。"哦，太好了。早上早起对身心都有好处，"阿穆回答道。"我们用一小时的时间做瑜伽、冥想和锻炼。我们隔壁的房间里有一台跑步机,"贾纳基边吃边说道。

吃完早饭,他们就收拾碗筷,擦桌子。阿穆加入了他们。将盘子、玻璃杯、杯子和餐具放入洗碗机中。厨房里有现代化的小工具和便利设施。炉灶位于厨房中间,有一个超现代的烟囱。然后 Janaki 和 Arun 带 Ammu 去了他们的瑜伽室。其中一半铺着地毯,用于瑜伽和冥想;一半则用于瑜伽和冥想。这是一个很大的房间,另一边有一台跑步机、一辆健身车和一台椭圆机。"椭圆机是爬楼梯和跑步机的结合体。它有两条轨道供我们站立,当我们使用腿时,就会产生椭圆运动,"阿伦解释道。阿木微笑道:"确实是太棒了。"贾纳基说:"现代世界拥有舒适幸福生活的所有设施,但我们需要选择对我们有利的东西。""当然,是我们自己创造了我们的生活,"阿穆回答道。

隔壁房间是他们的办公室。这是一个巨大的房间,是标准卧室的四到五倍,里面几乎拥有所有与他们工作相关的现代化设备。"我们每周工作五天,从早上九点到晚上八点,有一个小时的午餐时间和十五分钟的茶点。我们周六不工作,通常出去玩。我们选择最好的餐厅、电影院、艺术画廊和文化节目,与朋友见面并庆祝这一天。周日,我们呆在家里打扫、洗澡,并做所有其他与家庭有关的工作。""我们在办公室和家里自己做所有的工作,因为我们没有帮手,"贾纳基解释道,阿穆说默默地听她说话。"此外,我们进行了很多与商务相关的旅行,主要是去新加坡、印度尼西亚、马来西亚、韩国和中国。每年一次,我们都会去异国他乡旅行,主要是为了享受。今年,我们去了冰岛。在那里,我们租了一辆车,开车环游全国。这是一个极其美丽的岛屿,拥有优秀的人民、美味的食物和现代化的设施。数百万人访问这个岛屿,特别是在几年前大规模火山喷发之后,"阿伦说。

回到客厅,阿木向他们告别,起身准备离开。

"梅耶教授,请不要走。再和我们呆几天,"贾纳基恳求道。

"你是我们中的一员。在这里停留任意天。我们都喜欢有你的陪伴。和我们在一起,"阿伦说。

"拜托……"贾纳基说,拥抱阿穆。

"为什么这么有爱?你不了解我,也不了解我的背景。"阿穆回答道。

"你的历史与我们无关,"阿伦的声音里充满了爱意。

"只有一个条件:三天后允许我离开。"阿姆语气轻柔。

"我们以为你会和我们一起住很多天,吃饭、工作、去外国海岸旅行。有你在我们中间将是一次很棒的经历,"贾纳基回答道。

"梅耶教授,如您所愿,"阿伦双手握住她的右手,亲吻了她的手掌。

那是一个星期五,贾纳基和阿伦在办公室忙着工作。与此同时,阿姆开始阅读他们小而优雅的图书馆里的杂志和周刊,其中包括工程、计算机技术、经济学、分析、财务管理、货币兑换、世俗冥想、瑜伽和其他主题的书籍。阿姆很好奇地看到书架上有两本书:玛丽亚姆·艾哈迈德·卡西姆瓦拉 (Mariam Ahmed Kasimwalla) 所著的《女性在西塔亚那》(Women in Sitayana) 和史蒂文·平克 (Steven Pinker) 所著的《当下的启蒙》(Enlightenment Now)。这些标题涉及日常生活和我们参与社会的复杂问题,例如印度文化如何对待妇女以及妇女在家庭、教育、就业、决策和治理中的地位。阿姆还想知道为什么政客们不离婚就离开他们的妻子,甚至愿意承认他们留下的女性的存在;为什么印度各地的妇女经常成为绑架、强奸、暴力、名誉杀人和金融欺诈的受害者;以及为什么他们一次又一次地被剥夺正义,并在阿姆在瑞典时经常问这样的问题。

有一天,拉维说正义的意义就是美好生活的本质。他开车去法庭为那些被当作奴隶对待的儿童辩护,这些儿童被迫在一家制造鞭炮的工厂工作多年。拉维对工厂主提起诉讼,要求法院立即释放孩子并给予赔偿。那天阿姆以访客身份出庭,因为那天是大学的假期。拉维认为:"一个公正的社会尊重每个人的自由,这些孩子有不成为童工、不被剥削的自由。"拉维解释说:"某些义务和权利应该受到我们的尊重,其原因与社会后果无关。"他对人类自由、正义和尊严的思考超越了切题的理解。"正义和人权是人类生活的基础。他们将各种情况下的人们团结起来。童工是一种虐待狂、恐怖主义,因为它杀死了许多儿童的生命。"他语气强硬,法官听了他的说法。

第二章: 库塔纳德到埃尔肯湖

拉维智力敏锐，分析能力强，而且乐于助人。他的同理心是他推理和对人类处境的正确理解的产物。阿穆在哥本哈根机场接见了他。在完成对埃尔肯湖和维特恩湖小龙虾的研究后，她返回喀拉拉邦。

最初，阿穆在库塔纳德开始了对虾的研究。虾和对虾看起来很相似，但大小、味道和营养成分不同。对虾比虾更大，并且像虾一样，有爪状的腿。对虾有三对爪状腿，而虾有两对。前者有分枝的鳃，后者有板状的鳃。虾尝起来有黄油味，而大虾尝起来像多汁的鸡肉。

后来，阿穆将她的研究范围扩大到了龙虾。龙虾有十条腿，长度可达五十厘米，而对虾最多只能达到三十三厘米。然而，即使是生产少量的龙虾也需要付出很大的努力，库塔纳德的农民在一英亩的池塘里只能收获最多两百五十公斤的龙虾。相比之下，东南亚的龙虾养殖者可以从同样大小的湖泊中生产八百到一千公斤龙虾。经过几个月的研究，阿穆发现库塔纳德的龙虾由于食物摄入量的减少而缺乏繁殖速度，导致它们的重量比其他地方生产的龙虾轻得多。

阿穆在一份国际期刊上读到一篇关于瑞典维特恩湖和埃尔肯湖中大量发现的小龙虾的科学文章。小龙虾又名小龙虾，外形酷似微型龙虾。额尔肯湖引进的小龙虾来自美国，实验非常成功。不过，维特恩湖和埃尔肯湖所在的瑞典要冷得多，所以同样的小龙虾无法直接引入库塔纳德。尽管如此，阿穆还是想帮助库塔纳德的养鱼户，并与他们进行了多次讨论，听取了他们的建议。有一天，当阿穆走过库塔纳德的稻田时，他有了一个新想法，并思考了几天甚至几周。她没有告诉任何人她最初的计划是什么。

随后，阿穆给乌普萨拉大学写了一封信，询问她是否可以获得龙虾和小龙虾养鱼技术博士项目的全额奖学金。两周内，她收到了大学的一封信，要求她提交一份详尽的研究计划，强调方法论和实验室实验。她花了三个月的时间研究这个研究计划，然后将其邮寄到乌普萨拉。最后，她接到了大学的电话，通知她他们对拟议研究的基本原理、目标、假设、抽样设计、数据收集过程、分析和解释矩阵感到满意。该大学要求她告知他们拟议的美元研究支出。在咨询了几位专家后，阿穆为她的三年研究准备了一份详尽的预算提案，并将其提交给大学。三周内，她收到了一封录取通知书，要求她到埃尔肯湖大学中心报到。阿木高兴得手舞足蹈，十天之内就到达了尔肯实验室。

阿穆致力于为库塔纳德的养鱼户服务。她的研究目标是开发一种高产龙虾与埃尔肯湖快速生长的小龙虾的杂交品种，以便在喀拉拉邦繁衍生息。她知道自己必须夜以继日地工作才能实现自己的目标。Erken 实验室的研究环境一流，拥有最现代化的设施、受过高等教育、经验丰富、忠诚且才华横溢的研究主管，以及随时准备陪伴 Ammu 深入湖内的现场工作人员团队。最初，她被分配到一栋小房子里一间配备了所有现代舒适设施的单间，住着另外四位来自中国、尼日利亚、智利和越南的研究学者。他们在早餐、午餐和晚餐时见面，并参与了各种研究问题的讨论。

Ammu 的研究导师是耶鲁大学的一位拥有博士学位的教授，拥有多年的教学和研究经验，并在同行评审期刊上发表了数十篇研究文章。阿穆在乌普萨拉感到宾至如归，她意识到自己在这样一所古老而著名的大学攻读博士学位是明智而谨慎的决定。乌普萨拉通过帮助测试她知识的完整性、提高她的实验室工作技能以及不断鼓励她即使面对失败也保持积极的态度，重新塑造和调整了她的目标和愿景。

埃尔肯实验室位于埃尔肯湖东南部，距斯德哥尔摩东北 80 公里。它最初是一个湖沼学研究中心，但大学特别安排阿穆在维特恩湖和埃尔肯湖研究小龙虾。二尔肯实验室的研究重点是长期水质监测、气候对水生系统的影响、养分循环以及湖泊中的种群和群落动态。阿穆的研究是在那里进行的第一项小龙虾研究。到达瑞典不到一周，阿穆就爱上了埃尔肯湖。尽管与瑞典这个空灵迷人的国家的数百个其他水体相比，埃尔肯湖只是一个小湖，但它却拥有独特的魅力。它的水总是纯净的浅蓝色，海岸被深绿色的植物包围。邻近森林中无数的鸟类和动物增添了它的独特性。Ammu 热爱她的研究，她的导师、主管和同事与她作为一个团队一起工作，随时准备提供帮助，他们珍惜她的进步。她参加了所有聚会和小龙虾节，跳舞和喝酒一直持续到周末午夜。

前往维特恩湖是一次难忘的活动。早餐后，调研组乘坐小巴，4 小时内行程 286 公里，向西南方向行驶。乡村和农田看起来非常美丽，令人惊叹。维特恩湖盛产小龙虾。维特恩湖发现了两种小龙虾：本地品种的高贵小龙虾和北美范围的信号小龙虾。20 世纪 30 年代，维特恩湖遭遇小龙虾瘟疫，导致湖中三分之二的珍贵小龙虾灭绝。后来，在 20 世纪 60 年代末，北美信号小龙虾被引入该湖。信号小龙虾在湖中繁衍生息，比高贵小龙虾的生命力更强。

阿穆发现高贵的小龙虾生活在浅水区。相比之下，信号小龙虾生活在湖的较深处，四到五年可以长到十五厘米，有时甚至可以长到三十厘米。在评估了所有参数后，Ammu 研究了瓦特恩湖和埃尔肯湖的信号小龙虾，并开发了它们与库塔纳德龙虾的杂交品种。

研究团队参加了 *Kraftivaler*，这是一年一度的小龙虾节，围绕维特恩湖举办，主题多样。家庭、儿童、团体和社区都喜欢钓鱼、购买和饮食。来自世界各地的数千名游客参加了各市政府组织的小龙虾节。人们在周末喝酒并享用小龙虾，瑞典特产是 *Brannvin*，一种用发酵谷物或土豆蒸馏而成的酒。用草药调味的 *Brannvin* 被称为 *Akvavit*。在瑞典，上班前饮酒或喝一杯葡萄酒或一罐啤酒的情况相对较少。工作被视为崇拜，瑞典人拥有积极的工作文化。大多数瑞典城市都禁止在公共场合饮酒。许多瑞典人从周一到周四戒酒，但他们在周末很享受。

阿穆和研究团队在瓦特恩湖进行了两周的实验，然后前往斯德哥尔摩，在那里他们参加了为期三天的小龙虾 DNA 和遗传学会议。来自各国的专家参加了讨论。阿穆发表了她关于库塔纳德龙虾的论文，以及开发库塔纳德龙虾和瓦特恩湖和埃尔肯湖发现的信号小龙虾杂交品种的潜力。她的文章在讨论中受到了好评。对于专家提出的问题，Ammu 给出了令人信服的答案。会议结束时，主持会议的美国常春藤盟校教授 Rosaline Collins 博士邀请 Ammu 访问她的大学，研究信号小龙虾。Ammu 很高兴收到邀请，并感谢 Collins 教授的慷慨和善意。

当 Janaki 和 Arun 喝咖啡休息时，他们发现 Ammu 正在读 Mariam Kasimwala 的书《*Sitayana* 中的女性》。

阿穆说："这是一本发人深省的书，对平等、暴力、征服和正义进行了精彩的分析。"

"这意味着你喜欢读这本书，"阿伦评论道。

"当然，"阿穆回答道。

"玛丽亚姆·艾哈迈德·卡西姆瓦拉是一名退休高等法院法官，撰写了大量有关妇女问题的文章。她的许多判决对妇女的自由、平等和正义进行了广泛的分析，受到法律界的高度赞赏。"贾纳基评论道。

阿穆补充道："作者讨论的问题以及分析和解释的性质表明她对古代和现代印度社会有着深刻的了解。"

"她不是别人，正是贾纳基的母亲，"阿伦在一份透露性的声明中说。

听到阿伦的话，阿姆惊喜地看着贾纳基。

"我母亲对印度女性很着迷。据她说，西塔的故事实际上就是印度的故事。我母亲同情西塔，觉得她没有发言权，被她的配偶、姐夫和其他男性主导人物利用和征服。我母亲很喜欢西塔，在我出生时就叫我贾纳基。贾纳基是西塔的另一个名字，"贾纳基解释道。

"我同意你母亲的观点。令人惊讶的是，她为你选择了这个美丽的名字，"阿穆说。

"她是我见过的最好的人之一，"阿伦说。

"她就像你一样：非常勤奋、善于分析、聪明，而且是一个享受自由的人，"贾纳基看着阿穆说道。

阿木笑了。"你不认识我。我有一段不为人知的过去，"阿穆说。

"如今，过去已经没有意义了。然而，我们可以将时间划分为 BG 和 AG，即 Google 之前和之后。对于谷歌来说，一切都是'现在'，没有过去，"阿伦说。"我同意阿伦的观点，"贾纳基说。"我也是，"阿穆说。然后大家都笑了。

阿伦准备了热气腾腾的滴滤咖啡，香气四溢，就像一条小溪蜿蜒穿过椰林。"祝您阅读愉快，梅耶教授，"贾纳基回到办公室时说道。阿伦走到阿姆身边，握住她的手掌，亲吻它，说道："我对你有 种神秘的依恋，女士。我感觉和你很亲近。" "我也有同样的感觉，亲爱的阿伦，"阿穆拥抱着他说道。突然，阿穆想起了拉维，她最好的朋友和深爱的丈夫。

"我是拉维·斯特凡·梅耶尔，"当他们在哥本哈根机场第一次见面时，他说道。

"我是阿穆·托马斯·普洛卡兰。我来自瑞典阿兰达，要去高知。"Ammu 回答道。

"我也要去高知，"拉维微笑着说道。"我是一名律师，在高知高等法院执业，"他继续说道。然后阿穆向他解释了她在乌普萨拉大学的研究。拉维聚精会神地听她说话。

阿穆向他讲述了埃尔肯湖、维特恩湖、信号小龙虾、她的博士课程指南、研究导师和同事。她还与他分享了她访问美国的经历。她与拉维讨论中最令人兴奋的部分是她的计划以及她为库塔纳德农民开发的杂交龙虾。拉维非常喜欢她的故事。"你的杂交小龙虾和龙虾叫什么？"拉维问道。"我把它命名为*库特恩*。其中包含百分之五十八的库塔纳德龙虾、百分之三十的瓦特恩湖信号小龙虾，其余的是埃尔肯湖信号小龙虾。我已经开发了这三个品种的十几种排列和组合。最终，我找到了一种特殊的杂交品种，它生产力最高、适应性最强、味道鲜美，而且最适合库塔纳德的生态、农业环境和社会环境。库塔纳德农民已经开始在小块土地上种植*库特恩*，用于商业生产。结果非常好，与早期的龙虾品种相比，生产率提高了五倍。我很高兴，"阿穆回答道。"这是一个伟大的故事，充满了清晰的思路、科学的规划和缜密的执行。我祝贺你，阿穆。这太不可思议了，"他伸出手说道，阿穆喜欢他的握力。

有一天，拉维给阿穆打电话，当时她正和库塔纳德的养鱼户在一起。"我在阿拉普扎，很想见到你，"他说。"我和农民们在一起。请一定来。"阿穆回答道。当固定电话响起时，她正在农场旁边的办公室里。十五分钟内，拉维骑着摩托车到达了，他穿着牛仔裤，把丛林衬衫塞进裤子里，看上去很英俊。"嗨，阿姆，"他打招呼。"嗨，拉维。"这是阿穆第一次叫他的名字。那是很多年前在库塔纳德的事了。后来，他的名字成了她生活中不可分割的一部分。这是最吸引人的歌曲，一个令人振奋的词，比《迪德里克》的歌曲更有激情。

"拉维，"她又叫了他一次，她很喜欢这样叫他。"当时你在哪里？"她问道。"我因一起童工案件在高等法院出庭。当判决对孩子们有利时，我考虑去拜访您，因为从科钦开车到阿拉普扎需要一段车程。农场的环境看起来很漂亮。库塔纳德可能是地球上最迷人的地方，"他笑着说，她很高兴看到他笑。"太好了，你来了。"阿穆向他展示了小*库特恩*。他们看上去非常敏捷。大多数在两年内将长十二到十五厘米，重两百克。四年内，每个重量将达到约三百克。农民每公斤至少可以获得四百卢比，而出口品质可能会达到每公斤六百五十卢比，这使普通农民的收入增加了六倍。"阿穆兴致勃勃地说。"我很高兴，"拉维说。

当天，他们与农民一起参观了另外八个*库特恩*农场。阿穆的研究显示出动态变化和充满活力的未来的迹象。"瑞典的一个非政府组织资助我继续进行两年的实验农业，他们支持我的所有活动，"阿穆说。

"瑞典人非常有发展意识，高度福利导向，而且人性化，"拉维评论道。

"你是对的！瑞典人很特别。他们从不干涉他人的事务，但随时准备为世界各地的人们提供支持，"阿穆补充道。

"走吧，我们去餐厅吃饭吧。从早上八点开始，你可能会因参观各个农场而感到精疲力竭，"拉维说道，并邀请阿穆加入他。

和拉维一起骑行是她一生中第一次骑摩托车。他很谨慎，也很温柔。十五分钟之内，他们到达了阿拉普扎。尽管餐厅里挤满了外国游客，拉维和阿穆还是在角落里找到了一张两人桌。他们点了黑胡椒蒸鸭，撒上 *Karipatta* 、豆蔻、肉桂、青辣椒、 *Karimeen* 炸薯条和 Kuttanadan 糙米。

拉维看着阿姆，对他来说，她非常美丽。他们聊了很长时间，表达了对彼此的钦佩。她可以信任他；他就是她多年来一直在寻找的人。

他们品尝了食物并点了*普拉达曼*作为甜点。

"让我告诉你，阿穆，我喜欢你，"晚餐结束后拉维说道。"这是相互的。让我们彼此保持联系。"阿穆的眼睛闪闪发光，拉维注意到了。

"我们行动吧。我会把你留在旅馆里。"拉维站起身来说道。

"拉维，谢谢你的款待。我将永远记住这一天。这是一顿难忘的饭菜，"阿穆明确地说。

"阿姆，谢谢你和我一起度过这个美好的夜晚。有一天我们会在其中一艘船屋上度过一段时光，"拉维指着 Vembanad Kayal 上的船屋说道。

"那会很棒，"阿穆回答道。

回程的旅程很愉快。从稻田吹来的凉风令人心旷神怡。他们谈论了回水区、船屋和库塔纳德，非常享受彼此的陪伴。

到达宿舍后，两人握手。然后，阿穆低声说道："爱你，拉维·斯特凡。"拉维仿佛在等待阿穆的话，他说："我也爱你，亲爱的阿穆。"

阿穆梦见了*库特恩*，有很多库特恩，满船都是*库特恩*。拉维是船夫。第二天晚上，阿穆接到拉维的电话，说："我需要收集更多关于慕那尔童工病因的证据。你想跟着我一起去吗？我们晚上就可以回来，我想你明天周末可能有空吧？"阿木说："是的。" "我们早上五点出发，并在路上吃早餐。没事吧？"拉维问道。"当然，"阿穆回答道。她很激动。凌晨四点三十分，她已经准备好了，五点整，拉维到达了。他穿着丛林衬衫，看起来很优雅，阿穆则穿着T恤和牛仔裤。"你看起来美极了，阿姆，"拉维说。"你看起来很时尚，拉维，"阿穆回敬道。

拉维是个谨慎的司机，但他的驾驶很有魅力。摩托车平稳而潇洒。清晨的乡村景色非常迷人，道路干净且维护得很好。"拉维，这是梦想成真，"阿穆说。"是这样吗？我有点担心你是否会接受我的邀请。但我很高兴，因为这是我们第一次一起旅行，"拉维说。"让它成为漫长旅程的开始，"阿穆补充道。椰林、香蕉园、橡胶园引人注目。"我很想来这里定居，"阿穆透露了她的愿望。"这个地方距离市区只有十五公里左右。如果你同意的话我们就买一栋小房子住在这里。"拉维建议道。"我已经准备好与你一起生活，拉维·斯特凡，无论在世界任何地方，"她笑着说。拉维也笑了。

然后是长时间的沉默。"你在想什么？"阿木问道。"我在想我们，"拉维说。他的短句充满活力，充满期待。

"我同意，拉维。这些天，我只想着我们，只想着我们。我已经忘记了*库特恩*。我只有你。"阿木说道。她的话语虽然准确，但却隐含着一丝痛苦和苦恼。

"你的父母呢？"拉维问道。"他们不再和我们在一起了。" "我很抱歉，"拉维表示哀悼。"我的父母在坎努尔的瓦拉帕塔南生活了二十四年，"拉维说。"他们现在在哪里？"阿木问道。"两人都在斯图加特生活了四年，"拉维回答道。"我很想见到他们，"阿穆表达了她的愿望。"总有一天，我们会去看望他们，"拉维说。"他们为什么要回德国？他们不想留在印度吗？"阿木问道。"他们是德国人。他们没有印度公民身份。自从来到印度以来，他们曾多次申请公民身份，但从未获得批准。长期以来，他们受到极端民族主义者的困扰，政府不愿意续签他们的签证，"拉维解释道。"这太悲伤了，"阿穆说。"我的父母热爱印度的一切。我的父亲用马拉雅拉姆语写了很多书，我的母亲是*泰亚姆语*的权威。她来到印度研究 *Theyyam*，于是他们定居在 Valapattanam。她参观了数百个 *Kaavu*，即房屋和当地寺庙附属的小森林。古老的前雅利安神祇的花岗岩雕像被高高地放置在高高的基座上，不是为了崇拜，而是为了纪念他们，这是*卡乌的核心奥秘*。与 *Kaavu* 相连的是 *Theyyam* 舞蹈。*他们的*故事是世俗的，尽管它们是关于古代神和女神的。在马拉巴尔，这些神是人类。后来，雅利安人侵占了这些神灵，并将其转化为他们的神灵。我母亲写了大量关于 *Theyyam* 的文章，并用德语发表了许多关于马拉巴尔这一伟大艺术形式的文章，这种艺术形式具有普遍的吸引力，"拉维继续说道。"拉维，我为你的母亲感到骄傲，"阿穆说。

停顿了很长时间后，拉维说："我的父亲是一名忠诚的共产主义者，在瓦拉帕塔南培训了数千人。坎努尔的工人、农民、青年以及所有与共产主义有关的人都热爱并崇拜我的父亲。" "你的家庭令人钦佩，"阿穆说。"我父亲在柏林大学研究十八、十九世纪欧洲的农民运动。在大学里，他听说了很多有关喀拉拉邦共产主义运动的事情。他与妻子前往马拉巴尔学习平等、机会平等、社会正义和工人参与一切的意识形态。他是对极端民族主义者的挑战，他们在追寻他的鲜血，"拉维精确地描述了细节。"你的父母叫什么名字？" "我的母亲是艾米莉亚，我的父亲是斯特凡·梅尔。" "你是一个幸运的人，拉维，"阿穆说。"确实幸运。"随后，他讲述了父母在坎努尔火车站站台天桥下找到他，以及遇见流浪狗、警察、一小群人和站长的故事。"天哪，这是一个很棒的故事，"阿穆惊呼道。"第二天，当邻居询问我的性别时，我的父母才发现我是个男孩，"拉维说。"我的性别对他们来说根本不重要。我的父母像爱自己的孩子一样爱我。"拉维很自豪地谈论他的父母。

然后拉维谈到了卡利亚尼和马达万、萨拉和莫伊丁、雷努卡和阿普库坦、吉塔和拉文德兰、苏米特拉和昆吉拉曼，以及他的朋友和兄弟阿迪亚。"我有两个母亲。一个是艾米莉亚，她在桥下发现了我，并像照顾自己的孩子一样照顾我；第二个是雷努卡，她母乳喂养了我一年，像她的儿子阿迪亚一样爱我。我得到了艾米莉亚和雷努卡无条件的爱和关怀。我是一个幸运的孩子,现在我是一个幸运的人,"拉维微笑着说道。"当然,你是最幸运的人,"阿穆评论道。"我们吃早餐吧?"到达一个小镇时,拉维询问阿穆。"当然。我觉得饿了。"阿穆回答道。拉维把他的摩托车停在一家餐馆附近。他们喜欢干净的环境,喜欢吃软*薄饼*、*puttu*和蒸香蕉。咖啡味道很好,阿木满意地笑了。

"我很高兴你喜欢喀拉拉邦的传统食物。每年都有数百万游客前往上帝的祖国品尝它,"拉维说。

"我同意你的看法,拉维,"阿穆说。

他们再次发动摩托车,爬上山坡。"大自然不断地邀请我们与她在一起,不是冲突,而是和谐相处。我们需要回报从大自然那里得到的爱,"拉维说。阿穆回应道:"我们需要热爱、尊重和保护自然,我们需要通过保持不伤害自然的平衡生活方式来回报自然。"

从高知出发,行驶了一百三十公里,到达慕那尔,需要近三个小时。"首先,我们去儿童营。大约有四十人在那里,"拉维说。"六个月前,我第一次来到这里,这是第五次来,所以大多数孩子都认识我。他们的工作从九点开始一直持续到晚上八点,"拉维在进入营地时说道。

"拉维叔叔,拉维叔叔!"一些孩子喊着他的名字,跑向他,拥抱他。"你好你好吗?"拉维与他们中的许多人握手,他们很享受。孩子们看上去很饿。拉维和阿穆和孩子们坐在一起,孩子们大约有三十人。"其他人在哪儿?"拉维问道。"早上六点就开始工作了。"孩子们异口同声地说。"他们什么时候回来?"拉维进一步询问。"到了晚上八点。这两天他们没有做足够的工作,所以茶园经理要求他们赔偿。"孩子们说。"他们的早餐怎么样?"拉维问道。"他们会在十点喝一杯*瓦达*和一杯茶,午餐吃水*鹿*米饭,九点吃晚餐。再说一遍,米饭和*水鹿*,"孩子们说。

"孩子们需要从这种奴役中解放出来,"阿穆向拉维建议。"我正在朝这个方向努力。现在,我也将得到你的帮助,"拉维看着阿穆说道。"确实如此,"阿穆回答道。"让我们拜访一些孩子们正在工作的家庭,"拉维补充道。"叔叔,你再来吧。我们需要你,"孩子们恳求道。孩子们没有自由,无法过上健康的生活。他们为别人而存在,并像奴隶一样生活。这些孩子日日夜夜的生活环境令理性的人类感到恐惧。解决教育、医疗保健、安全、住房和卫生问题是必要的。

"这些孩子在读五年级之前就辍学了。他们被剥夺了童年，被剥夺了与朋友一起玩耍的机会，并且渴望与同龄的孩子一起玩耍。他们过着悲惨的生活，每天工作十到十二个小时，"当他们穿过住宅区时，拉维对阿穆说。

"他们需要教育、娱乐和营养食品，"阿穆评论道。

每个单元都有铁皮棚子，有十五到二十户人家，每户人家都有一间厨房。拉维和阿穆与许多女性交谈过，几乎所有人都说泰米尔语。每个家庭都有几个孩子，他们来自泰米尔纳德邦，或者出生在蒙纳，父母是泰米尔人。阿穆和拉维参观了四十多所房子，直到下午一点。一些家庭中只有老年人，而其他家庭，包括十岁以上的儿童，都去上班了。医疗保健的提供严重不足，住房和生活条件也不人道。阿穆观察到人们被绑在他们的住处，这太可怕了。"这些人是奴隶。他们实际上是被雇主扣为人质，"阿穆大声说道。"我们需要考虑解放孩子们。极低的工资迫使他们日夜为生存而奋斗。说服法庭势在必行，我们将尽力做到这一点，"拉维说。"我们会的，"阿穆保证道。

在慕那尔镇吃了一顿简朴的午餐后，阿穆和拉维出发前往科钦。他们话不多，都在考虑将这些孩子从奴役中解放出来。迷人而田园诗般的自然环境掩盖了童工的可怕真相。

"善与恶不能独立于人类活动而存在，"拉维在他们到达这座城市时说道。

"善恶的概念对于正义至关重要，但这个概念必须基于科学，"阿穆下车时回答道。

"我同意你的看法，阿姆。我们都有责任改善世界，因为善与恶总是存在于人类行为中，"拉维补充道。

"科学可以更好地分析善恶。这是理解宇宙中发生的事情的努力。科学涵盖所有活动及其结果。其目标是确定我们能为人类福祉做些什么。寻求正义是科学不可或缺的一部分，"阿穆分析道。

拉维看着她。阿穆很聪明；她对想法的分析是客观的。"阿穆，谢谢你陪我一起来。我非常喜欢你的陪伴，"拉维说。"谢谢你，拉维。"

"再见，"拉维说着，朝他的自行车走去。"拉维，"她突然叫道。然后阿穆走近他并亲吻他的脸颊。

"我爱你，"她说。

拉维并不感到惊讶，但他看着她。他的心在跳动。"我爱你本来的样子，"阿穆补充道。拉维将她的双手握在掌心里。

"我也爱你，最亲爱的阿穆，"他说。然后她看着他，直到他消失在她的视线中。

当贾纳基和阿伦从办公室出来准备午餐时，阿穆正在读《西塔亚纳的女人》。"梅耶教授，您正在全神贯注地读书，"阿伦评论道。"这是一部精彩的作品，充满同理心和人性。作者细致地分析了残酷的父权社会，*西塔*是厌女症、仇恨、怀疑和偏执的受害者。她的丈夫从来不尊重*西塔*作为独立女性的身份，因为他只考虑自己，而*西塔*在他以男性为中心的环境中并不是一个问题。*西塔*是一颗棋子。不然的话，他怎么会把怀孕的妻子*西塔*一个人留在深夜的密林里呢？*西塔*是他合法结婚的妻子，她的丈夫在没有任何同情心或考虑的情况下离开了她。他的行为是不可接受的。"阿木的话语虽然尖锐、直白，但却很客观。"我同意你的观点，梅耶教授。他的兄弟对拉瓦那青春期的妹妹舒尔帕纳伽进行了性侵犯，并割掉了她的乳房、鼻子和耳朵，这是任何正常人都无法想象的。因此，他煽动了哈里亚纳邦声名狼藉的卡普潘*查亚特*（*Khap Panchayat*）、拉贾斯坦邦的私刑暴徒、北方邦强奸达利特女孩的犯人和印度各地的性骚扰者。兰卡的罗波那是一个更高尚的人。为了报复，兰卡国王罗波那绑架了*西塔*。他从未碰过或伤害过她，而是尊重她，并将她安置在一座带花园的美丽宫殿里，"阿伦评论道。

一阵短暂的沉默。"西塔的丈夫是一位国王，当他在森林里将怀孕的妻子遗弃在掠食者之中时，由于假新闻和流言蜚语，他没有任何疑虑。我们有这样的政治家，他们自称是伟大的领导人和社会价值观的典范。妻子就是妻子，对丈夫的渴望和对他的亲近是她的权利。在印度社会，大多数已婚妇女无法自由地与他人交往。我们需要揭露这些人物，"Janaki 说道，并请求 *Ammu* 和他们一起吃午餐。十五分钟内，阿穆、贾纳基和阿伦煮好了米饭、烤肉、咖喱鱼、秋葵、菠菜和酸奶。随后，贾纳基和*阿伦与阿姆穆*谈论了当前分裂印度的社会问题和宗教神话，例如抛弃已婚妇女、牛私刑、暴徒私刑、名誉杀人和消灭女童等。他们讨论了印度各地民选代表犯下的强奸和欺诈行为。他们的对话包括个人自由、社会选择、压迫、征服、同理心、慈善和社会工作。保罗·扎卡里亚（Paul Zacharia）的短篇小说、梅拉（Meera）的《阿拉查尔》（*Aarachaar*）、《为奴十二年》中的露皮塔·尼奥戈（Lupita Nyog'o）和切瓦特·埃加福特（Chiwetel Ejiofor）让*阿姆*着迷。她听取了 Janaki 和 *A run* 的发言，并参与分析事件和想法。下午三点，贾纳基和*阿跑*再次进入办公室。

阿穆将西塔在父权家庭中的生活与瑞典妇女的平等地位进行了比较。在瑞典，人们对性别平等的信念就像钻石一样坚定。无论性别如何，每个人都有权工作、养活自己、享受事业和家庭的成果、以及无需担心虐待或暴力的生活。对于瑞典社会来说，性别平等意味着社会机会、地位和财富在各行各业的女性和男性之间平等分配。它是定性的，确保女性和男性的知识和经验促进社会进步。妇女和男子在教育机构和工作场所受到平等对待。如果发现任何歧视，教育机构、当局和雇主有义务进行调查并采取预防措施。瑞典宪法高于一切宗教、宗教信仰、神话、迷信和诸神。有一个性别平等机构组织了性别主流计划，其目标是在人们生活的各个领域实现性别平等。

"阿穆·托马斯女士，您可以通过您的研究帮助人类消除饥饿和贫困，实现正义、自由和性别平等。科学是为了人类福祉，而神话和迷信则压迫人类，否定理性决策，"她的研究指导约翰森教授曾经说过。

"每个人都需要与国际社会合作开发新知识，并在智力上诚实地面对神话和迷信的粗俗，这些神话和迷信迫使社会和国家继续处于不发达和蒙昧主义信仰之中。只有可验证的事实才能使人类过上幸福的生活。这种关于宇宙以及社会和经济环境的知识提供了正义和自由、平等和平等机会、道德和人类尊严。"约翰森教授充满希望地说道。他是一位伟大的科学家，一位杰出的学者，一位杰出的教授，一位出色的沟通者，一位具有非凡同理心的开明人。

相信迷信、神话、男权、种姓、宗教、语言和国家的人没有自由感。他们缺乏强烈的道德感，经常做出暴力行为。因此，为了过上美好的生活，人们需要客观、有强烈的好奇心去了解并做出理性的决定。要创造知识，就必须以超然的态度观察、验证事实并记录发现。相信科学的人是谦虚的、探索者和探索者，而追随神话和迷信的人是自私的、固执的和无知的。阿穆后来意识到他是对的，绝对正确。

到达埃尔肯实验室后的六个月内，阿穆完成了基础课程并开始实验室工作。在此期间，她多次前往维特恩湖采集样本，并向监事会提出了自己的初步观察结果。他们发现她的进展令人满意，并要求她测试从库塔纳德和瑞典湖泊收集的样本。第一年结束时，阿穆向同行评审期刊发送了两篇文章进行发表。

第二年年初，她开发了十二个样品在库塔纳德进行测试，然后返回那里验证她的选择。在当地养鱼合作社的帮助下，Ammu 创建了 12 个实验池塘来测试样本，这些池塘被命名为"*库特恩*一号"、"*库特恩*二号"，一直到"*库特恩*十二号"，其中含有来自库塔纳德的龙虾和小龙虾的 DNA 来自维特恩湖和埃尔肯湖的不同组合。阿穆密切观察她的*库特恩*的成长并记录其发展的所有科学方面。每个池塘都委托给两到三名农民组成的小组，其中一名农民担任研究助理，以维持科学的环境并了解*库特恩*的生长过程。这些农民成为阿穆研究的合作者和伙伴。测试期持续一年。阿穆与六名农民、她的研究伙伴、三名女性和三名男性一起访问了瑞典一个月，让他们在不同的湖泊中体验小龙虾养殖。

一个非政府组织赞助了他们的整个瑞典之旅。农民们与阿姆一起走访了十多个湖泊，观察了小龙虾的种植、生产和销售。他们还参加了 *Kraftivaler* 小龙虾节。通过参加当地市政当局为迎接来自喀拉拉邦的来访客人举办的各种研讨会和会议，农民们了解了人们的声音在瑞典文化和经济中的重要性。阿穆陪同农民们来到乌普萨拉大学，在那里她向他们介绍了渔业部。

这次瑞典之行让农民们大开眼界。他们深入了解了工作文化以及诚实、道德、平等、性别公正和自由的重要性。农民们通过参观瑞典各地的农业和畜牧业，极大地丰富了自己的财富。他们惊讶地发现，这里有最现代化的设施，饲养的牛却没有被提升为神。返回库塔纳德后，这六名农民与整个农业社区一起工作。

阿穆再次与她的另一组研究伙伴一起前往瑞典，其中包括三名女性和三名男性。他们走遍了瑞典各地，并在实验室和农场接受了培训。事实证明，参加农民会议和农产品展览是有教育意义的。瑞典的农业高度机械化和科学化，创造了全球最高的生产率和优质的农产品。库塔纳德农民对瑞典农民所坚持的科学方法表示感兴趣。大学邀请他们参加小龙虾研究团队的聚会。阿穆能讲流利的瑞典语，并向聚会介绍她的合作伙伴，随后讨论了鱼类养殖以及农民在喀拉拉邦经济发展中的作用。大学举办晚宴招待来宾。

对农民来说，这次瑞典之行是一次难忘的经历。团队带着新的想法、新的文化和希望回到了库塔纳德。他们对 Ammu 的样本测试计划表现出更大的参与度和主人翁意识。*库特恩*在所有 12 个池塘中都生长得更快，带着选定的样本，阿穆返回了乌普萨拉和埃尔肯实验室。最后，她从十二个实例中挑选了九个进行进一步测试。

第二年年底，Ammu 收到了 Rosaline Collins 教授的一封信，邀请她访问美国大学，在三个月内召开的国际会议上发表一篇关于信号小龙虾的研究论文。Ammu 根据她的实验室工作以及库塔纳德农业社区的参与编写了一篇文章，以维护和测试 *Kuttern*。

降落在华盛顿特区附近的杜勒斯国际机场对阿穆来说是一次非凡的经历，因为这是她第一次来到美国。组织者安排了前往举办会议的酒店的交通。来自大学、研究机构、组织、非政府组织、渔民合作社和农业社区的约四百名代表齐聚一堂。Ammu 的论文受到赞赏，她能够清晰、准确地回答经验丰富的研究人员的问题。柯林斯教授对她在实验室和现场工作的科学性印象深刻。在库塔纳德的 12 个地块中，由农民参与测试样品是独一无二的，农民对*库特恩*一号到*库特恩*十二号的生长、健康和敏捷性的评价是前所未有的。柯林斯教授向同事介绍了阿穆，科学界称赞她坚韧的研究精神和通过研究消除饥饿和贫困、致富的信念。

为期三天的会议在社会和智力上具有开创性、充满活力且以研究为重点。阿穆会见了科学家、教授、研究人员、渔民、农民、农业合作社、个体农民和学生。她收到了许多参加研讨会和会议的邀请，主要来自挪威、英国、智利、日本、菲律宾、印度尼西亚和越南。Ammu 珍惜会议期间度过的每一刻。

在瑞典待了三个月后，阿穆将她的研究成果整理成文，然后回到了库塔纳德。她很高兴看到她的*库特恩*快速成长并享受瑞典培训的农业社区的陪伴。她的研究助理和养鱼户用花环欢迎她，并告诉她*库特恩*在五个样地中的生长情况非常惊人。阿穆对他们进行了测试，对他们的外表、敏捷性、健康和活力感到满意。她和农民一起用土锅煮，发现三个样地的*库特恩*味道鲜美，肉质多汁，带有一丝甜味。阿穆带着这五个样本返回瑞典，并与她的研究委员会进行了详细的测试和验证。她发现其中的三个人，即*库特恩*二号、库特恩八号和十一号，非常适合库塔纳德，而且他们的耕作也令人鼓舞。阿穆与她的研究助理和库塔纳德的农业社区分享了她的发现结果，大家都欢呼雀跃。最后，她的研究主管和指导批准了她的结论。

阿穆立即开始撰写她的研究初稿。这是一项艰巨的任务；她必须通过各种统计检验来分析数据，并合理地解释结果。她必须聪明地运用她的数学能力和推理能力。研究委员会审阅了初稿，提出了建议，并要求 Ammu 将其纳入并重新提交。然后，阿穆紧锣密鼓地完成论文的第二稿，填补了空白，并将其重新提交给研究委员会。第二稿已发送给约翰逊教授，并附有详细的评论。两周内，研究指南将阿穆叫到他的办公室，讨论了缺陷、分析和解释。之后，阿穆开始了她的第三稿，十天内完成，并提交给研究委员会。在对调查结果和建议进行充分评估后，论文再次转交研究指导。

周一早上，约翰逊教授把阿穆叫到他的办公室。他告诉她，他对她的研究或多或少感到满意，但她没有提到*库特恩*二号、八号和十一号中哪些样本最适合库塔纳德环境。

"约翰逊教授，这三种选择对于库塔纳德周边地区来说都同样好。因此，很难确定哪一个是最好的。统计数据支持了这个结论，我也提供了相应的分析和解释。"阿穆回答道。

"但根据你的意见，你认为其中哪一个最好呢？"

阿穆沉默了几分钟，然后坚定地说："先生，我认为*库特恩*八号是最好的。"

"为什么？给出原因，"约翰逊教授坚持说。

"*库特恩*八号有一丝甜味；其他两个则缺乏这一点。"

Johansson 教授微笑着说道："我同意您的论文转交最终评审。"

"谢谢你，先生。我很感激你，"阿穆说。

"你做了一项了不起的研究。现在，评估者必须做出决定。四名评估员将来自国外，一名来自瑞典，"阿穆的导游告诉她。约翰逊教授要求阿穆向大学提交十份研究报告，向评估人员提交五份，向指南、研究委员会、实验室、大学图书馆和瑞典档案馆各提交一份。五名评审员中的三名需要接受博士学位论文。

周五，阿穆提交了论文进行评估，同一天，系里为所有与阿穆在瑞典的研究相关的人组织了一场聚会。聚会于晚上五点左右开始，共有七十多人参加。食物很棒，小龙虾也很丰富。提供了啤酒、葡萄酒和布兰文。吃完饭后，人们开始跳舞，音乐声震耳欲聋。约翰逊教授邀请阿姆和他一起跳舞，他让她着迷。他的动作优雅、巧妙、完美无瑕。看起来他的身体和情绪都很健康、精神耐力、创造力和自信。他拉着伴侣的手，身体在私人空间内移动，没有接触到伴侣。最重要的是，他对与他跳舞的人非常尊重。阿穆喜欢和约翰逊教授一起跳舞。其他一些同事邀请阿穆和他们一起跳舞，阿穆答应了他们每一个人。晚会优雅而欢乐，舞蹈一直持续到午夜。

在专家面前通过口试并成功通过论文答辩后，阿穆决定在三天内返回印度。她感谢她的指导、研究导师、研究委员会、同事和朋友的爱、友谊以及宝贵的合作和帮助。

约翰逊教授邀请阿穆到他的住所喝咖啡。阿穆到达时，他的妻子*和*双胞胎女儿已经在家。约翰逊教授的妻子是一位创作抽象画的艺术家，*并*在欧洲举办过多次成功的展览。他们的女儿艾尔莎（Elsa）*和*埃巴（Ebba）正在上高中，能用流利的英语与阿姆交谈。阿穆知道瑞典大多数 10 岁到 65 岁的人都说英语。喝咖啡时，他们向阿穆询问了喀拉拉邦、卡塔卡利语*和卡拉里帕亚图 (Kalarippayattu)*的情况，以及喀拉拉邦高识字率、独特的医疗保健系统*和*巨大的自然美景背后的秘密。

艾莎和埃巴用瑞典语唱了一首纪念阿姆的歌曲，歌曲旋律优美，阿姆非常喜欢。除了感受到隐藏在焦虑和痛苦中的令人难以置信的爱的情感之外，这首歌还很温暖人心，阿穆向艾莎和埃巴表示祝贺。他们告诉她这首歌是关于一个名叫迪德里克的男孩和一个名叫奥利维亚的女孩之间的爱情。他们在斯德哥尔摩的一家购物中心相识并坠入爱河。第二天，迪德里克乘火车前往奥利维亚居住的哥德堡。到达那里后，迪德里克从奥利维亚的母亲那里得知，她已经登上了前往斯德哥尔摩的火车去见她的朋友。很快，他回到了四百六十八公里外的斯德哥尔摩，他的母亲告诉他，奥利维亚就在那里，刚刚回到哥德堡在那里与他见面。然后男孩唱了一首令人心碎的歌，希望很快就能见到奥利维亚。阿姆看着艾莎和埃巴说道："爱是两个人之间最终的联系力量。"艾莎和埃巴同意阿穆的观点。

约翰逊教授的妻子爱丽丝向阿穆赠送了一幅题为《爱在埃尔肯湖》的画作。这幅画描绘了一艘小船和一对年轻夫妇。爱丽丝解释说，这对年轻夫妇代表了全人类，而埃尔肯湖则象征着宇宙。阿姆发现这幅画美丽、神奇、神秘，她感谢爱丽丝送来的这份贴心的礼物。爱丽丝拥抱了阿姆，称赞她迷人的外表。阿穆对爱丽丝的热情好客和善意的话语表示感谢，并感谢艾尔莎·埃巴为她唱的振奋人心的歌曲。约翰逊教授微笑着，阿穆感谢他对她完成博士学位的指导。

大约十名朋友和同事在斯德哥尔摩阿兰达机场向阿穆告别。他们所有人都拥抱了她并向她告别。阿穆向他们表示感谢并亲吻了他们的脸颊。她飞往哥本哈根，在那里她的生活发生了超出她想象和期望的改变。在那里，她遇到了一个彻底改变了她的生活、永远进入她的生活、与她的存在密不可分的人，一个在本质和存在上与阿姆合而为一的人。就好像她已经认识他很久了，从宇宙大爆炸一开始，在进化的第一个细胞形成时就遇见了他。从一开始，她就喜欢他走路、说话的方式和他的外表，明亮的眼睛、鼻子、耳朵、手势、深色的胡须和优雅的气质。这是完整的爱，就像奥利维亚对她心爱的迪德里克的爱一样。后来，当他们结婚时，阿穆用马拉雅拉姆语、英语和瑞典语演唱了情歌，其中包括《迪德里克》歌曲。拉维喜欢反复听艾莎和埃巴令人心碎的音乐。拉维是阿穆的迪德里克，她是他的奥利维亚。

阿穆是特里苏尔一位富有的油厂老板托马斯·普洛克兰的女儿。他对自己的家族姓氏感到非常自豪，在他祖父的庞大家族中，有许多牧师、修女、一名主教、几名警察、一名法官和一名印度公务员。托马斯·普洛卡兰拥有大约十家食用油厂，遍布埃尔讷古勒姆、特里苏尔和帕拉卡德地区，他总是乘坐一辆白色大使车出行。他在德里苏尔建造了一座房子，成为一个旅游景点，并向他的教堂叙利亚马拉巴尔天主教堂捐赠了数百万美元。他喜欢参加阿拉姆语弥撒，并帮助教会当局建造教堂、神学院和医院。他对所有人都很慷慨。

托马斯·普洛卡兰（Thomas Pullockaran）十岁时开始从事椰子采摘工作，以逃避酗酒父亲的恐惧。最初，托马斯步行参观了附近的农场，一次买了几个椰子，将它们装在椰叶篮子里顶在头上，然后卖给了传统的磨坊主。十六岁时，他梦想拥有一家磨坊，十八岁时，他购买了一家小型传统磨坊和一头白牛。白色是他的幸运色，他总是穿着白色的衣服，把房子和院墙漆成白色，但他从不坚持让妻子和女儿穿白色的衣服。托马斯在圣经的最后一页记录了购买油厂的日期。当他年轻的时候,他的母亲玛丽告诉他将他一生中的所有重大事件都记录在圣经中,他虔诚地遵循她的愿望。他把用阿拉姆语写成的《圣经》放在耶稣圣心画像下的架子上。

托马斯常常自己剪椰子壳,将种子切成两半,手动加热果仁直至变干,然后将其放入 *chakki* 中,这是一种传统的固定鼓,配有与他的牛相连的旋转装置。起初,托马斯·普洛卡兰每天提取二十五到三十升石油。每天晚上,他都会给牛洗个热水澡,喂它青青的青草、金色的干草,以及榨油后的几块*椰干*饼、椰子渣。睡觉前,他常常亲吻他的公牛的头,他的牛阿普总是很享受,并深情地舔托马斯·普洛卡兰的脸。渐渐地,附近农场的妇女带来了椰子来出售或换取椰子油。越来越多的农民用牛车和小型卡车运来椰子。托马斯·普洛卡兰在交易和金钱交易中完全诚实,并以直率赢得了声誉。一年之内,他在榨油厂附近建造了一座小房子,有两间带浴室的卧室、一间起居室、一间起居室和一间带封闭式餐厅的厨房。有一天,周日,阿拉姆语-叙利亚语弥撒结束后,托马斯·普洛卡兰在他的教区教堂里看到了安娜和她的母亲。第二天,他去找弗朗西斯·波坦,向安娜求婚。弗朗西斯有四个女儿和两个儿子,他非常高兴将自己的女儿安娜托付给托马斯·普洛卡兰,因为他知道坐在他面前的这个年轻人勤奋、聪明、诚实且充满爱心。弗朗西斯知道他的大女儿和托马斯在一起会安全、快乐、富裕。

婚礼是一个简单的仪式。托马斯·普洛卡兰坚持将妻子从教堂直接带到他家,而不是按照传统要求去新娘家。但弗朗西斯并没有反对,因为他知道女儿婚后就属于她丈夫了。安娜并没有感到难过;她也没有感到难过。她很高兴托马斯成为她的丈夫。托马斯在圣经的最后一页写下了结婚日期和妻子的名字。他们结婚时安娜二十岁,她丈夫二十四岁。托马斯·普洛卡兰发自内心地爱着安娜,安娜也知道这一点。很快,他们生下了一个儿子,并在特里苏尔最好的产妇之家分娩。他们给儿子起名叫何塞,洗礼时的名字是约瑟夫·安娜·托马斯·普洛卡兰,因为托马斯坚持教区牧师在儿子的名字后面加上安娜的名字。由于托马斯不喜欢他父亲的名字拉斐尔,他给儿子起了祖父的名字约瑟夫。他从来没有将他父亲的名字和他的名字一起使用。托马斯在圣经的最后一页写下了儿子的出生日期、名字和洗礼日期。

托马斯从小就讨厌一个人：他已故的父亲。他不喜欢自己的外表。在酗酒的昏迷中，拉斐尔殴打了他的妻子、托马斯的母亲，后者默默承受着痛苦。托马斯只有一次听到他母亲在父亲踢她肚子时大声哭泣。多年来，托马斯即使在睡梦中也能听到母亲那令人心碎的哭声的回声，这深深地困扰着他。十四岁时，托马斯想杀死他的父亲，并从特里苏尔的一家五金店购买了一把小大锤。他把它藏在房子的角落里，藏在椰子壳下，趁他父亲睡觉时敲碎他的头。托马斯手里拿着大锤，走到父亲的床边，一击打碎了他父亲的头。有一次，他把大锤举过头顶，突然听到妈妈在厨房里叫他。还有一次，他的母亲去了教堂。他的父亲喝醉了，托马斯拿着大锤走向他。然后他听到了教堂的钟声，认为当教区牧师在教堂里举行圣体圣事时打碎他父亲的头是不礼貌的。

人们信任托马斯·普洛卡兰；尤其是女人，给他钱保管，不求利息。此类付款主要用于解决眼前的必需品，托马斯·普洛卡兰从来没有忘记为存入的金额支付共同利息。"让我的钱成为诚实的钱，辛勤劳动的成果，"托马斯常常对每个参观他的油厂的人说。十年之内，他的名字和名声传遍了特里苏尔，他在自家附近的一英亩土地上建造了一座新的机械化榨油厂。托马斯·普洛卡兰 (Thomas Pullockaran) 知道，他的妻子安娜 (Anna) 和他的公牛阿普 (Appu) 是他享有盛名、财富和进步的原因。他把阿普安置在他家附近一个干净整洁的马厩里。托马斯·普洛卡兰（Thomas Pullockaran）每周至少在阿普的帮助下亲自操作他的旧手动油坊一次，让阿普得到一些良好的锻炼。此外，他还指定了一名帮手来照顾阿普，照顾他，以及长途散步。

在与安娜进行详细讨论后，托马斯·普洛克卡兰在穆昆达普拉姆、塔拉皮利、查瓦卡德和科东加鲁尔开设了新的机械化油厂。他任命了五十多名工人负责椰子采购、生产和椰子油的营销。即使是很小的事情，他都会询问安娜的意见和建议，他意识到安娜有一种与他们的幸福和幸福有关的第六感。很快，托马斯·普洛克兰 (Thomas Pullockaran) 想要为他的石油产品命名一个品牌。有一天，他在床上请安娜为他们的精油品牌取一个名字。安娜想了一会儿，然后就睡了。吃早饭时，安娜告诉丈夫："昨晚，我梦见了你的母亲。我们聊了聊，我请她为我们的石油产品建议一个名称。然后她说："说出名字，*拉白牛*。"我喜欢这个名字。*Pull* 是 Pullockaran 的缩写，而 *White Bull* 是我们的 Appu。"托马斯·普洛卡兰重复了安娜建议的名字六次。"一切顺利。"他在心里说道，听到心爱的妻子安娜提出的名字，他感到无比高兴。他咨询了他的特许会计师，并在几天内注册了他的石油产品的品牌名称。那是*拉白牛*。

《*拉白牛*》取得了巨大成功，在印度各地生意兴隆。托马斯·普洛卡兰 (Thomas Pullockaran) 在帕拉卡德 (Palakkad) 和埃尔讷古勒姆 (Ernakulam) 地区开设了新的机械化炼油厂，并购买了现代化卡车。他有三百多名工人，包括技术人员、工程师和食品技术人员。

不久之后，托马斯·普洛卡兰 (Thomas Pullockaran) 与安娜一起前往印度南部旅行，并将炼油厂委托给他信任的高级管理人员。何塞十岁了，上五年级，所以他和他们的帮手呆在家里。安娜和托马斯·普洛卡兰访问了特里凡得琅、科瓦兰、科尼亚库马里、马杜赖、金奈、海得拉巴、果阿、亨比、班加罗尔、迈索尔、乌蒂和科代卡纳尔。这对他们俩来说都是一次难忘的旅行。

在与安娜协商后，托马斯·普洛克兰 (Thomas Pullockaran) 将其业务扩展至菠萝蜜加工和营销。他毫不费力地获得足够数量的菠萝蜜，因为在整个喀拉拉邦都很容易买到。他从意大利引进了最新的食品加工机械，加工出来的菠萝蜜味道极佳。他在*拉白牛*的旗帜下将其命名为"*白牛菠萝蜜*"，最初在印度南部各州和印度北部销售。根据安娜的建议，托马斯·普洛克兰联系了中东、德国、英国、西班牙、意大利、奥地利和美国的业务合作伙伴。很快，*白牛菠萝蜜*的生意就蒸蒸日上。托马斯·普洛卡兰和安娜参观了喀拉拉邦各地的许多教堂，向教区和教区捐赠了大量资金用于慈善和教育。他们很快就成为所有教堂里理想的叙利亚-马拉巴尔天主教夫妇。在周日的讲道中，教区牧师要求他们的社区效仿安娜和托马斯·普洛卡兰的慷慨、灵性和虔诚。

新任命的年轻主教乔治定期拜访托马斯·普洛卡兰，主要是为了经济需要。主教需要资金来培训和教育他所建立的*圣母女修会*的神学院学生和修女。他还需要资金来支付与年轻的凯瑟琳修女（*圣母之女会的上级*）一起前往罗马梵蒂冈的旅行费用；法蒂玛、德国、圣地、美国的基金收藏和享受。托马斯·普洛卡兰一向很慷慨，面带微笑地送给主教大捆钞票。"让圣托马斯教会，特别是叙利亚马拉巴尔教会，在各地成长和繁荣，"他经常对乔治主教说，亲吻他的圣戒指。很快，托马斯·普洛卡兰 (Thomas Pullockaran) 的*拉白牛*(Pull the White Bull)就被宣布为价值 10 亿卢比的生意。

从印度南部旅行回来后不到两个月，安娜就意识到自己怀上了第二个孩子。得知这个好消息后，托马斯·普洛卡兰非常高兴，并像女王一样照顾他的妻子。他们给孩子取名为 Ammu，出生在科钦一家著名的产妇之家。托马斯要求乔治主教为阿穆施洗，她的洗礼名是玛丽，以托马斯·普洛卡兰的母亲的名字命名。洗礼当天举行了盛大的庆祝活动，他的油厂全体员工、他的朋友、亲戚和商业合作者都参加了聚会。托马斯·普洛卡兰宣布为他的所有团队增加一天的工资，并向乔治主教赠送了一辆新的大使汽车，乔治主教对他的举动非常满意。

托马斯·普洛卡兰 (Thomas Pullockaran) 在郊区建造了一座新宅邸，并将其命名为*"白牛"(The White Bull)*。还有一个饲养他的公牛阿普的马厩。每天，当托马斯下班回来时，他都会喊道："阿普！阿普！"公牛会摇头表示欢迎。给托马斯喂了一些*干椰肉*蛋糕后，他会进去见他的妻子。对于托马斯来说，每周至少两次带阿普独自长途散步就像一种宗教义务，阿普很喜欢这条路，因为两者之间有一种莫名的联系。阿穆五岁时，她的父母录取她进入一所修女学校。那时，何塞已经完成了大学预科考试，进入了一所科学和数学专业的高中，因为他计划两年后进入一所工程学院。何塞和阿穆是优秀的学生，行为端正，深受朋友和老师的喜爱。他们的父母为他们感到骄傲，并像大象爱他们的小牛一样爱他们。

托马斯·普洛卡兰请求安娜陪他去主教府，感谢乔治主教的祈祷和祝福。然而，安娜第一次不同意他的观点，她表示没有必要在主教之家会见主教，因为她认为与主教的这种亲密关系是不健康的。但由于普洛卡兰的坚持，安娜最终同意和他一起去。乔治主教通常在晚上接待访客，因为他从上午 11 点开始与教区副主教、教区神父和各教会负责人会面。他进行特定的宗教活动和冥想直到上午 10 点。晚上 7 点，凯瑟琳修女在他卧室附近的私人小教堂里协助他举行了圣体圣事庆祝活动，持续了半个小时。然后，她在书房另一边的小厨房里为他准备早餐，因为主教更喜欢只在主食堂与其他神职人员共进午餐和晚餐。修女和他一起吃早餐，打扫厨房和卧室，为他准备床铺，洗衣服，并干洗用于各种圣礼的法衣。

凯瑟琳修女是第一批在十六岁加入*圣母之女会的修女*之一。该团体是由一位名叫乔治的年轻牧师建立的，凯瑟琳作为新手加入，被他的活力、良好的行为和虔诚所吸引。凯瑟琳很喜欢乔治，发现他阳刚的身体和迷人的眼睛令人着迷。后来，教皇任命他为主教。二十二岁时，凯瑟琳成为一名自称修女，并在二十七岁时被任命为修道院的母亲。教会在教区的不同角落只有三座修道院，每座修道院都有专门为主教布置的客房，除了圣母之外，任何人都不允许进入或停留。每当主教参观修道院时，他都会留在客房里。最初，主教为*圣母之女会*筹集了所有资金。

后来，修女们创办了学校和医院，通过在喀拉拉邦购买土地和建筑物，变得自给自足，但也变得非常富有。姐妹们感谢乔治主教创建了会众，并祝福他们满足了暂时和精神上的需要。他被认为是一位神圣的牧师，后来又被认为是一位神圣的主教。他仍然是教会的赞助人、顾问和主席。尼姑们的训练、教育、工作、调动、处罚等一切事宜都是由他决定的。三十出头的凯瑟琳修女聪明又好动，每天都热心帮助主教，每天早上七点到十点在主教家里度过三个小时已成为她的惯例。她会众中的所有修女都认为帮助四十岁的主教（他们的创始人）是她们的宗教义务，主教在圣灵的启发下成立了她们的团体。

许多父母过去常常带着他们的婴儿接受乔治主教的祝福。主教用灰在他们的额头上画了十字，为他们祝圣。渐渐地，信徒们开始看到他怀里的圣婴耶稣，特别是在每月的第一个星期五。月复一月，主教家门前的队伍越来越长，几乎所有教区的家长带着孩子都在排队。他们相信所有受到大都会祝福的婴儿在进入青春期或失去独身或童贞之前都会保持健康。由于主教是圣婴耶稣神学的学者，人们坚信圣婴经常与他孤独地交谈。主教很高兴祝福这些婴儿，因为他每个第一个星期五都会收到可观的钱。

每个星期六，乔治主教都会在主教官邸附近的大教堂里为教区的年轻人讲道并主持祈祷静修暨冥想活动。数百名年轻人参加了这些务虚会。祈祷的主题是贞洁和童贞，他敦促年轻人不惜一切代价保持独身。"你的身体是纯净的。永远不要成为魔鬼的奴隶，上帝的敌人。我们的母亲圣母玛利亚一直都是纯洁的，即使在耶稣诞生之后她仍然如此。她因圣灵怀孕，生下儿子，就是全能神的儿子。耶稣不是通过她的生殖器出生的。上帝赐予她特别的祝福，让她在不失去童贞的情况下释放耶稣。这是一个深刻的奥秘，神可以将这样的祝福赐给所有基督徒。您只能在结婚后发生性行为，而且也只能与您的配偶发生性行为。仅在以传教士体位生孩子时发生性行为。所有其他的职位都是魔鬼的创造，是上帝所不喜欢的。在需要另一个孩子之前不要发生性行为，以保持自己的纯洁。愿圣母通过我们的主耶稣基督祝福你们，"主教在祝福年轻人时说道。作为一位伟大的静修传教士、一位精神导师和一位鼓舞人心的高级主教，主教的名字和名声传遍了世界各地。

凯瑟琳修女为教区的女孩参加了有关婚姻准备的特殊课程。她谈到童贞，引用了圣母玛利亚的例子。所有女孩都必须获得凯瑟琳修女关于教义问答的证书，特别是关于纯洁之谜的证书，才能获得主教的结婚许可。"家里要始终保持祈祷的气氛。随身携带念珠，尤其是当您的丈夫为了生孩子而进行性行为时，并在神圣的性行为期间念诵念珠。当他完成结合时，请他和你们一起祈祷，背诵玫瑰经，"凯瑟琳修女常常敦促女孩们。教区的每个人都称她为玫瑰经之母。人们崇拜她的虔诚，并邀请她到家里念念珠作为家庭祈祷。她每次拜访都会收到天主教徒五百到一千卢比的捐款。因此，圣母教区始终保持着虔诚的气氛。圣母帮助乔治主教祝福孩子们，家长们对她的无私服务表示感谢。由于修道院距离主教家只有五分钟的路程，凯瑟琳修女每天早上都很容易到达他家。

第三章：一头白牛和一所舞蹈学校

托马斯·普洛卡兰和安娜在晚上五点左右拜访了乔治主教，主教很高兴见到他们。他们感谢主教的祈祷和祝福。经过短暂的祈祷后，主教告诉他们，他可以为他们安排在梵蒂冈觐见教皇。托马斯·普洛卡兰听到这个消息很兴奋。主教说："尽管觐见罗马教廷很困难，但我可以在三个月内为您安排一次。""陛下，我们太幸运了，"托马斯·普洛卡兰说。"你需要通过我们的教区向梵蒂冈捐款，"主教说。"当然，"托马斯·普洛卡兰看着安娜回答道。"所以，我会把机票的详细信息告诉你，在得到梵蒂冈的确认后，你必须立即为我和凯瑟琳修女预订机票。"主教微笑着说道。"是的，陛下，"托马斯·普洛卡兰说。"我会带领你，"主教说。

亲吻了主教的戒指，并交给他一捆十万卢比的钞票用于孤儿院的维护后，托马斯·普洛卡兰和安娜离开了。然而，安娜却始终保持着沉默，一片深沉的沉默。

安娜再次怀上第三个孩子，时年三十六岁。她担心她的丈夫开始信任所有人并对主教过于信任。此外，他盲目地相信他的一些工程师和食品技术人员。最近，托马斯变得很傻，安娜很担心。随着时间的推移，她患上了高血压和糖尿病。妇科医生告诉托马斯·普洛克兰，这是典型的情况，因为一旦分娩，高血压和糖尿病就会消失。托马斯指定了两名家庭护士日夜照顾安娜。托马斯·普洛卡兰大部分醒着的时间都和安娜一起度过，因为她的幸福就是他的幸福。当他们独处时，他亲吻了她的脸颊。八个月大时，安娜倒在客厅里，立即被转移到特里苏尔最好的医院。安娜昏迷了两天，托马斯将她转移到科钦，并在那里指定了专科医生对她进行治疗。托马斯·普洛卡兰始终陪伴在她身边。第七天，安娜在医院去世，托马斯双手捧着她的头，因无法控制悲伤和痛苦而哭泣。

经过十七年幸福的婚姻生活后，托马斯·普洛卡兰成为鳏夫。生活对他来说已经失去了所有的魅力、意义和目标，因为安娜与他的思想密不可分。每天早上和晚上，他都会拥抱何塞和阿穆，给他们讲关于他们慈爱母亲的美丽故事，并讲述她的言语、手势和表情。他变得非常保护他的孩子。晚上，托马斯·普洛卡兰到处寻找安娜，反复呼唤她的名字，沉浸在回忆中。他永远无法接受她已经不在了，他再也见不到她了。他的一些朋友和祝福者要求他再结婚，这样孩子们就有了母亲，他也能从悲伤中恢复过来。但他拒绝接受他们的建议。

当何塞加入工程学院时，托马斯预计何塞将在完成学士学位和工商管理硕士学位后接管石油厂的职责。托马斯·普洛克兰 (Thomas Pullockaran) 逐渐对这项业务失去了兴趣。

尽管安娜的去世给托马斯·普洛卡兰带来了难以忍受的痛苦，而且他的行为也表现出了超然态度，但"*拉白牛*"表现良好，因为资产负债表显示出相当大的财务活力和健康状况。托马斯信任他的工程师、食品技术人员和行政人员，因为他们知道在危机时期该做什么以及如何进行。当阿穆升到十年级时，何塞加入了一家工程公司，积累了一年的工作经验。当阿穆报名参加 MBA 课程时，他正在读高中。此前，托马斯·普洛卡兰 (Thomas Pullockaran) 每月访问他所有的炼油厂三次，但后来将访问频率减少到每月两次。此外，当他的一些专家移居美国和澳大利亚时，他任命了新的工程师和食品技术人员担任更高的职位。

新人缺乏经验和坚定的承诺，影响了《拉白牛》的采购、制作、营销和宣传。托马斯·普洛克兰认为这是一个短期现象，当他们获得更多经验时，情况就会变得更好。不过渐渐的没落了，一些老手通知他，*拉白牛*出了问题。现在，托马斯变得忧心忡忡，彻夜难眠。他想念安娜的建议和忠告。睡觉前，他在安娜的照片前呆了很长时间，回味着和她在小屋里以及后来在*白牛*豪宅里度过的日子。

完成 MBA 学业后，何塞加入了班加罗尔的一家公司积累经验，他向父亲保证一年后将加入 *Pull the White Bull*。渐渐地，托马斯·普洛克兰观察到何塞的变化，他变得内向，很少通过电话联系他。即使他们真的说话，也只聊了两到三分钟。四个月后的一天，何塞突然出现在家里，他的父亲发现何塞已经面目全非。他留着长胡子，对宗教、事件和信仰的态度也发生了变化。何塞待了一天后，没有告诉父亲就离开了。一个月后，普洛卡兰接到何塞的电话，通知他已经辞去工作并开始在海得拉巴学习阿拉伯语。这确实让托马斯·普洛卡兰感到震惊，他拼命试图联系儿子，但找不到他。他不知道何塞在哪里。

两个月后，何塞回到家，对他的父亲很粗鲁。他要求他给他一百万卢比现金。收集这么多现金对托马斯来说是一项艰巨的任务，他告诉何塞，没有这么多现金，也不可能有这么多现金。何塞变得狂野起来，并威胁他的父亲，让他承担可怕的后果。托马斯·普洛卡兰意识到他失去了儿子。托马斯·普洛卡兰好不容易才凑到了 50 万卢比现金，交给了何塞，但何塞却勃然大怒，辱骂了他的父亲。"何塞，当你和你父亲说话时，你必须表现出尊重，"托马斯·普洛卡兰说。"别叫我何塞。我的名字是阿里，"他回答道。这对普洛卡兰来说是一个震惊。"现在我要走了，但我会在一个月内回来，需要五百万卢比，我不希望有任何借口，"何塞在离开时喊道。恐惧笼罩着托马斯。何塞不是他的儿子；他是他的儿子。他是另外一个人了，他想。怎么对付他，下次再面对他，筹集五百万现金。他所有的交易都是通过支票进行的，不可能收取如此巨额的现金。

一个月后何塞回来了，坚持要收五百万现金。他的行为就像一头野生动物。阿穆一看到他就哭了，但何塞威胁说，如果她不戴头巾出现在他面前，他就会杀了她。"离开我的视线。未经男人允许，女人不应该公开出柜。走开！"他对阿姆喊道。然后他打破了耶稣圣心、最后的晚餐、圣母怜子图、喀拉拉邦的圣托马斯、圣安东尼与圣婴耶稣的照片，并喊道："我讨厌偶像崇拜者。他们需要惩罚，而他们的惩罚就是死亡。"圣托马斯的照片对托马斯·普洛卡兰来说很珍贵，因为它是他的祖父约瑟夫·马修·普洛卡兰的礼物。约瑟夫曾经告诉托马斯，圣托马斯来到马拉巴尔海岸，为七个家庭施洗，并在喀拉拉邦建立了七个教堂。这位圣人来自耶稣的家族，讲阿拉姆语，即耶稣的语言，叙利亚基督徒用阿拉姆语举行神圣弥撒。"永远不要忘记圣托马斯，并始终将圣托马斯的照片放在家里。使徒会祝福你，"他的祖父说道。

当托马斯·普洛卡兰看到他心爱的使徒被撕破的照片时，他的心碎了，他不知道该说什么。他气得浑身发抖，想报警，但考虑到这可能会引起不好的舆论，他没有这么做。然而，托马斯·普洛卡兰突然变成了一个闹鬼的人，被他的儿子何塞（别名阿里）圣战分子吓坏了。

"把钱给我！"何塞大喊一声，气势汹汹地朝他父亲走去。

"给我一些时间，我会全额付给你，"托马斯·普洛卡兰恳求道。

"你需要多少时间，你这个*异教徒*？"何塞喊道。

"至少一个月，"他的父亲回答道。

"三十天后我就会回来。记住，现金一定要准备好。"何塞在离开前在门口喊道。

"爸爸，我们该怎么办？"阿木问道。

"我不知道。这太可怕了。我认为何塞加入了一些*圣战*组织，"她的父亲回答道。

"他是阿里，不是何塞，他已经变成了魔鬼，"阿穆说。

普洛卡兰沉默了。"我们要报警吗？"阿木问道。"等等，不是现在。如果我们通知警方，这将对我们的业务产生负面影响，"托马斯·普洛卡兰说。"你担心生意会倒闭吗？"阿木很着急。"可能性很大，"他回答道。"但是你将如何支付这五百万卢比现金呢？"阿木问道。"除了出售我们的一家炼油厂之外，我没有其他选择。""哪一个？""帕拉卡德的那个。""这不会影响我们的生意吗？""当然。也可能有关于我为什么卖掉一家油厂的谣言，这总是给我们带来丰厚的利润，"她的父亲回答道。"那你为什么不卖掉特里苏尔地区的一家油厂呢？"阿木问道。"帕拉卡德离特里苏尔很远，我发现很难经常去那里参观我们的油厂，"他回答道。

阿木想了想，又问道："你预计的金额是多少？" "购买像我们这样的炼油厂可能至少要花费五千万卢比。但卖快钱的时候，你也不会得到超过四分之一的钱。我们面临的问题是，我们需要 500 万的现金，如果我们坚持要现金，我们拿不到超过 700 万。"托马斯·普洛卡兰避免看他的女儿，因为他羞于看到她惊恐的脸。

"我是一个忧心忡忡的人，亲爱的阿穆，"托马斯说。然后他用手掌捂住了眼睛，阿穆第一次看到他被打败了。

托马斯·普洛卡兰 (Thomas Pullockaran) 以 650 万卢比的价格出售了他在帕拉卡德 (Palakkad) 的油厂，并获得了 500 万现金。注册时的销售价格记录为五十万卢比。第二天，当地报纸刊登了一篇新闻报道，称"普洛克卡兰以一百五十万美元的价格出售了价值五千万美元的炼油厂"。这一消息引发了有关普洛卡兰帝国即将崩溃的谣言。有人说，"普洛克卡兰正在倒下"，而另一些人则评论说，"他已经倒下了。"这一消息极大地影响了*拉白牛*的业务。许多企业大亨开始与他疏远，他信任的一些员工也辞职寻找更好的发展空间。

阿里来了，收了钱，一言不发地离开了。托马斯·普洛卡兰变得孤独、沮丧、心碎。阿姆参加了渔业研究生课程后，正在她的宿舍里。一周后，又出现一条新闻："70 人因疑似食物中毒入院。"另一份报纸的标题是："受污染的椰子油引起食物中毒。"*拉白牛*现场充满了绝对的恐慌。同日，食品安全部门食品检查人员突击搜查了所有油厂，收缴了*"拉白牛"*品牌、密封的油罐。多地发生食物中毒事件，导致榨油厂所有销售点都被关闭、上锁。

一天晚上，当托马斯·普洛卡兰坐在餐厅里时，有人敲响了他的大门。当他打开门时，三个胡子拉碴的人冲进了屋子。他们袭击了他，并抢走了安娜放在托马斯·普洛卡兰卧室钢柜里的所有金饰和钻石。安娜将黄金和钻石交给丈夫时，告诉他这些是给阿姆的，只给阿姆的。当三个胡子拉碴的人准备带着战利品离开时，其中一人用腿踢了圣经，圣经砰地一声落在托马斯·普洛卡兰面前。然后另一个人把汽油倒在《圣经》上，第三个人点燃了一根火柴。托马斯·普洛卡兰认出了踢圣经的人，并称他为"何塞……？"踢圣经的人打了托马斯·普洛卡兰一巴掌，大喊："我是阿里！"他用手指指着托马斯，尖叫道："除了神圣的《古兰经》之外，不要读任何其他东西。"

他的看门人将普洛卡兰带到了医院，医生要求他留院三天。消息传开后，阿穆从宿舍赶来，和父亲一起度过了一周。

食品安全部门已将从*"拉白牛"*中收集的一些油样送往三个政府拥有的检测实验室。所有实验室都毫无疑问地证明从一家工厂获得的油含有有毒物质。但托马斯·普洛卡兰（Thomas Pullockaran）、食品安全部门或其他任何人都不知道，一名在 *Pull the White Bull* 的 Kunnamkulam 油厂工作的食品技术专家在接受了一家竞争石油公司的巨额贿赂后，在油中下了毒。法院命令托马斯·普洛卡兰向所有石油中毒受害者支付赔偿金。普洛卡兰不得不卖掉他所有的地产，包括他的豪宅和炼油厂，这对他来说只要 7500 万卢比就可以卖到至少 20 亿卢比。交了税款、石油中毒受害者的赔偿金、拖欠员工的工资、公积金和小费后，留给他和阿穆的已经所剩无几了。托马斯·普洛卡兰 (Thomas Pullockaran) 租了一套小房子，并将心爱的阿普搬到了新家。

"我只想通过公平和诚实的方式赚钱，"托马斯·普洛克兰 (Thomas Pullockaran) 曾经对他的商业合作者和经销商说。他的敌人意识到他们只能通过犯规行为才能把他推倒或让他摔倒，他们做得很好。

托马斯·普洛卡兰 (Thomas Pullockaran) 在他租来的房子里去世。尸体被送往公立医院的医生将死因写为心脏病发作。托马斯咽下最后一口气时已经五十九岁了。阿木不断地哭泣。阿穆向教会支付了两万五千卢比后，教会将托马斯·普洛卡兰安葬在公共墓地。装有尸体的棺材被推入公共墓地的一个与深井相连的洞中。阿穆买不起一座坟墓，要花五十万卢比，她无法想象教堂要价一百万卢比的花岗岩永久墓葬。大约有二十人参加了葬礼，由于当天教区牧师不在城里，教堂司事为葬礼祈祷，费用为五百卢比。由于还有一场带着大笔捐款的洗礼等待着他，乔治主教没有参加托马斯·普洛卡兰的葬礼。三天后，阿普被绑住的房主以两百九十五卢比的价格将年事已高的阿普卖给了屠夫卡里姆。

二十二岁时，阿穆成为孤儿。她留在宿舍，完成了毕业后的学业。第二年，她获得龙虾和小龙虾博士学位奖学金后前往乌普萨拉。

晚餐时间到了，贾纳基和阿伦离开了办公室。"读书怎么样？"阿伦问道。"完成了这本书，"阿穆回答道。"你是怎么找到它的？"贾纳基问道。

"鼓舞人心。它提出了关于印度女性的问题，主要是她们在男性主导的社会中的地位、她们平等的性质（如果有的话）、自由以及家庭和街道上的安全，"阿穆在厨房里解释道。

阿伦是厨师，准备了烤肉和炸木豆，而阿穆则准备了沙拉。贾纳基摆好了桌子。

"我同情乌尔米拉，"阿伦在吃晚饭时说道。

"乌尔米拉默默承受着巨大的痛苦。她的丈夫什么也没说，就离开了她，跟着哥哥和西塔走了。他本可以问乌尔米拉是否愿意陪他去森林，但他没有这样做，乌尔米拉独自一人度过了十四年。乌尔米拉的丈夫不仅无礼，而且残忍。他代表了印度的偏执，因为他是一个大男子主义者，"阿穆说。

"我同意你的观点，梅耶尔教授，"贾纳基补充道。

晚餐后，他们看了*我们的新闻电视*一段时间。拉贾斯坦邦有新闻报道："一名奶牛私刑活动的受害者在阿尔瓦尔的一个警察局被殴打致死。"，随后电视主播发起了讨论。"牛是神圣的。这些吃牛肉的人应该受到教训。"执政党议员说。"当统治者成为杀人犯时，人民永远是他们的目标，"阿伦评论道。"但是邪恶不能与另一种邪恶对抗，"贾纳基说。"丘吉尔用什么武器来对抗希特勒？因此，我们需要反击，"阿伦说。"奥斯威辛集中营的犹太人很无助，尽管他们的数量比纳粹士兵还要多，"阿穆补充道。阿伦分析道："在印度，统治者心照不宣地鼓励牛自卫队、强奸和暴民暴力，因为这是他们分裂人民并继续掌权的策略。"

"暴力是人性中固有的。这就是进化过程的本质。但在民主社会中，暴力必须转化为生产活动，"贾纳基认为。

"非常正确。然而，执政政客需要暴力，并将其作为秘密武器，同时公开谴责暴力。他们在黑夜里鼓励这样做，"阿穆说。

"我同意那个人的说法，印度正在演变成一个只针对特定宗教的国家。这将给我们带来灾难，"贾纳基说。

"不幸的是，狂热分子不理解我们崇高的哲学。让他们阅读《奥义书》，这是世界上最古老、最神圣的经典之一，由生活在佛陀时代和早于耶稣许多年的古印度先知和圣人所写。这些著作中蕴含的深刻智慧让我们直接体验到自己的存在、意识和作为人类的渴望。它们微妙而简洁地告诉你你是什么以及人生的目标。但这些奶牛义务警员和他们鼓励他们杀戮和焚烧的领导人可能没有听说过《奥义书》，"阿穆解释道。

贾纳基和阿伦钦佩地看着阿穆。"女士，您的话是深思熟虑的，是冥想、反思和实践的想法，"贾纳基说。

睡觉前，他们听了莫扎特、伊拉亚拉贾和 AR 拉赫曼的音乐。"晚安，梅尔教授，"贾纳基和阿伦亲吻阿穆的脸颊时异口同声地说。"晚安，贾纳基。晚安，阿伦，"阿穆回答道。这是阿穆与贾纳基和阿伦度过的第二个晚上。就好像她已经认识他们很多年了，很多年了。阿穆睡着了，梦见了《埃尔肯湖之恋》，这是她从爱丽丝·约翰逊那里收到的珍贵画作。

一大早起床时，阿穆回忆起她与艾尔莎和埃巴一起唱的迪德里克令人心碎的歌曲，讲述了迪德里克对奥利维亚的爱。

阿木在监狱里多次唱过这首歌，每天至少唱一次。这首歌的强度涵盖了她的身体和灵魂、情感和感受、以及爱和感情。唱这首歌是一种令人惊叹的心灵表达，尽管它造成了痛苦，但也带来了缓解。令人惊讶的是，苦难本身却让阿穆感到满足。如果没有疼痛，她就无法生存，有时，阿穆会引发疼痛并重温它的经历。疼痛给她带来了阴影，保护她免受更剧烈的疼痛。当她经历剧烈的疼痛时，它变成了一把雨伞，保护她免受进一步的痛苦。这确实是一种生活方式，一个发现自我、理解最内在的自我、她的整体、她的意识的过程，这就是 Ammu。然后阿穆与自然合而为一，她的痛苦也成为了宇宙的一部分。她感到如释重负，知道她分享了整个现实的存在，并且她就是那个存在。她的疼痛暂时消失了。

痛苦和爱是双胞胎。"迪德里克，我理解你的爱。我经历过你的痛苦。我是你的奥利维亚，你的搜索，你开往哥德堡的火车。奥利维亚，我是你的迪德里克。我是你开往斯德哥尔摩的火车。"阿穆可以看到艾尔莎和埃巴眼中浓浓的爱意，就好像他们和迪德里克一起寻找他的奥利维亚。他们是他的奥利维亚，他们正在寻找迪德里克。他们不断地从哥德堡到斯德哥尔摩，寻找他们正在追求奥利维亚的迪德里克，他们想成为他的奥利维亚。

爱丽丝也陷入了爱情。她的爱是神秘的、神奇的、后现代的。爱丽丝看起来很孤独，尽管她的丈夫和女儿都在她身边。她的眼神透露出她的孤独。艺术家总是爱着某个人。

当有人爱你时，你会感到孤独。

当没有人爱你时，你会感到孤独。

你渴望更多的爱，却不知道孤独是缺乏爱的后果。有一种爱的圆满的观念。如果没有爱，就没有孤独；如果没有孤独，就没有爱的缺失。她爱她的丈夫，但不只是寻求孤独。爱丽丝在生命之湖埃尔肯湖中永远寻找着她的激情。她的爱人可能是远方来的游客，也可能是她的邻居、同学，或者是她在欧洲某处的名作展览期间认识的画家。但她恋爱了，恋爱得很深。

约翰逊教授爱上了他的妻子，爱上了一个概念或一个想法，他的脸上反映出他不断的探索。但他很孤独，而且只爱自己。他因为爱自己而跳舞，也因为自己的孤独而跳舞。当他与阿姆共舞时，他也在与自己共舞。他可能在阿姆身上看到了自己。他可能爱上了 Ammu。

阿穆恋爱了。她的爱是深刻的，因为其中有一个秘密和一个童话故事。它有很多层，一千种涂层，一百万种釉料。每一天，她都能看到她对一个人拉维·斯特凡的爱的新面貌，就好像拉维日复一日地暴露出他性格中未知的维度。对阿穆来说,这总是有意义且神秘的,而拉维从来没有让她感到无聊。她从未觉得自己已经达到了体验、理解和认识他的顶峰。此外,阿姆从来没有认为她是不受欢迎的,因为拉维对她永远感到高兴,并鼓励她成为他在哥本哈根机场遇见的亲爱的阿姆。在他一生中,她都是同一个阿姆。充满活力又神秘,与她在一起他可以自由无拘无束,阿穆甚至在醒着的时候也梦见拉维。

她和哥本哈根机场的拉维在一起,身材高大、皮肤黝黑、英俊。他们握手微笑;然后,他抱着她通过了安检。

"嗨,你抱着她,"柜台的工作人员说道。

"是的,她是我心爱的灵魂,我爱她。她就是我,我通过她体验我自己。当我看到她时,我意识到我们可以成为朋友。我们从一开始就是朋友,"拉维回答道。

军官看了他一分钟。"你说话就像索伦·克尔凯郭尔(Soren Kierkegaard)一样,"他说,在护照上盖了章,然后将其退回。一路上,其他乘客都鼓起掌来。

"拉维·斯特凡,我爱你。你是我的纪伯伦,"阿穆说。

"我也爱你,阿穆。你是我的米拉,我们要去我们的温达文,"拉维说。

在机场被拉维抱在怀里是一种快乐;这是一次平静的经历,阿穆忘记了其他一切。只是她和她的拉维在这个世界上;他仍然抱着她乘电梯,一直到登机口。和他在一起很美好。他坚实而威严,然后阿穆就睡在他的怀里。飞机内,所有人起立鼓掌。

"和这对夫妇在一起真是太棒了;他们相爱了,"一位乘客评论道。

"爱没有其他解释。它纯粹而简单,"其他人评论道。

拉维坐在她旁边,唱了一首电影《*Chemmeen* of Ramu Kariat》中的歌曲:"*Maanasa Maine Varoo, Madhuram Nulli Tharoo*。"这是一首充满爱和感情的歌曲,但也充满了渴望和失去的机会。

然后阿穆一直睡到凌晨五点。贾纳基和阿伦正在做瑜伽、冥想和跑步机锻炼。阿穆一起床就练习每天的*调息法*,这是她第一年在监狱里学到的,并持续每天练习二十五年。

她对入狱的第一天记忆犹新。旧警车停在大门前，警察用椰壳绳子绑住了她的双手。她左侧的一名女警官将她从车里踢了出来。阿木摔倒在大门前，额头撞在水泥地板上。由于双手被绑，阿姆很难站起来，这名女警官用鞋子踢了她，并命令阿姆站起来。另一名警员比她的同伴年轻得多，帮助阿穆站起来，并带领她穿过监狱的大门。她的肩包里装着一些衣服被彻底检查，详细信息被记录在日志中。一名女警官搜查了她的身体，然后将她带到监狱长，这是该机构的最高官员。"通常情况下，我们在罪犯到达后会殴打至少一个小时。那是药物，可以让犯人变得卑微、听话，但是……"狱长怒吼道。阿穆站在他面前，低着头，一言不发。宽敞的房间里，院长显得很小，向后梳的银发就像额尔肯湖对岸远处的昏暗灯光。阿木没有感觉到任何异常。她已经失去了所有的感情和对善恶的敏感度。一次用两到三个狱卒殴打囚犯会更有效。这是英国人的传统。他们凶残残忍，对罪犯绝不手软。他们知道如何展现自己的力量。

又是一阵长时间的沉默。犯人不应该说话。事实上，院长的对话是独白，而且永远都是独白。就连狱卒，系主任，也不敢在他面前开口。"是的先生！"这是下级军官应该说出的唯一答案。"是的先生！"阿木说道。她从来不知道监狱的规矩；英国的传统在其四堵墙内仍然得到严格遵循。"住口。你不应该在我面前说话，因为你是一个罪犯。再说了，你也是我的照顾对象。你说话与否由我决定。"警长喊道。阿木并没有觉得有什么不对劲；她经历过更严重的羞辱、尖叫和虐待。

"你是一个终身囚犯。你永远出不了这个监狱。"监狱长斩钉截铁地说，"没有假释，没有减刑，没有访客，没有人可以收信，也没有人可以寄信。"阿穆站着不动。她什么也没想。除了拉维和泰哈斯之外，没有什么可考虑的。但她一直把它们装在心里，没必要去考虑。

"你会死在这里。这就是你的结局。"警长的话给她的命运盖上了最后的印记。他听从法庭的命令，却可以让罪犯的生活变成绝对的地狱。

阿姆没有出口。

法院决定她将继续入狱直至去世。监狱当局将她的尸体埋在监狱内的柚木树下。她会有一个没有标记的坟墓，也没有墓碑。一个月之内，杂草就会覆盖她的坟墓，柚木树会吸走她腐烂的尸体，她将永远灭亡。柚木树会生长得又快又健壮，木匠们会用它们的树干建造闪亮的家具。

"如果那就是结局的话。就这样吧。"阿穆安慰自己。

"带她到女监区去。"狱长对两名女看守吩咐道，阿穆朝监狱内的女监区走去，那里有着巨大的大门和高高的围墙。

女子监区是监狱中的一个迷你监狱。男性军官或囚犯不得进入女监区。"法庭判处你终身监禁，你将一生都待在这里。只有犯有谋杀和危害国家罪等严重罪行的人才会被判处终身监禁。在某种程度上，这就像死刑。是的，这就像死刑，"女子监狱的狱卒解释道。阿姆像一尊雕像一样站在她面前。

"给她按惯例洗澡，"看守命令道，守卫把阿穆带到女监区的角落里。一小群女囚犯从事不同类型的工作。有的在清洁用具，有的在打扫睡觉的宿舍，还有的在忙着缝纫、剪裁。几个囚犯正提着水桶到厨房。所有人都订婚了。"

露天庭院的水泥平台上立着一个大水龙头。"爬上站台，"一名警卫命令道。"把衣服脱掉！"第二个守卫喊道。阿木犹豫了。在公共场合脱掉衣服并向所有人展示她的裸体是可怕的。"把衣服脱掉！"守卫再次大喊。阿木不情愿地脱下了衣服。

阿穆从头到脚赤裸着，一动不动地站着。

"我就是那个女人，"她低声说道。"真实的我。看看那个女人。"

阿穆像耶稣基督在被钉十字架前一样赤身裸体。

警卫将一根软管连接到水龙头上并将其打开。水从里面喷涌而出，力量如此之大，阿姆跌倒在平台上。"起床！"守卫尖叫起来，但她没有任何东西可以抓住。阿穆站起来，试图站稳。

"把头发洗干净，把乳房洗干净，把腋下洗干净，把阴道洗干净。"警卫吼道。阿木犹豫了。

"清洁你的阴道！"第二名守卫喊道，将*棍棒*瞄准阿姆穆。

阿木反复清洗全身。"现在，从站台上下来，"警卫说道，阿穆就爬了下来。"绕女子侧翼绕三圈。走到门口三回。"守卫吼道。

每个女犯都必须向其他女犯展示自己的裸体，这是习俗。这是英国人流传下来的传统。它扼杀了另一个囚犯的好奇心，也摧毁了新囚犯的自制力。

"尽可能快地跑！"阿穆开始奔跑。

女子侧翼门距离沐浴平台至少一百米。阿穆必须跑三圈，总共六百米。她尽可能快地跑。水从她的头发上滴到她的眼睛里，让她看不清东西。"跑得更快！！！"当她进行第二回合时，警卫尖叫起来，其中一人拿着警棍追赶她。阿木跑得更快了，不知道什么时候棍子就会落在她的肩上。当她完成第三轮的时候，她已经瘫倒在地上，浑身都是泥土。"爬上平台！"守卫再次尖叫起来，阿穆站起来有些尴尬。她爬过平台。"站直，"警卫打开水龙头命令道。洗完澡后，警卫向她扔了一条棉毛巾，阿木试图擦干她的头发和身体。"现在下站台，进入宿舍，向军营方向走去。"门卫吩咐道。

阿木赤身裸体进入宿舍。这是一个宽敞的大厅，至少可以容纳一百人睡觉。房间的最角落里有两个厕所兼厕所，人们睡在垫子上的地上。阿穆收到了两套纱丽、两张床单、一张睡觉时遮盖身体的棉床单、两条毛巾和一张地毯，所有这些都是在监狱里制作的。宿舍是阿木度过余生的地方。"穿上衣服，向狱卒报告。"守卫命令道。阿穆答应了，站在狱卒面前，同时忙着处理她的日志。"你现在是这里的第三十九名囚犯了。我不需要告诉你这里的规则是什么。但服从他们，这对你有好处。看来你是个有教养的人啊。"狱卒一边说着，一边递上草药牙膏、一块肥皂、一把塑料梳子、一把指甲刀，这些都是监狱里的产品。"现在你可以走了，"狱卒命令道。

当时是中午和午餐时间。阿木抓起一个钢板、一个钢杯和一个钢碗。这顿饭包括热气腾腾的米饭、咖喱扁豆、一块鲭鱼和烤木薯。一小群囚犯负责提供食物。尽管食物温暖可口，但阿穆发现吃饭很困难，因为她必须适应人和新情况。

犯人们在宿舍一角吃午饭，大厅里一片寂静，吃饭时没有人说话。阿穆试图慢慢吃，但发现自己做不到。尽管很饿，她也只吃了一把米就停下来了。"尽你所能。多吃一点。别浪费食物了。"一名送饭的犯人走近她，低声说道。这个女人的年龄看起来和阿穆差不多——大约三十五岁。尽管她可能在监狱里呆了很多年，但她最终还是会被释放。另一方面，阿穆将永远留在那里，直到她去世，并被埋在监狱内的一棵柚木树附近，柚木树长得又快又高又强大。

切割后，木匠们制作出闪亮的家具、桌椅、沙发和橱柜、架子和衣橱。

"这里没有人扔掉食物，也没有垃圾箱。吃吧。"另一个犯人低声说道。"我应该怎么办？"阿木问道，因为她的盘子里还剩下那么多食物。"把它放在这条毛巾里，然后扎成一捆。我会把它扔进厕所。"她说，阿穆松了口气。她从言语中感受到了同理心。

阿姆把食物倒进毛巾里，捆成一捆，递给犯人。然后她端着盘子和水杯去了宿舍一角的洗漱处。她周围有一小群人。"你叫什么名字？""阿姆。""你从哪来？""高知。""哦，高知？""是的。""你做了什么？""杀了人。""谁？""一个牧师。""哦，牧师？""是的。""印度教牧师？""不，是一位基督教牧师。一个天主教徒。""刺伤了他？""没有。用十字架打他。""用十字架？""是的。""你怎么能用十字架杀人呢？""那是一个钢制十字架，大约一英尺半长，我用一个十字架打他。"是的，他的大脑受到了损伤。""立即死亡？""立即。""二十年的惩罚？""不，终身监禁。""哦，一辈子吗？"阿穆没有什么可隐瞒的。她已经向警察和法官重复了一百次同样的答案。这对她来说已经失去了意义。阿穆从未透露过她这样做的原因——为什么她用钢十字架敲打一名天主教牧师的头来杀死他。她不想与任何人分享这个理由。这个理由就像一架迷失的飞机一样留在了她的内心深处。它会和她一起死去，并永远隐藏在监狱的柚木林下。

午饭后，他们打扫了宿舍和厨房，食物也在那里。政府要求监狱场地必须保持一尘不染，狱警对此也非常讲究。打扫完之后，想休息的可以午睡半个小时。技能发展计划包括缝纫、缝纫和剪裁。男囚犯接受了各种培训项目，包括木工、编织、裁缝、汽车修理、畜牧业、家禽养殖和农业。大约有一千名男性囚犯和大约七百名被定罪的囚犯；其余的是待审犯和政治犯。囚犯有单独的营房，称为侧翼，决不允许与待审犯或政治犯混在一起。囚犯出狱后需要学习一门技能来维持生计。监狱不再是惩罚、威慑和报复的机构，而是成为矫正和改造的机构。然而，囚犯仍时不时受到体罚。

囚犯到达后经常遭到殴打；大多数监狱和狱警都相信这种待遇。对他们来说，这是进入监狱系统的开始，这是在囚犯思想中建立纪律所必需的。牢房监禁并不少见，有时会持续数月。监狱暴力继续存在，有时导致严重的袭击和谋杀。监狱是一个完整的机构，所有囚犯的需求都在监狱围墙内得到满足。囚犯除了接受专家治疗外没有理由外出。

囚犯们在监狱里几乎生产了一切，包括谷物、蔬菜、牛奶、鸡蛋、肉类、衣服、床单、地毯。该监狱从这些产品中赚了很多钱，并获得了象征性的报酬。

阿穆被狱卒邀请加入女子病房的裁缝部门。该区域大约有十五名囚犯。

晚上五点训练结束，服刑人员进行了一个小时的娱乐、运动和游戏。一组玩掷球游戏，另一组玩 Tennikoit。其他人三五成群地坐着，讨论他们的家人、朋友、女儿的婚姻和计划。阿穆加入了投掷球比赛，大约有二十六人分成了两组。庭院被白色粉笔分成两半，并标出了边界。囚犯们自己发明了投掷球游戏。所有队员都在各自的球场上就位，并向任何对方队员扔出一个形状和大小与网球差不多的橡皮球。如果球击中一名球员并掉到地上，则该小组将球扔出去并获得一分。当球被扔出并被对方球队的任何人接住时，就获得一分。他们可以把球扔回去或传给任何队员一次。获得前三十分的小组获胜。比赛进行了大量的跑步，队员们得到了很好的锻炼。

比赛结束后，就到了洗澡的时间，厨房团队准备了晚餐。一个厨房团队通常由七到八个人组成，他们负责制作早餐、午餐和晚餐，并为其他人提供服务。通常，一个厨房团队会保留十五天，然后由一个新团队负责接下来的十五天。晚上七点三十分供应的晚餐包括烤肉、木豆、蔬菜和一块鸡肉或羊肉。由于阿穆很饿，她吃了所提供的食物，并注意到每个人都有足够的食物。晚饭后，囚犯们看电视、新闻和娱乐节目四十五分钟，然后就睡觉了。他们睡在地上的垫子上，没有提供枕头。这是阿穆入狱的第一个晚上，适应新的环境和人很困难。没有枕头睡觉很不舒服，很长一段时间，阿穆都保持着清醒，听着巨大的鼾声和其他噪音，比如用灰和椰子壳清洁黄铜和铝制厨房用具。

阿穆将在监狱里直到她去世，她睡在没有枕头的垫子上，听着响亮的鼾声，直到去世。

新的囚犯会来，新的游戏会被发明，但她会年复一年地睡在同一个地方。她死后，不明身份的囚犯会把她的尸体抬到监狱的墙上。尸体将被交给掘墓人埋在柚木林中。树木会长得又高又壮、威武有力。

阿穆睡得像个孩子，直到她听到五点钟的闹钟叫醒。监狱里新的一天开始了，这是她无期徒刑的第二天。每一天，她都离被埋葬在柚木树下的日子越来越近。

早餐后，大家开始各自的工作。当阿穆想起她卧床不起的丈夫拉维和他们的婴儿泰哈斯时，内心一片寂静。她无法思考任何其他事情。它们笼罩着她，主宰着她的思想和行动。"他们会发生什么事？"一种恐惧笼罩着她的灵魂。

她的剪裁工作变得机械化，当海妖的叫声打破了寂静时，阿穆惊恐地从座位上跳了起来。午饭后，她午睡了一会儿。再次，技能开发工作。然后是额尔肯湖和爱丽丝赠送的画《额尔肯湖相爱的情侣》。阿穆一直深爱着她心爱的拉维。世界上没有人能够以如此深沉的热情去爱。罗密欧和朱丽叶在阿穆和拉维之前就会消失。迪德里克和他亲爱的奥利维亚位居第二。

还有比阿穆和拉维之间的爱情更强烈的爱情吗？

不，没有。

世界上最伟大的爱情是阿穆和拉维的爱情。

然后她唱起了迪德里克之歌，这是她脑海中那首美妙的、痛苦的、永恒的、撕心裂肺的歌。

傍晚时分，阿木走向庭院去玩投掷球。她看到一个身材魁梧的胖女人朝她走来。她对阿穆眨了眨眼睛。"你看起来年轻又漂亮，"女人评论道。阿木很惊讶，心想："我已经三十五岁了，她可能二十五岁了。""你的体质很好。玩耍对身体有好处。"这位女士继续说道。阿穆看着她，眼睛里燃烧着火焰。她想："有什么不祥的事。我需要小心。""我喜欢成为你的朋友，永远是你的朋友，"女人开始了对话。阿穆没有再说什么，继续往前走。"我是卡纳卡姆。我知道你的名字。你是阿穆。你已经是我亲爱的朋友了。"阿穆的喉咙有些沉重。"我们再见面吧。"女人说完就走开了。与新队员的抛球比赛再次开始。由于没有固定的团队，因此双方之间不存在竞争、嫉妒或敌意，因为固定单位可能会引起囚犯之间的冲突。阿木打得很好，跑遍了球场，她觉得比赛充满活力、健康。

阿穆不喜欢公共浴室，那里有五到六个人一起洗澡。这是侮辱性的、不人道的、没有尊严的。但在监狱里，一切都不可能按照你的信念、价值观和需求进行。如果规则没有深深地伤害你，阻止你成为一个人，或者完全摧毁你的人类尊严，那就遵守规则。洗澡的时候，卡纳卡姆就在阿姆身边，阿姆看着她的身体，惊恐万分。卡纳卡姆或多或少是赤裸的。她是一个暴露狂，但她也盯着阿姆看。

吃完晚饭，就到了休闲时间，很多人看了半个小时电视。然后是退休的警报。阿木把垫子铺在地板上，发现没有枕头就很难入睡。她捂住了身体，休息了。午夜时分，阿穆感到身体沉重，就像胸口压着一块石头，呼吸困难。有人压在她身上，压着她的私处。阿穆试图把他们推开。

"别发出任何声音。我不会伤害你，但如果你哭，我会砸碎你的头。"卡纳卡姆一边压着她一边说道。

当卡纳卡姆用一只手按压阿穆的生殖器并试图吸吮她的乳房时，阿穆的生殖器感到疼痛。

阿姆使出全身的力气，用膝盖撞击卡纳卡姆的腹部，让她大叫起来。然后她猛烈地推、扔一块巨石。两分钟后，阿穆感觉到卡纳卡姆在黑暗中走开了。宿舍里一片寂静。许多人可能听到了卡纳卡姆的尖叫声，但他们选择保持沉默。他们缺乏勇气做出反应，就好像这对卡纳卡姆来说是家常便饭一样。

阿穆整个晚上都无法入睡。她的身体在疼痛，她的心在燃烧。一周后，两名女看守和看守进入宿舍。"把所有人都叫来，"狱卒命令道。看守们把所有的犯人都叫来，默默地站在狱卒面前。"卡纳卡姆！"看守大声喊着一个犯人的名字。卡纳卡姆来到狱卒面前。一名警卫从背后用绳子绑住了她的双手。另一名警卫手里拿着一根警棍。"打她，"警官命令道。警卫开始用棍子打卡纳卡姆的臀部。"打她的背，"狱卒喊道。重重的一击声打破了寂静，但卡纳卡姆却一动不动地站着，仿佛什么都没有发生过。另一名守卫统计了击打次数。"十。"她数道。"还有四个。"狱卒说。"总共十五块，女士。"守卫说道。"总是少给一个，这样就不会有争议，"狱卒说。两个晚上后，阿穆感觉到有人在走动。卡纳卡姆正在四处寻找。

当女子监狱的狱卒传唤阿穆时，她已经在监狱里呆了六个月零一天。她和两名守卫一起走进了狱卒的小屋，守卫立正站着。"看来你是个受过教育的人。"狱卒说道。阿木看着她，没有说话，知道她没有权利说话。"有三个不识字的妇女。您将教他们阅读、写作和算术。从明天开始，"狱卒指示道。阿木保持沉默。"教学时间是下午三点到五点。监狱的木工区正在建造一块黑板。明天早上您将收到黑板和粉笔。我已要求学习者从我的办公室领取石板，"该官员解释道。阿穆专注地听着。"好好教他们，让他们一年内就能识字。这是政府的命令。有一个计划要在一年内使喀拉拉邦完全识字，当目标实现时，这将是一个巨大的成功。我们的州将成为印度第一个完全识字的邦，"狱卒继续说道。阿木点点头，表示她明白警官所说的一切。"你的工作明天开始。你现在可以走了。"狱卒说道。

有一种改变，一种认识。第二天午饭时间，阿木注意到宿舍角落里有一块新建的黑板。午睡后，她做好了准备，她的三个学生带着他们的石板到达了。

"我是阿穆，"她向学员们介绍自己。

"我们知道你的名字。"他们异口同声地说。

"我认识你们所有人。你是 Suhra，你是 Nabeesa，你是 Rekha，"阿穆说。他们都笑了。"我们来这里是为了学习阅读、写作和算术。我们每周上课六天，下午三点到五点。在第一个小时里，我们学习写作、算术和阅读一个小时，"阿穆解释道。坐在地上，学员们又笑了。阿穆站在黑板旁边，拿起粉笔，开始用马拉雅拉姆语写下第一个字母表。后来，她发音了字母"Aa"，学习者们重复了这个发音。然后她和学生们坐在一起，用石笔在他们的石板上写下了同样的字母，并发音为"Aa"，她的学生们重复了同样的事情。她握住Suhra的拇指、食指和中指，帮助她把石笔夹在手指之间，并引导她写"Aa"。她重复了这个练习五次，并要求苏赫拉在没有阿穆帮助的情况下写这封信。然后，Suhra 缓慢而稳定地写下了字母表，她感到很高兴，微笑着。然后，Suhra 大声念道："啊。"Ammu 与 Nabeesa 和 Rekha 重复了同样的练习，他们也可以在 Ammu 给予的启动后独立写这封信。然后他们都大声读"Aa"，重复报告同一封信，并填满石板。他们惊奇地看着自己的石板，为自己的成就感到高兴，并大笑起来，阿穆也笑了。多年来，她第一次露出笑容。

"学习很有趣，但它也给你力量、力量和希望，"阿穆说。"如果你学会了，你就可以自立并为自己的权利而战。"学员们看着她，就像被魔术师迷住了一样。"和我一起学习——阅读、写作和算术，"阿穆重复道。

然后阿穆用白色粉笔在黑板上写下了另一个字母，并发音为"Aaa"。她的学习者重复着这个字母，就好像他们喜欢这个字母及其发音一样。Ammu 又和他们坐在一起，帮助每个人多次写下相同的字母并发音"Aaa"。看来他们很享受这项运动。Ammu 给他们举了一个字母"Aaa"的例子，用马拉雅拉姆语写了两个字母，例如"Aaa"和"Na"，然后她将它们一起发音为"Aaana"，她的学习者重复了同样的事情并大声笑了，因为"Aaana"这个词的意思是"大象"。对于学习者来说，知道如何写"Aaana"（意思是"大象"）是一项杰出的成就。就好像他们抓到了一头大象，大象由他们保管，而他们就是大象的主人。他们可以在两个字母内容纳如此巨大的动物，这丰富了他们的意识。他们现在明白了阿穆的话的含义："知识就是力量。"没想到，他们获得了某种神奇的力量，大象也落入了他们的手中。"啊啊啊"，他们都反复写着，并大声朗读。

学习者们对他们的新知识、新力量感到欣喜若狂。

然后 Ammu 想测试学习者的知识。"告诉我一个以'Aa'开头的单词？"阿木问道。"苹果，"纳比萨说。"好的！"阿穆向学习者表示祝贺。"另一个词？"她又问。"阿拉。"雷卡立即回答。"好的。'Ara'这个词的意思是储存的地方。"阿姆再次向学习者表示祝贺，并解释了它的含义。"告诉我一个'啊'的词，"阿穆问道。他们想了一会儿，然后 Suhra 回答说："啊玛。""很好，'Aaama'，意思是乌龟，"阿穆说。"另一个带有'Aa'的词是'Ari'，意思是大米，"阿穆补充道。"还有一个词是'Ala'，意思是波浪，'Aaala'，意思是棚屋。"

大家都笑了。"世界是有意义的，我们在这个世界上看到的一切都有名字。您可以通过将它们写在字母表中来捕获它们。它们有声音、颜色、味道和个性。它们与人类共存，我们按照自己的喜好赋予它们意义。来到这个世界真是美好；观察一切并与之相处是美好的。人类赋予一切事物个性和意义，"阿穆说。对于学习者来说，学习变得有趣、轻松且强大。他们在教学过程中享有平等的参与权，因为这是一种参与性的努力。

练习结束后，他们开始学习算术，阿穆将数字 0 到 9 写在黑板上，并要求他们抄在石板上。与字母表相比，复制数字对他们来说是一项简单的任务。"完成了，"他们回答道。"现在看数字 0。作为一个独立的数字，0 没有任何价值，但当你把它写在另一个数字之前或之后时，它就成为最有价值和最强大的数字。参见数字 1。当我们在 1 后面加一个 0 时，它就变成了 10。您已经注意到 1 的值最多增加了 10 倍。这就是 0 的幂。古印度数学家发现了数字 0。后来阿拉伯人从印度学到了它，并传授给了欧洲人，欧洲人惊叹于印度人的聪明才智、洞察力、无限的智慧和知识。所以，这就是 0 的幂。这就是知识的力量，当你知道了，没有人可以束缚你、打败你、压制你，没有人可以夺走你的权利和自由。即使你被戴上镣铐，当你知道如何阅读和写作时，你的头脑仍然保持警觉和自由。所以，你创造了知识，"阿穆解释道。

学习者们对阿穆解释得如此轻松感到惊讶。他们喜欢她教导他们和提高意识的方式。阿穆让他们了解现实、事实以及如何通过符号理解真相。Ammu 帮助学习者参与知识创造并享受他们所扮演的角色。他们意识到他们是自己创造的知识的所有者，因为专业知识不是储存的、沉睡的资产，而是用于人类发展和进步的动态现象。课程结束时，Ammu 给他们布置了家庭作业，在石板上写下 Aa、Aaa、Ara、Apple、Aaana、Aaama、Ala、Aaala，并抄写 0 到 9 十次。拿到作业后，学生们都很高兴。他们发现学习的过程对他们来说也是一个自我发现的过程，人和事都是他们所属环境中不可或缺的一部分。

第二天下午，他们都表现出了强烈的学习和分享的渴望，因为他们认为学习就是分享，通过分享，人类变得更加自信、自觉、与时俱进。阿穆很欣赏他们的作业，因为他们把字母和单词写得工整有序。他们学习了字母表及其在生活和日常活动中的使用和应用。对他们来说，知识与技能发展密不可分，将他们提升到另一个生活境界、更高的做事水平，并引领他们进步。那天，Ammu 从日常生活应用和活动开始，帮助他们学习了另外五个字母和不同的单词。阿穆还解释说，字母不仅仅是符号，而且是动态的，与声音和含义交织在一起，以精确的形式和形状表达现实。人类通过字母创造出了具有巨大力量、方向和生命力的文字，可以改变人们的生活、思维和方向。她解释了字母表、书写、书面文字的力量、印刷、书籍、报纸、电视和数字世界的历史。

Ammu 引导他们学习简单的加法和减法，学习者将自己提升到新的存在、意义和希望。她阐明了数字在他们生活中的重要性以及数字中发现的无限性。学习者对他们所获得的新知识感到惊叹。随后，阿穆阐明了货币的含义、如何计算现金及其在社会中的作用。当天的教学会让学员们兴奋不已，Ammu 根据当天的学习布置了一些作业让他们完成。学习者们渴望完成它，感觉新学到的知识赋予了他们力量。在三周内，他们学习了字母表、辅音和以每个字母开头的五个单词以及它们在现实生活中的适用性。他们了解字母和文字如何改变他们对世界及其进步的理解。学习者意识到学习帮助他们成为完整的人。他们喜欢玩减法和乘法，当阿穆给他们举了日常购买蔬菜和在厨房做饭的例子时，他们放声大笑。这对他们来说确实是一次活生生的经历。

两个月后，学习者们开始阅读故事书并给家乡的亲人写信。他们喜欢阅读*五卷*故事，因为它们反映了人们的生活，并且有深刻的教训需要学习和实践。这些故事讲述了工作的价值、人类生命的价值、自由、正义、爱、诚实、义务和责任的意义。学习过程极大地改变了他们的观点、生活愿景、与他人的关系、自我价值和希望的意义。看守询问扫盲任务的进展情况。Ammu 对学员一年内的成绩进行了简短的报告。她提到学习者可以阅读报纸并给家里写信。狱卒很高兴地读了这份简洁、实事求是的报告，并将其发送给监狱长以供参考。监狱长将其转发给监狱长，该州最高法律和秩序当局。*扫盲使命日*监狱里组织了一场丰富多彩的小型活动。所有的犯人都聚集在宿舍里，宿舍被用作大厅。狱卒解释了喀拉拉邦扫盲任务的目的和目标——让喀拉拉邦全面识字。作为其中一部分，监狱的女子监狱参与了这项工作，并在一年内实现了这一目标。她念出了 Suhra、Nabeesa 和 Rekha 的名字，他们也很好地大声朗读了《五卷》中的一段话及其部分。

监狱长很高兴地观看了他们的表演，并给每个人颁发了一张印有他们名字的证书。当他们看到自己收到的文件上的名字时，他们笑了。最后，狱卒表示，由于阿木的努力，监狱的扫盲任务达到了目的，她阅读了阿木提交给她的报告。狱卒随后阅读了阿穆所写的描述，该描述包含在政府出版的喀拉拉邦监狱年度报告中。看守鼓掌，大厅里的人都鼓掌。一个月内，首席部长宣布喀拉拉邦成为一个完全识字的邦。Suhra、Nabeesa 和 Rekha 读完后笑了。"是我们让喀拉拉邦成为了百分之一识字的国家，"他们评论道。然后他们把新闻报道给阿姆看，然后笑了。阿穆向他们表示祝贺，并说道："雷卡、纳比萨、苏赫拉，是你们让这一切成为可能。上帝之国为你们感到骄傲，"阿穆可以看到他们"眼中闪烁着光芒。

一周之内，阿穆再次被叫到看守小屋。"这里的大多数罪犯都是辍学的。有二十二人无法超越第四级，其余的人中，有十一人在第八级之前退学，七人无法完成第十级。只有五人被录取。你可以帮助所有没有完成第十课的人参加考试。"该官员说道。这是一项艰巨的任务，也是一项重大的责任，可能需要很多年才能帮助他们实现目标。独自完成这项工作是一项具有挑战性的任务。

"我们理解这个问题。您将得到所有完成第十个任务的人的全力支持。做好相应的计划，明天就开始工作。"狱卒说道。

Ammu 立即会见了所有已完成入学考试的学生：Theresa、Sujatha、Sunitha、Usha 和 Fatima。在他们的帮助下，她根据女犯的文化程度将她们分为三组：读到四级的、五级到七级、八级到九级的。Ammu 指派 Sujatha 和 Usha 照顾第一组，Sunitha 和 Fatima 照顾第二组，Theresa 照顾第三组。看守收集了笔记本、课本、铅笔、钢笔和其他必要的材料，第二天下午又准备好了两块黑板。

按照狱卒的命令，课程从下午三点开始。第一组有二十二名女性，第二组有十一名女性，第三组有五名女性。这些数字会根据新囚犯的到来和旧囚犯的释放而变化。第一天，Ammu 走遍了所有小组并与所有学习者进行了交谈。她向大家介绍了他们的老师。几乎所有的学习者都为能够继续学习而感到高兴。Suhra、Nabeesa 和 Fatima 出现在第一组中，他们在与 Ammu 交谈时微笑着。当 Ammu 向班级介绍每一位老师时，老师们也感到很高兴。

第一组的主要科目是阅读、写作和算术；语言、数学、社会研究和科学在第二组中很重要，传播、社会科学、科学和数学在第三组中很重要。每天，阿穆都会和特定的一群人呆大约四十分钟。此外，她还在第二组和第三组教英语和数学。第一组在课堂上优先进行朗读，而第二组则优先进行写作练习。第三组教师帮助学生独立思考和解决问题。三个月内，Ammu 可以看到所有小组学习者学习过程的变化。向第二组和第三组教授科学和数学是最具挑战性的。老年学习者掌握不了太多内容；尽管老师非常渴望帮助每个学习者，但由于必须参加课程，他们仍然留在小组中。阿穆观察到的最严重的问题是新学习者的引入。到第一年年底，已有 7 名学习者永久出狱，并增加了 9 名新学习者。

阿姆无法为第一年的第十级考试做好准备,但特蕾莎和阿姆将其视为挑战。然而,到了第二年年中,特蕾莎就出狱了,没有留下任何替代者。两名女性急切地想要写入学通知书,阿穆试图指导她们。两人都填写了申请表,并通过监狱当局提交给考试委员会。狱卒给了他们更多的学习时间,免除了他们的其他工作和技能发展计划。Ammu 长时间陪伴他们,帮助解决他们的疑虑和问题。考试那天,她拍拍他们的肩膀,祝他们好运。考试持续了很多天,阿穆和她的学员们热切地等待着四十天后宣布的结果。随后,女子病房举行了庆祝活动,学生玛雅和安妮塔以更高的成绩通过了学校期末考试。尽管拥抱监狱囚犯是被禁止的,但玛雅和安妮塔还是拥抱了阿穆以表达谢意。阿穆让法蒂玛负责三班,安妮塔协助她。苏尼莎(Sunitha)和玛雅(Maya)是两所学校的老师,乌莎(Usha)是其中一所学校的老师。

有人敲她的门。"早上好,梅耶教授。"是贾纳基。"早上好,贾纳基,"阿穆热情地回应道。"你睡的好吗?"贾纳基问道。"是的,确实如此,"阿穆回答道。喝完睡前咖啡后,阿穆和阿伦和贾纳基一起准备早餐。他们制作三明治、煎蛋卷、烤花椰菜、奶酪、燕麦和蒸香蕉。"你每天都练习瑜伽吗?"阿穆问阿伦。"当然,瑜伽是我们日常生活中不可或缺的一部分,我们会做半个小时。阿伦说:"它使身体柔软,心灵平静,产生善良的思想,从而导致健康的行为。""瑜伽在保持生活平衡方面是正直的。你会体验到与其他人类和宇宙其他部分的平静,"贾纳基补充道。"我每天起床后都会立即练习瑜伽。它给了我希望,"阿穆说。"你是对的,梅耶教授。瑜伽可以振奋精神并创造能量。这种精神能量纯粹是世俗的,超越任何宗教或神,"阿伦补充道。"瑜伽将我们的思维引导到积极的生活态度。练习瑜伽的人不能仇恨、压迫或征服他人,因为它尊重全人类的平等,"贾纳基说。

"我同意你的看法,贾纳基。如果瑜伽是一个人生活方式的一部分,一个人就不能强奸另一个人,"阿穆解释道。

"一些自称练习瑜伽的人对于组织暴力毫无疑虑。瑜伽反对奶牛自卫队、暴民暴力和仇恨,"阿伦非常有力地说。

短暂的停顿。"对暴力保持坚忍的沉默并不适合瑜伽。声称自己每天练习瑜伽并沉迷于强奸或社区暴力的政治家或部长是假瑜伽士,"阿穆说。

瓦尔盖斯 v 德瓦西亚

"瑜伽反映在我们的行动中，带来善行，瑜伽修行者不能说谎，"阿伦说。"一些假瑜伽士这样做。此外，他们心照不宣地支持对奶牛进行治安维持，然后处以私刑，"贾纳基观察到。"每次私刑都有政治支持。每一起政治谋杀案都有最高人物在沉默中隐含的鼓励。即使他声称自己是瑜伽的热心观察者，他也会撒谎，"阿伦补充道。"这是一个恶性循环，因为他们彼此需要。政客和私刑暴徒，以及政客的私刑和沉默并存，"阿穆说。贾纳基说："今天的报纸将哈里亚纳邦和拉贾斯坦邦的私刑报道为人类的正常行为。""这是真的。想想一名八岁女孩在卡图瓦的一座寺庙里连续几天被轮奸，以及支持强奸的统一国民党成员，我想知道人类会堕落到什么程度，"阿伦说。"这是一名八岁牧羊女被宗教狂热分子绑架、强奸和谋杀的可怕事件，UNP 的民选代表支持这一事件。一些报纸和电视频道赞扬了当选代表的行为，这表明谄媚者可以不遗余力地赞扬他们的犯罪头目，"贾纳基补充道。阿伦说："这是一起可怕的事件。"

沉默了很长时间。

"顺便说一句，我们今天要出去，"阿伦补充道。

"首先，我们将参观一所舞蹈学校，午餐后，我们将返回，"贾纳基说。

"然后晚上参加婚礼。梅耶教授，我们邀请您参加我们今天的节目。"阿伦看着阿穆说道。

"这是我的荣幸，"阿穆回答道。

贾纳基把结婚请柬交给阿穆，阿穆浏览了一下。新娘是安妮塔·乔治，新郎是阿尼尔·巴特。安妮塔的父母格蕾丝·乔和雅各布·乔是退休的高中教师。新郎的母亲 Meenakshi Bhat 博士是一位著名的心脏病专家，他的父亲 Bhat 博士是 Bhat 工业园的所有者和极端民族主义党 (UNP) 喀拉拉邦分部的主席。他创立了*巴拉特高级党*，后来与统一国民党合并。"Bhat"这个名字让阿穆产生了莫名的焦虑。"我们将在八点三十分开始。舞蹈学校距离这里大约一小时车程，"贾纳基解释道。贾纳基走进她的房间，给阿穆带来了一套全新的*萨尔瓦卡米兹*套装。"这件衣服是给你的，梅耶教授，"她说。穿着 *ghagra choli* 的 Janaki 和穿着*萨尔瓦卡米兹*的 Ammu 看起来很漂亮。阿伦穿着裤子、长袖衬衫和领带。贾纳基正在开车，邀请阿穆坐在司机旁边。阿伦坐在后面。

有一种独特的团结感。"梅耶教授，舞蹈学校是由一个特殊的人经营的，"贾纳基说。"我可以知道那人是谁吗？"阿木问道。"这个特别的人就是阿伦的母亲，"贾纳基回答道。"哦，让我见见她吧，"阿穆说。"她的名字是马拉蒂·南比亚尔。她多年前就创办了这所学校，"贾纳基补充道。"当她四十四岁的时候，我成了她的儿子，"阿伦说。"一个晴朗的早晨，她看到一个不到两岁的孩子在她家门口。孩子哭了。她报了警，并到处寻找母亲，但没有人能找到她。她寻找他的父亲，但没有他的踪迹。"贾纳基开始讲故事。"经过警方的许可，她把孩子留在了身边，然后她提出了收养他的申请。县令也愿意将孩子送给她收养。从那天起，马拉蒂·南比亚尔就成了阿伦的母亲，"贾纳基说。"那南比亚尔先生呢？"阿木问道。"那是另一个故事了，"阿伦回答道。"我母亲在十六岁的时候就嫁给了桑吉夫·奈尔准将。他们没有孩子。由于奈尔准将必须经常前往东北部各州，我的母亲回到喀拉拉邦并开办了一所舞蹈学校，准将每年都会去喀拉拉邦看望她几次。当我母亲三十四岁时，准将来度假。但和他在一起的还有一名妇女和两个来自缅甸的难民小孩。我母亲与奈尔准将离婚，搬进新房子，独自生活。南比亚尔是她父亲的姓氏，"阿伦解释道。

"然后，有一天，她发现阿伦在她家门口哭泣，"贾纳基说。

"所以，我在这里，阿伦·南比亚尔，"阿伦笑道。

"这是一个很棒的故事！"阿木反应过来。

他们已经到达了 Chanchala 舞蹈学校。马拉蒂·南比亚尔在门口迎接他们，打开大门时显得优雅而活泼。"妈妈，我会打开门的，"阿伦恳求道。马拉蒂·南比亚尔随后拥抱了阿伦。"认识一下阿姆·拉维·梅耶尔教授，"阿伦向他的母亲介绍了阿姆。"这是我的母亲，马拉蒂·南比亚尔，"阿伦告诉阿穆。阿穆和马拉蒂互相亲吻脸颊。"贾纳基，你怎么样？"阿伦的母亲问贾纳基停车后何时下车。"我做得不错。女士，你怎么样？"贾纳基问道。"我很好，"阿伦的母亲回答道。马拉蒂·南比亚尔带他们来到一个宽敞的大厅，大厅里大约有二十名年轻女性和三名教练。"这些年轻女性非常有才华，并且决心学习古老的舞蹈艺术。一般情况下，至少需要五年的时间才能掌握，但大多数女孩经过三到三年半的训练就可以做到。""她们在这里学什么？阿木问道。"他们主要学习婆罗多语、库奇普迪语、奥迪西语、曼尼普里语和莫希尼亚塔姆语。婆罗多舞是最受欢迎的舞蹈，是一种古典印度舞蹈形式。这是一门专注于人体的艺术，已有两千多年的历史，"马拉蒂·南比亚尔说。她停了一会儿，双手施展了一些*手印*。她的身体动作优雅，绚丽，随着身体的动作，她的眼神里射出各种情绪和感受。

"女士，她很可爱、迷人、亲切，"阿穆评论道。

"谢谢你，梅耶教授。这种舞蹈起源于湿婆神，他是最伟大的舞者和优雅的表演者。Natya Shastra 为印度古典舞蹈提供了理论基础。"Malathi Nambiar 解释道。

湿婆神的雕像位于*坦达瓦*位置。"看看主；看他跳舞真是太可爱了。他是一个持续不断的灵感来源，"马拉蒂·南比亚尔继续说道。"妈妈，你还跳舞吗？"阿伦问道。"当然，舞蹈是我的灵魂，我的生命。没有舞蹈，我就无法存在。有多少学生在您的指导下完成了学业？"阿木问道。"每年，有五到六名舞者从 Chanchal 毕业。我三十七年前创办了这所学校。我记得从斋浦尔回来后，我和一名学生在我的客厅里开始了这件事。大约七百名学生已经毕业。此外，许多中学生和大学生主要在假期期间参加为期两个月的短期课程。每年，至少有一百名学生注册此类课程。舞蹈是一门艺术，年轻女性认为它是地位的象征，因为它是我们丰富的遗产和文化的一部分，"马拉蒂·南比亚尔解释道。"*加入库奇普迪的女孩多吗？*"贾纳基提出了这个问题。"对*库奇普迪*的需求很大。这就像一部舞剧，舞者扮演《罗摩衍那》、《摩诃婆罗多》、神话传说、印度故事中不同的角色，"马拉蒂·南比亚尔补充道。

然后她邀请了三个女孩，要求她们表演《摩诃婆罗多》中的一些场景。阿朱那会见了克里希纳，表达了他对与他的表兄弟、老师和亲戚作战的恐惧和痛苦。表演和舞蹈都是那么自然；这是一场卓越的表演。阿穆对他们的仁慈举动表示感谢。"相邻三个大厅的基础课程和专业课程都在这个大厅提供。那些大厅比这个小，"马拉蒂·南比亚尔说。然后老师们就过来做了自我介绍。他们都是全职教练，受过高等教育，经验丰富，擅长两到三种舞蹈形式。

马拉蒂·南比亚尔带着阿穆去了图书馆，贾纳基和阿伦跟着他们。图书馆设施齐全，拥有十多种语言的五千多本印刷书籍、期刊和杂志，包括《Natya Shastra》的古代重写本以及《Bharatanatyam》的泰米尔语和梵语手稿。它的数字部分是最现代化的。Malathi Nambiar 告诉 Ammu, Janaki 和 Arun 花了三个多月的时间开发图书馆的数字部分。"来自印度各邦和国外的许多学生和学者访问我的图书馆进行研究。有时我们需要接待这些访问学者,"马拉蒂·南比亚尔说。她看上去活泼、敏捷,走路、说话都像个二十五岁的女人。她计划将 Chanchal 发展成为国际舞蹈中心,专门研究各种印度舞蹈形式。她认为资金不是问题,她想用自己所有的积蓄来发展国际中心。马拉蒂·南比亚尔邀请他们所有人共进午餐。

这是传统喀拉拉邦风格的素食餐,包括米饭、thoran、neyyappam、aviyal、sambar、papad、achar 和 *payasam*。每个人都很享受食物。"你如何管理这样一个机构?"阿木问道。"我有六名副手,他们高效且敬业。曾经有一段时间,我对生活失去了所有的希望。然后阿伦走进了我的生活。他给了我意义、力量、愿景和希望。如今,贾纳基和阿伦都经常来这个地方。我每个月至少和他们住一次。人际关系是幸福生活的秘诀。当我在他们身上看到自己时,我意识到我有了人生目标,当我在他们身上看到我时,我意识到我可以和他们成为朋友。父母是朋友。我是他们的朋友。他们都给了我很多快乐,"马拉蒂·南比亚尔说道,并拥抱了贾纳基。"你的阿伦是我最好的朋友,"她对贾纳基说。"阿伦,你很幸运能拥有贾纳基;我钦佩她的品质,"马拉蒂·南比亚尔评论道。大家都笑了。"让我们采取行动吧,"阿伦站起来说道。

贾纳基和阿伦拥抱了马拉蒂·南比亚尔。"女士,你是我的灵感来源,"贾纳基说。"妈妈,我爱你,"阿伦说。

"梅耶教授,我很高兴能够见到您。阿伦告诉我,你是小龙虾和龙虾方面的权威,并且拥有乌普萨拉的博士学位。你们还开发出了一种名为*库特恩*(*Kuttern*)的杂交品种,"马拉蒂·南比亚尔(Malathi Nambiar)亲吻阿穆的双颊说道。

"女士,这是一次令人着迷的会面,它将在我的脑海中萦绕多年,"阿穆回答道。

Arun 点开了一些 Janaki 和 Ammu 与母亲的合影作为自拍照。马拉蒂·南比亚尔陪着他们来到门口。阿伦正在开车,邀请阿穆坐在他旁边的前排座位上。"我的母亲给了我生命,"阿伦说。"现在贾纳基给了我陪伴。她是我最好的朋友,"他告诉阿穆。"哦,阿伦,"贾纳基喊道。"我们是在印度理工学院的篮球场上认识的。无论是自我中心、自私还是慷慨,你都可以在篮球场上轻易判断出一个球员的性格。

一个成熟的球员总是把球传给队友，并与对方球员保持尊重的距离，"阿伦解释道。

阿穆热切地听着他的话。"这么说，你们俩一起打篮球了？"阿木评论道。"是的，梅耶教授，我们经常一起玩。篮球是一项精彩、精彩、协调性很强的运动。每一步都是以目标为导向的。它提供了足够的锻炼，"贾纳基解释道。"贾纳基在球场上的动作总是优雅的。我钦佩她的敏捷性和耐力，"阿伦说道。贾纳基说："当你在混合性别球队中踢球时，你有充足的机会来判断球员的性格以及对性别平等和个人尊严的态度。""不仅仅是评价和判断，个人的钦佩和特殊的吸引力让我们走到了一起。我们彼此喜欢，我们可以分享和讲故事几个小时，"阿伦说。"所以，你们两个成了形影不离的朋友，"阿穆评论道。"是的，友谊有一种特殊的魅力。这比钦佩更深。这是建立深厚的个人关系的第一步。它会带来承诺、心灵的结合以及两个人确定的目标。它令人满足、简单且密不可分，"贾纳基观察到。

阿穆全神贯注地听着他们的讲话。她心里对贾纳基和阿伦充满了尊重和爱，她钦佩他们的热情、友谊、开放和亲密。"贾纳基的祖父母来自古吉拉特邦的卡奇，他们移民到乌干达并建立了一个非常成功的行业。在伊迪·阿明独裁统治期间，他们不得不放弃一切，离开一个他们工作了几十年的国家。他们移民到了英国。几年后，贾纳基的父亲回到印度，定居孟买，并开展出口业务。在此期间，他遇到了一位年轻的律师玛丽雅姆，他们都结婚了，"阿伦叙述道。"我的母亲不像许多其他穆斯林妇女。她与众不同。这可能是博赫拉穆斯林的一个特点。他们接受教育以从事职业。他们中的一些人成为医生、律师、建筑师和教师。我的母亲为平等和平等机会而奋斗，不仅是为了穆斯林妇女，也是为了所有妇女，"贾纳基说，她说这句话时非常直言不讳。"她的父亲在各方面都支持他的妻子，鼓励她成长、茁壮成长、拓展她的视野、培养坚强的个性。他是一位令人敬佩的商人和一位慈爱的丈夫，"阿伦补充道。

阿伦和贾纳基的讨论很坦诚。"我的母亲成为一名法庭法官，并以高等法院首席法官的身份退休。她对西塔非常着迷，并根据她写了许多文章和一本关于各种主题的书。西塔是印度精神和文化的受害者，这些精神和文化对女性来说是压迫和残酷的，"贾纳基在强调她的母亲时说道。"在印度，男性是文化、教育、宗教、政治和金钱的守护者。许多印度男性都是伪君子，过着双重生活，在公众面前说一些讨人喜欢的话，但私下里却表现得恰恰相反，就像统一国民党的领导人一样，"贾纳基说，听起来有点悲伤。"我总是同情西塔，"阿穆说。"你母亲的书《西塔亚那的女人》对古代和当今印度的政体和社会状况进行了精彩的分析。印度人对女性有一种专制的心态。男性还没有准备好平等对待女性，因为许多人认为女性只是性对象。让我们向瑞典这个全球最好的国家学习关于性别平等的知识。"阿穆有力地说。"梅耶教授，很高兴聆听您的演讲。你激励了我们，"贾纳基回应道。"我也很钦佩你，亲爱的贾纳基，"阿穆说。

他们已经到了城里的家了。"我们休息吧。"阿伦一边停车一边说道。"我们将在晚上六点开始。开车半小时即可到达接待大厅。我们将参加阿伦的老师雅各布·乔的女儿的婚礼，"贾纳基评论道。

身着*甘吉布勒姆丝*绸纱丽的阿穆和贾纳基看上去十分优雅。"两个最优雅的女人，穿着最漂亮的衣服。"阿伦看着她们说道。"你穿着黑色西装和红色领带看起来很优雅，"阿穆告诉阿伦，他们笑了。接待厅里挤满了宾客，新郎新娘坐在白茉莉和红玫瑰装饰的主席台上。新娘的父母双手合十，笑容满面地接待了阿穆、贾纳基和阿伦。他们介绍了他们的女儿安妮塔和她的丈夫阿尼尔·巴特。两人都是美国常春藤盟校的工商管理硕士，他们在那里相识并决定结婚，尽管阿尼尔的父亲反对他娶一位学校老师的基督徒女儿。阿尼尔和他的父亲一起拥有六家餐馆、三家酒店、两家医院，以及遍布马拉巴尔海岸的一系列IT产业链。安妮塔的父亲自豪地讲述道。

巴特博士这个名字再次在阿穆心中引起了焦虑。"没关系，"阿穆试图安慰自己。阿尼尔的父母米纳克什博士和巴特博士正忙于接待来自不同政党的高级政客、中央政府的部长以及印度行政部门和警察部门的官员。巴特博士支持并赞助了属于统一国民党的著名部长的各种倡议和路演，因此他在特权政客中很受欢迎。二十多年来，巴特一直是喀拉拉邦巴*拉特普雷米党（Bharat Premi Party）*唯一的省议员，后来该党与极端民族主义党合并，巴特博士成为统一国民党喀拉拉邦分部主席。他赞助了许多儿童和老年人之家，并为学生设立了奖学金、学校午餐计划以及肾脏和心脏移植营。巴特博士是社区的宠儿。没有人能够想象没有他的公民社会。成千上万的人崇拜和尊敬他。这是一场光彩夺目的仪式，城市精英们竞相吸引巴特博士的注意。政界人士预计，统一国民党将在第二天举行的州议会选举中获得至少五个席位。当巴特博士领导的统一国民党与国大党或共产党结盟时,他将最有机会成为喀拉拉邦副首席部长。由于国大党或共产党都无法独立获得多数席位,因此只有与统一国民党合作才能组成政府。因此,巴特博士和他的统一国民党的立场变得紧张。

食物包括各种素食和非素食菜肴,并与不同品牌的酒一起提供。然而,阿姆却因为巴特这个名字而感到有些惊讶和不舒服。吃完饭后,贾纳基、阿穆和阿伦会见了安妮塔的父母,并祝愿他们的女儿"婚姻生活幸福美满"。阿穆在登上讲台半秒时偶然瞥见了巴特博士。尽管他站在大厅的另一端,但他们互相看着对方的眼睛,似乎都对见到对方感到惊讶。即使二十五年后,阿穆仍能认出他。

开车回家的路上,阿穆沉默不语。"梅耶教授,您可能因为忙碌的一天而感到疲倦,"贾纳基说。阿木笑了。十点三十分左右,他们回到家。"阿伦,请告诉你妈妈,我很高兴拜访尚查尔。这是一个伟大的机构,你的母亲是一位了不起的女人,"阿穆看着阿伦评论道。"当然,梅耶教授,"阿伦回答道。"看来我妈妈很高兴认识你。晚安,女士,"他补充道。"晚安,亲爱的阿伦和贾纳基。这是美好的一天,我们度过了一次愉快的郊游。谢谢你的爱。"阿穆亲吻她的脸颊说道。"梅耶教授,看来我们的关系是无限的。我感到与你有着不可分割的联系。晚安,女士。"贾纳基抱着阿穆说道。

第四回: 路边茶馆和曲棍球队的遗产

为什么贾纳基和阿伦如此爱她？阿木内心在争论。阿穆如何理解和解释他们浓浓的感情？它没有定义；言语无法束缚它，因为它是发自内心的，发自内心的。他们爱她，因为这对夫妇彼此相爱。他们正在发现爱，每时每刻都在重新创造爱，因此它始终是新鲜的。他们正在揭开爱情的神秘面纱，爱情是永远充满活力、不断成长、永无止境、永不静止或陈旧的。但巴特破坏了这一天，他不应该去参加婚礼。然而，谁能预料到这种情况呢？阿穆试图把他从自己的脑海中抹去；尽管如此，他的脸却一直挥之不去，令人厌恶。

他还是同一个人，有着同样的容貌，如此残忍，如此令人厌恶。只是他的服装发生了变化。当他创办自己的茶店 Narayanan's Chayakkada 时，他曾经是一个穿着*肺*衣和背心的人。它最初是公共土地上的一家路边茶馆，煤油炉从早上十点一直燃烧到午夜。Bhat 总是有两个水壶，装满开水和茶叶，泡两种茶：一种加牛奶，一种不加牛奶，俗称 *Kattanchaya*。他泡茶并端给顾客，但从不与他们交谈。没有人知道他的任何事情，甚至不知道他的名字。他的茶馆位于国道旁，远离城镇，有足够的空间停放卡车、汽车和两轮车。Bhat 从一开始就有很多顾客，尤其是卡车司机，他们在一棵巨大的榕树下的商店里感到很舒服。他泡的茶总是味道不错，略带醉人的味道。顾客过去很喜欢它，许多人经常订购两杯而不是一杯。第一个月，巴特每天至少卖出五百杯茶，生意蒸蒸日上。当巴特从乌杜皮来时，他在科钦的各个角落徘徊，寻找食物和工作，但不幸的是，他没有找到任何东西。他睡在商店或公共建筑的外面*阳台*上。

由于一家商店在夜间失窃，警察因涉嫌逮捕了他，并将他带到了地方法官面前。他没有律师，但那天，拉维在参加完一起童工案件后走出法庭。他看到一个可怜的年轻人，大概和他年纪相仿，双手被绳子绑着，和两名警察一起走着。他的衣服破烂不堪，浑身都是灰尘和汗水。拉维走到他身边询问他的情况。Bhat 讲述了他的故事，并表达了他对一顿美餐的渴望（因为他已经两天没有吃饭了），以及在城里某个地方找一份工作的愿望。拉维询问了他的详细信息，以便他可以在地方法官面前为他辩护。

巴特告诉拉维，他十七岁时结婚，而他的妻子只有十四岁。Bhat 总是在流浪，除了过去十年中的几次之外，无法尽可能多地与妻子 Sulakshmi 呆在一起。自从他开始流浪生活以来，她就一直和父母住在一起。他承认自己是无辜的，并不知道商店遭到破坏。拉维相信了他的话，出现在地方法官面前，为巴特辩护，称他已婚，没有犯罪背景，并且想要体面的生计。巴特只达到了第四级标准，他想工作赚钱，作为一个守法、有建设性和自给自足的公民生活。拉维有力地陈述了案情，治安法官对巴特的性格深信不疑，并相信他律师的话，无条件释放了他。Ravi 没有向 Bhat 收取费用，而是掏出钱包，给了他一百卢比，并让他去吃饭，买一些新衣服。拉维邀请巴特第二天在他的办公室见面。

第二天早上十点左右，纳拉亚南·巴特到达拉维的办公室。他穿着新衣服看起来很精神。拉维知道巴特只学习到第四节课，而且找不到工作。他建议巴特在高速公路上开一家茶店。Bhat 喜欢这个建议，因为他有在乌杜皮的许多茶店卖茶的经验，并且从十岁起就在门格洛尔和卡萨尔戈德的不同餐厅工作过。巴特在各地都有许多与他同龄的同事，他承认孩子需要工作，而且让孩子加入劳动力队伍并没有什么错。Bhat 表示，如果没有任何资金，他无法开办自己的茶馆。他至少需要五百卢比来购买必要的设备。拉维邀请巴特两天后与他见面。

拉维向阿穆讲述了这个故事，并解释了巴特被发现时的悲惨状况。阿穆意识到，如果他们不帮助他，他可能会死在街角，让他年轻的妻子成为寡妇。阿姆和拉维结婚才第二个月，而且是月中，她至少还要等十五天才能拿到大学发来的工资。两天之内筹集到五百卢比，相当于她月薪的一半，非常辛苦。她告诉拉维，他可以卖掉她重约五克的金链，并将全部收益交给巴特。

这条金链子卖了六百四十卢比。

两天后，巴特出现在拉维的办公室。在给 Bhat 钱之前，Ravi 想知道 Bhat 可以在哪里开办他的茶店。这家茶店可以为巴特在高速公路上提供生计，距离城市有一段距离。骑着拉维的自行车寻找了三个小时，他们终于在榕树下找到了合适的地方。拉维很高兴，巴特也很高兴。然后拉维打开钱包，拿出六百四十卢比，递给巴特。

"在这里开始你的茶馆。你会蓬勃发展,"拉维说。

然而,拉维并没有告诉巴特,他已经卖掉了妻子唯一的金链子来凑钱。那是她为他们的婚礼买的链子。

第二天,Bhat 开设了他的茶店——*Narayanan's Chayakkada*。

早上八点左右,拉维和阿穆到达榕树下巴特要开茶店的地方。不到十分钟,巴特就开着一辆小卡车赶到,满载着茶馆所需的材料。拉维和阿穆帮助巴特在四个角竖起竹竿,在竹竿上铺上塑料布,并将塑料布的末端绑在不同的竹竿上。他们捡起砖块,搭建了四根短柱,并在上面放了一块钢板作为厨房平台。他们在平台周围设置了大约十张塑料椅子供人们坐下。大约有二十个茶杯,两个烧水壶,还有两个小塑料容器来装糖和茶叶。拉维在榕树下放置了两个巨大的塑料罐来装满淡水。

阿穆走到约五十米外的公共水井处打水并装满塑料容器。拉维用两桶水将塑料罐装满。"它可以容纳大约一百升水,"拉维对阿穆说。当阿穆洗水壶时,拉维擦玻璃杯。三个小时之内,他们完成了所有工作。

将一定定量的水和牛奶在水壶中混合后,巴特点燃煤油炉,加热装有水和牛奶的水壶。他放了一汤匙茶叶进去,搅拌直至沸腾。将茶从壶中倒入带把手的钢制容器后,巴特又拿了另一个类似的碗。他双手握住容器,将茶从一个容器倒到另一个容器中,液体从一个容器流到另一个容器,呈连续的拱形。他重复了三次拱形结构。他把茶倒进三个杯子里,给阿穆和拉维倒了两个杯子。他的茶馆里弥漫着茶香。

"真好吃,"阿穆一边喝着茶一边说道。

"是的,"拉维说。

然后拉维拿走了他的钱包,给了巴特一张十卢比的钞票。尽管两杯茶的成本只有一卢比,但没有退回余额。但巴特从一开始就没有吭声,像石头一样沉默。

"四个小时后,阿穆和拉维回家了。那是一个星期天,他们必须打扫房子、洗衣服、做饭。在回来的路上,阿穆评论道:"巴特没有说话。我觉得很奇怪。"

"我也注意到了。巴特可能是个内向的人,"拉维回答道。

"但是他有严重的问题。他可能缺乏基本的礼貌,我真诚地希望他能慢慢学习。"Ammu 表达了她的担忧和希望。

"当然。巴特的茶馆一定会取得巨大成功。他很聪明,他的茶也很棒,"拉维说。

"你是对的,"阿穆同意她丈夫的观点。

一周后,当拉维路过时,他注意到商店上方有一个新的铭牌,上面写着"*纳拉亚南茶馆*"。Bhat 用英语术语"Teashop"取代了马拉雅拉姆语单词"*Chayakkada*"。每当拉维经过时,他都会在茶馆停下来,点一杯茶,然后付半卢比。像往常一样,巴特什么也没说,就好像他们是陌生人一样。茶馆里摆满了各种小吃,顾客增加了十倍。巴特的茶店附近总是停着许多卡车、汽车和两轮车,他的生意利润丰厚。巴特从乌杜皮聘请了两名帮手,协助准备各种小吃。一个月内,Bhat 开始供应肉类和鱼类制品,如牛肉、羊肉、鸡肉、鸭肉、猪肉、*karimeen*、*ikura* 和鲳鱼。对非素食食品的需求非常高,家庭和团体开始在晚上大量光顾餐馆。巴特随后又从门格洛尔聘请了十名人员,他们是准备各种非素食菜肴的专家。

Bhat 将他的茶馆更名为 Narayanan's Restaurant,并将其改造成一家宽敞的餐馆,内部明亮,配有舒适的椅子和桌子。他安装了自来水和两个西式厕所,并建造了一个单独的小屋,以便在办公室和停放的卡车、汽车和两轮车上监督顾客。一个月之内,他在餐厅一侧增设了现代化的厨房,并聘请了拥有餐饮学校文凭的专业厨师。巴特已经侵占了至少两英亩的政府土地来开办他的餐厅。很快,这家餐厅因其夜生活而闻名。茶馆开业一年内,Bhat 和他的餐馆经历了惊人的发展。一年后,拉维每次去纳拉亚南餐厅都无法与巴特面对面。

一天晚上,阿穆和拉维决定出去吃饭,并乘车半小时来到了纳拉亚纳餐厅。他们点了自己喜欢的菜,然后等待柜台服务员。突然,Bhat 站在他们面前,他们有几秒钟都认不出他了,因为他穿着最新的品牌西装,系着红色丝绸领带。

"来吧,我想和你谈谈。"他一边说,一边走向自己的小屋。拉维和阿穆跟着他。到达办公室后,他坐在 Aeron 工作椅上,没有请 Ravi 和 Ammu 入座。他们惊讶地站在他面前。

"你觉得你自己怎么样?你为什么过来打扰我?"巴特对他们大喊。

这对拉维和阿穆来说是一个震惊，就好像有人击中了他们的后脑勺。

"你说的是狗。也许你正在考虑你的六百四十卢比。这对我来说毫无意义。带着兴趣接受它，然后迷路。"巴特大喊着，向他们扔了一张一千卢比的钞票。他的声音震动了机舱内的透明玻璃。钞票落在阿穆脚边，但阿穆和拉维都没有说什么。他们返回并打开玻璃门，没有拿起钞票。拉维注意到两个男孩在角落里清理桌子，他们看起来大约十二岁或十三岁。"他们来这里做什么？"拉维想知道。这个问题比他刚刚遭受的羞辱更令他不安。

"你们这些流浪狗，永远不要再来了。"阿穆能听到巴特的叫喊声。当门在他们身后关上时，周围一片寂静。

他们启动了自行车，骑了回去。阿穆和拉维无法说话，因为他们无法用言语来表达他们的情感、悲伤、焦虑和愤怒。

"他是一个反社会者。你是对的，"拉维在睡觉前说道。

"他可以做任何事。我们需要小心，"阿穆说。

"他因我们帮助他而感到羞辱。他无法接受。他的行为是一种反应，是对想象中失去他的伟大的反应，"拉维解释道。

"他的心智还不成熟，无法接受自己曾经虚弱、饥饿、衣衫褴褛、看起来像乞丐和流浪汉的事实。他想把自己从过去中解放出来，并杀死我们，以逃避他自己产生的羞辱感，"阿穆解释道。

"我们是唯一知道他背景的人，比如他的婚姻史和弱点。他想把它去掉，"拉维说。

"这只有通过我们的消除才有可能实现。巴特的虚假威望是他的荣耀。他的伟大是他在他周围建立的形象，他的辉煌是他所投射的面孔，这是现代的、丰富的、丰富多彩的、谦逊的，"阿穆补充道。

"他需要建立一个新的巴特，消除并摧毁旧的巴特，永远克服过去，并向世界展示他总是聪明、才华横溢和强大。他想证明自己是超人，"拉维说。

"为了达到他的目的，他会不择手段，而我们就成了他的目标。"阿姆明确表示。

"消灭帮助过他的人是他的需要,我们必须小心。"阿木的话语中带着一丝自我警告的意味。

"那些男孩为什么在那里?你怎么认为?"拉维问道。

"他们来这里是为了工作、谋生,还是其他?他们似乎是为了巴特参与一些反社会活动。他可以做任何事情来赚钱,在他周围创造个人光环,赢得名声和名声,并改变他的历史。他需要删除很多东西,比如那些彻底了解他的人,那些帮助他克服饥饿、给他穿衣服、同情他的人。但他是一个没有任何人类感情的人。他可能是一个没有任何悔恨的人。"阿穆回答道。

"他可能已经与苏拉克什米保持了距离。如果巴特不能杀死她,他将永远离开她,不再与她联系。巴特可能认为她没有权利,他对她没有责任,"拉维补充道。

"然后他就会转向我们,这将是灾难性的。我们知道这一点,但我们无法理解精神病患者的想法。他们能想到一千种可能性,最后往往会成功。最终,他们可能会因其权力、地位、名字和名誉而逃脱任何指责。这就是精神病患者的想法。"阿穆坚定地说。

"他是一条受伤的眼镜蛇,重要的不是他有多大,而是他的毒液有多危险。这种毒液一击就能杀死至少六人,这是至关重要的。当我们承载他的历史时,我们的存在和存在伤害了他的自尊,而他想删除这些历史。他曾经想从他的生活中抹去的东西包括我们俩。认识他是我们的罪行,是无可挽回的严重罪行。它会招致最严厉的惩罚,不是威慑或纠正,而是死刑。"阿穆低声说道,不确定拉维是否听到了她的话。

但巴特有一种魅力,尽管很肤浅。他有技巧,精心策划、组织事情,展现了他的能力。他没有表现出非理性思维的妄想,也没有表现出紧张,更没有神经质。然而,阿穆和拉维的经历表明,巴特不可靠、不诚实、不真诚,对健康的人际关系没有任何价值。巴特的自我意识非常高,他从不微笑或大笑,缺乏感情和爱。他年轻时就离开了妻子,声称他们的婚姻是童婚,并在法律适合他的时候利用了法律。他拒绝提及他的妻子,但承认结婚是为了获得法律保护。他的过去是一个谜。Bhat 从未表达过任何积极的反应,也从未回应过善意和帮助。他是一个没有人际关系的人。

"阿木，我不知道为什么他的餐厅里总是聚集着一大群年轻人、大学生、卡车司机和家人？为什么他们觉得他的食物如此有吸引力、美味且令人着迷？为什么他们想一次又一次地品尝它？"有一天，拉维向阿穆提出了这个问题。她仔细思考并分析了许多假设以寻找可能的答案。

第二天，拉维要求他的后辈阿卜杜勒·哈德和丽莎·马修联系巴特餐厅的男孩，但不要透露他们的身份。阿卜杜勒和丽莎在拉维的指导下在地方法院和高等法院就各种人权问题进行执业。他们向拉维承诺，他们会收集尽可能多的有关男孩的信息，并将其提供给拉维。几个月后，拉维在当地报纸上发现了一则新闻报道，标题为"旅游部长为一家名为 Bhat Melody 的餐厅揭幕"。这是一篇五百字的文章，看来媒体对这一事件给予了很大的关注。"被誉为味蕾皇帝的 Bhat 在市中心的圣雄甘地路开设了一家新餐厅。有这样一位著名厨师在我们城市开餐馆，是这座城市居民的幸运。Bhat 是一位训练有素的厨师，曾在博洛尼亚、波尔多、阿姆斯特丹和圣塞巴斯蒂安接受过培训。巴特也是喀拉拉邦成千上万人喜爱和尊敬的人。他是一位杰出的慈善家，毕业于北方一所知名大学的餐饮和酒店管理专业。他正在喀拉拉邦攻读*传统食品和旅游*博士学位。"拉维把报纸拿给阿姆看，阿姆读完赞美词后，看着拉维，两人久久无语。

Bhat 在一个月内收购了该市的另一家餐厅，并将其命名为 Bhat's Rhythm。与此同时，阿卜杜勒·哈德尔和丽莎·马修带着他们的发现来到了拉维的办公室。"巴特似乎从事大规模贩毒活动。这些男孩与卡车司机和一些正在上大学的年轻人一起充当渠道。卡车司机从旁遮普邦和曼尼普尔邦带来毒品，因为旁遮普邦、阿富汗和巴基斯坦有大量毒品。曼尼普尔邦的毒品来自缅甸，"阿卜杜勒解释道。"那男孩们呢？他们的角色是什么？"拉维问道。"这些男孩受雇在喀拉拉邦分发毒品。有六个男孩，每个人都隶属于他的餐厅 Melody 和 Rhythm，"丽莎·马修说。"你有证据吗？"拉维问道。

"事实是真理的基础。我正在收集事实来确定真相，"丽莎说。

"在法庭上，事实只不过是证据。我们需要不可否认的证据，"拉维说。

丽莎和阿卜杜勒向拉维展示了男孩们前往该州各地、参观大学校园和餐馆分发毒品的照片。"这是一个严重的问题，"拉维评论道。"我们应该做什么？"丽莎问道。"我们必须非常认真地思考，"阿卜杜勒说。丽莎说："我们不能相信任何人，因为我们正在玩火。""三天后我们见面吧。反思一下并考虑我们将要面临的所有后果。Bhat 态度坚定，背后可能有一个犯罪团伙，包括政客、警察和商人，因为这不可能是一个人的表演。但这会毁掉我们的年轻人，甚至是正在上学的孩子，"拉维说。

那天，阿穆从大学迟到了，因为她必须和学生一起去库塔纳德，向他们介绍*库特恩的*农民。晚上八点左右到家后，拉维准备了晚餐，半小时内阿穆就回来了。在餐桌上，他们讨论了阿卜杜勒和丽莎的发现。"我们伤害了巴特，因为他是邪恶的。他的反应将是恶意的，他肯定会知道我们在做什么，"阿穆反应道。拉维默默地听着阿姆的话，但他的心却在狂跳。如何战胜这个邪恶，消灭它；否则，它将吞噬一切，摧毁社会上的正义和高尚的事物。

「阿姆，有时我会为自己无法应对这些怪物而感到羞愧。但如果我们做出反应，他就会杀了我们，这是肯定的。"拉维的话语尖锐刺耳，蕴含着对他们未来的预言。

他们刚刚开始了家庭生活，并借了住房贷款在阿穆喜欢日日夜夜居住的地方买了房子。当他们去蒙纳时，阿穆提到要在这个网站上买房，她喜欢在结婚后和拉维一起呆在那个地方，在一个小房子里。对于阿穆来说，这个梦想已经实现。

Ravi 总是和 Ammu 分享美好的回忆；它们的意义、强度和深刻的活力笼罩着她。他们为他们创造了一个环境，带来了新的维度、清醒的色彩、柔和的声音和丰富层次的永恒关系。这对夫妇喜欢将他们的日常活动当作一个谜共存，并反复分享这个谜。因此，它始终保持新鲜、有吸引力、充满活力。Ammu 将与 Ravi 的 Munnar 拜访铭记于心，并每天与 Ravi 分享其意义。拉维喜欢长时间听她说话，尤其是在周末和他们在一起的时候。周日，他们手牵着手在山坡和河岸上漫步，河水蜿蜒在稻田、胡椒藤庄园、腰果树和红树林周围。

第二天，他们就去了慕那尔。阿穆给拉维打电话说："拉维，有个好消息。我收到乌普萨拉的邀请参加授予仪式，仪式上我将被授予博士学位。" "恭喜你，阿穆。我感到很高兴。这是你们多年奋斗的结果，你们做了出色的研究。您可以为您的 *Kuttern* 感到自豪。你这么年轻就取得了很大成就，帮助成千上万的农民致富并过上了体面的生活。"拉维欣喜若狂。

阿穆想与拉维分享一切。"谢谢你，拉维，谢谢你的好话；谢谢你的赞赏，"阿穆回应道。"我为你感到骄傲，亲爱的阿姆，"拉维继续说道。"拉维，还有一个好消息要告诉你。斯德哥尔摩的一个非政府组织承诺，除了我在瑞典停留十五天之外，还会资助我去瑞典的旅行费用。他们要求我提交两篇论文，一篇是在维特恩湖和埃尔肯湖举行的小龙虾国际会议上发表的。另一篇是基于我在库塔纳德的研究而在一次关于鱼类养殖和经济增长的研讨会上发表的论文，"阿穆解释道。

"我确实很高兴。你应得的，阿穆，"拉维回答道。"拉维，又一个好消息：赞助是针对两个人的。我邀请你加入我。如果你能接受我的邀请，我将是最幸福的人。"阿穆说道。"接受你的邀请让我成为世界上最幸福的人。我准备好了，"拉维回答道。"让我们尽早见面、讨论和计划我们的计划，"阿穆说。"这周末？"拉维建议道。"当然，"阿穆回答道。拉维说："我会去你的旅馆接你，如果你愿意的话，我们将去Mattancherry宫，并在一家不错的餐厅吃午餐，并讨论和计划我们的旅行。""我已经准备好和你一起去世界任何地方。我很享受和你一起度过的每一刻。"她的话语中充满了无限的爱意，拉维能感觉到。早上八点左右，拉维到达阿穆的宿舍，阿穆正在等他。他穿着牛仔裤，T恤塞进裤子里，看起来很高兴。阿木穿着牛仔裤和T恤，显得很可爱。"阿姆！"拉维打来电话。"拉维！"她的话里充满了爱意。

骑拉维的自行车是一次愉快的经历。这次短途旅行大约需要一个小时，沿着阿拉伯海和文巴纳德湖之间的高速公路，从阿拉普扎到科钦，行驶了大约六十公里。文巴纳德湖是亚洲最大的淡水湖之一，面积约两百平方公里，显得夺目而神奇。到达高知后，他们前往位于该市西南部的高知堡。在向阿穆展示雄伟的*中国*网时，拉维告诉她，葡萄牙人帮助科钦的拉贾对抗科泽科德的萨穆蒂里。为了表达谢意，国王于1503年将其王国的一块地区授予阿方索·德·阿尔伯克基，允许葡萄牙人建造伊曼纽尔堡以保护他们的权力中心。拉维解释说，高知堡的名字来源于伊曼纽尔堡，在堡垒附近有一座建于一千五百一十六年的圣弗朗西斯教堂。荷兰人击败了葡萄牙人，占领了伊曼纽尔堡，并一直占有它直到一千七百零五岁。随后英国人击败了荷兰人并控制了这座雄伟的堡垒。阿穆和拉维手牵着手，饶有兴趣地听他讲故事。

瓦尔盖斯 V 德瓦西亚

阿穆和拉维从科钦堡慢跑前往麻坦切里宫。"那是一座葡萄牙宫殿，但通常被称为荷兰宫殿，"拉维一边看着精美的壁画，一边对阿穆说道。"它建于一千五百年左右，代表了喀拉拉邦风格建筑的辉煌，"拉维解释道。"帕拉德西犹太教堂建于 1568 年左右，是旧大英帝国最古老的教堂。它代表了犹太人和喀拉拉邦之间的历史联系，"他补充道。

阿穆和拉维在俯瞰阿拉伯海的阿拉伯之梦餐厅订了一张两人桌。阿姆微笑着，她平静的脸庞对拉维来说有着惊人的吸引力。"阿木，你还记得我们第一次见面吗？"拉维问道。"是的，拉维，记忆是爱情关系的命脉。如果没有记忆，就没有爱，当你分享回忆时，你就分享了生活。"阿穆再次微笑着说道。拉维喜欢她的存在和气味，因为它们有一种罕见的迷人品质，一种吸引他的注意力、专注和爱的神奇坚韧。

"阿穆，很高兴和你在一起。我喜欢和你说话，闻你的味道，尝你的味道。我一生都喜欢咬你，慢慢吃掉你，我无法想象没有你的生活。"拉维的话语轻柔而温柔。

"拉维，我对你也有同样深厚的感情和吸引力。这是无法言喻的。它必须用心灵去体验，因为它超越了感官。我试图将你内化并包含在我的感受、思想、意识和整个存在中。你正在成为我，或者我正在成为你。看着你，我在你身上看到了自己。不是反射，而是整个存在。我就是你，你就是我。它无法分开，但我们同时是两个人。这种认识是迷人的、令人兴奋的、充满活力的，并且在智力和精神上都令人满意。"

阿穆说话的语气就像是在背诵一首发自内心的诗，这首诗是她独自写给拉维和她自己的。对于她来说，他们是这个宇宙中唯一的存在。这首诗包含了两者作为一个整体，其独特性是非凡的、无与伦比的，但她可以体验、观察和评价它。

拉维敏锐地听着阿穆的话。"阿姆，生活是如此迷人，我们赋予它意义。我们提供它的目标，它的目的，因为没有任何关于如何过生活以及从中实现什么的预先写好的东西。当两个人走到一起建立终生的关系时，他们就制定了自己的目标，其中包含有关他们的方向、去哪里以及如何实现目标的一切。他们的决定超越了规则和规定，但他们的信任和爱培养了信心并培养了持久的联系。在最终、爱和信任中，我们作为生命、目标、目标、存在及其本质的支柱站在一起，"拉维说。

"拉维，我珍惜这种团结、团结、独立、独特的个性。作为拥有充分自由的个体，我们是一体的，并在一体性中体验到我们的二元性。你是一个独立的人。这就是我爱你的原因。我是一个独立的存在，你感觉离我很近。这种感觉就是生命的奥秘。我们内心深处渴望相遇、彼此亲近、合而为一，哪怕只是一段时间。这就是人类体验性和亲密关系的原因。即使在性行为期间，也有一个单独的身份。我渴望这种亲密关系，并且喜欢珍惜这种独立的身份，即使我们发生性关系也是如此。"阿穆看着拉维说道，显然他正在反思她的话。

"阿姆，我明白你所说的深刻含义。你的话已经与我合二为一了。当我认识你时，你就变成了我，就像存在就是认识一样。当我们发生性行为时，我们完全成为我们自己，体验你身上的"我"和我身上的"你"。在亲密的性关系中，没有自私，因为对方的快乐和自我的快乐是性的主要目标。性是一种有意识的亲密关系行为，是一种体验你在我身上的独特性和我在你身上的独特性。这是自然而又崇高的。我们的关系已经发展到绝对亲密的程度，并且关心身体、思想和经验的个性。我爱你，因为你作为一个人有着不可分割的尊严，你在与我交往时也以同样的尊严对待我。即使在我们的性别中，我也以平等的身份对待你。有绝对平等、积极自由和完全自由。是的，阿穆，在这个限制中，我爱你。我以这种排他性的自决向你伸出我的手，你也向我伸出你的手。我们都体验到了令人兴奋的体验，以及我们存在的独特性。"拉维的话清楚明白。

"我们吃点东西吧，"拉维一边说，一边向阿穆询问她的选择。提供的食物很美味，他们吃得津津有味。"现在，让我们计划一下往返瑞典的旅程，"阿穆说。"当然，这是我们今天会议的主要目的，"拉维回应道。"我们在瑞典总共有十五天。授予仪式于五月的最后一天在大学举行。所以，我们至少提前两天到达斯德哥尔摩吧。"阿穆解释道。"同意，"拉维回答道。"我们要预订五月二十八日从高知出发的清晨航班吗？晚上我们将抵达斯德哥尔摩的阿兰达。然后第二天，我们将在那个美丽的城市度过，三十号早上，我们将前往额尔肯湖，在那里度过一整天一夜。第二天早上，我们将前往乌普萨拉参加授予仪式。"她看着拉维寻求批准。"这太棒了。我很高兴能在乌普萨拉见证您获得博士学位，这是最伟大的事件之一，"拉维看着阿穆说道。"乌普萨拉大学的新博士毕业典礼被称为授予仪式。它每年举办两次，春季（五月至六月）和冬季（一月）。早上和仪式期间都会鸣放礼炮。公元 1600 年，举行了第一次授封大典。在庄严的仪式上，获奖者收到了他们的荣誉象征、戒指、证书和花环的桂冠，"阿穆自豪地说。"你会看起来像一位公主，亲爱的阿姆，"拉维微笑着说，握住阿姆的手掌，亲吻它。"还有你，我迷人的王子，"阿穆补充道。"你们在斯德哥尔摩举行的国际研讨会什么时候举行？"拉维问道。"那是六月三日。因此，我们将在乌普萨拉呆两天，第三天乘早班火车前往斯德哥尔摩。第四天，我们去维特恩湖，晚上和我们一起参加 *Kraftivaler* 活动。拉维，你会喜欢的，"阿穆说。

拉维看着阿穆，津津有味地欣赏着每一个字。"阿姆，我喜欢分享你的所有经历，所以让我成为你，"拉维再次微笑着说道。阿穆喜欢他的笑容。"第五天早上，我们将前往哥德堡，研讨会将在第七天举行。我们有两天的时间去观光。我们将重温迪德里克和奥利维亚的痛苦和狂喜，"阿穆微笑着说道。

"迪德里克和奥利维亚，他们是谁？"拉维问道。

阿穆向他讲述了迪德里克和奥利维亚的故事、他们强烈的爱情以及他们在斯德哥尔摩购物中心的相遇。阿穆详细讲述了迪德里克第二天前往哥德堡与他心爱的奥利维亚会面的火车旅程，以及奥利维亚前往斯德哥尔摩与她心爱的迪德里克会面的火车旅程。"这当然值得体验，"拉维说。

"八号，我们将乘火车前往距离两百六十四公里的隆德，参观隆德这座城市和著名的大学，十号，我们将返回印度。" "听起来很有趣。我很欣赏你的计划。不过阿姆，我可以提个建议吗？"拉维看着阿穆，等待她的许可。"当然，拉维。你说话不需要我的同意。爱的标志是可以自由地表达内心的一切。请告诉我你想说什么。"阿穆回答道。"我有两件事要说：我们要经哥本哈根返回，参观我们第一次见面的地方吗？自从我父母从火车站接我以来，遇见你是我一生中最伟大的事情。"拉维非常坦率。"拉维，遇见你实现了我的人生目标，现在我已经是一个不同的人，有了新的生活处境。让我们去哥本哈根重温一下我们第一次谈话的情景吧。生命中的回忆是宝贵的。没有记忆的生活就是没有爱的生活。我把那一刻铭记在心，反复思考。实在是太珍贵了。我们会在那里见面，就像奥利维亚和迪德里克在火车旅行后的相遇一样，"阿穆兴奋地说。

然后拉维仿佛诉说了一个秘密，说道："从哥本哈根，我们将飞往斯图加特，去见我的父母。在过去的五年里，他们一直在那里。极端民族主义者将他们驱逐出印度，指责他们反对国家。我的父亲斯特凡·梅尔 (Stefan Mayer) 是一位共产主义思想家，我的母亲艾米莉亚 (Emilia) 是一位研究泰亚姆 ($Theseyam$)的学者。他们帮助印度最贫穷的人，并为无声者发声。梅耶夫妇在坎努尔有数百名熟人和朋友，他们像磐石一样坚定地支持我的父母，但由于政府拒绝，我的父母无法续签签证，"拉维说得很准确。"拉维，你已经告诉我你父母的事了，但你没有机会谈论他们在印度的工作。我很想见到他们，并对我们在斯图加特与他们的会面感到兴奋。我会拥抱他们俩，因为他们给了我生命中如此出色的一个人。当然，他们在我心中占有一席之地。"阿穆非常体贴地说道。"阿姆，谢谢你接受我的邀请。我还想告诉你，我妈妈得了老年痴呆症，不认识任何人。我的父亲和母亲形影不离。他总是在她身边走来走去，尽管她不认识他，他为她做一切。他的存在与她的存在密不可分，"拉维在讲述他父母的故事时说道。"拉维，听到你母亲的事我很难过。我能理解。当我年少时最需要母亲的时候，我失去了母亲。我父亲非常爱她，她的去世对他影响很大，她突然去世后他心碎了。为什么有些男人太爱自己的妻子？为什么男人认为自己与妻子形影不离？为什么妻子去世后他们就失去了活下去的动力呢？"阿木问道。

这是一个很难回答的问题。拉维反思了一段时间后说："这也是爱的结果。一个处于无条件爱中的男人只有一个关心：他所爱的人。即使她不在，他也总是与她深入交谈。这是日复一日持续不断的对话、不间断的对话。认同他的女人的男人认为他是他所爱的女人不可分割的一部分。不是影子，不是另一个实体，而是一个共存的存在。对于他来说，这个世界上只有一个人：他的女人。他体验到与她的合一，在他体内找到她，并与她一起感受。对于他来说，没有她就没有存在。他因她而呼吸，时时刻刻想着她，渴望她的陪伴。这就是另一个人心理上的统一性，一个凝聚力的整体。从哲学上来说，你就是他人，他人就是你。你建立了一个只有两个人的宇宙：你和你所爱的人。当另一个人死了，你就不复存在了。这是一个有意识的决定，而不是被迫的选择，是密不可分的团结的自然结果。有人可能会说，爱情并不总是带来积极的结果，因为有时它会让人们无法区分两个不同的个体。你成为他人，他人也成为你。通常，你会失去自己的独特性。这在深爱自己的女人的男人身上很常见。但女性可以逐渐稳定地克服失去伴侣的痛苦。他们能够熬过痛苦，并常常恢复力量和旧有的魅力，开始新的生活。他们的活力是不同的，他们的意识是无法模仿的。他们的冷静和聪明是他们独立意识的结果。这与男人不同。女人更善于辨别独立性，但经历过深厚爱情的男人却无法理解独特性。他们在这场斗争中失败了，失去挚爱对他们造成了悲惨的影响。"

"我同意你的看法，拉维。即使是孕妇也认为她未出生的孩子是一个独立的个体，而不是她身体的一部分。如果男人能够怀孕，他们可能会对自己的爱人有不同的看法。女性拥有更强的精神力量、内在平衡和恢复警觉性。他们在生活中建立了新的目标，并且能够做到，即使需要更长的时间才能恢复。一旦实现，它就会变得像钻石一样坚固，"午餐后阿穆一边喝着滴滤咖啡一边说道。

「阿穆，我们行动吧？」拉维提议道。

"当然，是时候走了。"阿穆回答道。

回程很愉快，Vembanad 湖的微风令人心旷神怡。阿穆喜欢从后面看到拉维骑自行车。"谢谢你，拉维，"当他们到达她的宿舍时，她说道。"我总是喜欢和你在一起。这是一次令人心寒的经历，"拉维回应道。"和你在一起的时候，我害怕时间过得太快，而当我离开的时候，我渴望再次见到你。和我爱的人住在一起是很矛盾的，"阿穆说。"Ammu，你一直和我在一起，我经常和你说话，因为你已经成为我生活中不可分割的一部分。你总是让我着迷，"拉维补充道。"拉维，谢谢你和我在一起并分享你的生活。我体验到这个活生生的现实，它帮助我成长并实现我的成就。这段经历是一次永无休止、弥足珍贵的相遇，我不断地重温。我爱你，因为你是谁以及你给我带来了什么。你给了我希望，我变得更坚强，"阿穆说。

突然，阿穆热情地拥抱了拉维，拉维也紧紧地抱住了她；阿木第一次拥抱一个男人。他们能听到彼此的心跳，感受到彼此深沉的呼吸。第一次拥抱是他们有过的最好的经历——一种舒缓、温暖和脉动的参与。他们静静地呆了很长一段时间，珍惜这次表演的新鲜感、团结感和紧紧的拥抱。然后拉维低下头吻了她的嘴唇。

"谢谢你，最亲爱的阿穆。你让我成为一个充满爱的人。"他边说边启动了自行车，扬长而去。阿穆看着他开车很长时间。

即使他消失在她的视线中，她仍然寻找着他，仿佛还能看到他骑马一样。阿穆想起了迪德里克，唱起了这首歌的前两句，这是为他心爱的奥利维亚而作的音乐。

他们的瑞典之行的准备工作就如火如荼地开始了。拉维第一次去瑞典时就对这个美丽的国家产生了难以置信的兴趣。他开始阅读有关其历史、语言、文学、文化、社会和经济环境以及地理的知识。航班定于5月28日凌晨，他们将于当天下午4点抵达阿兰达。阿穆穿着牛仔裤和半袖衬衫看起来很迷人，而拉维穿着牛仔裤和T恤则气势磅礴。他们在机场拥抱，仿佛久别重逢。他们的座位相邻，这是他们第一次一起飞行。尽管他们已经出国无数次，但那次飞行却有着特殊的意义。他们将永远一起巡演，而航班不会降落；他们会握着彼此的手，交谈、微笑、分享和计划，直到生命的尽头。这是行动中的喜悦、一体感和无限接近的感觉。

"阿姆，"拉维经常叫她。"和你在一起，是人生最大的快乐。没有什么是超越它的。我们正在经历亲密关系中合一的巨大满足。"

"拉维，是我在我身上体验到了你的存在的充实。当我们走到一起时，你和我就是一体的。"阿穆说。

拉维用一双可爱的黑眼睛看着她的脸。她的面部表情总是令人愉悦。阿穆在场时有一种深深的凝聚力、喜悦和满足感，仿佛他们处于他存在的不同维度。

拉维在阿穆面前总是能体会到深刻的感受，并用行动中的快乐来表达他的感受。六个月大的时候，他就深深地依恋着艾米莉亚和雷努卡。很多天，雷努卡都会在六点左右到达艾米莉亚的住处，并将拉维带回家。经过阿育吠陀精油按摩和洗个热水澡后，雷努卡给阿迪亚和拉维进行母乳喂养。她深深地爱着他们，孩子们也意识到了她的爱，并深情地回报了她的爱。十点的时候，雷努卡通常会将婴儿送回艾米莉亚，或者斯特凡会去雷努卡的住处接孩子们。阿迪亚和拉维开始称呼艾米莉亚和雷努卡为"阿玛"。他们很长一段时间都不知道谁是他们的"亲生母亲"。两位母亲都意识到拉维对她们有一种特殊的爱，并用他的微笑和手势表达了这一点。

由于梅耶斯夫妇有一所大房子，阿迪亚和拉维醒着的大部分时间都在那里度过，到处跑，有时还和邻居的其他孩子一起跑。他们一起在庭院和花园里玩耍。当孩子们三岁时，斯特凡开始教他们德语，他们很快就学会了这门语言,并用德语与艾米莉亚和斯特凡交谈。当他们四岁时,卡利亚尼教他们马拉雅拉姆语字母表,由于每个人都说马拉雅拉姆语,所以他们毫不费力地学会了这些字母。他们不知道卡利亚尼来自维达尔巴,而且她的母语是马拉地语。他们还观看了在邻居家中组织的"学习班",内容涉及与共产主义以及马拉巴尔农民和工人运动有关的各种问题。

阿迪亚和拉维刚庆祝完五岁生日,就被送到坎努尔的一所幼儿园,梅耶斯夫妇资助了阿迪亚的教育。斯特凡每天早上七点三十分左右都会用他的车载阿迪亚和拉维,因为他们的课八点开始。对于 Aditya 和 Ravi 来说,上课是一种全新的体验。尽管一开始他们感到有些不舒服,但后来他们就觉得很有趣。老师是一位英印裔女性,英语说得一口流利。次年,阿迪亚和拉维在圣迈克尔英印学校(耶稣会开办的著名教育机构)升入一年级。课程进行得非常好,受过高等教育和训练有素的老师从下午九点到四点授课。Aditya 和 Ravi 积极参加所有体育运动和比赛,并对曲棍球表现出特殊的兴趣;他们经常代表学校参加*全喀拉拉邦曲棍球锦标赛*。阿迪亚和拉维在高中时曾连续三次代表喀拉拉邦曲棍球队参加印度各级校际曲棍球锦标赛。斯特凡过去常常晚上去学校,耐心地等待曲棍球比赛结束,这样他就可以去接两个孩子了。拉维称斯特凡为"爸爸",而阿迪亚称他为"斯特凡叔叔"。

很多天,阿迪蒂亚都在艾米莉亚、斯特凡和拉维家里度过了时光,就像家人一样。阿迪亚(Aditya)在房子一楼有一个房间,与拉维(Ravi)的房间相邻,两人都喜欢呆在一起。他们彼此相爱,他们的友谊牢不可破。他们经常在阳台上观看瓦拉帕塔南河(也称为*巴拉普扎河*)。河水总是雄伟而平静,两岸都是瓷砖厂和木材厂。在被称为 Sahyadri 的西高止山脉,特别是在 Ayyankunnu、Aralam 和 Kottiyoor,可以找到大量原木,如柚木、红木和 Anjali。这些通过*巴瓦利普扎河*运输的原木原产于瓦亚纳德的北角。*巴拉普扎河*的起点位于卡纳塔克邦库格或科达古地区的艾扬昆努之外。巴瓦利普扎河(*Bavalipuzha*) 与*巴拉普扎河 (Barapuzha)*在充满异国情调的美丽小镇伊里蒂 (Iritty) 汇合,英国人于 1933 年在那里建造了一座钢桥。阿迪亚和拉维花了很长时间观察河中原木的运动以及河流在夏季、雨季和冬季性质的变化。

他们和斯特凡、艾米莉亚一起在河里学会了游泳，过河很有趣。渐渐地，他们对*巴拉普扎*及其周边地区产生了深厚的依恋和钦佩。

周末，Ravi 和 Aditya 和 Renuka 待在一起，Appukkuttan 和 Renuka 准备了美味的牛肉印度饭，他们很喜欢。

高中时，阿迪亚与朋友在瓦拉帕塔南组建了一支曲棍球队。他向拉维咨询了球队的名字，拉维建议了瓦拉帕塔南兄弟的曲棍球队，阿迪亚很喜欢。他们简称为"VBHT"。兄弟俩想要一个可以玩耍和组织曲棍球比赛的游乐场，因此他们咨询了艾米莉亚和斯特凡关于开发一个迷你体育场的问题。河岸上有几百亩荒地，都是瓷砖厂老板的。斯特凡、艾米莉亚、雷努卡、阿普库坦、阿迪亚和拉维拜访了地主。斯特凡向业主穆罕默德·哈吉解释了阿迪亚和拉维想要拥有一个曲棍球场的愿望。他询问他们是否可以在河岸上获得两英亩的土地来建造一个曲棍球场。哈吉立即打电话给他的经理，要求他在河岸上划定两英亩的土地，并将其开发为曲棍球场地。

操场在十五天内完工，设有一个大棚子、两个更衣室和两个厕所。第一个月，大约有四十五名男孩加入了俱乐部，晚上开始了常规比赛。VBHT 邀请 *Thalassery 曲棍球队*（HTT）于 8 月 15 日印度独立日进行一场友谊赛。穆罕默德·哈吉 (Mohammed Haji) 受邀担任主宾，斯特凡·梅尔 (Stefan Mayer) 担任主席。穆罕默德·哈吉 (Mohammed Haji) 承诺为获胜队提供 5000 卢比，斯特凡·梅尔 (Stefan Mayer) 承诺为亚军提供 4999 卢比。裁判是一位曾为印度陆军打曲棍球的陆军上尉。大约有一千人聚集在一起观看 VBHT 和 HTT 之间的比赛。两队踢得异常出色，半场结束都没有进球。下半场，HTT 率先进球，但 VBHT 很快用乌龙球回应。终场哨声响起前，VBHT 攻入致胜一球，取得胜利。球员们载着队长阿迪亚在球场上载歌载舞庆祝。穆罕默德·哈吉祝贺两支球队的体育精神和出色的比赛，表示希望每年独立日与同一支球队组织一场曲棍球比赛，并提供一万卢比的奖金。斯特凡·梅耶尔感谢穆罕默德·哈吉赠送操场和奖金，并将亚军奖金增加到九千九百九十九卢比。

曲棍球比赛是瓦拉帕塔南的一项伟大赛事，阿迪亚和拉维在比赛中进球，成为英雄。HTT 的船长是阿尔文·雅各布·伯纳德 (Alwin Jacob Bernard)。他对阿迪亚和拉维组织比赛、公平竞赛和体育精神表示祝贺。圣诞节那天，阿尔文邀请 VBHT 在 Thalassery 进行一场友谊赛。

瓦尔盖斯 V 德瓦西亚

阿尔文和他的朋友们将 Thalassery 曲棍球比赛组织得非常出色。来自瓦拉帕塔南的约两百人前往观看比赛，其中包括穆罕默德·哈吉、梅耶斯夫妇、马达万、卡利亚尼、雷努卡、阿普库坦以及几乎所有的邻居年轻人。穆罕默德·哈吉（Mohammed Haji）非常友善地提供了两辆巴士来运送团队及其家人和朋友。从 8 月到 12 月，阿迪亚每天组织训练 2 小时，每周 4 天，他的球队状态极佳。HTT 以皇室成员的身份欢迎 VBHT，HTT 船长阿尔文的妹妹詹妮弗·雅各布·伯纳德 (Jennifer Jacob Bernard) 主持了一个简短的文化节目。

大家都很欣赏这场比赛，HTT 队打进了三个球，而 VBHT 队尽管 Aditya 和 Ravi 已经竭尽全力，但只打进了两个球。这是一个让他们认识到瓦拉帕塔南以外也有优秀球员的机会，Thalassery 男孩决心赢得比赛。阿尔文的领导能力非常出色，他的父母和妹妹詹妮弗在观众席上鼓励他和其他球员。阿迪亚明白，除了冰球比赛中的技巧和战术外，心理准备和他人的鼓励对于赢得比赛的身体健康也起着重要作用。阿迪亚喜欢他的理想行为。他开始钦佩 HTT 和阿尔文。

阿迪亚不明白这种钦佩是出于詹妮弗，还是对团队表现的自发反应。因此，VBHT 和 HTT 之间形成了多年的良性竞争。这对 Aditya 来说是值得纪念的一天，因为他可以在颁奖仪式上与 Jennifer 交谈，他从未想过她有一天会成为他的妻子。他总是叫她"JJ"，她则亲切地叫他"AA"。

2月，马埃岛曲棍球运动员协会（MHPA）组织了一场曲棍球锦标赛，并邀请了马埃岛以外的三支球队参加。参赛者包括 MHPA、VBHT、HTT 和 Vadakara 曲棍球队 (VHT)。奖金五万卢比，由法国总督赞助本地治里。马埃岛是阿拉伯海沿岸的一个小镇，距离塔拉塞里 (Thalassery) 约九公里，位于前往科泽科德 (Kozhikode) 的途中。法国人在一千七百二十四年里在那里建造了一座堡垒，以前称为玛雅芝。马埃岛最重要的机构是阿维拉圣特蕾莎圣殿，建于 1736 年左右。多年后，阿迪亚在这座教堂与詹妮弗·雅各布结婚，尽管她的父亲反对这桩婚姻，因为阿迪亚出生时是印度教徒和共产主义者，是一个不相信上帝的人。当阿迪亚准备忘记他的无神论并嫁给詹妮弗时，他发现了他见过的最迷人、最有爱心的人。詹妮弗愿意为了阿迪亚承受任何精神折磨。她梦想有一天阿迪亚成为喀拉拉邦首席部长，在印度共产党的旗帜下当选，他会适应共产主义原则，以实现詹妮弗的遐想。

比赛取得了巨大成功。主要嘉宾是本地治里省长，几乎马埃岛的每个人都观看了这场比赛。决赛入围者是 VBHT 和 HTT。在 Aditya 的带领下，球队表现出色，以 3 比 1 击败 HTT；阿迪亚进两球，拉维进一球。尽管阿尔文·雅各布获得了最佳球员奖，但州长还是对阿迪亚和他的球队的精彩比赛表示祝贺。比赛期间，阿迪亚再次见到了詹妮弗，还有她的父母。詹妮弗的父亲雅各布·伯纳德是本地治里政府的高级官员，她的母亲是马埃岛的高中校长。当一些法国水手建立了圣特蕾莎教堂时，伯纳德的曾祖父是马埃岛第一批皈依基督教的人之一。詹妮弗的母亲阿梅莉·马丁来自马赛，她二十二岁时作为一名游客来到马埃岛。阿美丽在*玛雅芝普扎*乘船时在那里遇见了雅各布·伯纳德。阿美丽喜欢马埃和*玛雅芝普扎*的异国魅力，也喜欢雅各布·伯纳德的朴素和开放。她会见了马埃岛行政长官，并表示愿意在那里担任任何工作，本地治里政府任命她为高中生教法语。两个月内，她在圣特蕾莎教堂与雅各布结婚，他们育有两个孩子：阿尔文和詹妮弗。阿尔文·雅各布·伯纳德 (Alwin Jacob Bernard) 作为 Thalassery 布伦南学院 (Brennen College) 的学生加入 HTT，并担任队长五年。

到达瓦拉帕塔南一周内，阿迪亚收到了一封手写的法语信。他只能明白一件事——詹妮弗·雅各布·伯纳德是这条信息的作者。阿迪亚把这封信拿给斯特凡看，但斯特凡无法破译它。他假装不知道，以便阿迪亚能够亲自见到詹妮弗。阿迪亚前往马埃岛寻找詹妮弗唯一一句话的含义，并将其展示给一名市政官员，后者将其翻译成英语给阿迪亚。

"我喜欢你的曲棍球。你也是，詹妮弗。"

这名军官久久地注视着阿迪亚，因为雅各布·伯纳德是他的老板。到达瓦拉帕塔南后，阿迪亚用德语写了一封信，上面写着："亲爱的 JJ，谢谢你的来信。我太爱你了。你是我见过的最有魅力的人。阿迪亚·阿普库坦。"

十天内，阿迪亚收到一封德文信："亲爱的 AA，我收到了你的信。我很佩服你。我看到你有美好的未来。有一天，您将成为上帝的祖国喀拉拉邦的首席部长。你的 JJ。"

当詹妮弗给她的 AA 写这封信时，她正在入学，除了知道阿迪亚是一位伟大的曲棍球运动员之外，她对阿迪亚一无所知。这个消息深深地影响了阿迪亚，激励他相信詹妮弗的话。他把她的信保存了几天、几周、几个月、几年，成为上帝祖国的首席部长成为他第二重要的目标。阿迪亚相信，他有一天会实现这一目标，因为共产党人有坚韧不拔的毅力，从基层做起。另一方面，詹妮弗从未听说过共产主义，因为她生活在一个不同的世界，享受着父母收入的奢侈，以及从马赛的祖父母那里继承大笔遗产的确定性，她每年假期都会去看望他们。

詹妮弗得知阿迪亚来自低收入家庭，父亲是一名体力劳动者，也是一名 Theyyam 舞者，对此，詹妮弗并不感到惊讶。财富对詹妮弗没有任何吸引力，因为她有足够的财富来维持很多代人的生活。她被阿迪亚和他的魔法所吸引，这对她来说是最重要的。

阿迪亚（Aditya）崇拜詹妮弗（Jennifer）。他的爱与日俱增，他对她和她的话产生了极大的信任。他感觉到詹妮弗很耀眼，她能够毫不费力地分析事件和想法，而且她所说的话具有深远的意义和影响。对于阿迪亚来说，詹妮弗不是一个普通的女孩。当 Aditya 第一次见到 Amelie 时，就发现人可以优雅地生活。他们可以完善思维，对生活情境和事件形成特定的哲学，并相应地构建他们的环境。阿美丽对生活的看法是哲学性的，阿迪亚明白这种充满活力的思想可以通过詹妮弗影响他的生活。在与母亲讨论了共产主义的基本概念并阅读了许多法国和德国书籍后，詹妮弗告诉阿迪亚，她将通过支持 AA 成为一名共产主义同情者。詹妮弗拒绝接受共产主义的哲学和经济基础，但仍然接受它实现 AA 梦想的可能性。她坦率地告诉阿迪亚，共产主义是一个骗局。它是奸诈的，并且具有侮辱性的结局，因为它悲惨地未能以尊严对待人类。詹妮弗的话让阿迪亚陷入了多年的尤西弗罗困境。

詹妮弗鼓励阿迪亚观察人们并从生活事件中产生想法。没有预先写好的想法或上帝赋予的知识，因为人类创造了所有概念和知识，并且它们的应用和价值随着需求而变化。不存在静态的真理，因为人们不断地发展它。事实不断变化。尽管人类与人类的处境密不可分，但他们可以通过坚持不懈的努力来改变它。因此，不存在不受人类影响的现象，因为人类创造了一切。詹妮弗告诉阿迪亚，他们生活在一个流动的世界，一个不断变化、充满活力的世界，如果他在颓废的概念上徘徊，他就会灭亡。共产主义必须根据当今的需要和期望而发展和变化。阿迪亚需要充满新的思维，只有这样的环境才能改变人。Aditya 总是带着好奇、崇拜和尊重的心情聆听 JJ 的讲话。然而，詹妮弗的具体想法给阿迪亚带来了痛苦。如果他要获得权力，他就必须忘记永久的关系。

阿迪亚和拉维都以高分完成了高中考试。拉维表达了他在班加罗尔著名的法学院攻读法学学士学位的愿望。与此同时，Aditya 希望从 Thalassery 的 Brennen 学院获得艺术学位。他们第一次决定走不同的道路来塑造未来。艾米莉亚和斯特凡·梅耶尔承诺支付阿迪亚学习的所有费用。雷努卡和阿普库坦很高兴。梅耶斯夫妇从幼儿园起就资助阿迪亚。对于艾米莉亚来说，阿迪亚是她的儿子，就像拉维一样，花钱让他接受教育是她的责任。

尽管如此，艾米莉亚、斯特凡、雷努卡和阿普库坦始终不知道为什么阿迪亚选择在塔拉塞里布伦南学院毕业。拉维知道这一点并珍惜这一点，因为他很高兴他的兄弟疯狂地相爱，而且如果阿迪亚在萨拉塞里，每天都很容易见到詹妮弗。但拉维一直无法理解为什么人们会爱上另一个人，直到他在哥本哈根机场遇到阿穆。

当阿迪亚加入布伦南学院时，阿尔文·雅各布已经毕业并搬到了法国。阿迪亚读最后一年时，詹妮弗已经开始上大学了。从大学一年级开始，Aditya 就经常在马埃岛与 JJ 见面，他们会在 Mayyazhipuzha 乘船几个小时，并花很多时间在法国餐馆吃法国菜。詹妮弗就像她的母亲艾米莉一样，饭后喜欢法国葡萄酒，尤其是*拉雅酒庄*。然而，阿迪亚拒绝饮用那个名叫马埃岛的小天堂里盛产的酒精饮料。詹妮弗经常嘲笑阿迪亚滴酒不沾的行为。尽管如此，阿迪亚坚信，作为一个酒鬼，他永远不会成为喀拉拉邦的首席部长，这是他的第二个梦想。他的第一个梦想是和心爱的 JJ 一起生活。他向 JJ 承诺，一旦他宣誓就任喀拉拉邦首席部长，他将用她精选的*罗讷河谷葡萄酒*来庆祝这一活动。杰杰笑了。

阿迪亚是一名聪明的学生和才华横溢的运动员。他表现出了令人钦佩的组织和政治能力，并组建了共产党青年翼（YWCP）。几个月之内，几乎一半的大学生成为了 YWCP 的成员。当 Jennifer 进入大学时，她加入了 YWCP，但她从未告诉父母她的会员资格，因为她的父亲会反对；他是一名虔诚的天主教徒。雅各布·伯纳德定期参加圣特蕾莎神殿的圣体仪式。每天清晨从家步行到教堂是他的习惯。他的始祖是一位目不识丁的渔夫，在法国人吞并马埃岛时皈依了基督教，他接受了一个法国名字——加布里埃尔·伯纳德。从个人经历来看，雅各布·伯纳德意识到法国人比英国人更有文化、更温和。英国马拉巴尔政府的许多官僚都是来自英格兰乡村和威尔士的半文盲暴徒。与此同时，有些人是来自加勒比群岛、英属圭亚那和苏里南的野蛮人和奴隶贩子。他们没有平等和人类尊严的概念，因为英国人从来没有卢梭。

法国人对加布里埃尔·伯纳德夫妇一视同仁，并帮助他们的孩子到法国大学接受高等教育。最终，他们都在马埃岛和本地治里的法国政府找到了工作，许多人后来移民到了法国。他们的后代大多享受着奢华舒适的生活方式，与法国文化、语言、哲学充分融合。两个世纪后，雅各布·伯纳德相信上帝派遣法国人前往马埃岛来拯救伯纳德一家。他认为圣经中的上帝特别挑选了伯纳德一家，让他们在马拉巴尔的那个小地方享受法国占领的果实。雅各布·伯纳德对耶稣的救赎恩典有着坚定的信心，耶稣为了拯救像他这样的人而死在十字架上，他要感谢耶稣永恒的爱，赐给他如此有尊严的生活。他还感谢阿维拉的圣特蕾莎调解会见艾米莉并赠予他们两个孩子阿尔文和詹妮弗。

但艾米莉不一样，她是一位贪婪的读者，也是法国启蒙运动的产物。她广泛分析了人文主义，并深受法国和德国存在主义小说和哲学的影响。艾米莉非常尊重理性的绝对力量和变革能力、个人主义的不可侵犯性和怀疑主义的威严。她认为自己是自由主义者和人文主义者，支持西蒙娜·德·波伏娃强调的观念，并相信天主教是上帝的奴隶。天主教会消灭自由，特别是对女性来说，其等级制度是不自由的，因为它的教条是非人性的，尽管许多神职人员私下里是性掠夺者。除了伊斯兰教之外，它对妇女的压迫态度是独一无二的。

艾美丽相信她独自定义了自己生命的意义，并认为家庭是非理性的，本质上毫无意义。然而，一个人可以通过对自己的存在做出理性的决定来找到婚姻的意义。阿美丽从不干涉她丈夫的宗教爱好。此外，她给予儿子和女儿绝对的自由去思考和做出影响他们生活的理性决定。她从心底里爱着自己的丈夫和孩子，允许他们有自己的存在、空间和选择。艾美丽相信文学、艺术、哲学，甚至科学都需要根据理性而改变。由于从父亲那里继承了巨额财富，艾米莉过着舒适的生活，让她能够思考和哲学思考。她经常与丈夫一起访问法国，伯纳德学会了如何与巴黎受过高等教育的人交往。

艾米莉有一个图书馆，里面有她最喜欢的书籍的一个特定部分。它们是马丁·海德格尔的《存在与时间》；马克·丹尼尔夫斯基（Mark

Danielewski）的《树叶之家》；威廉·巴雷特的《非理性人》；弗兰兹·卡夫卡的《变形记》和《审判》；塞缪尔·贝克特的《等待戈多》；让-保罗·萨特的《存在与虚无》和《恶心》；以及阿尔贝·加缪的《局外人与鼠疫》。她最喜欢的作家是阿尔贝·加缪，《局外人》是有史以来最杰出、最发人深省的小说。詹妮弗从小就从母亲那里学习了法语和德语，艾米丽还向詹妮弗介绍了阿尔伯特·加缪、西蒙娜·德·波伏娃和让·保罗·萨特的著作。

詹妮弗将阿迪亚介绍给她的父母，并告诉他们，一旦她在巴黎大学完成了关于第二次世界大战期间法国抵抗运动及其对文学的影响的研究生学习，她很想嫁给他。作为一名存在主义者，艾米丽对詹妮弗嫁给一个无神论者没有任何问题，因为她最喜欢的所有作家都是无神论者，包括阿尔伯特·加缪。然而，雅各布·伯纳德强烈反对女儿的决定。他相信天主教是神圣的，因为耶稣为包括无神论者在内的罪人流下了宝贵的血。但是，左手握着《反叛者》，《理性时代》，詹妮弗郑重发誓，如果她有生之年结婚，也只会是她心爱的AA。Aditya 告诉 Jennifer，他愿意等到生命的尽头才能和亲爱的 JJ 在一起。

毕业后，阿迪亚开始全职参与共产党活动，詹妮弗也跟着他走遍了马拉巴尔。他们赞赏年轻共产党人对其解放思想的信念、承诺和奉献。Jennifer 和她的 AA 在 Valapattanam 逗留期间经常会见 Emilia、Stefan、Renuka、Appukkuttan、Madhavan 和 Kalyani。她喜欢留在瓦拉帕塔南了解 Theyyam，此外还参加 Stefan 和 Madhavan 组织的"学习班"，并在"Mayers 房子周围的 20 英亩土地上耕种"。雷努卡喜欢詹妮弗的"简单"，而艾米莉亚则看重她对知识和意识形态的追求。詹妮弗称雷努卡和艾米莉亚为"妈妈"，并为自己有三位母亲感到自豪。

Aditya 带她在巴拉普扎 (Barapuzha)乘船游览，花了很多时间钓鱼，并为捕获各种鱼类而感到兴奋。艾米莉亚和斯特凡举办了派对以纪念詹妮弗和阿迪亚，提供木薯、牛肉和棕榈酒作为独特的食物。Jennifer 喜欢和 Emilia、Kalyani、Renuka、Suhra、Stefan、Madhavan、Ravindran、Kunjiraman、Moideen 和 Appukkuttan 一起喝棕榈酒。詹妮弗和阿迪亚特别重视此类聚会，珍视其内在意义和活力，体现了西蒙娜·德·波伏瓦所设想的妇女解放和自由。詹妮弗明白，这些人中的许多人甚至还没有完成大学入学考试，但在现代思想上却比她的父亲雅各布·伯纳德遥遥领先。对于阿迪亚来说，性别正义、自由和妇女平等是共产主义意识形态不可或缺的一部分。它可以在日常生活中，甚至在村庄中，带来人的尊严和人道主义。但詹妮弗经常问阿迪亚为什么喀拉拉邦、孟加拉、古巴或中国没有女共产主义领导人，他对她的问题没有理性的答案。共产主义对妇女也有同样压迫性的意识形态，类似于法西斯主义和纳粹主义。除此之外，詹妮弗分析道，共产主义是一种征服女性的宗教，就像天主教和伊斯兰教一样。

詹妮弗是一个脚踏实地的人。她独自或与艾米莉亚、卡利亚尼、吉萨或雷努卡一起参观了瓦拉帕塔南的许多房屋，询问妇女的健康、教育、饮食习惯和就业情况。她与农业、创收和政治参与方面的女性进行了交谈。詹妮弗帮助许多妇女从事生产活动，例如饲养山羊、猪、牛和母鸡以及开发菜园。妇女们热切地等待着她的到来，在三到六个月的时间里，妇女的社会经济观和活动发生了巨大的变化。因此，詹妮弗成为瓦拉帕塔南社区不可或缺的一部分。

詹妮弗的想法是在瓦拉帕塔南建立共产党妇女翼（WWCP）。在与 Aditya 讨论其可行性之前，她已经考虑了一周，Aditya 鼓励她实施这个概念。然后她咨询了艾米莉亚、斯特凡、雷努卡、阿普库坦和马达万，他们都意识到这是一个强大的预感，并且会让女性受益。一天晚上，詹妮弗邀请了她附近的大约 25 名妇女到艾米莉亚家聚会。在那里，她解释了 WWCP 的目的、目的和目标，大多数女性参与了热烈的讨论。詹妮弗的演讲很有说服力，她的表演引人入胜且注重现实。她的马拉雅拉姆语非常出色，她使用的词语恰到好处，能够激发聚集在场的女性的想象力和潜力。当詹妮弗提出 WWCP 章程草案时，他们一致同意再次会面。会议结束后，艾米莉亚邀请大家在她家的露台上共进晚餐。从*巴拉普扎*吹来的凉爽微风令人心旷神怡，他们可以看到坎努尔镇的灯光。艾米莉亚和斯特凡准备的食物很美味，主要有木薯粉、羊肉印度饭、牛肉和*棕榈酒*。

按计划，一周后 Jennifer 从马埃抵达，介绍 WWCP 章程。它写得很好，简洁，并且充满了发展议程。来自瓦拉帕塔南的约 45 名妇女参加了会议，一致通过了该法律，宣布该法律将解放喀拉拉邦共产党领导下的所有妇女。大会选举了一个由五名成员组成的委员会来有效地管理该组织，雷努卡（Renuka）一致当选为主席，吉塔（Geetha）为秘书，卡利亚尼（Kalyani）、苏赫拉（Suhra）和苏米特拉（Sumitra）为成员。詹妮弗表示无法参加会议，因为她计划前往巴黎深造。Aditya 很高兴听到 WWCP 的成立，并选拔 Renuka 和 Kalyani 加入共产党的地区委员会，代表妇女。阿迪亚认为，妇女在喀拉拉邦共产党权力的增长、扩张和维持方面发挥着至关重要的作用。WWCP 祝贺 Jennifer 在其成立过程中所发挥的作用，使她在瓦拉帕塔南社区家喻户晓。

Aditya 钦佩 JJ 的智慧敏锐，同时也钦佩她脚踏实地的做法。他认为当他成为首席部长时，詹妮弗可以成为他的理论家、顾问和共产主义相关事务的指导者。阿迪亚鼓励詹妮弗深入研究共产主义在法国抵抗运动中的作用。这包括共产主义与存在主义和现象学的密切关系。最重要的是，共产主义对法国文学产生的影响。她的研究应该是现代的，并且适用于喀拉拉邦人民的社会、经济和政治状况。

第五章: 艾扬昆努 (Ayyankunnu) 前往佛法世界并在马埃举行婚礼

詹妮弗理解 AA 所建议的学习的实际倾向,以及他给予她的爱、信任和信心。于是,法国抵抗运动成为了她的背景,而存在主义和法国文学则是将阿迪亚提升到最高地位的工具。詹妮弗在所有决策问题上都咨询了 AA,他让她相信,当他们敏锐而认真地朝着自己的目标努力时,他们两人都会在喀拉拉邦拥有辉煌的未来:阿迪亚是否通过喀拉拉邦的共产主义运动夺取了权力?他们意识到共产主义将在二十到二十五年内发生巨大的变化。届时,由于阿迪亚多年的基层工作勤奋、思想观念的转变以及他敬爱的 JJ 的理性贡献,阿迪亚将成为喀拉拉邦共产党的掌舵人。

最终,阿迪亚认为共产主义只是一个工具,人民才是最终目标。他要求 JJ 开辟一个利基市场,以发展这种思维方式的范式转变,然后将其演变成行动。阿迪亚相信,一旦实现正义和自由,共产主义就会消亡。因此,詹妮弗试图将存在主义、共产主义和法国文学联系起来,从法国人民抵抗运动中的动态实例中汲取灵感,这将为喀拉拉邦背景下的理性思考提供坚实的逻辑基础。

詹妮弗和阿迪亚是天生一对,即使在发展一种在现实生活中实践的意识形态时,他们也是密不可分的。

詹妮弗前往巴黎深造,研究二战期间的法国抵抗运动及其对文学的*影响*。她每天从巴黎用德语给她心爱的 AA 写信,而阿迪亚则用马拉雅拉姆语、英语和德语给他的爱人 JJ 回复。在巴黎大学,詹妮弗广泛研究了反对纳粹的抵抗运动、共产党人的角色以及抵抗运动中存在主义哲学和文学的支持者。她了解到,抵抗运动是一场社会、文化、哲学、知识、科学、艺术、文学和武装变革的运动,旨在反抗纳粹对法国的占领。这也是一场反对与纳粹勾结的维希政权的运动。

抵抗组织有很多手段,詹妮弗发现其中包括草根不合作。它的重点是宣传反对纳粹占领,用枪、炸弹甚至双手进行战斗,夺回村庄、城镇和城市。了解让·穆兰和他的同伴将众多团体团结成一个稳定的组织，在不同战线对抗盖世太保的过程中所发挥的作用令人鼓舞。让·穆兰在被处决前，纳粹对其进行了酷刑。JJ 的新知识帮助她确定了 Maguis 是她在瓦拉帕塔南组建的共产党的妇女派别。尽管盖世太保抓获了许多人，但马吉人仍然强大且成功地对抗了纳粹。詹妮弗很高兴地得知抵抗运动也由携带武器的囚犯组成，他们击败了纳粹集中营的组织者并释放了数千名囚犯。

在大学学习的最后一年，詹妮弗专注于存在主义和法国文学。她发现许多存在主义者反对法国纳粹的占领，写诗歌、短篇小说、小说、戏剧、社论和文章来支持自由战士。他们告诉人们，纳粹占领与个人主义、个人自由以及个人和社会选择背道而驰。德国的占领粉碎了他们所珍视的人文主义价值观，只有通过存在，个人才能体验到人文主义的完整性，这先于所有其他好处。詹妮弗认为 AA 需要发展成为一个人文主义组织，而不是共产主义组织。

詹妮弗透露，法国作家组成了一个充满活力的反对纳粹的战斗团体，这帮助他们产生了鼓励每个人采取行动的想法和愿景。二十世纪中叶法国最雄辩、最鼓舞人心的文学作品来自抵抗作家，他们拥有无穷的精力、非凡的决心和出色的组织能力。成千上万的人聚集在一起，发展了一个主题的文学：击败纳粹，解放法国，并创作出一些最好的作品。此类文学主要关注自由、正义和团结。

与此同时，阿迪亚写信给詹妮弗，讲述了极端民族主义党（UNP）和坎努尔地区共产党之间日益严重的暴力事件。统一国民党在其传统据点中无情地屠杀了数十名共产党人，这种暴行已成为家常便饭。UNP 相信印度在他们的地图上从阿富汗延伸到柬埔寨，从西藏延伸到斯里兰卡，他们创造了一个想象中的巴拉特，并将印度描绘成女神。统一国民党的目标是恢复"因伊朗、蒙古、英国、法国、荷兰和葡萄牙对印度数百年的征服而失去的荣耀"。"重拾祖国失去的荣耀"是他们的口号，他们坚持所有原住民都属于某一特定宗教而团结起来。他们只需要集体回归该宗教和统一国民党。联合国国民党认为穆斯林对他们的团结和完整性构成严重威胁，要求他们消失到巴基斯坦或孟加拉国，而基督徒（占总人口的不到百分之三）则被要求消失到罗马，因为"他们最后一次进行了认真的传教活动"。两千年"。

那些拒绝接受统一国民党意识形态和宗教信仰的人甚至在光天化日之下也遭到袭击和屠杀。他们烧毁了许多房屋；妇女甚至年轻女孩遭到强奸。"强奸其他宗教的妇女和女孩"是萨瓦卡的格言，他严厉谴责马拉地国王希瓦吉遣返被希瓦吉击败的穆斯林总督卡延的儿媳。萨瓦卡将强奸视为合法的政治工具。正如他用马拉地语写的《印度历史的六个辉煌时代》一书中所断言，强奸是一种"美德"。UNP的暴徒们无视历史事实、科学知识和理性思维，从不关心客观性。他们通过言行表达了这一点，缺乏人类尊严、社会正义和自由的理想。阿迪亚向詹妮弗解释说，他们毫不羞耻地传播荒谬的故事、神话和迷信。对于统一国民党来说，暴力是实现其目标的一种手段：印度只有一种宗教，并且"种姓"人民是主人。虐待行为发生在家庭的四围墙内，统一国民党毫无尊重、毫无愧疚地侵犯隐私。中小学、学院、大学，甚至医院都成了他们洗脑的幼儿园。阿迪亚表示，统一国民党已成为马拉巴尔共产党人日益增长的威胁和挑战。

詹妮弗对统一国民党造成的局势及其对意识形态的影响进行了深入分析共产主义。她重点讨论了统一国民党将如何影响机管局的领导地位以及他获得喀拉拉邦首席部长职位的目标。她写信给阿迪亚，让人们相信共产主义是人道主义的顶峰，以自由为脊梁，以正义为大脑，以平等为血液。共产主义的目的是提高那些受到不公正对待的工人、农民、贱民和被压迫者的地位，他们的存在被束缚在没有希望或出路的情况下。在这种背景下，共产主义势在必行，其行动是哲学上的反叛和人民的彻底解放。共产主义叛乱就像法国大革命和对抗纳粹的斗争。詹妮弗知道共产主义和统一国民党屠杀人类同胞一样令人厌恶。它缺乏同理心；它的人类尊严观念是空洞的，人权根本不存在。她给阿迪亚写了详细的信，阐述了共产主义在未来社会中所扮演的非人性角色，除非它把自己从暴力中解放出来。

因此，詹妮弗解释说，尽管喀拉拉邦的人民在决定论的海洋中获得了自由，但两种邪恶势力却压迫着上帝祖国的人民。但自由和决定论的概念是相对的，因为民主是有限度的，正义和平等也是如此。这种理解导致了对实现发展和进步的理性期望的节制，因为没有绝对的价值，任何无限的东西都是反人类的。她写道，统一国民党和共产党人犯下的暴力行为违背了人道主义和进化过程。在这种情况下，他们的所作所为是反人类罪。詹妮弗明确表示，AA 不应该将暴力作为一种反应，而其他人，甚至是他的共产主义者同胞的所作所为，并不是他所关心的。但他不能通过毁灭来背叛自己，这可能会破坏他的机会和个人目标。个人目标与团体目标同样重要，但作为一名共产主义者，他不能没有选择而存在。乌托邦社会的暴力道路可能不会有任何结果，因为统一国民党和共产党可能会杀死越来越多的人，在此过程中，人道主义将会消亡。詹妮弗建议阿迪亚谨慎行事，远离杀戮。这并不意味着他需要接受命运，一味地受虐。抵制武力，不要亲自谋杀，即使干部可能会做出反应，以眼还眼，以牙还牙。

尽管如此，AA 仍需要避免私刑，因为杀人会使人道主义变得无效。詹妮弗提出了一个克服暴力的选择——他可以与联合国国民党进行谈判和对话，共同努力实现人类进步，让他们在某种程度上享有权力，甚至占据上风。阿尔贝·加缪的《反叛者》深深地影响了詹妮弗，她写给阿迪亚的信中常常反映了他的想法。尽管如此，阿迪亚仍然认为她所说的是康德式的。

在巴黎学习的两年内，阿迪亚六次拜访詹妮弗，并与她进行了深入的讨论。与此同时，他成为坎努尔市共产党书记。阿迪亚告诉詹妮弗，她的论文需要展现共产主义意识形态的态度和行动，并仔细解释其原则，想象新意识形态的发展以及年轻人在未来政府中的地位，当高级领导人从舞台上消失时，自由与正义之间的冲突需要不断的调整、政治智慧和实践智慧。正如詹妮弗回答的那样，接受未知可能会限制自由、选择和真理；只有年轻一代才能理解这种可能性。

"在现实生活中消除压迫者并恢复工农自治是不可能的，因为解放了的人民将成为明天的压迫者。许多共产党领导人都是压迫者和杀手，如列宁、斯大林、赫鲁晓夫、毛泽东、齐奥塞斯库和菲德尔·卡斯特罗。他们享受凌驾于他人之上的权力，因为他们可以杀死他们。除了喀拉拉邦第一任首席部长南布迪里帕德外，所有其他共产党领导人都以不同的方式相信杀戮，就像他们相信暴力一样。暴力和共产主义是密不可分的，如果没有谋杀就无法共存。共产主义的基本哲学是，共产主义者可以在没有暴力的情况下生存，这是一种乌托邦式的理想，也不会有人完全摆脱杀戮。凡是共产主义掌权的地方，人们都受苦受难，成为无能为力的乞丐。绝对的正义是不存在的。"詹妮弗认为，阿迪亚敬畏地听着她的话。詹妮弗在这一背景下分析了喀拉拉邦的暴力事件。"享受存在并让别人享受他们的存在"是 Jennifer 为 Aditya 制定的个人哲学，Aditya 全心全意地接受了它。二十五年之内，他就能体验到它的结果，因为他将成为上帝祖国的首席部长，而詹妮弗将继续是他的妻子、朋友、导师和向导。

经过广泛的阅读、讨论和分析，詹妮弗试图将存在主义哲学的影响与抵抗运动联系起来。存在主义哲学家用他们的笔与纳粹作斗争，因为他们的笔很锋利，能够引导人们特别是年轻人思考自由的价值。他们告诉青少年、知识分子和作家，盖世太保的统治是对他们所珍视的存在、个人自由和选择的诅咒。詹妮弗记得艾米莉，她母亲的态度、价值观和生活方式，与阿尔贝·加缪所坚持的毫不含糊地一致。因此，詹妮弗将法国纳粹的占领放在她母亲的生活和价值观的背景下进行分析，她对艾米莉的尊重和爱意也随之增长。

Amelie 和 Jacob Bernard 多次来巴黎看望他们的女儿。当她完成硕士学位后，他们参观了一些葡萄园，如卢瓦尔河谷、阿尔萨斯、波尔多和汝拉，艾米丽在那里购买了一些她最喜欢的葡萄酒。詹妮弗对阿迪亚从不喝酒感到难过。随后，艾米丽和雅各布·伯纳德与詹妮弗一起从巴黎乘火车前往马赛。尽管花了大约七个小时，但整个旅程非常愉快和迷人，因为乡村景色非常美丽。在马赛，他们见到了艾米丽年迈的父母西蒙娜和路易斯·马丁，并拥抱并亲吻了他们的脸颊。他们有一座宽敞的房子，俯瞰着狮子湾，风景令人叹为观止。路易斯·马丁年轻时是一位成功的商人，曾乘船游历非洲、亚洲各国和美洲，积累了丰厚的财富。

马赛位于地中海，拥有一个由希腊水手在几个世纪前建立的大型港口。路易斯·马丁与他的孙女分享说，这个港口帮助法国人前往世界各地，包括印度。雅各布·伯纳德 (Jacob Bernard) 与西蒙娜·马丁 (Simona) 和路易斯·马丁 (Louis Martin) 关系很好。他们都喜欢喝几升葡萄酒。艾米莉和詹妮弗参加了庆祝活动，尽情享用虾、酸猪肉、牡蛎和白鱼。酒会持续了两个多小时。路易斯·马丁自夸自己每年至少喝两百升酒，艾米丽则声称父亲的女婿在喝酒方面能打败他，大家哈哈大笑。

雅各布·伯纳德很高兴他妻子的家乡是天主教徒，并且有很多教堂。他与西蒙娜、路易斯·马丁、艾米丽和詹妮弗一起参观了马赛圣玛丽不可抗拒的大教堂和圣维克多修道院，雅各布·马丁到处跪下感谢耶稣赐予他艾米丽。她从马丁家族和父母那里继承的巨额财富吸引了雅各布·伯纳德。他们在一家餐厅里吃马赛鱼汤，路易斯·马丁一边喝酒一边吃着他最喜欢的菜，哈哈大笑。回到家，他们吃晚饭了。

路易斯·马丁（Louis Martin）喜欢本笃会（Benedictine），雅各布·伯纳德（Jacob Bernard）喜欢查特勒酒（Chartreuse），西蒙娜（Simona）喜欢一杯苹果白兰地（Calvados），艾米丽（Amelie）喜欢金万利（Grand Marnier）。詹妮弗满意地喝了一杯 Chateau Moulon Rothschild Pauillac。这一夜，大家都睡得很香。

第二天，早餐后，伯纳德一家想要离开。马丁夫妇用温暖和爱拥抱了他们所有人，两人都哭了。阿美丽拥抱并亲吻了她的父母，并承诺她很快就会去看望他们。雅各布·伯纳德感谢他们的爱和美酒。伯纳德夫妇租了一辆 SUV，在法国里维埃拉度过了两天舒适的旅程。当马丁夫妇坚持要支付出租车费时，司机雅各布·伯纳德立即接受了。地中海沿岸的旅行是美妙而迷人的。后来，伯纳德夫妇访问了里昂，因为艾米丽对那里生产的精美丝绸很感兴趣。买完漂亮的丝绸制品后，雅各布·伯纳德 (Jacob Bernard) 寻找里昂美食作为午餐，例如鸭肉酱和烤猪肉。雅各布·伯纳德 (Jacob Bernard) 与家人从里昂飞往卢尔德 (Lourdes) 和法蒂玛 (Fatima)，感谢圣母玛利亚的所有祝福，特别是艾米莉 (Amelie) 和马丁夫妇的巨额财富。

回到马埃岛后，詹妮弗就加入了当地的 AA，成为一名共产党的全职工人，尽管她收到了许多就业机会，包括来自法国大使馆和几家在印度工作的法国公司，报酬丰厚。她拒绝了所有这些，因为她只有一个目标：与阿迪亚一起工作并永远陪伴在他身边。詹妮弗开始穿着在坎努尔共产主义同情者经营的合作手工艺工厂编织的纱丽。雅各布·伯纳德对她的生活方式和事业不满意，但艾米莉没有发表评论。相反，她阅读了亚历山大·科耶夫、路易斯·阿尔都塞、克劳德·列维-斯特劳斯和亨利·列斐伏尔的作品，以更好地了解她的女儿。

Jennifer 和 Aditya 制定了详细的计划，要访问至少 36 个 *panchayat*，这些村庄主要位于 Kannur 地区。詹妮弗和阿迪亚想在每个村委会住十天，最好是和家人一起住。他们决定除了衣服之外什么都不带，但他们没有钱，也没有奢侈品。詹妮弗和阿迪亚称他们的计划为*"向我们的村庄了解和学习"*，为期三百六十五天。他们决定回到马埃岛和瓦拉帕塔南看望父母、亲戚和朋友，或者在与三十六个乡镇的人们住在一起之后才去任何城镇。他们与 Renuka 和 Appukkuttan、Kalyani 和 Madhavan、Amelie 和 Jacob Bernard 讨论了计划的细节。雅各布·伯纳德斥责詹妮弗"疯狂的决定"，但阿美丽保持谨慎的沉默。

由于艾米莉亚和斯特凡已经前往斯图加特，詹妮弗和阿迪亚无法讨论他们的计划。他们在高知遇见了拉维，当时他刚刚以人权律师的身份加入高等法院。

"AA，你不是作为共产主义者而是作为探索者去村庄。一个谦虚的人，想向人们学习，"詹妮弗说。

"我明白我们项目的目的，"阿迪亚回答道。

"我不是共产主义者，但我喜欢和你一起生活，和你一起工作，因为我钦佩和信任你，"詹妮弗补充道。

"没有你，我什么都不是。你是我的首要任务，然后是共产主义。我已经准备好把一切都留给你了，"阿迪亚解释道。

"共产主义是你的命脉；没有它，你就是空虚的，"詹妮弗看着阿迪亚评论道。

"没有你，我会毫无目标地徘徊，"阿迪亚补充道。

Aditya 和 Jennifer 在位于喀拉拉邦 Kannur 区 *Sahyadri 的* Ayyankunnu 开始了他们的新实验。该地区伸入卡纳塔克邦的科达古区，距伊里蒂约 12 公里。他们发现，艾扬昆努一半以上的地理位置被*巴拉普扎*和文*普扎*三边的森林所包围。艾扬昆努的几乎所有居民都是来自特拉凡科的定居者。第一批人于公元 1945 年抵达那里。从地主 Mammad Haji 那里购买土地后，他们开始清理灌木丛、种植稻田、木薯、香蕉、经济作物、椰子、橡胶和腰果树。许多定居者因疟疾和缺乏医疗保健而死亡，尤其是妇女在怀孕和分娩期间死亡。没有道路、交通设施，也没有教育机构。移民们通过自己的努力，主动在每个村庄创办了一所学校。两名定居者，塔扎甘纳图·马尼（Thhazhaganattu Mani），一名训练有素的教师，和瓦亚拉曼尼尔·瓦吉斯（Vayalamani Varghese），一名农民，于 1950 年前往卡利卡特会见马拉巴尔收藏家。他们要求收藏家在安加迪卡达武建立一所学校。马德拉斯政府对他们非常体贴，因为直到十九点五十六分马拉巴尔都是马德拉斯的一部分。很快，他们在 Angadikadavu 建立了一所低年级小学，这是 Ayyankunnu 的第一所学校，Mani 担任学校的校长和经理。十九世纪八十年代初，当阿迪亚和詹妮弗访问艾扬昆努时，那里是一个更加发达的地方，有两所高中，一所位于安加迪卡达武，另一所位于卡里科塔卡里。

最初几年，酗酒是定居者中的一个严重问题，瓦尼亚帕拉、兰丹卡达武、卡切里卡达武和帕拉辛达武发生了零星的暴力事件。一名暴徒被另一名移民枪杀。尽管冲突持续不断，詹妮弗和阿迪亚从人们那里学到了很多东西。定居者精心规划他们的农业，并对孩子的教育表现出极大的兴趣。Aditya 和 Jennifer 参观了 Ayyankunnu Panchayat 统治下的所有村庄，与家人住在一起，吃饱了木薯和牛肉、米饭、咖喱鱼、*kaachil*、*chena*、菠萝蜜和芒果。人们很友好并且支持他们，他们经常和年轻人一起打排球，这是艾扬昆努的一项流行运动。

阿迪亚和男人们一起在田里工作，学习割橡胶树，而詹妮弗则和女人们一起在厨房里工作，有时帮助她们挤奶牛和山羊，照顾她们的母鸡、狗和猪。前四天，他们留在安加迪卡达武，耐心倾听人们的生活故事、恐惧和梦想。詹妮弗与他们分享了她的经历，特别是与瓦拉帕塔南的女性的经历。有些晚上，他们会举行家庭聚会，主要是吃饭、喝亚力酒、分享和交谈。Jennifer 积极参加所有活动，大家都对 Jennifer 和 Aditya 感到亲近。两人都参加了阿拉姆语-叙利亚语和马拉雅拉姆语的教堂礼拜，并与人们一起唱赞美诗和背诵祈祷文，因为大多数定居者都是天主教徒。接下来的三天里，阿迪亚和詹妮弗与一家人住在卡里科塔卡里。他们晚上辅导孩子们做作业，很快就成了朋友。

阿迪亚和詹妮弗有几次参观了村里的不同学校，对老师们在教育他们照顾的学生上的奉献精神感到惊叹。组织青年学生座谈会，与他们探讨农村发展和就业的意义，确实是一次富有启发性的经历。他们意识到妇女在定居者中享有很高的地位，是创造财富、教育子女、创造幸福美满的家庭生活的平等伙伴。在过去的三天里，詹妮弗和阿迪亚与瓦尼亚帕拉溪流兰丹卡达武的一家人在一起。他们惊讶地发现，几年前，高中生每天要步行二十多公里去阿拉姆潘查*亚特埃多尔*的一所高中上学。当詹妮弗离开时，许多女性拥抱并亲吻她，并要求她再次拜访她们。阿迪亚和詹妮弗觉得他们在艾扬昆努度过的十天是一次非凡的经历——最难忘的经历之一。

他们参观的下一个*村委会*是 Kottiyoor，同样位于瓦亚纳德西北坡的*萨亚德里 (Sahyadri)*。*巴瓦利普扎 (Bavalipuzha)* 是该地区的命脉，除了一些定居者和一些当地人外，还有几个部落人口。科蒂约尔是著名的朝圣中心，吸引了来自喀拉拉邦、卡纳塔克邦和泰米尔纳德邦的数千名朝圣者。在科蒂约尔，詹妮弗和阿迪亚留在部落里。一些当地人告诉他们，这些部落很可能是亚历山大皇帝失踪士兵的后裔，因为他们与希腊人相似。然而，由于几个世纪的排斥和压迫，他们变得贫穷。他们与反抗英国人的帕扎什拉贾（Pazhashi Raja）的联系使他们在上个世纪闻名。

詹妮弗和阿迪亚发现这些部落的条件很悲惨，尽管他们是最初的定居者。在这些部落中，没有人拥有土地或房屋。他们中的绝大多数是文盲，尤其是妇女。孩子们很少上学，或者在入学后两到三年内辍学。婴儿死亡率非常高，许多妇女的死亡发生在怀孕和分娩期间。医疗保健系统极其薄弱。詹妮弗和阿迪亚争论为什么政府对部落的福利不感兴趣。他们与部落就饥饿和贫困问题进行了多日的长时间讨论。部落居住的小屋没有自来水、适当的厨房、电力或厕所。他们都在空地或河岸排便，导致儿童患上各种疾病。尽管他们每天都喜欢在*巴瓦利普扎*沐浴，但由于没有多余的衣服可以换，他们的衣服又脏又旧又破烂。妇女们到河边洗衣服，晒干，然后又穿同样的衣服。

部落在露天用柴火用陶锅做饭，每天吃一顿节俭的饭菜，主要由稀有的根、叶和木薯制成，很少有大米或小麦制品。孩子们总是感到饥饿并寻找食物。一些孩子前往寺庙乞讨或收集供奉神明或神圣仪式后扔掉的食物残渣。部落们很乐意与詹妮弗和阿迪亚分享他们微薄的食物，他们吃的食物是从地面上的森林中收集的散落的叶子。他们与男人和女人一起走进树林，教詹妮弗和阿迪亚采集根、叶、茎、花、坚果和水果作为食物和药物。詹妮弗和阿迪亚还向部落学习了如何从树叶和坚果中提取油。

在某些日子里，詹妮弗和阿迪亚与部落一起去捕鱼，森林深处*巴瓦利普扎*的特定水池里有丰富的鱼。他们还与部落男女一起到树林里采集蜂蜜和柴火。偶尔，部落会成群结队地狩猎，捕捉兔子、鹿、野猪和家禽。他们做饭并与*亚力酒*一起吃，男人和女人作为一个社区一起喝酒，并通过跳舞、唱歌和击鼓来庆祝他们的团结和统一。詹妮弗和阿迪亚从他们那里学习了打鼓的基本课程。晚上，部落们在小屋外跳舞，并在河岸上篝火旁睡觉。詹妮弗和阿迪亚很喜欢参加这些活动。

詹妮弗向部落传授基本的卫生课程，包括在烹饪食物时不损失其营养成分以及在烹饪前后保存食物。她向他们，特别是母亲们解释如何保护孩子免受疾病和事故的侵害。阿迪亚和詹妮弗为部落提供的最重要的课程之一是阅读和书写马拉雅拉姆字母及其名字。大约五十名成人和二十名儿童参加了扫盲计划。部落从河床上收集干净、闪闪发光的沙子，并将其铺在他们的房屋前，詹妮弗和阿迪亚教他们如何用食指在沙子里写字。这很有趣，大多数人都渴望把自己的名字写在沙子上。

阿迪亚和詹妮弗向部落演示了如何从雨水中收集纯净的饮用水。在男人和女人的积极参与下，他们竖起了四根杆子，将干净纺织品的松散端绑在每根杆子上，并在中间放一块小石头。下雨时，水会从布滴到布下的陶罐上。收集到的水很干净，许多部落都试图效仿，独立收集雨水。十天很快就过去了，詹妮弗和阿迪亚从与部落一起生活和工作的经历中学到了很多东西，这是独一无二的。当他们告别时，部落给了他们许多礼物，主要是贝壳、草药和蜂蜜。孩子们用完美的爱拥抱他们，妇女们施展某种魔法来保护詹妮弗免受各种邪灵的侵害。

六个月内，詹妮弗和阿迪亚走访了十八个*村委会*，到处都与家人住在一起，参加他们的活动、庆祝活动和斗争。他们选择的下一组村庄属于 Koothuparamba 街区，距坎努尔约 25 公里。由于政治暴力和宗教狂热，这里被称为"喀拉拉邦杀戮场"。私刑和暴民袭击的组织者是印度北部的极端民族主义党和共产党。统一国民党做出了巨大的努力来吸引属于某一特定宗教的共产党员。

统一国民党是一个成立的激进组织，反对圣雄甘地和贾瓦哈拉尔尼赫鲁领导的印度国大党。国大党反对统一国民党在各行各业表现出的原教旨主义和反世俗主义。在自由斗争中，极端民族主义者支持英国人取悦统治者并名垂青史。此外，它还帮助英国的分而治之的政策在印度北部的一些民众中站稳了脚跟。统一国民党试图煽动对穆斯林的宗教仇恨，他们对印度实现自由的贡献几乎为零。独立后，统一国民党声称印度通过不懈努力获得独立，但其弄虚作假的名声却是众所周知的。他们的领导人猛烈地宣称他们是真正的自由斗士和该国文化的忠实代表。他们甚至试图挪用许多为自由而战的烈士和政治领导人，例如属于国大党的苏巴斯·钱德拉·博斯和萨达尔·瓦拉拜·帕特尔。统一国民党声称博斯和帕特尔鼓吹国会与他们无关。最奇怪的说法是，统一国民党在其指导下训练了几乎所有自由战士来对抗英国人。

统一国民党的字典里从来不存在真理，也没有支持印度自由斗争的领导人。统一国民党中没有人与圣雄甘地一起对抗英国人。他们嘲笑甘地，指责他是巴基斯坦的朋友，并在祈祷会上开枪打死了他。一些统一国民党成员是叛徒，因为他们与英国人勾结并反对自由斗争。印度的自由不是他们的首要任务，但反对穆斯林和基督徒的斗争才是。但当统一国民党在一些州夺取政权并成为执政党时，他们急需烈士和政治领袖来向人们表明自由斗士也是统一国民党的成员。统一国民党告诉学童，甘地是因为沮丧而自杀的。

UNP 的心理是由内疚和羞耻演变而来的。统一国民党开始辱骂第一任总理尼赫鲁，以掩盖他们的自卑情结。但该国人民充分意识到，由于尼赫鲁，印度仍然是一个民主国家。他试图在一个拥有近三亿六千二百万人口、识字率仅为 12%的年轻国家消除贫困、饥饿、文盲和健康问题。印度独立后的 GDP 仅占当年世界 GDP 的 3%。出生率为千分之十八，预期寿命为三十二岁。由于尼赫鲁，印度与包括巴基斯坦在内的许多新独立国家相比取得了显着的进步。尼赫鲁修建了数十座水坝，并在大城市建立了印度理工学院以及印度管理学院和全印度医学科学研究所等其他机构。印度的分裂造成了约 200 万人的屠杀和 2000 万人流离失所的深刻创伤。尼赫鲁设法克服了这些问题并带领国家走向进步。到了 1962 年，中国出人意料地袭击了印度，杀死了许多印度士兵，并占领了大片土地。尼赫鲁简直不敢相信，很快他就悲伤地死去了。但统一国民党开始散布针对尼赫鲁、国大党、其对独立的贡献以及印度民主和世俗文化延续的假新闻。尼赫鲁去世后，统一国民党利用他缺席造成的真空来夺取权力。

在喀拉拉邦，共产党发展成为一支强大的力量，帮助许多人从残酷的压迫和征服中解放出来。受压迫的人们看到了一线希望，对平等、机会均等、妇女解放有了新的愿景，并热切渴望享受一个亲民的政府。

统一国民党逐渐成为许多北方邦的政治力量，喀拉拉邦的共产党人是他们的主要对手。共产党人拥有一支敬业的干部队伍、思想凝聚力，并致力于在各行各业发展人道主义。喀拉拉邦各地出现了一群凶猛的年轻人，准备捍卫政党。他们信任并尊重他们的领导人，例如 EMS Namboodiripad 和 AK Gopalan。摧毁共产党的有凝聚力的干部队伍对于统一国民党在喀拉拉邦立足并取得长期权力来说是必要的。通过传播针对其他宗教和政党的假新闻，统一国民党编造了北部奥朗则布和南部蒂普苏丹的暴力和杀戮故事。上帝祖国的开明人民理解统一国民党创造的神话。

针对统一国民党的活动,主要是坎努尔及周边地区的共产党人做出了暴力反应。随着统一国民党沉迷于杀戮、强奸、私刑和暴徒暴力,并散布针对其他政党和组织领导人的谎言,抵抗运动出现了。在这种情况下,詹妮弗和阿迪亚勇敢地迈出了一步,留在了库图帕兰巴的一个*村委会*,向人民学习,带领喀拉拉邦走向进步、发展、团结与和平。他们不暴露身份,与各类人群混在一起,尤其是三个不同家庭的青年和妇女。他们了解到,大部分杀戮发生在11月至2月的四个月内,庆祝活动、节日以及政治和宗教集会期间。此外,共产党人和统一国民党在这几个月里庆祝了"烈士节",因为他们的追随者和活动人士被杀,主要是在这几个月里。

詹妮弗和阿迪亚知道,共产党和统一国民党的袭击使用的是刀剑、铁棍和国产炸弹。许多房屋都拥有大量花岗岩采石场使用的炸药,这导致武器和炸弹制造成为年轻人、失业者和大学生的家庭手工业的出现。联合国国民党将许多青少年带到与尼泊尔边境接壤的北部邦北方邦,接受高级炸弹制造训练。他们回国后,统一国民党干部将他们视为英雄。然而,詹妮弗和阿迪亚发现,在所谓训练有素的统一国民党英雄组装炸弹的过程中,发生了许多人的死亡。但统一国民党试图将死亡归咎于共产党人的袭击,并通知了警方。印度国大党统治喀拉拉邦期间,执法当局进行了多次突袭,并获得了确凿证据,证明统一国民党拆弹小组在组装炸弹时发生了死亡事件。UNP炸弹制造团队定期获得来自印度北部有影响力的领导人的财政、技术和物质支持。

头四天,詹妮弗和阿迪亚住在一位七十岁左右的退休军人家里。其他家庭成员是他的妻子、儿子的遗孀和她年幼的女儿。这位年长的男子有三个已婚女儿和一个名叫拉梅什的儿子,拉梅什三十出头,曾在库图帕兰巴经营一家报社。拉梅什是一名积极的共产主义者,他的一天从凌晨四点开始,因为他必须在各地分发成捆的报纸,他虔诚地这样做。他组织人们反抗不公正、剥削和压迫,下午一直到八点。他鼓励离开共产党并加入统一国民党的青年和大学生回到原来的阵营。统一国民党意识到拉梅什对他们在库图帕兰巴的发展构成了威胁。一天清晨,当他骑车前往商店时,有人向他扔了一枚炸弹,拉梅什的身体碎片散落在路上,他被砸碎的头就在他那辆被撞坏的自行车下。三天后，警方在大约五百公里外的泰米尔纳德邦逮捕了两名统一国民党成员：拉梅什的邻居和他的共产党老同事。苏嘉莎怀着拉梅什的第二个孩子，随着故事的展开，她痛哭起来。詹妮弗热情地拥抱了她。

詹妮弗和阿迪亚住的第二个家庭是一位大约六十岁的寡妇。大约十四年前，她的丈夫被统一国民党私刑处死。两年前，她35岁左右的儿子Byju在鱼市被UNP持刀袭击，全身十八处深伤口。这次杀戮是因为Byju的父亲大约二十年前杀害了两名UNP成员，而通过杀死Byju，UNP可以向世界表明他们永远不会赦免凶手，永远不会忘记他们的烈士。

一位退休教师阿卜杜拉·马达蒂尔邀请詹妮弗和阿迪亚到他家住三天。阿卜杜拉的妻子努尔贾汉也是一名教师。他们的两个儿子和家人都在阿联酋。一个儿子在迪拜的一家银行工作，另一个儿子受雇于阿布扎比的一家造船公司。阿卜杜拉的女儿是科泽科德一家私人医院的医生。阿卜杜拉告诉詹妮弗和阿迪亚，虽然共产党人和统一国民党对暴力和杀戮负有同样的责任，但统一国民党的干部已经成为组装爆炸物的专家。共产党人经常成为炸弹的受害者，这些炸弹有时是他们在厨房制造的。警方数据明确显示，过去五年坎努尔地区发生了73起政治谋杀案，其中37名受害者是共产党员，36名受害者是统一国民党成员。

詹妮弗和阿迪亚遇到了一些年轻人，他们告诉他们，统一国民党和共产党是一个有着两张面孔的整体，并且已经成为杀害和残害对手的强大力量。他们像猫鼬一样互相残杀。当统一国民党在印度北部更多邦夺取政权后，库图帕兰巴的炸弹制造蓬勃发展。统一国民党的一些同情者澄清说，炸弹制造是喀拉拉邦共产党人的家庭手工业。他们的杀人行为在上帝之国的历史上是绝无仅有的，而UNP的所作所为纯粹是自卫。对于统一国民党来说，每个在自家组装粗制炸弹时丧生的人都是祖国的*"balidani"*烈士。每当统一国民党的高级领导人访问喀拉拉邦时，就会发生更多针对共产党人的杀戮，共产党人立即以同样残暴的方式进行报复。就连统一国民党和共产党人家里的上学儿童也沉迷于制造炸弹。

那天晚上，诺贾汉煮了牛肉印度饭，阿卜杜拉、詹妮弗、诺贾汉和阿迪亚吃了同一个盘子里的东西。

"所有人类都有相同的面孔，但有不同的名字，"努尔贾汉一边吃晚饭一边看着阿迪亚说道。

"是的，女士，人类来自同一个血统，"阿迪亚评论道。

"阿迪亚，你说得对。我教高中生三十六年了。我告诉他们，我们所有人都有血缘关系，都是印度的移民，"诺贾汉补充道。

"我同意你的看法，女士。我们都起源于南方古猿，同一个母亲，大约三百万年前到四百万年前的东非，我们旅程的传奇从那里开始。人类有很多种，智人就是其中之一。我们之所以能打败尼安德特人和直立人，只是因为我们是大群体，而他们是小群体。"詹妮弗分析道。

"你是对的，詹妮弗。智人前往世界不同角落的旅程比其他人类物种要快。他们的社会进化取决于不同的生活方式、独特的文化以及根据他们的环境和地理位置的愿景。但智人没有六千多年的书面历史。因此，以宗教的名义杀人，声称某个宗教古老而优越，是野蛮的。缺乏历史事实、无知、狂热和迷信导致统一国民党以宗教的名义消灭我们的同胞，"阿卜杜拉分析道。"统一国民党的一些领导人声称他们的文化具有神性，尽管他们中的许多人都是无神论者。那些试图传播其文化优越性的人正在试图破坏印度的多样性。文化是社会创造的人工制品，赋予一种文化相对于另一种文化的优越性是不合理的，但人类是最终的价值，"努尔贾汉说。

短暂的沉默后，阿卜杜拉说道："非常正确，努尔。人文主义如此宣称。我想补充一点，即使是宗教也会在两百年内彻底消失。我们进化成了人类，并且仍在进化。我们不知道我们将面临怎样的未来，但我确信人工智能将会超越我们。若干年后，数字生物将进化为存在，整个场景将发生变化。极端民族主义和共产主义不会持续五十年，因为我们的优先事项将会改变，新的未来将塑造我们。"

"我们的数百名学生遍布世界各地。他们中的许多人在访问印度时来到我们这里，我们很享受他们的访问。这些学生有远大的愿景，思考人性，那里没有饥饿、贫穷、疾病或文盲，也没有基于宗教或政治的分裂。他们谈论的是一个科学统治的印度，而不是统一国民党宣扬的神话和魔法，"努尔贾汉在规划她的未来时解释道。

"我们也正在努力实现印度没有贫困和饥饿，这是我们的首要目标。然后，我们设想一个世俗的印度，其中人文主义是最终价值，而不是蒙昧主义和迷信。实现这一目标的唯一途径就是科学和理性，其中的英雄是开明的人，"詹妮弗说。

"让我们为这样的印度而努力，实现进步和发展。"诺贾汉表达了她的希望。

阿卜杜拉强硬地说："以宗教、文化甚至取悦诸神的名义，牛私刑、暴徒暴力以及强奸年轻女孩和妇女在我们的印度是没有立足之地的。"

阿迪亚看着阿卜杜拉，对他的话印象深刻。"先生，您给了我们启发。在你身上，我们看到了印度的愿景。你的名字并不重要，重要的是你的想法、使命和人文主义，"阿迪亚说。"女士，我们从你身上学到了很多东西，我们感谢你的爱、关心、信任和开放。你身上有一个很棒的人，他尊重每个人，"詹妮弗对诺尔贾汉说。"我们创造自己，只有我们才能创造自己，"阿卜杜拉说。"我们对我们的行为负责。他们以政治、种姓和宗教的名义屠杀了数千人，只有少数人对此负责。数百座属于部落和少数民族的小屋被烧毁，但没有人受到惩罚。我们需要改变印度，"努尔贾汉评论道。"我们之所以为人，是因为我们有能力区分是非，"詹妮弗说。"你是对的，詹妮弗。这个世界上最困难的事情就是用自己的两只脚站起来并说实话，"努尔贾汉补充道。"真理就是确定性。它只能从事实中得出，"阿卜杜拉说。"一个坚持事实的人永远不会为说谎者鼓掌，"阿迪亚说。"没错，自由就是自治。这是一种尊重你和你的选择的体验状态，任何人都不应该否认它。你可以和朋友、女人、男人一起吃牛肉、喝葡萄酒、跳舞。这是你的权利、选择和自由，"詹妮弗说。

再次陷入沉默，仿佛他们在反思。"我同意你的观点，詹妮弗，"阿卜杜拉和努尔贾汉异口同声地说。"谢谢你，女士。谢谢你的爱，"詹妮弗拥抱着诺贾汉说道。"我们随时欢迎您来到我们的住所。这是你的家。来和我们一起度过时光吧。我们欣赏您的敏锐思维、开放性和健全的思维。你们俩都会有美好的未来，"阿卜杜拉说。"谢谢您，先生，"詹妮弗回答道。"我们从你身上学到了如何成为好人，"她继续说道。"生命是一段旅程，在这段旅程中，我们遇到了光明和黑暗，看到了钻石和石头，而你们是我们见过的传播光明的最好的珠宝之一，"阿迪亚对努尔贾汉和阿卜杜拉说。"贫困、饥饿、文盲、健康状况不佳、报复、不安全感和对未来的恐惧在库图帕兰巴显得尤为突出，它的杀戮场不断地呼唤着鲜血和更多的鲜血。当统一国民党的领导人在新德里、那格浦尔、艾哈迈达巴德和瓦拉纳西沉溺于奢华的私人生活时,数百名文盲、半文盲和失业青年陷入了他们的报复和威慑陷阱。他们通过私刑处死他人并给予自己的生活伴侣守寡来接受殉道者的身份。许多相信假新闻、神话、极端民族主义和魔法的年轻人向他们的领导人献身,并表示他们准备杀死他们想象中的敌人。唯一的解决办法是让统一国民党留在北部各州,让喀拉拉邦珍惜其世俗主义、民主和人道主义的精神和精神,"阿卜杜拉说。"来自和平的空间,你将能够处理任何事情,"诺贾汉的最后一条信息。

Jennifer 和 Aditya 在 Koothuparamba 度过了十天的时光,令人大开眼界。在前往下一个*村委会*的巴士上,詹妮弗解释了暴力、杀戮和复仇的徒劳毫无意义。她在呼应*叛军*。詹妮弗坚决认为,没有任何一方可以靠鲜血生存太久。当阿迪亚想象出一个没有暴力、杀戮和复仇的共产党时,她对詹妮弗的论点深信不疑。阿迪亚向她保证,一旦他成为喀拉拉邦首席部长,他将看到暴力从上帝的祖国消失。

Jennifer 和 Aditya 已经与人们一起完成了十个月的*"从我们的村庄了解和学习"*计划,并决定参观他们的三十秒 *panchayat*。他们选择了距坎努尔约三十六公里的帕亚努尔 (Payyannur),并希望留在手摇纺织机编织社区。织工擅长生产较粗糙的家居用品和纺织品品种。一些纺织工合作社自一千九百四十七年以来就已存在。

奇拉卡尔 (Chirakkal)、阿日科德 (Azhikode) 和帕扬努尔 (Payyannur) 以其传统的手工编织产品和精美的艺术品而闻名。Payyannur 的女织工告诉 Jennifer 和 Aditya,她们的美国、欧洲、澳大利亚、新西兰和日本客户非常欣赏她们的产品。他们声称他们的机织物在结构和质地上具有显着的独特性。詹妮弗和阿迪亚欣喜若狂地看到这些精美的色彩组合,引人注目,令人赏心悦目。工艺精湛,注重环保。

苏米特拉和她的丈夫阿育王都是织布工。前四天,詹妮弗和阿迪亚一直陪着他们。阿育王是一位"内部"织布工,而苏米特拉则是一个"局外人"。那些在合作社设施内活动的人被称为内部人士。那些把材料带到当地单位或自己家里的人被称为外来织工。苏米特拉(Sumitra)家里有一台织布机,她用手工织布机编织色彩缤纷的织物,例如床单、床罩、枕套和出口品质的毛巾。她经常早上四点左右起床,准备食物,洗衣服,打扫房子和织布机,喂孩子们,把他们送到学校,喂她的丈夫,然后九点开始在织布机上工作。苏米特拉很享受她的工作，赚了足够的钱过上舒适的生活。阿育王早上九点左右出发去上班，肩包里装着午餐盒。他工作到晚上七点，其他织工认为阿育王是帕扬努尔最好的织工之一，他编织的华丽*纱丽*销往印度各地的各个城市。尽管阿育王每天都会喝一两块威士忌，但他是一位慈爱的丈夫和慈爱的父亲，并在银行里存了一些存款，用于孩子的教育和婚姻。

詹妮弗和阿迪亚热切地观看苏米特拉在她的织布机上工作。她很擅长。"数百名妇女和男子从事纺织工的工作，"阿育王晚上回来时说道。他们从事不同层面的工作：染色、卷绕、连接、整经和编织。苏米特拉和阿育王都是织布工，尽管他们了解生产的所有阶段。然而，他们并不希望自己的孩子成为织布工。相反，他们希望自己的孩子成为工程师、律师或医生，他们认为这些职业更赚钱、更舒服。

三天后，詹妮弗和阿迪亚与年迈的戈马蒂和坎南住在一起。戈马蒂家里有一台织布机已经很多年了，她在这台织布机上工作了二十多年。Kannan 仍然是一名内部人士，一位家具面料专家。由于孩子们已经长大，在卡塔尔赚了足够的钱，戈马蒂不需要任何额外的收入，卡南的工作收入足以满足他们的需要。

"如果你不是酒鬼，你可以从手摇纺织机上赚到足够多的钱，"坎南对詹妮弗和阿迪亚说。

但每天晚上，当他从合作社的手摇纺织厂回家时，坎南都会带一瓶威士忌，与炸牛肉或炸鱼一起享用。戈马蒂和她的丈夫也喜欢用钉子。卡南邀请詹妮弗和阿迪亚和他一起喝完这瓶威士忌，詹妮弗毫无顾忌。戈马西和坎南祝贺詹妮弗的勇敢。许多人认为，编织作为一种职业始于 17 世纪的帕扬努尔 (Payyannur) 附近的奇拉卡尔 (Chirakkal)，当时科拉蒂里 (Kolathiri) 拉贾 (Kolathiri Raja) 从塔米扎卡姆 (Tamizhakam) 的切拉纳杜 (Cheranadu) 带来了几个编织家庭。在卡达拉伊定居后，他们开始为皇室和寺庙编织织物。他们向当地人传授这门艺术的辉煌、美丽和规模，并逐渐将编织传播为奇拉卡尔和帕扬努尔的主要且受人尊敬的职业。坎南 (Kannan) 解释了坎努尔编织的起源。

巴塞尔代表团从德国进口了大约 1844 台织机。编织成为许多家庭的流行且赚钱的职业，为数百人提供了体面的生活。在自由斗争期间和独立后，社会改革运动为编织作为一个行业提供了一个有组织的结构。许多合作社的出现帮助织布工变得健康和富裕。"与合作社合作愉快吗？"詹妮弗问道。"当然，它给了我们支持、自由、生计和地位，"卡南说。"看看我们的房子。这是我们工作的结果。合作社帮我们盖了这栋房子。我们为合作社并成为其中的成员感到自豪，"戈马西非常自豪地说。"坎努尔黑纱多年来一直是美国最受欢迎的手摇织布机，"坎南说。"Payyannur 的 Salya 社区生产品质优良的纯手工棉织物用于出口。大量妇女参与织机织布，并为家庭收入贡献了很大一部分。所以，女性在我们当中有着很高的地位。"戈马西自豪地解释道。

接下来的三天里，詹妮弗和阿迪亚与一对年轻夫妇基兰和克兰住在一起，他们不是织布工，而是参与管理他们的合作社。尽管他们是一对经济困难的夫妇，但由于他们几年前才开始工作，他们对改善自己的生活以及让合作社的财务状况更加良好有着极大的兴趣和奉献精神。詹妮弗和阿迪亚一起参观了不同的编织者合作社。基兰 (Kiran) 拥有 MBA 学位，负责管理手摇纺织机协会，而科兰 (Kelan) 则负责财务管理。"坎努尔的手摇纺织机行业主要基于三种行政机构，例如合作社、*土布*和无组织单位，"基兰说。"手摇纺织机行业面临着许多问题，"克兰解释道。"销售额和利润的波动最为严重，"基兰说。"通常，政府的错误政策会对手摇纺织机行业造成严重破坏，因为不懂手摇纺织机的官僚成为政府内部的决策者，"克兰补充道。"国际形势的变化产生了影响，严重影响了成品出口，"基兰说。"高生产成本反映在利润以及织工和其他劳动力创收的一致性上，"克兰认为。"政府的经济政策没有深入反思其对手摇纺织机行业的影响，给合作社和织工带来了严重的痛苦，"基兰抱怨道。Jennifer 和 Aditya 参观了 Payyannur 手摇纺织机设施，与三个家庭住在一起，会见了数十名织工，与他们讨论并向他们学习，这是一次独特的活动。它使他们在智力、情感、社交和文化上成长。他们可以从人们身上学到很多东西，这是他们的目标。

Jennifer 和 Aditya 选择了 Thalassery 附近的最后一个 panchayat Dharmadam，并决定与人们一起住十五天。他们已经在三十五个*村舍*里度过了三百五十天，与一百多个家庭住在一起。他们到处都度过了收获与挑战并存的时光，就好像他们正在以一种实用且高度科学的方式对喀拉拉邦的村庄进行深入的研究。这是参与式学习，让人们参与知识创造，人们可以成为他们所创造的知识的所有者。这也是一个与人们互动、了解、分析和理解他们的村庄、事件和情况的动态过程。詹妮弗和阿迪亚对彼此的了解超出了他们的想象，每一天都让他们更加热爱彼此。他们惊讶地发现，爱和感情可以通过相互理解而增长。对他们来说，爱不是一种静态的感觉，而是一种对对方的情感认识，并将对方视为一个真正的人。人们也更加钦佩彼此，因为他们可以发现自己的品质并改变需要纠正和改进的特定行为模式。

人是"从我们的村庄了解和学习"计划的核心。对于詹妮弗和阿迪亚来说，每个人都为农村社区的进步、发展和变化做出了贡献。每个人都有话要说，并希望被其他人听到。因此，詹妮弗和阿迪亚非常尊重与他们交往的人，因为他们是他们宇宙的中心。Aditya 很高兴访问 Dharmadom *panchayat*，他和 Jennifer 曾在 Dharmadom 的 Brennen 学院学习。在毕业的最后一年，他和心爱的 JJ 一起度过了一年。詹妮弗高兴多了，她回忆起自己参与共产党青年翼的经历。他们选择了 Pallissery 渔村作为他们的项目。头三天，他们住在富有的渔夫马尼扬的家里。他拥有四艘独木舟、一艘机械化船、一栋两层楼房、两辆小型卡车和一辆汽车。他雇用了大约二十名员工。

马尼扬只读到了小学，青年时代就开始工作，和其他渔民一起出海。他从独木舟主人那里领取每日工资，在那里他去钓鱼。渐渐地，由于他的辛勤工作和适当的计划，马尼扬成为帕利塞里最富有的渔民之一。他的妻子雷瓦蒂 (Revathi) 已经完成了大学入学考试，她一丝不苟地管理着丈夫的账目，处理财务，并支付与丈夫一起工作的渔民的工资。Maniyan 相信自己的能力，而 Revathi 对渔民表现出极大的善意和尊重。她经常给他们的妻子赠送新衣服、厨房用具和马拉雅拉姆语电影 Chemmeen 的音乐盒，并邀请她们庆祝 *Onam*、*Vishu* 和 *Bakrid* 等节日。她知道与员工保持健康的关系对于他们的业务增长至关重要。雷瓦蒂对她三个孩子的教育非常感兴趣。毕业后，他们的两个孩子开始在 Thalassery 的一家鱼类加工公司工作，最小的一个是女孩，即将从布伦南学院毕业。这位名叫苏什玛的女孩与阿迪亚和詹妮弗进行了多次讨论，特别是关于女性在政治中的角色的讨论，因为她有兴趣加入积极的政治活动，为共产党工作。

午餐和晚餐，Revathi 煮了米饭和各种鱼类菜肴，他们一起吃饭。晚餐后，Maniyan 享用了一杯朗姆酒，搭配 Sushma 专门为父亲准备的炸鱼。每逢节日和庆祝活动，他都会向雷瓦蒂和苏什玛各敬一杯酒，表示优秀的共产主义者与他人分享世界的喜悦。詹妮弗生平第一次尝到朗姆酒，但她不喜欢。不过，她很喜欢苏什玛做的炸鱼。雷瓦蒂问詹妮弗是否有兴趣嫁给她的长子，长子是塔拉塞里一家鱼类加工厂的高级官员。詹妮弗微笑着拥抱了瑞瓦蒂。

Maniyan 和 Revathi 带着 Aditya 和 Jennifer 参观了所有与他们一起工作的渔民的家。他们很惊讶他们都有干净的住所，有自来水和厕所。这些妇女从事与销售或加工鱼类有关的各种活动并赚取收入。没有孩子留在家里、不上学。马尼扬解释说，他们正在共产主义的土地上行动，达玛丹是实现马克思梦想的最好例子。第五天，马尼扬和雷瓦蒂邀请渔民和邻居的家人参加晚会。大约有八十人参加，马尼扬在他家门前竖起了一座*沙米亚那*。妇女和男子与 Revathi 和 Sushma 一起准备牛肉印度饭、鱼和木薯粉。马尼扬有六瓶朗姆酒。牛肉印度饭和朗姆酒是每个人（包括女性）的主要吸引力。他们都与詹妮弗和阿迪亚聊了几个小时。詹妮弗用马拉雅拉姆语演唱了一些电影歌曲，包括拉姆·卡里亚特的电影《*Chemmeen*》中的《*Kadlinakkare Ponore*》，几乎所有的女人和男人都加入了她。苏什玛演唱了麦当娜的几首歌曲，赢得了热烈的掌声。

Jennifer 和 Aditya 与 Maniyan、Revathi、Sushma 以及他们的渔民一起度过了一段收获颇丰且颇有启发的时光。接下来的五天里，他们与寡妇帕德玛在一起，她的丈夫与朋友在双体船上钓鱼时在海上失踪。搜索队永远无法找到他们的尸体，但双体船完好无损。帕德玛大约四十五岁，她的三个儿子都在工作。老大已经结婚了，他的妻子和孩子和她住在一起。尽管她经济状况良好，但她每天还是在距离塔拉塞里二十到二十五公里的地方挨家挨户卖鱼，卖五到六个小时。她身边有七名妇女，她们都直接从独木舟或船上取鱼，还有一辆小型皮卡车接送她们到指定的村庄。帕德玛喜欢每天和朋友们出去卖鱼，每天都能赚到百分百的利润。第二天，詹妮弗和阿迪亚和她的朋友们一起去村庄卖鱼。他们发现社区繁荣而充满活力，与许多男人、女人和年轻人交谈，并分享了他们的经历。许多青少年告诉他们，他们喜欢与詹妮弗和阿迪亚一起参与"*从我们的村庄了解和学习*"项目。

帕德玛将詹妮弗和阿迪亚介绍给她的朋友们，他们邀请她们在从村庄回来的最后一天参观自己的房子。和帕德玛一起，他们见到了七个家庭；他们都是帕德玛的邻居。妇女们成立了一个储蓄基金，每个人每天存入十卢比，这样她们每天就可以收取七十卢比，六天可以收取四百二十卢比。这笔钱被捐给了那周收到这张纸条的人。收到的钱被大家很好地利用了。詹妮弗和阿迪亚了解到，每周提供六天的资金资助可以极大地帮助诚实团体的成员。他们一边喝茶，一边吃一些小吃。

下一个接受詹妮弗和阿迪亚的家庭是伊比奇·阿布巴卡尔和他的妻子艾莎。他们决定和他们一起住五天。因比奇有他的独木舟、渔网和其他必要的设备。他有三个合伙人，他们都平分股份。他们一起出海，而艾莎则留在家里，每天在她家附近的一家鱼类加工厂工作四个小时。所有女孩和她们的三个孩子都去了一所修女开办的学校。最后一天，Jennifer 和 Aditya 与 Imbichi 和他的钓鱼伙伴一起去了。大海风平浪静，独木舟行驶得很快。他们撒网等了一个小时。Imbichi 告诉 Jennifer 和 Aditya，现在是 *Chaakara* 季节，很有可能钓到大鱼。然后他们吃了装在小铝容器里的早餐，并与阿迪亚和詹妮弗分享。饭后，他们抽了*比迪烟*。

Imbichi 的搭档 Krishnan 开始与 Jennifer 和 Aditya 交谈。"法界的渔民都是勤劳勇敢的人，每一天对他们来说都是一场奋斗。当他们出海时，充满了不确定性，不知道那天大海会怎样，会钓到什么鱼，会不会空手而归。他们从清晨工作到深夜，有时会在海里呆上好几天。所以，出海前一定要做好计划。"

"你靠打鱼养家吗？"詹妮弗问道。

"当然，这就是我们从事这项工作的原因。如果你工作勤奋、有规律、不酗酒，你就能过上相当舒适的生活。"Imbichi 的另一位合伙人穆萨说。

"但许多人陷入酗酒的陷阱，然后面临债务、家庭争吵和暴力。这是一个永无止境的过程，"Imbichi 说。

"你需要热爱大海，向她学习，尊重她，并努力与她融为一体，"库马兰抽着*比迪烟*说道。

"学习大海的行为需要时间，而且她很复杂，就像一个好妻子，"穆萨笑着说。

突然，网络上有动静。大家观察了一段时间。后来，一切都归于平静。"没有什么。我们必须等。已经过去三个小时了，"克里希南说。"还有一个小时，可能两三个小时。我们什么也不能说。大海常常玩捉迷藏。她喜欢那些有耐心、能理解她最细微的动作、内心的渴望和语言的人，"库马兰说。"库马兰是我们当中的一位诗人。他能感觉到很多别人不知道的事情，"因比奇拍着库马兰的肩膀说道。"我们有多年的友谊。我们像呼吸一样彼此信任，我们四人胜似兄弟。我们把自己的生命交给别人。当然，我们已经准备好为彼此而死，"因比奇说。"我们是朋友，因为我们是共产主义者，"克里希南说。"共产主义就像大海。它提供了一切，包括我们的生计、我们的希望，"因比奇补充道。"它惩罚我们，这是突然而残酷的，"穆萨说。"共产主义将我们联系在一起。它的结合牢固且牢不可破，"库马兰评论道。"看，这个因比奇是一个终生的共产主义者。他是我们的英雄。有一天，我们三人乘坐独木舟出海，"穆萨指着因比奇和库马兰说道。"大海变得非常汹涌，速度非常快。发生了一场暴风雨。巨大的波浪在我们的头顶上。我们俩都从独木舟上摔了下来。死亡是确定的。这个因比奇跳进海里，寻找我们，救了我们。我们失去知觉，所以他把我们的身体绑在独木舟上。他花了整整一夜才到达岸边。那是我们的因比奇，"穆萨补充道。"因比奇是我们最伟大的英雄，"库马兰说。"等等，有东西在动，"因比奇说。"是的，有一些东西，"克里希南说。"是*阿加奥利*，庞弗雷！"因比奇喊道。"看来网已经满了，"穆萨说。

他们都开始拉它。詹妮弗和阿迪亚也伸出了援助之手。"它太重了。我认为网里充满了 *aagoli*，"Imbichi 说。"Imbichi 甚至知道鱼最轻微的动作。他对钓鱼有第六感，"库马兰说。"把它拉直，从角落里拉出来，把它拉到一起，"因比奇说。他们都怀着希望和决心，缓慢而稳定地拉网，花了一个多小时才将大鱼拉到独木舟附近。网一到独木舟上，库马兰和穆萨就跳入海中，从后面推网。"当心！网不应该被打破！"因比奇喊道。然后克里希南将另一张网的松散一端扔向库马兰和穆萨，潜入渔获物下方，并在渔网上又覆盖了一层。这是一项艰巨的任务，花了半个多小时。然后克里希南将网的一端从四面八方扔向因比奇，因比奇用一根椰子壳绳将它们绑在一起。Jennifer 和 Aditya 帮助 Imbichi 将一大捆鱼拉向独木舟，Moosa 和 Kumaran 将其从远端推向防空洞。

克里希南潜入捕获物下方并试图将其提起，但他无法举起，因为它比他预期的要重得多。"进来吧，克里希南，"因比奇喊道。克里希南跳上独木舟。让我们把它从一端拉到另一端，"Imbichi 建议道。随后，因比奇、克里希南、詹妮弗和阿迪亚将网拉入独木舟，网中捕获了大量鲳鱼。花了一个小时，才把连同渔网一起捕获的鱼打捞上来，铺在船内。"这是一个巨大的收获！"当库马兰和穆萨从水中爬上独木舟时，伊比奇说道。"你做到了，因比奇！"穆萨说道。"我们都是一起做的，"因比奇回答道。"至少有四公担，"库马兰惊讶地说。"五公担多一点，"穆萨说。"我认为这将接近七公担，"因比奇说。

所有人都看向因比奇。他们可以看到纯白色的鲳鱼，这是一种在迪拜、阿布扎比、卡塔尔和科威特需求量很大的圆形鱼。"看他们。它们的尺寸都相同。不太大，也不太小，"Imbichi 继续说道。"它具有出口品质。每公斤至少可以卖到九十卢比，"穆萨说。"远不止这些。我们不会以每公斤低于一百二十卢比的价格出售它，"因比奇说。"来吧，我们走得更快一些。我们必须在下午五点之前到达岸边，并在下午六点的拍卖会上出售它。Jennifer，Aditya，这是我们第一次在一天内捕获这么多 *aagoli*。你们是我们的幸运吉祥物，"Imbichi 看着 Jennifer 和 Aditya 说道。

"我们很高兴和你一起去钓鱼。谢谢你，因比奇叔叔，"詹妮弗说。

"我们很兴奋。感谢您给了我与您合作的绝佳机会，"阿迪亚说。

"但是你帮助了我们；此外，你给我们带来了这么多收获，"克里希南说。

"我们一夜暴富，是你们帮助我们致富的，"库马兰说。

傍晚五点十五分左右，独木舟抵达海滩。突然间，因比奇和他的团队捕获了重达六百多公斤的*阿戈利*的消息传遍四面八方。周围一片庆祝，拍卖队伍很快就到了。拍卖起价为每公斤八十五卢比，很快就突破了一百二十卢比。"出口品质最好！"人群中有人喊道。收盘价为每公斤一百四十五卢比，捕获量为七百二十八公斤。"总共能卖105,560 卢比。"Imbichi 心里盘算着。"我们四个人每人将得到两万五千卢比多一点，这是一笔不错的钱，"因比奇补充道。

通常一天，他们每人能赚到七百到八百卢比左右，但这一天带来了巨人的运气。他们在因比奇家庆祝。库马兰、穆萨和克里希南的家人出席了活动，詹妮弗和阿迪亚是特邀嘉宾。牛肉、木薯粉和托迪酒再次供应充足。"牛肉、木薯粉和*托迪酒*，这三种是喀拉拉邦共产主义的象征，"因比奇说。"它代表自由、正义和平等，"因比奇的妻子艾莎说。"你说得对，"因比奇同意道。库马兰说："喀拉拉邦只要有牛肉、木薯粉和*棕榈酒*，共产主义就会生存，没有人能打败我们。""这就是为什么联合国国民党试图禁止我们的菜单中出现牛肉。他们知道，一旦牛肉消失，木薯粉和托迪酒就会消失，共产主义将逐渐成为纸老虎，成为神话。"穆萨说。"牛肉、木薯粉和托迪酒也代表了世俗主义，因为每个人都可以参加吃牛肉的聚会，友谊、尊重、团结和希望都存在。一旦失去，世俗主义就会崩溃。这与*阿南*庆祝活动一样重要。"

Jennifer 和 Aditya 深刻反思了 Imbichi、Aisha、Krishnan、Kumaran 和 Moosa 之间谈话的意义，他们明白他们说的是自己经历中的真相。第二天一早，经过三百六十五天的巨大实验，阿迪亚和詹妮弗准备返回瓦拉帕塔南和马埃岛。他们会见了成千上万的人，与他们交谈、讨论，并分享了他们的恐惧、梦想和愿望。他们拜访了三十六个*村委会*，并与一百多个家庭住过。他们对居住在坎努尔地区各个角落的人们有了很多了解。这是一次重大的参与。*"了解我们的村庄并从中学习"计划*取得了巨大的成功，也是一项开创性的努力。

克里希南、穆萨和库马兰前来向詹妮弗和阿迪亚"告别"。早餐后，Imbichi 和 Aisha 表达了最美好的祝愿。"你们作为陌生人来到，现在你们作为朋友离开，"艾莎说。"关系是心灵的产物，而不是头脑的产物，"因比奇说。"现在你在我们心中拥有了永久的位置，"他补充道。"谢谢你，艾莎·切奇。谢谢你，Imbichi，叔叔，"詹妮弗说。"我们感谢您在家里给我们一个位置，把我们当作自己的孩子一样对待，给我们食物，带我们一起出海，教我们如何钓鱼，最重要的是，告诉我们我们都是平等，这就是共产主义的秘密，"阿迪亚说。"我们尊重你们不是因为你们的背景，而是因为你们的人性，"克里希纳告诉詹妮弗和阿迪亚。"再来和我们住在一起吧，"库马兰说。穆萨说："只要有需要，我们就会为你们俩提供帮助。"

艾莎拥抱詹妮弗说："宗教永远不会把我们分开，因为我们是共产主义者。这就是束缚力。在佛法中，每个人都是共产主义者。那些来到这里的人会以共产主义者的身份回来。" "你是对的，艾莎，"因比奇说。然后，Imbichi 拿出两张 1000 卢比的纸币，对 Jennifer 和 Aditya 说道："请收下。它是我们友谊、感情和关系的象征。"詹妮弗接过钱说道："我们不需要钱，但我们不能拒绝。如果我们拒绝，我们就是在试图拒绝你们的友谊。我们重视你们的关系，但会把这笔钱捐给一项事业，最好是儿童教育。""谢谢你们，詹妮弗和阿迪亚，接受这笔钱。我们很高兴。你接受了我们。你把我们当作平等的人来对待，"艾莎说。詹妮弗和阿迪亚向所有人告别，詹妮弗再次拥抱了艾莎。"你现在是我的妹妹了，我自己的，"詹妮弗对艾莎说。

在公共汽车上，詹妮弗看着阿迪亚微笑着。"AA，现在我觉得我比我给你写第一封信时更了解你了，"她说。"JJ，谢谢你的陪伴。正是因为有你，我才能够忍受所有的磨难。你给了我勇气和希望，"阿迪亚回答道。"但是，AA，沟通是夫妻关系的生命线。当一个人停止沟通时，这种关系就会消失，有一天它会永远消失。所以，即使我们结婚了，让我们继续像朋友一样交谈，"詹妮弗说。"JJ，我无法想象没有你的生活，"阿迪亚回答道。"AA，你是共产主义者。我并不自称是其中一员，但如果我是，那也是因为你。你需要记住，一个好的共产主义者就是一个社会主义资本主义者，"詹妮弗说，阿迪亚看着她。一阵深深的沉默。"让我们从这三十六个*村委会*的经验中学习。想想 Ayyankunnu、Kottiyoor、Peravoor Irikur、Dharmadam 和 Payyannur。在任何地方，人际关系和金钱都是最重要的问题。然而，在库图帕兰巴，这就是权力，"詹妮弗解释道。

"是的，JJ，我同意你的看法。赚钱是生存所必需的，对于普通人，甚至是当权者来说，金钱是至高无上的。除了金钱之外，我们还需要与人建立积极的关系，"阿迪亚说。

"所以，你需要成为一个看起来像共产主义者的资本家，"詹妮弗补充道。阿迪亚没有反应。

"共产主义存在于头脑中，没有人能成为内心的共产主义者，因为它是野蛮的。这是一种毫无希望的生活方式，充满了意识形态术语。同样，资本主义是压迫性的、令人厌恶的。两者都缺乏同理心，因为人类成为它们触角下的棋子。我们需要将两者结合起来，拒绝野蛮和仇恨，"詹妮弗解释道。

"我理解你，JJ，"阿迪亚说。"像共产主义者一样说教，但像资本家一样行事。共产主义是暗中金钱的交换，是残暴权力的放纵，是对穷人的心照不宣的剥削。它热爱领导人的奢侈品和美好生活。几乎所有已解体的苏联共产党统治者都在黑海拥有最高级的别墅，并在欧洲银行拥有令人难以置信的存款。毛泽东的生活就像现代的康熙皇帝。看看喀拉拉邦的共产党领导人；例如，有些人是在海湾地区拥有隐藏银行账户的亿万富翁。他们去欧美国家看病，用公款享受假期，喝最贵的威士忌和朗姆酒。他们的孩子在常春藤联盟大学学习，但他们不向普通党员开放。马克思主义和极端民族主义没有区别。两者都是一。像邓小平那样。他是最实际的人在世界上。没有人能像他一样带来改变。他改变了超过十亿人的命运。他的资本主义给中国的共产主义带来了希望。他才华横溢、充满活力，宣扬新的共产主义，即资本主义。他摧毁了毛泽东的悲惨处境，但赞扬了他的导师，这对中国人民来说是必要的。一旦你成为喀拉拉邦首席部长，就效仿邓小平吧。"詹妮弗斩钉截铁地说。

"只有钱才能产生更多的钱。我们需要明智的分析、更好的政策、科学的规划和牢不可破的承诺。将所有这些结合起来可以消除贫困、饥饿、文盲和疾病。此外，我们还需要科学、技术和对未来的愿景。我将努力实现所有这些，"阿迪亚说。"但是请耐心等待力量的到来。即使在最后一刻，也可能会发生一些事情，夺走你的力量。

尽管如此，人们不应该惊慌。如果你为别人提供机会，你的机会就会来。一旦你得到它，你就可以按照你的意愿做出决定。因此，如果需要，请接受第二个位置。你的第二个位置将引导你到达第一个位置，"詹妮弗说，声音直率、有影响力且逻辑清晰。"当然，JJ，"阿迪亚承诺道。

一年后，他们要去瓦拉帕塔南见阿迪亚的父母。十二个月以来，我们一直没有与他们联系。"你们两个都变了很多。您的"*了解我们的村庄并从中学习*"项目进行得怎么样？"雷努卡拥抱着詹妮弗问道。"这太棒了。我们学到了很多，"詹妮弗回答道。"你好吗，妈妈？"她问。"我很好，"雷努卡回答道。阿迪亚拥抱了他的母亲。当Appukkuttan下班回来时，Jennifer和Aditya向他讲述了他们的经历。詹妮弗见到了所有的邻居，品尝了他们的温暖和关爱。三天后，阿迪亚和詹妮弗前往马埃岛会见艾米丽和雅各布·伯纳德。他们看到女儿非常高兴。艾梅莉拥抱了詹妮弗，和阿迪亚握手，询问了他们在三十六个*村委会*一年的强化学习项目的情况。Aditya和Jennifer讲述了他们从Ayyankunnu到Dharmadom的各种经历和事件。

阿迪亚表达了与詹妮弗结婚的愿望。雅各布·伯纳德告诉阿迪亚，他只是一名毕业生，没有职业，也没有收入。伯纳德明确表示，他无意将女儿的手交给阿迪亚。然而，詹妮弗告诉她的父亲，阿迪亚有一天将成为喀拉拉邦的首席部长。她补充说，阿迪亚是一个伟大、有爱心、体贴、谦虚的人，尊重女性并与每个人保持成熟的关系。

作为一名出色的组织者，并且能讲马拉雅拉姆语、英语和德语，他将成为群众、学者和工业界的宠儿。

雅各布·伯纳德 (Jacob Bernard) 很高兴听到阿迪亚 (Aditya) 可以轻松掌握英语和德语。

"他什么时候成为喀拉拉邦首席部长？"雅各布·伯纳德提出这个问题实在是太天真了。

"现在他是一名政治家，他的时代将会到来，"詹妮弗回答了她父亲的询问。

"你要为喀拉拉邦人民做些什么？"雅各布·伯纳德问阿迪亚。"现在，我将组织喀拉拉邦人民，特别是坎努尔地区的人民。我认识其中数千人。坎努尔一半的评议会中几乎每个人都认识我，因为我在三十六个*评议会*中每个人都呆了十天。一旦我获得政治权力，我将改变喀拉拉邦的面貌，"阿迪亚说。

"阿迪亚，你对卡尔·马克思了解多少？"艾米丽问道。

他看着艾米丽，说道："女士，在开明人士中，每个人对卡尔·马克思都有不同的看法。卡尔·马克思是一位完美的哲学家、一位杰出的政治分析家、一位杰出的经济学家、一位了不起的思想家和一位卓越的改革家。他想要改善劳动者、穷人、文盲、移民、边缘化群体、无声者和被压迫者的卑鄙生活。马克思的影响与耶稣基督和阿尔伯特·爱因斯坦一样深远。"

"很好，你是一个能够思考、分析事件和想法的人。我对我女儿选择你作为她的人生伴侣没有任何意见。我知道你爱她，她也爱你。你们的关系密不可分。对我来说这就够了，钱不是考虑的因素。我需要一个爱她的丈夫，他既聪明又能够与詹妮弗进行理性的讨论，"艾米丽说。

艾米莉走近阿迪亚并亲吻他的额头。"我一直在为我的珍妮弗等待合适的人选。现在我知道我找到了一个，"艾米丽补充道。"谢谢你，妈妈，"詹妮弗回答道。"现在我了解你的头脑和内心了。他们是世界上最好的，"她补充道。雅各布·伯纳德惊讶地看着他的妻子。"请邀请你的父母。让我们见见他们，"他告诉阿迪亚。一周之内，Aditya 与 Renuka、Appukkuttan、Kalyani、Madhavan、Suhra、Moideen、Geetha、Ravindran、Sumitra 和 Kunjiraman 一起抵达。

Aditya 还向身在德国的 Emilia 和 Stefan 通报了这件事，他们表示很高兴。拉维来自科钦，在班加罗尔完成五年法学学士学位课程并在斯图加特完成一年人权法文凭后，他开始担任律师。

阿梅莉和雅各布·伯纳德欢迎所有来自瓦拉帕塔南的人们。一顿丰盛的午餐后，他们讨论了詹妮弗和阿迪亚的婚姻。雅各布·伯纳德坚持在马埃岛的圣特蕾莎教堂举行婚礼，首席司仪是来自本地治里或卡利卡特的主教。阿普库坦告诉雅各布·伯纳德，除了莫伊丁和苏赫拉之外，他们所有人都是天生的印度教徒，但却信奉共产主义者和无神论者，没有人相信宗教或上帝。因此，他们不想在教堂里举行仪式。雅各布·伯纳德咨询了他的妻子，并请阿梅莉发言。"宗教只是人类生活的一个文化方面。尽管人类发展了所有文化，但某些文化却掩盖了我们的存在，例如家庭、国家、金钱、商业、科学和宗教，我们不能一夜之间拒绝这些文化。因此，宗教就成为决定因素。

尽管如此，它还是剥夺了我们的自由。甚至共产主义也是一种宗教。最重要的不是他们的规则和仪式，而是人的尊严。让我们接受我们认为在我们的环境中最有尊严的东西，"艾米莉说。

雅各布·伯纳德看着艾米莉说道："我们不需要邀请主教来担任主礼人。我们可以请牧师来主持婚礼。" "对我们来说，教堂婚姻并不重要，但对你来说却是一个重要因素。不过，婚礼应该简单一些。"雷努卡说。"我们需要听取阿迪亚的消息，"她继续说道。"如果詹妮弗的父亲因教堂仪式而感到高兴，我欢迎，"阿迪亚说。"你怎么认为？"艾米莉问她的女儿。"我们更喜欢简单的教堂仪式，"詹妮弗说，不想让她的父亲失望。"整个活动不能有任何排场和华丽，"阿普库坦坚持说。"我们将在马埃岛举行婚礼，因为我们都依恋马埃岛，"阿梅莉说，以支持雅各布·伯纳德的感受。雅各布·伯纳德笑了。"这是詹妮弗和阿迪亚的婚姻，"雅各布·伯纳德说。

他们决定了婚礼的日期、日期和时间：十二号十一点在马埃岛圣特蕾莎教堂举行。"请大家前一天来。我们将安排您在马埃岛享受舒适的住宿，"雅各布·伯纳德邀请大家说道。"马埃岛距离瓦拉帕塔南并不远。距离仅三十六公里，车程不到一个小时。所以，我们将在上午十点之前到达这里，"雷努卡说。"如你所愿。"艾美丽说道，她认为自己不应该干涉别人的人身自由。拉维保持着深深的沉默，因为他是瓦拉帕塔南群体中最年轻的一个。讨论结束后，阿迪亚将詹妮弗介绍给拉维。

"JJ，来见见拉维，我的兄弟。他比我小六个月，"阿迪亚说。"阿迪亚和我在一起大约十七年了。在他遇见你之前我们形影不离。突然，阿迪亚想去塔拉塞里参加毕业典礼。因为他爱你，所以就是为了见到你，"拉维对詹妮弗说。

"我知道这。我的 AA 的首要目标是嫁给我。现在几天之内就会实现。"詹妮弗说。

"他是世界上最幸运的人，"拉维说。

"我是全宇宙最幸运的女人，"詹妮弗回答道。

阿迪亚和拉维笑了。

婚礼那天是一个阳光明媚的早晨。詹妮弗从房间里就能看到*玛雅日普扎*河碧蓝的河水，河岸上停满了许多独木舟，河水流向阿拉伯海。她想起了她的阿迪亚，这个男人在她的生活中占据了七年的生命。詹妮弗可以听到来自马赛参加婚礼的客人的脚步声。"我们家族的近五十名宾客将来自马赛、巴黎、本地治里和马埃岛参加婚礼。然后，大约有一百位来自马埃岛、塔拉塞里、瓦达卡拉和卡利卡特的亲密朋友，"詹妮弗回忆起父亲的话。"马埃岛的所有居民都是我们的朋友，"艾米丽回答道。"我们会邀请他们所有人。教堂里本来挤满了朋友和亲戚，但阿迪亚的人民想要举行一个简单的仪式，"雅各布·伯纳德表达了他的沮丧。"马埃岛几乎所有 30 岁以下的人都是我的学生，"艾米莉说。"我们本可以邀请两千多人参加婚礼。这是一生一次的事件，"雅各布·伯纳德说道，声音里充满悲伤。Aditya 透露，大约有 25 人将从瓦拉帕塔南 (Valapattanam) 参加仪式。

教堂用法语装饰，唱诗班开始唱法语入场圣歌。这是对耶稣的邀请，来到他们中间，一首可爱的歌曲以古老的法国天主教风格演唱。詹妮弗在教堂门口看到了阿迪亚和他的父母；拉维是他的伴郎。阿迪亚穿着红色领带西装，拉维看起来就像他的双胞胎兄弟。仪式从新娘和新郎一起走上红毯开始。阿梅莉、雅各布·伯纳德、雷努卡和阿普库坦以及他们所有的亲戚和朋友都参加了游行队伍。詹妮弗穿着一件漂亮的白色天主教女性婚纱，上面有面纱，是从马赛订购的，艾米丽选择了它。游行歌曲是马拉雅拉姆语，意思是这对夫妇彼此相爱，并渴望拥有持久、充满爱的婚姻。重点是传统，有两名见证人在场。花童们和詹妮弗一起漫步，显得天真烂漫，教堂里充满了灵性的气息。主礼人是教区牧师，他用马拉雅拉姆语做了介绍性演讲，并引用《圣经》中的一句话作为结束："女人和男人离开父母，成为一体。"然而，瓦拉帕塔南小组没有人理解它的含义。婚礼将荣耀归给上帝，使新娘和新郎成圣，并与耶稣基督建立强有力的精神结合，过上基督徒的生活。

在朗读《旧约》之前，有一首法语赞美诗。雅各布·伯纳德用法语朗读了《诗篇》，在朗诵过程中，他经常观察教会中的信徒群体。"尽管教堂里挤满了人，但里面并没有挤满他的朋友和亲戚，"他一边读一边想。在阅读使徒行传之前，有一首马拉雅拉姆语的赞美诗。Amelie 用英语进行了二读；圣保罗在其中提醒他在哥林多的会众，他们是上帝所拣选的孩子，必须过着耶稣基督眼中的圣洁生活。唱诗班在朗读福音前演奏了一首法语赞美诗。教区牧师用马拉雅拉姆语朗读了《马太福音》中的内容。传完福音后，他用马拉雅拉姆语做了简短的布道，最后一句话是法语，指示这对夫妇生很多孩子到主的葡萄园里工作。

詹妮弗和阿迪亚用马拉雅拉姆语交换誓言，彼此许诺要过上帝眼中有价值的生活，并且会彼此相爱直到生命的最后一刻。在会众的祈祷中，阿迪亚将一枚简单的金戒指戴在詹妮弗的手指上。根据天主教的传统，他们现在是夫妻，神父以主耶稣基督的名义宣布他们合法结婚。阿迪亚热情地吻了妻子，这是他人生中的初吻。他为在那一天之前一直过着独身生活而感到自豪。詹妮弗知道她将第一次和一个男人在一起，她将与他成为一体。

阿迪亚和詹妮弗在教区牧师在场的情况下签署了结婚登记册。结婚那天，詹妮弗二十四岁，阿迪亚二十六岁。然后就是拥抱、亲吻、摆姿势拍照、吃吃喝喝。同一天晚上，Jennifer、Aditya、Renuka 和 Appukkuttan 决定前往 Valapattanam。雅各布·伯纳德拥抱着他的女儿，放声大哭，但艾米丽却保持着存在主义的沉默。雅各布·伯纳德在拥抱女婿时告诉他要保护女儿免受一切危险。艾米莉用温暖和爱拥抱了阿迪亚，并请求他再去看望他们。詹妮弗不停地抽泣。

在瓦拉帕塔南，生活是清醒而平静的。詹妮弗和阿迪亚决定不去度蜜月；他们决定不再去度蜜月。相反，他们立即开始写一本关于"了解我们的村庄并从中学习"实验的书。Aditya 和 Jennifer 花了六个月的时间将他们在村庄停留一年期间收集到的 36 个 *panchayat* 的所有数据整理成文。两人都广泛关注了饥饿和贫困参数以及可持续发展参与的社会、经济和教育层面。阿迪亚用马拉雅拉姆语写了这本书的初稿，詹妮弗惊讶地发现他对不同类别的人们的处境进行了令人信服的分析。阿迪亚对隐藏的事实的解释是精辟的，他对事件的解释是客观的。他的叙述风格引人入胜，他的马拉雅拉姆语生动活泼、情境丰富，反映了人民的愿望。Jennifer 读了两遍草稿，并与 Aditya、Renuka 和 Appukkuttan 进行了广泛的讨论。晚餐前，他们坐在一起，喝着几瓶棕榈酒和牛肉，清晰地讨论了引人入胜的社会事实演示的细微差别。阿普库坦和雷努卡很高兴看到他们的儿媳妇有敏锐的分析头脑，当她品尝牛肉和*酸刎*时，她看起来就像是*泰亚姆*舞蹈中的女神。

第六章：泰亚姆人

当阿迪亚遇到詹妮弗时，每个卡武都会响起泰亚姆鼓声。庆祝、吃喝一直持续到凌晨，生命是人与神在一起的节日。阿迪亚知道所有脚步和所有声音的复杂符号，因为《泰亚姆》是一门关于人类与神无与伦比的统一的艺术，因为所有神都是人类。它包含了整个宇宙，它的颜色、声音、神秘和魔法。

在泰亚姆中，宇宙具有其存在和不存在的特定含义。人类和宇宙是一起存在的，因为它们单独存在是无关的。阿迪亚（Aditya）从母亲雷努卡（Renuka）、艾米莉亚（Emilia）和马达万（Madhavan）那里学到了对 Theyyam 的细致入微的掌握，因此他的所有行为都变得一丝不苟。詹妮弗很聪明，认识到阿迪亚深厚的知识及其在生活中的应用。

Aditya 希望强调女性在发展中的作用，并渴望纳入相应的数据分析。Jennifer 问了很多问题："您如何看待印度社会的结构转型和女性发展？""喀拉拉邦社会的变革远远领先于印度其他邦。它是巨大的，包括文化、制度、政治和关系。在我们工作过的所有*评议会*中都观察到了这种变化。首先，机构价值观的适度改变对于社会转型至关重要，并且它们将启动妇女的民主参与。看看 Ayyankunnu、Payyannur 和 Dharmadom 的女性，她们享有特殊的地位。我们在社会中观察到的动态过程是由于这些 *panchayat* 的价值体系。妇女需要享受越来越多的民主、平等、正义和自由。这将导致库图帕兰巴等其他*乡村委员会*的经济、社会和文化变革，因为民主、平等和自由是必需的。统一国民党想通过暴力来否认这一点，这在库图帕兰巴很明显，"阿迪亚解释道。"在统一国民党破坏性政策的背景下，您如何看待非政府组织在社会转型中的作用，特别是针对妇女的政策？"詹妮弗又提出了一个问题。

阿迪亚思考了很长时间。他看着詹妮弗，缓缓说道："社会团体的参与对于人们的参与至关重要，尤其是女性。人们在这个过程中变得独立并变得更加强大，但统一国民党并不希望如此。如果人们能够自给自足，统一国民党就会失去控制。人民将拒绝蒙昧主义、神话、狂热主义和原教旨主义。这将对统一国民党构成严重威胁，因为他们以保护印度文化的名义发动暴力。吃牛肉和喝棕榈酒让人们聚集在一起分享他们的想法和计划，从而增强社会凝聚力。这样的情况，会动摇 UNP 那些能思考是非的人的根基。我们必须摧毁基于种姓、出身、宗教、地区、语言和性别的意识形态。这样的过程已经在 Kottiyoor、Ayyankunnu 和 Payyannur 发生。在部落中，性别、宗教、出身、种姓和阶级都不是问题。他们的经济和教育水平将通过周密的规划方法逐步提高，发展人才。在印度的许多其他邦，统一国民党一直试图强行将部落置于自己的控制之下，声称这是为了保护印度文化。"这是一个深刻的分析，詹妮弗想。

但她还想问更多问题。"为什么所有这些 panchayat 中的女性结构变化不均匀？"詹妮弗试图从阿迪亚那里得到更多的分析。"社会转型影响了其他家庭成员，有时甚至对女性产生负面影响。例如，在许多村庄，男孩被鼓励继续深造，而女孩则被迫留在家里照顾弟弟妹妹。父母常常只为儿子的教育提供经济来源，阻碍女儿继续深造。在一些村庄，我们观察到女孩和妇女在家庭的四堵墙内默默承受痛苦，因为她们没有做出人生决定的自由。在教育、经济机会、选择生活伴侣、甚至食物摄入方面，女孩并不是父母的优先考虑对象。当然，有些女性已经超越了她们的传统角色。看看 Dharmadom 中的 Aisha 和 Revathi，Payyannur 中的 Sumitra 和 Gomathy，以及 Koothuparamba 中的 Noorjahan。她们是全世界所有女性积极主动、自我激励的榜样，"阿迪亚分析道。"你如何看待 Angadikadavu 和 Karikkottakari 等村庄的女性身份？"詹妮弗问道。"在 Ayyankunnu Panchayat，我们参观了所有村庄。尽管定居者经济困难，但妇女享有平等的社会地位。女性对其角色的态度影响着她的生活满意度和她所属社区的认同感。这在 Angadikadavu 中很明显。在这里，男性的社会和经济资产不受限制。"詹妮弗刻意保持沉默，听阿迪亚讲话。

她喜欢听到更多有关女性平等地位的信息。"与男性一样，女性几乎做出了所有有关家庭的决定，并不否认女性的自由、平等和正义。我们已经看到，性别角色、关系和资产获取对于保护社会和经济资本至关重要。Angadikadavu 和 Karikkottakari 的妇女享有此类权利。我们的分析表明，在艾扬昆努的村庄里，妇女并不容易受到压制和边缘化。共产主义设想了结构平等，这在艾扬昆努就存在，尽管那里的大多数人都不是共产主义者。事实上，艾扬昆努的绝大多数人都属于国大党，"阿迪亚看着詹妮弗说道。詹妮弗笑了。"我们需要等待很多年才能实现我们在阿伊扬昆努和其他*评议会*中看到的那种妇女平等。一旦你成为喀拉拉邦首席部长，我们就会尝试一下。"詹妮弗对自己的反应充满信心。

詹妮弗相信提出探究性问题。"你不觉得女性在某些地方已经成为商品了吗？原因是什么？如何消除它们？"她问道。"令人悲哀的是，一个女人要想被认为'有价值'，她必须遵守一套由男人决定的标准。在一些村庄，我们观察到妇女并不只是为了她们自己而存在；她们是为了自己而存在。它们成为商品，人们给它们贴上价格标签。他们的社会和经济斗争消除了他们所贴上的标签。我们观察到，妇女地位的下降是民主实施的失败，而统一国民党要求并坚持这种下降。因此，我们可以提出，女性需要自由，这是超越平等的一步，"阿迪亚说道，随后陷入了长时间的沉默。

"我欣赏你的分析、智慧的活力、敏锐的解释和常识。我很自豪能成为你的人生伴侣，"詹妮弗再次笑着说道。

"我们可以一起创造美好的生活。我们可以共同帮助社会成长和发展。"Aditya 补充道。詹妮弗拥抱了他，阿迪亚心里也感觉到了。"

这本书的第二稿在四个月内就完成了，最终稿则花了两个月的时间才完成。卡利卡特的一位著名出版商负责印刷、制作和营销。阿迪亚坚持将詹妮弗列为第一作者，但她拒绝了。尽管如此，阿迪亚（Aditya）态度坚决，在书的封面上，詹妮弗·雅各布·伯纳德（Jennifer Jacob Bernard）是主要作者，阿迪亚·阿普库坦（Aditya Appukkuttan）是第二位。这本书在三个月内就上架了。这是一本三百五十页的书，装订得很精美，封面上描绘了妇女们在一小群人中讨论的乡村场景。该书的马拉雅拉姆语标题的英文翻译为"向人民学习：参与式共产主义的实验"。这本书立即在喀拉拉邦各地的各类人群中风靡一时，因为它是对三十六个*评议会*中人们处境的第一本真正的参与式分析。不仅是共产党人和社会主义者，而且很大一部分国大党成员也以批判的态度阅读了这本书。大多数人赞赏和钦佩其以人民为中心的做法、对政治局势的无情开放以及对人们生活的影响。该书还讨论了共产党人和统一国民党之间的暴力和私刑、宗教狂热以及鼓励政治胜利的原教旨主义。统一国民党购买了数百本这本书，并在喀拉拉邦的不同地区公开焚烧，特别是在卡萨尔戈德、库图帕兰巴、帕拉卡德和特里凡得琅。

广受好评的书评出现在许多马拉雅拉姆语和英语报纸和杂志上，国家电视台播放了许多关于这本书及其作者的故事。结果，阿迪亚和詹妮弗在喀拉拉邦的知识分子、学者和普通民众中广为人知。喀拉拉邦的许多大学都将这本书作为参考资料纳入其图书馆，用于研究发展社会学、农村经济学、人民参与和参与性研究。

詹妮弗将这本书翻译成法文，艾米丽阅读并编辑了草稿。该书在巴黎出版。在拉维的帮助下，阿迪亚将这本书翻译成德文，然后寄给斯图加特的斯特凡·梅耶尔进行编辑。斯特凡·梅耶尔 (Stefan Mayer) 对这本书的内容感到满意，并向詹妮弗和阿迪亚表示祝贺。该书在德国斯图加特出版后不久，阿迪亚和詹妮弗前往德国会见艾米莉亚和斯特凡·梅耶尔。艾米莉亚很高兴见到她的儿子阿迪亚和儿媳詹妮弗。尽管艾米莉亚的身体不好，但她还是花了很多时间陪伴他们，煮了很多种类的食物。斯特凡和艾米莉亚带他们去了很多餐馆、博物馆、美术馆和图书馆。詹妮弗和阿迪亚在去巴黎之前会见了他们的出版商。她告诉他们，这本书在德国很受欢迎，尤其是在学者和知识分子中。

阿迪亚和詹妮弗在巴黎停留。他们有一位出版商的听众，出版商很高兴见到作者，并要求他们写一本与之前的书类似的书，解释共产主义在二十一世纪的相关性。离开巴黎后，他们拜访了马丁夫妇。西蒙娜和路易斯·马丁看上去很虚弱，但他们却热情地欢迎了詹妮弗和阿迪亚，表达了无比的喜悦和幸福。他们请司机带他们参观这座迷人的城市。与祖父母度过三天后，詹妮弗和阿迪亚出发前往瓦拉帕塔南。

在瓦拉帕塔南，甚至在阿迪亚和拉维出生之前，斯特凡、马达万、阿普库坦、昆吉拉曼、拉文德兰等人就通过在小城镇和村庄举行会议来组织农民和工人运动。他们组织了数十名青年和学生，开办"学习班"，内容包括马克思主义、解放的需要、平等的成果和自由的暗流。"学习班"主要在邻里社区，大约有二十到二十五名男女参加这种聚会。每个人都知道对穷人和受压迫者的剥削和征服会产生深远的后果，也知道需要大声疾呼反对他们的侮辱。为了支持他们的论点，斯特凡和马达万引用了《资本论》和《共产党宣言》。他们可以说服观众反抗压迫者，以实现平等、机会均等和正义。妇女在各个层面的参与都受到鼓励，并受到极大的尊重和尊严。1957 年，喀拉拉邦选举产生了共产主义政府。这是全球第一个民主选举产生的共产主义政府。斯特凡、马达万和他们的同伴意识到，正是由于他们的奉献、决心和意识，共产党才取得了权力。它为共产党员提供了巨大的自尊。

当务之急是继续掌权，解放数百年来遭受苦难的数百万人，教育许多文盲，并为他们提供医疗保健和身心保护。帮助受剥削的妇女享有尊严是喀拉拉邦第一届共产主义政府的基本目标，但国大党无法实现这一目标。斯特凡、马达万和他们的同伴有着共同的目标。马达万的父母阿莎和卡鲁纳卡兰是具有国大党心的共产党员。他们是印度国大党的活跃成员，该国大党由印度帝国公务员艾伦·奥克塔维亚·休谟(Allan Octavia Hume)创立。马达万的父母加入了圣雄甘地的Vaikom Satyagraha行列。他们喜欢圣雄的朴素、开放和脚踏实地的态度。他们与他的团队一起旅行，在艾哈迈达巴德附近的萨巴尔马蒂呆了一年，在维达尔巴瓦尔达附近的塞瓦格拉姆呆了六年。在Sevagram，阿莎多年来一直帮助卡斯图巴·甘地打扫房子，并为许多人做饭。圣雄甘地注意到阿莎对印度自由事业的奉献，开始称她为*阿莎黛维*。

甘地从南非回来后立即领导了国大党。几年之内，他领导了Vaikom Satyagraha运动，这是一场反对印度社会贱民的非暴力抗议活动。在瓦伊科姆的湿婆神庙，卡鲁纳卡兰和阿莎这两位律师第一次见到了甘地。当甘地建立塞瓦格拉姆修道院时，他们成为该修道院的成员，并在甘地身边呆了七年。退出印度运动一年后，阿沙德维和卡鲁纳卡兰非正式地离开了国会。

马达万最初在坎努尔接受教育，并在浦那毕业。当他的父母在塞瓦格拉姆时，他加入了他们的行列，并开始访问亚瓦特马尔、钱德拉普尔、班达拉、贡迪亚、那格浦尔和阿姆拉瓦蒂的村庄。他们的目的是按照圣雄的愿望了解农民、达利特人和部落的状况。他们在印度中部的维达尔巴（印度最落后的地区之一）看到了最严重的贫困和饥饿。经历贫困的人们、达利特人和部落人受到地主、放债人、*扎明达尔*和封建领主的剥削，导致人们出售他们的土地、牲畜、儿童，甚至妇女。令卡鲁纳卡兰惊讶的是，许多剥削者都是国大党成员。他们中的一些人在加入国会时担任该组织的高级职位，以掩盖自己的错误行为，获得人民的支持，并戴上诚实和正直的光环。加奇罗利（Gadchhiroli）、拉姆泰克（Ramtek）和梅拉加特（Melaghat）部落的处境令人震惊，因为除了草、树叶、根和茎之外，他们没有什么可吃的。他们的许多孩子在两岁之前就去世了，孕产妇死亡率非常高。对于一个部落来说，跨过三十五岁是一件具有挑战性的事情。此外，英国政权对人民的剥削达到了顶峰。最终，农民、农民、工匠、贱民、部落和日常劳动者失去了过上体面生活的希望。

卡鲁纳卡兰在当地国大党会议期间讲述了维达尔巴村庄里部落、达利特人、农民和工人生活的可怕状况。然而，似乎没有人对穷人、受剥削者或无声者感兴趣。卡鲁纳卡兰曾短暂地加入了比姆拉奥·安贝德卡 (Bhimrao Ambedkar) 领导的运动。比姆拉奥·安贝卡是达利特人，是一位杰出的经济学家和法律名人，拥有哥伦比亚大学和伦敦经济学院的经济学博士学位。作为安贝德卡的追随者，卡鲁纳卡兰为达利特人的权利而战，但他的心与农民在一起。他意识到他需要组织农民，为他们奋斗并解放他们。结果是他被国大党停职六年。卡鲁纳卡兰多次试图联系甘地，但圣雄前往比哈尔邦和北方邦时联系不上。失望之余，卡鲁纳卡兰、阿沙德维和马达万穿过维达尔巴，组织了许多农民会议。他们所有人都能轻松地用马拉地语和当地语言瓦拉迪语进行交流。与此同时，卡鲁纳卡兰结识了一些共产主义同情者并加入了共产党。卡鲁纳卡兰和阿沙德维虽然内心都是国会议员，但他们却成为了共产主义者。

卡鲁纳卡兰和阿沙德维在那格浦尔和阿姆拉瓦蒂与几位共产主义同情者一起工作。他们与他们一起走遍了马哈拉施特拉邦，建立了共产党的单位。吸引人们成为共产主义者很困难，因为大多数人都是国大党成员或比姆拉奥·安贝德卡的追随者。卡鲁纳卡兰最亲密的朋友之一是阿南德·内内 (Anand Nene)，他是那格浦尔高等法院的执业律师，他的妻子库苏姆 (Kusum) 也是一名律师和热心的共产主义者。内尼斯夫妇有一个女儿卡利亚尼（Kalyani），她在那格浦尔大学接受教师培训。

Madhavan 刚刚完成学业，Karunakaran 和 Ashadevi 认为 Kalyani 可能是他们儿子的正确人生伴侣。他们与库苏姆和阿南德·内内讨论了此事，并安排卡利亚尼和马达万在内内的住处会面。卡利亚尼和马达万的婚姻在两周内在那格浦尔市登记处登记。即使在那格浦尔，卡利亚尼也能完美地学会读写马拉雅拉姆语。当马达万和卡利亚尼在该国获得独立前一年前往喀拉拉邦时，瓦拉帕塔南的人们认为她是天生的马来亚人。在瓦拉帕塔南，马达万成为一名全职共产党工作人员，卡利亚尼成为一名高中教师。

马达万一到达瓦拉帕塔南，就加入了农民和工人运动。他知道马拉巴尔和特拉凡科的社会变革对于喀拉拉邦共产主义的出现是必要的。1939年12月，共产主义同情者，包括国大党中的左倾社会主义者，在塔拉塞里附近的皮纳拉伊举行会议，并在马达万与卡利亚尼抵达瓦拉帕塔南七年前成立了共产党。然而，正是马达万和斯特凡等人在马拉巴尔各地的共产主义同情者小团体的组织能力、计划和形成，才导致了共产党在喀拉拉邦选举中的胜利，并建立了第一个共产主义政府。。

马达万家和迈耶斯家之间有五十英亩的土地，一直延伸到*巴拉普扎*河岸。斯特凡考虑在业余时间耕种该地区的一部分。斯特凡评估说，这里的土壤肥沃，可以出产丰富的水稻、木薯和蔬菜。在与艾米莉亚协商后，他与房东会面并获得了十五年的土地，并同意在每年年初预付固定金额。登记是以马达万的名义进行的，因为斯特凡是外国人，无法在此类土地登记上签字。支付的金额并不高，而且由于土地多年来一直荒芜，斯特凡从中获得的任何收入都是利润。他相信房东和其他相关方对协议感到满意。

很快，斯特凡从德国进口了两台拖拉机和各种农具。六月季风来临时，斯特凡想到种植五英亩稻田，一英亩香蕉树，两英亩木薯，半英亩蔬菜，如秋葵、苦瓜、豆类和茄子。他邀请所有的朋友和邻居作为平等的伙伴加入他的行列。但没有人加入，每个人都找借口。就连马达万也说，他的血统里没有农业；他的血统里没有农业。尽管如此，这二十英亩土地仍出租十五年用于农业用途。在加入圣雄甘地之前，马达万向无地者捐赠了约五十英亩的土地，之后他从父亲那里继承了十英亩的土地。

斯特凡和艾米莉亚一起制定了详细的农业计划，详细地写下了所有内容，并为每周和每月分配了资金。斯特凡带着他的拖拉机开始犁地，艾米莉亚也开着第二台拖拉机和他一起干到下午两点。邻居们惊讶地看到艾米莉亚和斯特凡转动了整个场地，他们聚集在跑道周围观看他们一起工作。五天之内，斯特凡和艾米莉亚就把二十英亩的土地全部耕完了。然后，在民工的帮助下，他们开始平整稻田，并在雨季初期的十五天内完成了五英亩的种植工作。Stefan 从 Mattanur 收集了合适的 *Nenthran* 和 *Poovan* 香蕉树苗，并将它们种植在一英亩的土地上。安加迪卡达武有大量的木薯茎，斯特凡带来了一辆装满木薯茎的小卡车，并将它们种植在两英亩的土地上。最后，他们在半英亩的土地上种了蔬菜。

艾米莉亚和斯特凡在农场工作了两个小时，下班后艾米莉亚和朋友们一起去各种类型的*卡武*收集*泰亚姆*的数据。*卡乌*是一片小森林，毗邻房屋或古庙，基座上放置着前雅利安神、动物甚至蛇的花岗岩雕像。这些神是世俗的，与人类及其福祉有着神秘的关系。人们不是崇拜而是尊敬他们；存在一种神秘的共生关系。这些神灵对于和平、和谐和幸福的人类生存至关重要。

正如艾米莉亚发现的那样，*卡武*代表了人类生活及其与整个自然的整体关系，以及人类、动物和植物周围的微型生态系统，以及它们形成的社会环境。人类和*卡武*是相互关联的，并作为自然统一体中不可分割的单位而发展。Theyyam *舞蹈*通常是在 Kaavu 及其周围这样的环境中进行的。艾米莉亚意识到，*泰亚姆*艺术不是寺庙艺术，而是普通民众的艺术，它以人们创作的关于自然、人与自然的关系以及与生活相关的各种现象的民歌为基础。这是一门从人类交流中演变而来的复杂艺术。*泰亚姆*舞者的脸上涂满了异国情调的色彩和象征性的图案，代表着一个由已故人类的神灵组成的世界，这是人类存在的重要组成部分。他们在干草或椰子叶制成的火把的昏暗灯光下跳舞，通过面部表情、手势和脚步表达不同的人类活动、欲望和感受。

对于艾米莉亚来说，Theseyam 是人类与环境的融合。于是，两者合而为一，而这种合一就是*泰亚姆*的灵魂。从 Pazhayangadi 向北到 Kasargod，就是 Kolam-Kaliyattam。相比之下，从南部的 Pazhayangadi 到 Valapattanam，是 Theyyam 和 Valapattanam 到 Vadakara Thira。艾米莉亚了解到，*泰亚姆*舞蹈有超过四百五十种，其中最重要的大约有一百一十二种。艾米莉亚通过对卡纳塔克邦南卡纳达、卡萨尔戈德、坎努尔地区、科泽科德的纳达普拉姆、库格或卡纳塔克邦科达古地区的广泛访问了解到，根据其特征、性质和主题，Thereyam *舞蹈*有四种类型。他们是 Bhagavati Theyyam、Shaiva-Vaishnava *Theyyum*、Manushika *Theyyam* 和 Purana *Theyyam*。

艾米莉亚在空闲时间用钢琴演奏巴赫、贝多芬和莫扎特，并毫不费力地教阿迪亚和拉维演奏这些作品。她喜欢巴赫，包括《*勃兰登堡协奏曲*》和《*戈登堡变奏曲*》，孩子们和艾米莉亚一起度过了很长时间，看着她弹钢琴。艾米莉亚还尝试用键盘演奏许多*泰亚姆民歌*

。当她去很远的地方观察*泰亚姆*时，她经常带着阿迪亚和拉维。艾米莉亚认为，孩子们需要了解普通人的文化和生活方式，培养对人的爱和尊重，对自己生活的环境有深入的了解。在长时间的驾驶过程中，她告诉他们，除了自然之外，人类不可能有独立的实体。因此，他们需要热爱和尊重环境，保护生命和民间舞蹈的每一种表现形式。

渐渐地，阿迪亚和拉维喜欢在周末没有课的时候和艾米莉亚一起去旅行。他们喜欢参观科达古，观看在风景如画的风景中独特的 *Theyyam* 表演。他们对马迪凯里、维拉杰佩特、戈尼科帕尔和蓬南佩塔的访问充满了色彩、声音、气味和味道。科达古连绵起伏、广阔的咖啡庄园、黑胡椒园、稻田，给他们带来了赏心悦目的景象。他们惊奇地看着*泰亚姆*在这片武术之地翩翩起舞。艾米莉亚喜欢穿科达古风格的纱丽，而科达古的美女们也总是热衷于在特殊场合和节日借给她她们的纱丽。艾米莉亚几乎对她去过的所有地方的女性都产生了特殊的喜爱，她很快就学会了用当地的方言与她们交谈。妇女们常常带艾米莉亚去厨房，向她展示如何烹饪各种食物，她也经常和她们一起吃饭，一起蹲在地上。在科达古的几户人家中，艾米莉亚向他们展示了如何烹饪德国风格的猪肉，即所谓的*香肠*，男人和女人都喜欢她烹饪的猪肉。

到达瓦拉帕塔南的五年内，艾米莉亚收集了有关*泰亚姆*的大量数据。十年内，她在德国同行评审期刊上发表了六篇文章和两本书，成为德国大学的参考资料。当 Aditya 和 Ravi 十岁的时候，他们开始自豪地阅读母亲关于 Theyyam 的书籍和文章，他们都要求 Madhavan 教他们 Theyyam 舞蹈的基础知识。十五岁时，阿迪亚和拉维加入了 *Theyyam* 剧团，并与成年舞者一起在*卡武*和社交聚会上表演。艾米莉亚告诉他们，他们的 Theyyam 舞蹈有着自然的风格和精致的动作。他们喜欢让拉文德兰（Ravindran）画自己的脸，拉文德兰擅长画*泰亚姆*的脸。艾米莉亚客观地评价了他们的表现，雷努卡也很欣赏艾米莉亚对儿子们的严格训练。许多年前，艾米莉亚从雷努卡那里学到了*泰亚姆语*的基本课程。五年之内，艾米莉亚对 Theyyam 作为艺术的复杂性的理解远比雷努卡深刻和科学，她为艾米莉亚的成就感到自豪。他们的两个孩子都为母亲之间的深厚友谊感到高兴。

雷努卡和艾米莉亚经常拥抱他们的孩子，以显示他们的亲密关系。孩子们认为他们的母亲是双胞胎，阿迪亚和拉维就像他们的母亲一样是形影不离的兄弟姐妹。阿迪亚和拉维从雷努卡和艾米莉亚那里学到了关于爱和尊重的第一堂课，两人都对女性产生了深深的尊重。他们经常和马达万、拉文德兰、昆吉拉曼和阿普库坦一起在迈耶斯的庭院里跳舞，整个社区都聚集在那里，吃着炸牛肉、木薯粉和*棕榈酒*。他们都有自己的世界，都享受着自己独特的存在。这种团结、友谊、团结、分享是独特的、强烈的，并与他们的思想和感情紧密相连。

艾米莉亚和斯特凡继续在他们的农场工作。一个月之内，农场就显得绿意盎然，从梅耶尔的家里看到稻田、香蕉、木薯和蔬菜的生长，景色非常美丽。土地肥沃，不需要施肥料，也不使用农药。梅耶夫妇每天任命五名工人在他们的农场工作。他们支付的工资比其他地方工人的平均工资高出百分之二十五。越来越多的劳工到他们那里寻找工作，梅耶夫妇承诺，当他们在未来几年耕种更多土地时，他们将尽力为他们提供工作。

五个月后，稻田就可以收割了，田野里一片金黄。农业大学的许多农业官员参观了农场，学习梅耶斯夫妇使用的技术。五个工人十天内就能完成收割，稻秆则留在梅耶夫妇的院子里打谷。打谷的工作一直持续到深夜，就像过节一样，梅耶斯家举行了庆祝活动。他邀请所有邻居一起庆祝、吃喝。数百袋大米让邻居们大吃一惊，他们也对梅耶斯夫妇的聪明才智感到惊叹。梅耶夫妇想向他们展示，通过奉献和努力，他们可以生产出丰富的水稻。五亩地，能产出近一百二十公担的稻谷，产量相当不错了。斯特凡告诉邻居，他想以市场价一半的价格将大米卖给他们，只有在他们购买后，他才会在坎努尔市场上出售剩余的大米。梅耶夫妇不想免费赠送大米，因为他们可能认为无需劳动力就能获得任何东西。大约二十个近邻购买了大部分大米，他们认为这些大米可以吃一年。梅耶夫妇保留剩余的粮食来喂养工人，直到下一季作物成熟为止。

木薯产量极好；每英亩的产量约为五十公担，梅耶夫妇每人向所有邻居赠送了十公斤。由于木薯粉在十五天内就会腐烂，斯特凡将其卖到坎努尔的市场上，两英亩的收入约为四万卢比，这对于两英亩的总费用只有七千卢比来说是一个很大的数字。蔬菜产量同样良好。香蕉收成非常好，一英亩的产量接近四百五十公担，梅耶斯夫妇可以以每公担四百卢比的价格出售，大约可以赚到二十万卢比。总花费只有两万五千卢比。Madhavan、Kunjiraman、Unnikrishnan、

Ravindran、Appukkuttan 和其他人惊讶地看到梅耶家族从农业中获得了优异的产量和巨额收入。他们表达了在下一季加入梅耶斯家族共享农业的愿望，并决定将其命名为瓦拉帕塔南共享农业实验（VSFE）。

那年季风来得早，梅耶夫妇和同伴们急切地开始了农活。那个季风季节，他们有二十四个合作伙伴从事集体农业。他们都决定耕种二十英亩，其中十英亩稻田、五英亩木薯、四英亩香蕉和一英亩蔬菜。像往常一样，艾米莉亚和斯特凡开着拖拉机，在十二天内完成了耕地工作。VSFE 任命了十名工人每天与他们一起工作，并由 Madhavan 监督他们。拉文德兰 (Ravindran)、阿普库坦 (Appukkuttan)、昆吉拉曼 (Kunjiraman) 等人在稻田、木薯和香蕉农场工作。斯特凡·梅耶尔 (Stefan Mayer) 和两名工人一起在菜园里干活。所有合作伙伴都参与了规划和实施，因为它需要更好的照顾和科学方法。雨水充足，阳光充足，收成远好于上年，产量也远高于预期。谷仓已满，合伙人的份额平分。艾米莉亚和梅耶尔只提出了一项要求。大米够大家吃一年，剩下的五十担到公开市场去卖。他们在市场上卖木薯和香蕉。每个合伙人获得了两万两千卢比作为自己的份额。花园为所有家庭提供了六个月的蔬菜，剩余的农产品在市场上批量出售，每个合作伙伴收到大约三千卢比。整个收获季节对他们来说都是庆祝活动。

VSFE 决定明年从德国进口一台小型收割机，用于收割、脱粒和风选，耗资约三十万卢比。他们还同意以畜牧业为主，以牛奶为主，以牛粪为肥料，并建立一个牛粪燃气厂，为所有股东提供炊事用气。一个月之内，VSFE 在 Madhavan 的两英亩土地上建造了一个配备所有现代化设施的大型牛棚，并购买了五头泽西奶牛和五头哈里扬维水牛。有足够的干草作为动物的饲料和青草。一年之内，农场开始为所有二十四户家庭生产充足的牛奶，剩余的牛奶在坎努尔出售。VSFE 购买了一辆小卡车，用于将牛奶运送到那里的一家乳制品厂。成员们在哥印拜陀专家的帮助下建造了牛粪燃气发电厂，该发电厂产生的燃气足以供所有房屋做饭。

六个月内，他们又增加了十头水牛。农业大学的学生和教师经常来 VSFE 进行学术和研究。VSFE 任命了 35 名不同职位的员工为全职员工，他们的工资比其他地方类似职位高出百分之十。养殖场的回报超出了他们的预期，导致所有合作伙伴的收入大幅增加。Aditya 和

Ravi 读高中时，VSFE 注册为合作社，Madhavan 当选为主席，Ravindran 担任秘书，Renuka 担任财务主管。股东们一致要求梅耶尔家族成为管理机构的一部分，斯特凡·梅耶尔勉强接受了这一职位。

然后，在瓦拉帕塔南，出现了一些传单，指责梅耶斯从外国接受巨额资金来传播共产主义。他们声称，农业和畜牧业收入所显示的资金是从外部来源收到的资金。尽管 Stefan 和 Emilia 并没有认真对待这些指控，但 VSFE 的股东看到这些传单还是有些惊讶。一个月之内，瓦拉帕塔南出现了横幅，要求梅耶夫妇立即离开印度，因为他们涉嫌参与反印度活动。渐渐地，马达万和他的朋友们意识到，一场反对梅耶家族的强大运动正在形成，而且反对他们的力量与日俱增。一个雨天，一辆从 VSFE 开往坎努尔的装满奶罐的卡车翻车，司机遭到暴徒袭击。突然，出现了以统一国民党名义的传单，指责 VSFE 与孟加拉的毛派和极端主义组织有联系，这种联系已经蔓延到该国许多地区。渐渐地，共产党和统一国民党之间的冲突变成了一场公开战争。

一天早上，联邦政府官员来到梅耶斯家，询问 VSFE 的资金来源，并盘问了梅耶斯六个多小时。这些官员还会见了马达万、拉文德兰和雷努卡，询问他们与毛派的所谓联系。一周之内，警方将艾米莉亚和斯特凡传唤至警察局询问，十小时后，警官允许他们返回。但马达万、拉文德兰和雷努卡就没那么幸运了。到派出所审问后，他们以不明罪名被拘留关押一晚。第二天，警方将他们带到地方法官面前并警告他们，然后才将他们释放。阿迪亚从布伦南学院回来，拉维从班加罗尔回来迎接他们，他们对这种情况感到非常不安。雷努卡一看到阿迪亚和拉维，就抱住他们痛哭起来，艾米莉亚和雷努卡告诉他们，这起事件的幕后黑手正是统一国民党。

随着来自远方的年轻人出现并开始攻击 VSFE 员工，针对 VSFE 的抗议活动变得越来越明显，这让 Emilia 和 Stefan Mayer 的生活变得棘手。由于工人担心人身攻击而拒绝工作，农业和畜牧业活动减少。有一天，斯特凡·梅尔和阿普库坦在农场干活时遭到棍棒和石块袭击，两人头部和腿部受伤，被送往医院。警方未能追查到肇事者，一周后伤者已出院，没有对无名罪犯提出任何指控。瓦拉帕塔南再次恢复平静，仿佛什么都没有发生过。VSFE 的员工继续在田间和养殖场工作，那一年，养殖场的产量不错。艾米莉亚、斯特凡、马达万、雷努卡、阿普库坦等人脸上都露出了笑容，他们再次开始在庆祝活动中分享和享受团聚的温暖。

一天晚上，艾米莉亚在自家院子里安排了一场 *Theyyam* 表演，附近大约有一百六十五人参加了表演。《*Theyyam*》讲述的是 Kathivanur Veeran 的传奇故事，由 Madhavan 和 Ravi 执导。Aditya、Appukkuttan、Ravindran、Kunjiraman 和 Moideen 随着 *Maddlam* 演奏者的曲调起舞，而 Stefan Mayer 负责监督烹饪。

"我喜欢这种团结、团结和庆祝活动，"艾米莉亚对斯特凡·梅耶尔说。

"我也很喜欢它。我希望它能永远持续下去，"斯特凡·梅耶尔说道。

"我们很幸运能和如此优秀的人在一起。看看马达万。尽管他是我们中资历最高的，但他像拉维和阿迪亚一样参加所有活动。"艾米莉亚说。"我很佩服他。马达万是共产主义的一个很好的例子。他有决心、承诺和明确的目标，"斯特凡·梅尔解释道。"看看 Kalyani、Geetha、Suhra、Renuka 和其他人有多活跃。和他们一起生活是有意义和迷人的，"艾米莉亚说。"他们都认为我们是一个家庭，一个大家庭。我们之间没有区别、嫉妒、阶级或信仰。这是多年团结的成果，"斯特凡解释道。"这就是我们存在的意义，我们人生的目的，"艾米莉亚补充道。"我们制定了目标，进行了规划，并将其付诸实践。这就是为什么我们的生活如此有意义。没有人是贫穷的，也没有人遭受压迫、剥削或征服。我们历经千辛万苦才到达这里。如果你不战斗，你就无法到达任何地方。我们需要警惕并关心他人的福利、舒适和幸福，这就是共产主义的意义。"斯特凡解释道。

在 *Theyyam* 也是如此，每个人都是独一无二的，并且可以发挥作用。没有他们的帮助，*Theyam* 就不完整。*Theyyam* 代表着生活的可信度，那些跳舞和演奏乐器的人表达了对它的深刻敏感性。生命的统一、团结和活力源于经验，使每个表演者都成为上帝。*泰亚姆*展示了生命的重要性、生命的伟大性以及明确的平等和正义感。"看看今天的 *Theyyam*，Kathivanur Veeran 的传奇，因为它的主旨是关于人类生活的整体，"艾米莉亚叙述道。

"艾米莉亚，我很高兴。我们来到马拉巴尔并与这些人一起工作和生活真是太好了。我本来可以在斯图加特过上舒适奢华的生活，但那是毫无价值的。在瓦拉帕塔南这里，我体验到了生命的内在意义和

瓦尔盖斯 V 德瓦西亚

最亲密的人际关系。"斯特凡清晰地说。"很高兴我们在柏林见面。那时我们是陌生人，但四分之一世纪过去了，现在我们仍然是最好的朋友。"艾米莉亚坦言。"我经常想这个问题，亲爱的艾米莉亚。生命顺其自然，当它流动时。我很幸运有你。你是我最好的朋友。"斯特凡说道，分享着他的温暖感受。"斯特凡，我永远找不到像你这样的人。你是那么的体贴，那么的有爱。我每时每刻都在你身上看到了自己。所以，你对我来说从来就不陌生。"艾米莉亚轻声说道，话语中充满了温暖。

喧闹的歌舞一直持续到午夜，甚至晚饭后也是如此。邻居和朋友来到艾米莉亚身边，告诉她*卡蒂瓦努尔维兰传奇*的表演令人激动，艾米莉亚向他所有人表示感谢。*Theyyam* 结束后，他们与 Emilia 和 Stefan Mayer 一起洗碗。艾米莉亚再次开始弹钢琴。她更喜欢扮演艾瑞莎·富兰克林（Aretha Franklin），她在拉维和阿迪亚十岁时就大受欢迎。艾米莉亚演奏了"做正确的女人，做正确的男人"，"不要播放那首歌"，"你让我感觉像一个自然的女人"，"我说一点祈祷"，"爱是一件严肃的事情"和"我从来没有像爱你那样爱过一个男人。"斯特凡总是坐在她身边，珍惜艾米莉亚弹钢琴的样子。

艾米莉亚和斯特凡已申请续签签证。有一天，他们收到政府的一封信，要求他们立即离开该国，因为他们的签证延期申请被拒绝。消息传得很快，瓦拉帕塔南的所有人都震惊了。在瓦拉帕塔南连续呆了二十四年后，他们不得不离开。那时拉维和阿迪亚已经完成了毕业典礼，他们赶往瓦拉帕塔南看望他们深爱的父母。艾米莉亚拥抱着他们俩，抽泣起来，而斯特凡则保持着坚忍的沉默，没有表现出任何焦虑，尽管他内心已经快要崩溃了。当艾米莉亚和斯特凡离开时，瓦拉帕塔南有一大群人。卡利亚妮、吉萨、苏赫拉、雷努卡等人放声痛哭，马达万也无法忍受疼痛，痛哭失声。一车人陪同艾米莉亚和斯特凡前往卡利卡特机场。阿迪亚拥抱了他的母亲。艾米莉亚拥抱了卡利亚尼、雷努卡、吉萨、苏赫拉和她所有的其他朋友，他们要求她不要走，尽管他们知道她不能再和他们在一起了。

瓦拉帕塔南存在巨大的空白，没有人可以填补艾米莉亚和斯特凡·梅尔的缺席。没有人能够想象没有这对夫妇的世界，他们已经成为这个社区不可或缺的一部分大约二十四年了。他们来时是陌生人，离开时是最亲近的亲人、朋友、导师，在交往中创造出独特的魅力。他们热爱并尊重每个人，将他人视为不可分割的伙伴。他们教授了许多宝贵的课程，并因与他人的亲近而受益匪浅。他们留在瓦拉帕塔南的唯一目的是促进被压迫和被剥削者的福利。

马达万尽力继续共享农业和动物农场，并鼓励他的同伴在所有工作领域支持他。所有剩余的股东都渴望继续艾米莉亚和斯特凡·梅耶尔发起的工作。他们总是回忆起梅耶夫妇是如何处理各种情况、带领大家、解决问题的。

艾米莉亚和斯特凡·梅耶尔一抵达斯图加特，就给瓦拉帕塔南的朋友写了一封详尽的信，马达万在所有邻居都在场的情况下读了这封信。当他读到信的最后一段时，全场鸦雀无声，许多人都抽泣起来。

它是："在这里，我们感到孤独，因为我们非常想念你。我们知道你们都在那里并照顾好自己。有朋友的生活就是幸福的生活。我们记得所有的面孔和我们从每个人那里经历的爱，这是独一无二的。我们永远不会忘记你，因为你永远在我们心中。艾米莉亚和斯特凡·梅尔。"

沉默持续了一段时间。但卡利亚尼和雷努卡无法阻止自己。他们哭了很长时间。

拉维的出现给艾米莉亚和斯特凡·梅尔带来了很多快乐。他是他们在瓦拉帕塔南生活的延续和巅峰，代表了他们的爱、团结和希望的圆满。每当他们看到雷努卡和阿普库坦、卡利亚尼和马达万、阿迪亚和年轻一代、*泰亚姆*和"学习班"、瓦拉帕塔南农场和*巴拉普扎*时，他们都会回忆起他们在这片充满友谊和庆祝的土地上度过的岁月。然而，他们知道那些日子一去不复返了；他们永远消失了。与父母一起生活了大约三个月后，拉维回到高知，在一位资深律师的指导下执业了一年。

艾米莉亚开始花大量时间弹钢琴。莫扎特是她的最爱。她反复演奏第五交响曲、第二十五交响曲、第三十一交响曲、第四交响曲和第四十一交响曲，将艾米莉亚和斯特凡带入了一个声音和情感的新世界。艾米莉亚喜欢斯特凡在她身边，喜欢艾米莉亚弹钢琴。玩耍时，艾米莉亚想起了*巴拉普扎*(Barapuzha)、她与斯特凡(Stefan)、拉维(Ravi)和阿迪亚(Aditya)在自家露台上度过的夜晚，以及与卡利亚尼(Kalyani)、吉萨(Geetha)、苏赫拉(Suhra)、雷努卡(Renuka)和其他朋友的聚会和派对。艾米莉亚回忆起*特亚姆*舞者在*卡乌*、自家庭院和欢呼的观众中载歌载舞的情景。她回忆起与拉维和阿迪亚一起前往库格的漫长旅程，以及与库格妇女们度过的许多日子。她想起了斯特凡和她在柏林大学与他的第一次会面，他们的德国之旅，以及斯特凡在海德堡堡向她求婚。

一切都演变成了艾米莉亚的莫扎特交响曲——强劲而有力，悠扬而神圣，震耳欲聋又清醒，闪烁而无与伦比。对她来说，生活就像法兰克福圣巴塞洛缪大教堂的教堂钟声一样——永无止境，永无休止。她记得父亲每周一都会带她到教堂的顶上，在那里她可以看到整个法兰克福。她的房子是一座巨大的宅邸，距离教堂大约两公里，她母亲在教堂唱诗班。她演奏教堂音乐并教艾米莉亚弹钢琴。突然，艾米莉亚想起了她出生的父母的房子，并被催促去参观那个地方。她与斯特凡分享了访问法兰克福的愿望，斯特凡准备第二天前往那里。早餐后，他们从斯图加特乘车出发，距离法兰克福约两百一十公里，由斯特凡驾驶。艾米莉亚仿佛第一次看到乡村一样，兴奋得像个孩子。她和斯特凡分享了许多关于绿色的田野、河流、跨越的桥梁以及散布在道路两旁的豪宅的故事。德国的金融中心法兰克福在雄伟的美因河畔显得富丽堂皇。

一到圣巴塞洛缪大教堂，艾米莉亚就用右手拉着丈夫的左手，快步朝教堂走去。当她每周日与父母一起走进那个礼拜场所时，她回忆起自己迷人的童年和青春期。参观教堂是一项社交活动；她渴望它，因为她可以在附近见到她的许多朋友，其中一些是唱诗班成员。他们为弥撒和节日练习赞美诗，并以盛大而辉煌的方式演唱。她的父亲告诉她，德国国王在被称为"Dom"的大教堂加冕。她的母亲进一步解释了在唱诗班南侧的*瓦克佩勒*教堂举行的帝国选举。国王的加冕仪式在中央祭坛上进行。人们坚信圣巴塞洛缪头部的一部分被供奉在唱诗班的入口处。

艾米莉亚带着斯特凡来到唱诗班阁楼，唱诗班成员在乐队的伴奏下聚集在一起唱歌。她自豪地向他展示了一架钢琴，她母亲用这架钢琴演奏了近三十年的教堂音乐，艾米莉亚也用这架钢琴演奏了八年。艾米莉亚十二岁时，加入室内合唱团，无*伴奏*合唱，一年后被选为合唱团钢琴演奏者。尽管艾米莉亚的母亲从未去过音乐会合唱团（这是个人选择），但艾米莉亚还是成为了音乐会合唱团的成员，并在法兰克福出名。"圣巴塞洛缪大教堂的唱诗班是由教会挑选和训练的音乐团体，"艾米莉亚对斯特凡说。

当艾米莉亚加入合唱团与母亲一起弹钢琴时，合唱音乐是一次激动人心的经历。她年轻时经常有一支扩音乐队。唱诗班歌手一开始鼓励她唱歌，后来当她母亲不在的时候就要求她弹钢琴。通常，周日弥撒中，包括唱诗班歌手在内的二十一位歌手都会记得艾米莉亚。每到节日，唱诗班歌手的人数就会增加，而在圣巴塞洛缪的盛宴上，曾经有一百三十一名歌手表演。

艾米莉亚亲吻了大教堂圣巴塞洛缪合唱团的钢琴。"斯特凡，我喜欢这个唱诗班阁楼；它给了我很多成就感。那是黄金岁月，就像我们在瓦拉帕塔南的日子一样。"艾米莉亚看着斯特凡说道。"我能感觉到你的感受，亲爱的艾米莉亚。当你来到这里时，你已经回到了童年和青少年时代。"斯特凡回答道。"很高兴回到我们的记忆中。我经常想起你，想起我在柏林大学遇见你的那一天。这是我一生中最快乐的一天，"艾米莉亚说，握住斯特凡的手并亲吻它。"艾米莉亚，我爱你，"斯特凡亲吻她的手掌说道。

"斯特凡，让我问你一件事，"艾米莉亚一边说，一边爬到教堂的顶部，因为当时是星期一。

"是的，艾米莉亚，"斯特凡回答道。

"让我们在家里开办一所钢琴学校，因为我们有一架大钢琴和足够的空间，"艾米莉亚说。

"当然，我会是最幸福的人，能够满足你所有的愿望。"斯特凡回答道。

"应该是一所针对十岁到十六岁孩子的学校，这是学钢琴的最佳时期。此外，我喜欢在钢琴上弹奏一些 *Theyyam* 歌曲并教给孩子们，这将是独一无二的，"艾米莉亚解释道。"好主意啊。我们将吸引大量的孩子。斯图加特是一座鼓励孩子学习音乐的城市，因为它拥有悠久的音乐和艺术历史，"斯特凡说。

他们已经到了教堂的顶上，从那里可以看到法兰克福的一大片区域和美因河，像闪电一样蜿蜒在雷雨前的乌云和闪亮的云层之间。往外看。你可以看到我父母的房子。现在我哥哥和他的家人都在那里。"艾米莉亚指着远处一座优雅的宅邸说道。"是的，我能看到，"斯特凡说。"我们将参观它并会见我的兄弟和他的家人。我们结婚后立即参观了这所房子，当我们从马拉巴尔访问德国时，我们参观了六次，"艾米莉亚提醒斯特凡。"我记得一切。我永远不会忘记我们第一次见面后发生的一切。这些事件是我一生中最丰富的经历，你和我无法想象彼此分离的生活，"斯特凡说。

艾米莉亚看着斯特凡，想了想，说道："对于我来说，你就是最大的财富，我会为你留下任何东西。"斯特凡反应道："艾米莉亚，我在你身上感受到了生命的充实。这是一种我无法用言语表达的感觉。这是一次亲密的经历，"斯特凡反应道。"现在，我们去拜访我哥哥和他的家人吧。"艾米莉亚边说边爬了下来。斯特凡扶着她爬下来，每一步都小心翼翼。这所房子是一座白色的豪宅，是斯特凡和艾米莉亚在斯图加特的房子的两倍大。艾米莉亚的兄弟亚历克斯·施密特和他的妻子米娅在家。亚历克斯热情地拥抱了艾米莉亚和斯特凡，米娅拥抱并亲吻了艾米莉亚。他们聊了很长时间，尤其是谈论已故的父母。米娅和亚历克斯要求艾米莉亚和斯特凡与他们共进午餐，食物盛在闪闪发光的银盘上。他们有烤牛肉、猪肘、烤香肠、土豆煎饼、发酵白菜、鸡蛋面和甜点。没有提供葡萄酒或啤酒，但午餐后他们喝了热咖啡。

晚上五点左右，艾米莉亚和斯特凡想要离开。"艾米莉亚……"亚历克斯喊道。"是吗，亚历克斯？"艾米莉亚回应道。"你拥有我们财产的一份。我们的父母已立下遗嘱，将他们全部资产的一半分给你。我只是替你管理而已。你可以随时领取，"亚历克斯说。"到时候我会通知你。"艾米莉亚回答道。艾米莉亚拥抱亚历克斯和米娅并亲吻他们的脸颊，斯特凡与米娅和亚历克斯握手。回程很愉快。艾米莉亚与斯特凡分享了许多关于她已故父母、童年、学校和大学的故事。八点左右，他们到达了斯图加特的家。

斯特凡观察到艾米莉亚的健康状况逐渐发生变化，开始担心她。随着时间的推移，艾米莉亚变得喜怒无常、悲伤，她的生活充满了长时间的沉默。她比 *Theyyam* 更想念别人，Stefan 看到自己的妻子处于这样的状态，感到很遗憾。他花了很长时间陪伴艾米莉亚，让她快乐，让她低落的精神、热情和对幸福生活的渴望重新焕发。他和她坐在一起读《*悉达多*》，因为她爱赫尔曼·黑塞。虽然她在学生时代就读过这本书，但让斯特凡给她读这本书却赋予了它独特的魅力，有时还有新的意义和启示。

《*悉达多*》的主人公乔达摩并不是佛陀，而是艾米莉亚的佛陀思想。他通过否认无限存在的存在找到了启蒙之路，这鼓励他相信每个人都可以实现生命的意识和目的。当斯特凡·梅尔（Stefan Mayer）读书时，艾米莉亚（Emilia）的思绪飘到了坎努尔（Kannur）、门格洛尔（Mangalore）和科达古（Kodagu）的遥远地方。艾米莉亚想知道她是觉醒者、真实的还是想象的。她开始争论，以确定她在马拉巴尔的生活是虚构的，但这从未发生过。艾米莉亚讨论了真实与虚幻之间的区别，以及真实是否可能存在。渐渐地，她觉得真实的和想象的一样，区别融为一体，再去寻找差异就变得毫无意义了。对于艾米莉亚来说，概念失去了意义，思想可以承载任何自我认同，就像在*泰亚姆*一样。她很难区分*泰亚姆*的真实与传说，因为两者都是一样的。当传奇变成生活，生活也变成传奇。因此，艾米莉亚前往马拉巴尔的旅程是为了体验*蒂亚姆*并遇见她自己以及成为当地神和传说的已故人类。对她来说，Kalyani、Renuka、Geetha、Suhra、Madhavan、Ravindran、Appukkuttan、Kunjiraman、Moideen 等人也成为了民间传说，艾米莉亚称他们为瓦拉帕塔南的传奇。

斯特凡继续阅读，期间艾米莉亚提出了具体问题，斯特凡耐心地回答了她的每个问题。"佛陀是真人还是传说？"艾米莉亚问道。"乔达摩，也被称为悉达多，是尼泊尔迦毗罗卫国的王子。他离开了自己的王国，游历了比哈尔邦，坐在榕树下，冥想了数年，直到获得开悟。他谈论生命、生、病、悲、老、死。有人说他是无神论者。对我来说，佛陀启发了人类的意识。后来，人们把他变成了传奇。"斯特凡回答道。

"赫尔曼·黑塞的《悉达多》中的乔达摩就是佛陀吗？"艾米莉亚问道。

"很多人说赫尔曼·黑塞的小说《悉达多》中的乔达摩不是悉达多，而是佛陀，"斯特凡·梅尔回答道。

"我有可能成佛吗？"艾米莉亚问道。

"要成佛，你需要开悟；为此，你必须离开你的丈夫，拒绝这个世界，"斯特凡·梅尔回答道。

"即使我拒绝这个世界，我也永远不会离开你，"艾米莉亚拥抱着她的丈夫说道。

"我太爱你了。我不知道我是真实的，你是真实的，还是我们都是真实的。只有当我们在一起时，我们才变得真实。在分离中，我们无法存在，"艾米莉亚说道，听起来很有哲理。斯特凡·梅耶尔思考了她的话很长时间。对她来说，唯一的现实就是他们在一起。

瓦尔盖斯 V 德瓦西亚

偶尔，斯特凡和艾米莉亚会在晚上开车去斯图加特市中心。斯特凡会讲述有关斯图加特的起源、纪念碑、河流、风景和机构的故事。晚上，他开车送她去了内卡河，因为艾米莉亚喜欢看流水，就像瓦拉帕塔南的*巴拉普扎河*一样。她问他古塔玛对恒河的感受，以及为什么他儿时的朋友戈文达多年后仍然担任船夫。斯特凡解释说，乔达摩和戈文达代表人类，构成一个具有两个面向的人。这个故事是关于自我发现，一次内在的旅程，以及发现一个人存在的意义。恒河代表着永恒，而船则代表着人类的生命。"所以，乔达摩和戈文达是像你我一样的朋友，但他们是一样的，"艾米莉亚评论道。"当然，就像你和我一样，他们是一个人。尽管他们有两个名字，但他们却无法分开。乔达摩像佛陀悉达多一样走遍印度，有新的体验、新的认识，但他还是那个乔达摩。戈文达仍然是船夫。他克服了时间、空间、运动和死亡，成为了佛陀，"斯特凡说。"斯特凡，个性是悉达多的核心，让我们成佛吧。"艾米莉亚把手放在斯特凡的脖子上说道。"艾米莉亚正在从孩童时期逐渐进入成年期。尽管她是一个独特的个体，但她无法将自己与丈夫分开，这是一个两难的选择。"斯特凡·梅尔在心里说道。"咱们试试吧。生活无处不在，都是一种自我发现、探索、领悟，最终，我们都以自己的方式成佛。"斯特凡回答道。

艾米莉亚想去卡尔夫，赫尔曼·黑塞的出生地。在车上，她告诉斯特凡，赫尔曼·黑塞本来想去印度旅行，并乘船去了，但最终去了印度尼西亚和马来亚。他永远无法到达马拉巴尔，他的祖父母朱莉和赫尔曼·冈德特以及他的父母玛丽和约翰内斯·黑塞已经在那里工作了多年。突然，艾米莉亚想起了和斯特凡在贡德特家的住处拜访过萨拉瑟里的伊利库努。她提醒斯特凡，当他看到冈德特夫妇在马拉雅拉姆语中所做的大量工作时，他感到多么惊讶。突然，斯特凡发现艾米莉亚拥有敏锐的长期记忆，她珍惜每一个最微小的事件，生活在回忆的世界里。

在卡尔夫，艾米莉亚和斯特凡参观了赫尔曼·黑塞博物馆。艾米莉亚很高兴看到她最喜欢的德国作家的所有书籍，并购买了*罗沙尔德*、*格特鲁德*、*德米安*和*克努尔普*的书籍。他们来到赫尔曼·黑塞出生的房子，艾米莉亚沉默了很长时间。然后她表达了参观纳戈尔德的愿望，黑塞在那里启发他写下恒河和船夫戈文达。在河岸上，艾米莉亚告诉斯特凡："纳戈尔德河与恩茨河汇合，在生活中，所有事件也是相互关联的，并流向永恒。"斯特凡满怀爱意和全神贯注地倾听她的讲话，知道艾米莉亚有了新的看法。

读完《悉达多》后，艾米莉亚请斯特凡读《罗沙尔德》，因为她喜欢让他坐在她身边读书。当他读书时，她看着他的脸，对他的面部表情感到惊讶。她喜欢他丰富而自然的声音、语调和音调。她喜欢长时间坐在他身边，有时直到午餐。罗沙尔德的故事让艾米莉亚心碎，但她希望斯特凡反复读给她听。这是一个已婚男人的故事，他在对妻子和年幼的儿子的义务和对远离家庭、远离他的庄园罗沙尔德的精神体验的怀旧渴望之间左右为难。

当斯特凡读《罗沙尔德》时，艾米莉亚坐在他身边，用右手搂住他，这样他就不会像故事的主人公约翰·韦拉古斯那样离开她，离开了妻子和奢华的财产。维拉古斯与他成功的艺术家妻子关系疏远，但很爱他的小儿子。他希望儿子长大并继承他的财富，但悲剧发生了，他与罗沙尔德唯一的联系永远离开了他。最后，维拉古斯抛弃了他的妻子和他的财产。然后他前往印度体验自己存在的真正意义，这个故事让艾米莉亚感到痛苦，因为约翰·维拉古斯离开了他的妻子。"斯特凡，你永远不可能成为约翰·维拉古斯，我永远不会允许你离开我。"艾米莉亚在心里说道。

斯特凡感受到了她的痛苦，拥抱了她，并开车送她去了德国各地的各个目的地。艾米莉亚对河流和船只着迷，并与斯特凡一起乘船游览。他们乘坐小型游轮穿越奥地利的莱茵河和多瑙河，穿越德国中部，从柏林经易北河到达布拉格。她看着海水流向大海，想起了乔达摩、戈文达和约翰·维拉古斯。斯特凡总是愿意满足艾米莉亚的每一个愿望，他知道她正在改变，从成年生活变成了一个孩子。艾米莉亚请求斯特凡继续阅读她从博物馆购买的其他书籍。在阅读时，艾米莉亚重现了这些故事，想象着平原、山谷、新土地、河流、丘陵和新叶树木的风景。渐渐地，艾米莉亚独自飞过他们的上空，甚至忘记了她心爱的斯特凡。在她创造的新世界里，艾米莉亚不再感到孤独，而是体验到了一种没有感觉、没有感情、没有寒冷和黑暗意识的存在。巴拉普扎河、他们在河岸上的房子、蒂亚姆河和舞者、阿迪亚和拉维、她的朋友和熟人，以及在科达古和门格洛尔的逗留都逐渐被遗忘，再也没有出现。艾米莉亚的精神和心理正在发生变化。

瓦尔盖斯 v 德瓦西亚

当拉维在一位资深律师的指导下执业一年后从高知回来时，他观察到母亲逐渐发生的变化。他和斯特凡一起承担了家里所有的做饭、清洁和洗涤工作。艾米莉亚喜欢拉维为早餐准备的 dosa、vada、uppma、appam 和 meen 咖喱。与此同时，拉维在一所大学参加了为期一年的人权法课程，他更愿意每天早上从家里通勤去和父母住在一起。晚上，当拉维从大学回来时，他会抱着母亲唱马拉雅拉姆语摇篮曲，艾米莉亚喜欢一遍又一遍地听。他经常带她沿着迈耶庄园的长廊散步。

唱歌时，艾米莉亚有时会睡在拉维的手里，他会慢慢地将她放入小床上，坐在她旁边，看着她睡觉。醒来时，艾米莉亚会要求拉维唱不同的摇篮曲，例如"*Kannum Poottiurnaguka Kunje*"、"*Patu Paadi Urakkam Njan*"、"*Kanmaniy e Karayathurangumo*"、"*Ambadi Thannilorunni*"和"*Aaraaro Aariraro*"。拉维喜欢一直和他的母亲在一起，并且对她穿着干净优雅的衣服很感兴趣。他的动作里充满了喜悦，他不断地拥抱着母亲，充满了无限的爱。斯特凡和拉维带艾米莉亚去看斯图加特最好的医生，发现她出现了痴呆症的最初症状。渐渐地，出现了明显的恶化迹象。艾米莉亚开始忘记信息，无视拉维和斯特凡的名字，忘记日期和事件对她生活的意义。艾米莉亚很难制定每日计划，并且发现很难使用相同的食谱做饭并专注于细节。当她和拉维和斯特凡一起逛商店时，她无法数钱。艾米莉亚因为忘记了规则并且无法区分离合器和制动器而停止了驾驶。她渐渐迷失了方向，很快就迷路了。

斯特凡咨询了斯图加特的痴呆症专家，经过反复测试，他们宣布艾米莉亚患有阿尔茨海默氏症的早期症状。斯特凡和拉维难以忍受，他们的宇宙突然结束了。"没有办法治愈它，"医生宣称。"治疗有时可能会加重病情。"他们没有向艾米莉亚透露医生的发现，而她也没有兴趣知道。艾米莉亚忘记了自己去了哪里，也忘记了斯特凡和拉维是否和她在一起。如何到达某个特定的地方对她来说又是一个问题。她发现判断距离极其困难。最痛苦的是她的日常生活，艾米莉亚需要帮助才能上厕所。她不能再读或写了，斯特凡和拉维给她读书，但她无法集中注意力超过一分钟，也无法理解她所听到的内容。渐渐地，艾米莉亚失去了辨别颜色的能力，一切都变得毫无意义。她已经陷入了近乎植物人的状态。

拉维与母亲度过了很长时间——从清晨到深夜。当他上大学时，斯特凡负责照顾她。拉维必须访问不同的地方，特别是印度，才能完成他的童工和由此产生的侵犯人权的研究。斯特凡·梅耶尔告诉他，拉维可以返回印度进行两个月的数据收集。斯特凡表示，他将任命两名家庭护士来照顾艾米莉亚。

第七章: 乌普萨拉的爱情故事和集会

拉维返回科钦，收集了喀拉拉邦各个茶店、餐馆、医院、工程公司、车间、办公场所、种植园和工厂的数据。他不难找到两百五十名年龄在十岁到十六岁之间从事童工的儿童。尽管拉维对这种情况感到愤怒，但他无法纠正。当他完成大学研究后，他决定回来为孩子们争取正义。这是一个坚定的决定，拉维牺牲了所有的舒适来实现他的目标。

收集完数据后，拉维返回斯图加特。他发现艾米莉亚的病情恶化了，尽管家庭护士在照顾她方面做得值得称赞。斯特凡大部分时间都和艾米莉亚一起度过，用手喂她，以为自己已经变成了艾米莉亚。他的脸上没有流露出悲伤的表情，但他基本上保持沉默。拉维对他的数据进行了统计分析和解释，结果表明，贫困、文盲和父母缺乏认识迫使儿童从事童工。在许多情况下，儿童被迫成为劳工；许多人被绑架并被带到遥远的地方，在那里他们被迫充当奴隶。他们的生活条件十分悲惨；他们常常得不到足够的食物，也没有医疗设施。结果，孩子们失去了童年和朋友。他们永远没有机会与其他孩子一起玩耍，并受到严厉的体罚，如踢、打、殴打、用拐杖或警棍殴打，并且不准吃饭和睡觉。另一个重要发现是，贩运儿童是童工的一个组成部分，儿童经常被用作走私毒品的渠道。许多儿童开始吸毒并在很小的时候就去世了。拉维在完成为期一年的人权法文凭的同时，发誓要与童工作斗争。在返回印度之前，他联系了许多非政府组织和国际组织，讨论他在童工问题上的发现以及如何预防和废除童工。他的未来努力得到了非政府组织的大力鼓励和支持。

拿到毕业证书后，拉维又和父母住了一个月，以赡养母亲。他再次抱着她，但艾米莉亚没有任何感觉。拉维绕过走廊，来到了他们庞大宅邸的露台上，但艾米莉亚没有反应，脸上也没有任何表情。当拉维如此慈爱地抱着她时，她没有感受到拉维的存在或对她的爱。拉维开始唱马拉雅拉姆语老电影中的摇篮曲，这是她最喜欢的瓦拉帕塔南电影。闲暇时，她会坐在自家的露台上听他们说话，看着*巴拉普扎河*上的独木舟和小船。拉维意识到他的母亲什么都不知道，甚至不知道她的存在。尽管如此，拉维却常常温暖地紧紧地拥抱着她，他对她的爱是无法估量的。

拉维是时候启程前往印度了，斯特凡·梅耶尔告诉儿子，他会处理好一切。此外，还有两名家庭护士照顾艾米莉亚。斯特凡提醒他的儿子，建立成功的职业生涯对他来说至关重要。他所选择的职业有很多机会帮助受压迫和受压迫的人，因为这需要他的全力投入和持续支持。"喀拉拉邦的童工受到很多剥削。没有人，甚至政治家和宗教组织，关心他们，因为他们不构成一个选票银行或一群富有的信徒，"斯特凡告诉他的儿子。拉维拥抱了他的母亲并亲吻了她的脸颊。他抓住父亲，向他说"再见"。

返回高知后，拉维开始在地方法院和高等法院执业。他处理童工案件，并开始在喀拉拉邦随处可见的路边茶店和餐馆联系他们。他在科钦、阿拉普扎、科塔亚姆和德里苏尔及其周边地区进行了广泛的旅行，以帮助孩子们。随后，Ravi 做了详细的案例研究报告，并向高等法院提交了 PIL（公共利益诉讼）请愿书。拉维喜欢将此类案件称为社会行动诉讼（SAL），因为它们代表了社会参与保护人权和防止侵犯行为。由于没有人在经济上支持拉维，他不得不夜以继日地工作。几乎所有向地方法院和高等法院提起的案件都取得了有利于童工的积极结果，拉维感到很高兴。孩子们的康复受到严重限制。与儿童福利协会和负责保护、照顾和恢复的政府部门的会面非常困难。

在许多情况下，政府官员腐败。在某些情况下，他们支持茶馆、餐馆老板或实业家，并为拉维执行有效康复儿童的判决设置了许多障碍。在此过程中，拉维树敌越来越多，侵犯儿童人权。令拉维惊讶的是，大多数政客都支持并鼓励违法者。拉维开始接受个案，以赚钱维持生计、资助他的 PIL 并指导康复工作。他非常特别地指出，一旦法院释放了孩子，任何孩子都不应该被卷入社会、政治和经济恶习的泥潭。拉维的论点是有充分准备的，客观、准确、有法律依据，从不玩弄情绪和同情心。他对解释印度宪法和《世界人权宣言》的条款表现出极大的兴趣。侵权者的律师发现反驳拉维的论点具有挑战性，拉维的论点总是有说服力且基于理性。每个法官都喜欢听拉维的陈述，他以法律为依据，对他的对手来说是不可战胜的。在大多数情况下，法官做出了有利的决定。很快，拉维成为一名广受欢迎的律师，法庭上总是有一大群人聆听他的论点。当拉维为案件辩护时，即使是资深律师也会抽出时间留在场。

渐渐地，拉维发现传统工厂、家庭手工业、农业部门、鱼类加工单位、学校和家庭中存在严重侵犯儿童人权的情况。喀拉拉邦各地的许多家庭雇用十至十六岁的儿童每天做十至十二小时的家务劳动，报酬微薄。此外，许多儿童没有得到足够的食物和休息。其他类别的被迫从事家政服务的儿童包括女童、孤儿、没有父母的儿童、来自无组织家庭的儿童或有不同能力的儿童。这些孩子和一些家庭一起登陆，并与他们呆了一天一夜。他们必须早上四点左右起床，一直工作到晚上十一点。打扫房屋、洗碗、洗衣服、照顾婴儿、照顾狗、猫、牛和水牛，有时还要在农场工作等繁重的工作量，彻底耗尽了孩子们的健康，破坏了他们的平静。儿童经常遭到妇女的殴打和严厉惩罚，并遭到青少年和成年男性的性侵犯。许多女孩逃离了这样的家庭，常常成为人贩子的牺牲品并陷入肉体交易。对于拉维来说，这是一个严重的问题。此类事件有数千起，拉维每天都会遇到数十起此类案件，他全神贯注于儿童权利问题和有关侵犯人权的PIL。

在某些场合，学校、学院、大学和非政府组织邀请拉维谈论他在儿童权利、公益诉讼、保护和促进人权的宪法条款以及有关儿童贩运的法律方面的经验。总是有大型聚会来聆听拉维的演讲。他参加的会议、研讨会、座谈会和讨论为他提供了对法律进行清醒反思和分析的机会。拉维开始收到国外非政府组织和大学的邀请，发表有关童工的论文，研究和讨论童工对教育和儿童身心健康的影响。非政府组织支付了丰厚的报酬，这帮助拉维资助了他的 PIL 和儿童康复项目。拉维开始访问日内瓦、哥本哈根、赫尔辛基和奥斯陆，参与学术和研究工作。

有一次，拉维在哥本哈根机场遇见了阿穆，这次会面改变了他的整个人生轨迹。即使回到高知后，拉维仍然会在任何想见阿穆的时候见到她，而且这种愿望与日俱增。他喜欢听她说话并分享他的案例，拉维在阿穆身上发现了一个和蔼可亲的伙伴，对孩子们有一颗同情心。作为个人，拉维尊重阿姆并喜欢她的接近和存在。他很高兴了解她对*库特恩*的研究以及进行研究的科学严谨性。他们的会面成了家常便饭，阿穆渴望见到拉维。她喜欢与他交谈并与他分享她最深的愿望。其中一个例子是他们拜访慕那尔的童工。

阿穆和拉维将他们的会面作为工作的一部分，要么在她位于库塔纳德的实验养鱼场，要么在高等法院为拉维案件收集童工证据期间。他们对彼此的工作和生活产生了个人兴趣，为彼此的内心增添了快乐。现在他们有了一个可以像自己的人一样关心和爱护的人。这是一种渴望，一种永远团结在一起的愿望。阿穆和拉维很高兴能一起前往瑞典和德国，参加乌普萨拉大学阿穆的授予仪式，并在斯图加特见到拉维的父母艾米莉亚和斯特凡。晚上四点左右，他们降落在斯德哥尔摩附近的阿兰达机场。他们在一家俯瞰斯德哥尔摩音乐厅的酒店预订了房间。他们第一次和异性在一起。但那样的话，那个人就是他们一生的伴侣。

阿姆微笑着，拥抱了她心爱的拉维，说道："欢迎来到斯德哥尔摩，感谢你接受与我共度余生。"

"阿姆，这个梦想实现了，你就是我的梦想。我已经准备好在世界任何地方和你在一起，"拉维回答道。他的触碰很轻柔，这样当他把阿穆按在自己胸口时，她就不会受伤。

"拉维，我很幸运有你。"

他们出去看看这座城市。至于拉维，这是他第一次访问斯德哥尔摩，他们步行前往斯德哥尔摩音乐厅。阿穆告诉拉维，这座雄伟的希腊风格建筑是伊瓦尔·滕霍姆设计的。拉维对音乐厅每年举办超过200 场音乐会感到惊讶。"1902 年，斯德哥尔摩音乐会协会成立，在斯德哥尔摩定期举办音乐会，"阿穆补充道。"一年怎么可能安排这么多活动？"拉维问道。"瑞典人是出色的计划者，并且'一丝不苟'地执行他们的计划，"阿穆评论道。"我可以从这里组织的活动数量中了解到，"拉维在大楼周围走动时说道。"该建筑是一千九百零二十六年落成的建筑杰作。音乐厅主办诺贝尔奖颁奖典礼，"阿穆说。"很高兴来到这里，和你在一起也很高兴，阿穆，"拉维回答道。"我也有同样的感觉，拉维，"阿穆说。

然后，他们步行前往主要购物区——Drottinggatan 和 Sturegatternian。街上挤满了人，正值初夏。每个人都喜欢在城市街道以及众多的海滩、公园和博物馆散步。餐厅里人头攒动，到处都洋溢着节日的气氛。阿穆和拉维走到梅拉伦湖，看到数百对情侣手牵手散步，享受着微风。几十个年轻人互相拥抱、亲吻。阿穆和拉维来到诺尔马尔姆和北马拉斯特兰德的街道上。人们庆祝夏季的到来，许多人三五成群地吃东西。"瑞典人在五点三十分到七点之间吃晚饭，"阿穆说。"那么，我们吃晚饭吧，"拉维说。

他们来到了梅拉伦湖畔的一家开放式餐厅。很多人几乎来自各大洲，而且是自助餐。阿穆和拉维吃了一顿*自助餐*，包括肉丸、*普林斯科瓦尔*、迷你香肠和鲑鱼。他们还尝试了 Jansson's *Frestelse*，用奶油、土豆和凤尾鱼砂锅烹制而成。他们坐在一张两人桌旁，谈论斯德哥尔摩的夜生活和华丽。

"瑞典是全球最安全的国家之一，"阿穆说。

"我听说瑞典人热爱和平、诚实，"拉维说。

"非常正确。我经历过。"阿穆回答道。

晚餐后，他们随着人群穿过 Biblioteksgatan 和 Bondegatan，于九点三十分返回酒店。房间里很温暖，他们一边放松一边看BBC。"阿姆，这是一次愉快的郊游。斯德哥尔摩是美妙的，人性的一面是鼓舞人心的。尽管这是一个小城市，但许多游客和游客都是来自外地。我很高兴来到这里，也很高兴能和你们在一起，"拉维说。阿穆走过来，和他一起坐在沙发上，握住他的手，吻了吻他的手掌。"我爱你，拉维，"她说。拉维把手放在阿穆背后，靠近她，慢慢地吻她。他的动作温暖而温柔，阿穆感觉拉维正在与她合而为一。她的嘴唇进入他的嘴里，吮吸着他的舌头，她感到一种深深的亲密感，仿佛她正在经历一个男人在她体内。阿木不想移开她的嘴唇。"让它在那里呆很长一段时间，"她想。"让它品味拉维的味道，并随着他的力量、力量和爱而旋转。"

他们慢慢地站了起来，拉维把她紧紧地贴在心里。他能听到她的心跳声，有节奏、活泼，知道她可爱的心脏正在从脚趾到头部，将更多的血液泵入她的身体。拉维能感觉到她的呼吸，感觉到鼻孔里涌出的温暖空气。然后他慢慢地把她抱起来，用有力的双手握住她。他觉得他正在体验她在他体内的全部存在，并与她融为一体。"阿姆......"他叫道。"拉维·斯特凡......"她回答道，呼唤着他的名字。"我爱你，我最亲爱的，"他说。"我也爱你，"她回答道。她的话就像麻雀的鸣叫声，拉维意识到她身上有一种奇怪但令人愉快的气味，非常性感。他轻轻地将她按在自己的胸前，在她耳边低语："我爱你，阿穆。"她脸色绯红，鼻孔微微张大，看上去十分艳丽。他看到她那双大大的眼睛，充满了爱意和渴望。

阿穆解开衬衫纽扣，亲吻他的胸口。然后拉维帮阿姆脱了衣服，她看起来非常迷人。拉维脱下牛仔裤和内衣。阿穆脱掉衬衫，他们反复拥抱、亲吻。他们感觉就像一个身体，他们的个性融为一体。他轻轻地将她抱到小床上，躺在她身边，将她压向自己。阿姆试图探索他，拉维也试图做同样的事情。这是他们有过的最迷人的经历。拉维慢慢地推自己，她用骨盆轻轻推了一下他。"阿姆……"他叫道。"拉维……"她回答道。

拉维逐渐完全融入阿穆，她以同样、轻柔的向上动作做出回应。这是一种极度幸福和空灵喜悦的表达。他们能感觉到自己的腿、手和身体合而为一。他们的整个身体和各个部位都在以自己的方式活跃着。这是两个人和他们内心的结合。拉维与阿穆的亲近是一种感觉，仿佛她从一开始就经历过这种感觉。工会是他们意识的顶峰。拉维想到了阿姆，想到了她和他在一起的美好生活，想到了他们的团结和统一。突然，阿穆哭了，轻柔的哭声，这是她高潮的顶峰，她在拉维的怀里微微颤抖。很快，拉维就在她的内心深处释放了自己的爱的本质。"拉维，我爱你。"她的声音微弱，但充满了对伴侣的关心。"我爱你，我的阿姆，"他回答道。他们躺在一起很长一段时间，舔着对方，慢慢地拥抱着对方。然后两个人又睡了一会儿。直到清晨，阿穆和拉维做爱，并意识到性是一种统一的力量，如此可爱和令人陶醉，它将两个人连为一体。

早上十点左右他们就起床了。阿姆笑容灿烂，拉维拥抱并亲吻了她。两人收拾好东西，就出去吃早餐了。他们花了一整天的时间参观这座城市及其纪念碑、博物馆和公园。阿穆穿着牛仔裤和T恤，看起来很迷人，拉维则穿着牛仔裤和T恤。"你看起来很英俊，拉维，"阿穆说。"阿姆，我无法用语言来形容你华丽的外表，"拉维回答道。在一家露天餐厅，他们的早餐有 knäckebröd、煮鸡蛋、土豆泥、奶油酱、越橘和热咖啡。然后他们去老城参观了斯托基尔坎大教堂。"它的正式名称是圣尼古拉斯教堂，"阿穆走进大教堂说道。"建筑令人惊叹，装饰也令人惊叹，"拉维评论道。"这座教堂建于十三世纪，举办过多次加冕典礼和皇室婚礼，"阿穆补充道。"但我认为那些日子已经过去了。现在它看起来像一个商业中心，"拉维说。"这些天很少有瑞典人参加教堂礼拜。很多人是无神论者或非信徒。许多人对宗教漠不关心，"阿穆补充道。

"这很正常。当理性成为生活的决定因素时,宗教就消失在幕后。一个以科学为基础的社会没有上帝的地位;甚至上帝的概念也是毫无意义的,因为上帝不可能是一个物体,"拉维分析道。

"在一个无知、文盲、无法推理出因果关系的社会中,上帝是一种需要。对于一个没有正义、自由或人类尊严概念的社区来说,上帝也是必要的,"阿穆解释道。

"我同意你的看法,"拉维说。

"如今,Storkyrkan 大教堂与艺术家和音乐人士一起组织音乐会和表演来筹集资金。不再有崇拜,而是对人类福祉的关注。"这应该是人类生活的目标,"阿穆认为。

拉维说:"阿姆,我相信人类具有最高价值,我们正在进化成为更好的人类,以实现正义和人权。"

"上帝应该顺从人类和人类的需求,"阿穆说。

"我们正在达到一个阶段,上帝从人类生活和人类努力的所有领域消失。我们不需要任何人的保护或照顾,"拉维强硬地说。

阿穆和拉维步行前往瑞典国王的住所 Kungliga Slottet 皇宫。"看起来很雄伟,"当他们进入大门时阿穆说道。"内饰看起来很漂亮,"拉维补充道。"这里是 Riksaalen,国家大厅。你可以在那里看到克里斯蒂娜女王的王冠。"阿穆指着王冠说道。"它的工作非常复杂,"拉维评论道。"Ordenssalarna 是骑士勋章大厅,"阿穆继续说道。拉维发现古斯塔夫三世三王博物馆非常独特。"这里展出了被大火烧毁的特雷克朗城堡的遗迹,"阿穆补充道。"这些展品非常珍贵,显示了瑞典人为保存具有历史意义的材料付出了多少努力。当有足够的证据时,没有必要编造关于一个人历史的神话,"拉维解释说。"我同意你的看法,拉维,"阿穆说。随后,他们乘船到达了一座小岛中间的一家花园餐厅。餐厅里挤满了人,他们点了肉丸、腌制的三文鱼配土豆和韭菜,还有酸奶油。

他们乘船绕遍了斯德哥尔摩各地的不同岛屿,其中有一首协奏曲,大约有两百人在那里观看。尽管是露天礼堂,人们还是买票观看,阿穆和拉维拿走了入场卡。这是一首小提琴交响曲,管弦乐队由一名钢琴家和一名为小提琴家伴奏的大提琴家组成。奏鸣曲生动地展现了小提琴家的技巧和表现力,长达一个半小时;这确实是一个美妙的夜晚。协奏曲演奏期间，观众保持沉默，小提琴家，一位三十多岁的女性，在演奏结束时获得了全场起立鼓掌。阿穆和拉维吃了一顿清淡的晚餐，包括公主蛋糕和咖啡。他们欣赏斯德哥尔摩的景色、声音和色彩，直到十点才回到自己的房间。

第二天，早餐后，他们出发前往额尔肯湖，阿穆非常高兴，想着她曾经待过的最迷人的地方之一。额尔肯湖绿树成荫，生机勃勃，景色秀丽。"拉维，看看埃尔肯湖。它是世界上最美丽的湖泊之一。我很高兴能和你们在一起，"阿穆说。"阿姆，我很感激你带我来到这里。来到这里看起来是如此迷人和美好，"拉维回答道。Ammu 随后将 Ravi 介绍给 Johansson 教授并熟悉了他。Johansson 教授很高兴见到 Ammu 和 Ravi。他告诉他们，第二天早餐后他将开车前往乌普萨拉，如果他们有空，欢迎他们加入他。阿穆感谢他的好意。

阿穆在实验室见到了她的同事和研究主管，并自豪地将拉维介绍给他们。拉维很高兴见到阿穆的朋友和熟人。阿穆和拉维乘船游湖。阿穆向拉维讲述了关于额尔肯湖的一千件事，包括小龙虾、水中看到的藻类、湖水在不同季节的表现，以及她为攻读博士学位而收集数据的日子。"埃尔肯在瑞典语中的意思是'闪亮的'，"阿穆在一家海滩餐厅吃午饭时告诉拉维。他们计划骑自行车绕埃尔肯湖兜一圈。数百名女孩、男孩和年轻人在湖边骑自行车，庆祝他们在夏季的爱情和感情。阿穆和拉维租了一辆自行车环湖骑行，这种骑行被称为"维京路线"，他们从诺尔泰利耶出发。阿穆坐在拉维旁边，她很喜欢坐在后座上。他们开车穿过洛哈拉德村周围的农业区，然后向西转向克里斯蒂娜霍尔姆。缓慢骑行了一个小时，欣赏了该地区的自然美景后，他们在斯万贝加停了下来，那里有一家露天餐厅。几十个年轻人成双成对地在那里。阿穆和拉维吃了一些零食和热咖啡。附近有一个维京村庄，他们参观了那里。夏季，维京村庄向学生和年轻人开放，他们在那里度过了数周，体验古代维京人的生活方式，主要从事钢铁厂、模型造船和许多其他维京人的活动。阿穆和拉维绕着维京村庄转了一圈，惊讶地发现维京人在造船厂里的聪明才智。

过了一段时间，他们到达了卡尔教堂遗址。"那座罗马风格的教堂建于十三世纪，"阿穆说。乌普萨拉大学和隆德大学的一些学生在那里从事考古研究。到达 Marjum 村后，他们骑马前往 Skaltorpsvagen。随后，他们进入了一个名为索德比卡尔（Soderbykarl）的乡村中心

瓦尔盖斯 V 德瓦西亚

，那里出土了一艘十一世纪的船，并在开放的博物馆中展出。晚上七点左右，他们到达了游客之家，在那里洗了桑拿。然后，他们举行了盛夏庆祝活动，包括烤香草腌制的羊排配烤番茄、香脂坚果、种子、烤青葱配莳萝、大头菜土豆沙拉、腌制鲑鱼和热咖啡。他们来到海滩，看着远处的灯光和湖中的倒影。"阿姆，我们在这里，远离高知，但我们在一起。这就是关系的美妙之处。即使我们不在，我们也会把彼此放在心里，这就是爱情的美好。"拉维略带诗意地说。"拉维，我们就像远处看到的灯光；有时，我们是它的倒影。很难说什么是真实的，什么是不真实的。但话又说回来，在现实中，不真实的东西并不存在。一切都是真实的。额尔肯湖，水，波涛，水中的小龙虾，岸边的大树，还有坐在这张长凳上的我们，都是真实的。我们保持真实，我们对彼此的爱也变得真实，"阿穆解释道。

拉维远远地望着湖面说道："额尔肯湖的水域全部构成了额尔肯湖。额尔肯湖彼岸的波涛和湖此岸的波涛是一样的。而我们，坐在这里，两个个体合二为一，仍然作为不同的人存在，这就是关系的微妙之处。""一体性。我们就遇到过这种情况。我们意识到我们独立存在，但我们看到彼此，这种意识是我们的爱、信任和存在的核心，"阿穆补充道。拉维提议道："风很凉，我们去房间吧。"房间很温暖，拉维充满爱意地拥抱阿姆，阿姆亲吻了他。然后他们私下发生性关系，一觉睡到早上。

吃完丰盛的早餐后，Ammu 和 Ravi 在 Johansson 教授的驾驶下出发了。大片的森林非常美丽，体现了瑞典人对自然的巨大热爱。乌普萨拉在早晨的阳光下熠熠生辉。阿穆和拉维感谢了约翰逊教授，然后回到了他们的酒店房间。从窗户里他们可以看到雄伟的大学建筑，里面住着斯堪的纳维亚地区顶尖的学者、知识分子和同样优秀的学生。他们观看了栗色、白色和灰色的中世纪和现代大学建筑。阿穆很高兴能从这样一个伟大的机构获得博士学位。"阿姆，我为你感到骄傲，"拉维说。"拉维，谢谢你和我一起来。你的到来让我感到很荣幸。"阿穆回答道。"这是相互的，阿姆，"他拥抱着她说道。"一千六百二十五年，第一座大学建筑在大教堂的东部建成，"阿穆指着高耸的大教堂说道。"在那些日子里，教育是宗教不可分割的一部分，"拉维说。"你是对的。神学是大学的一个重要部门，"阿穆补充道。"我明白，"拉维说。

阿木指着大学的主楼说道："它建于一千八百八十年。如今，这些建筑成为了全市各个学校和院系的所在地。""这座宏伟建筑的建筑师是谁？"拉维问道。"赫尔曼·特奥多·霍姆格伦是主楼的建筑师，这座建筑至今仍用于举办会议、音乐会和大学典礼，"阿穆回答道。"建筑风格似乎是罗马式文艺复兴风格，"拉维说。"你是对的，拉维。它的门厅完全是罗马式的，富丽堂皇、宽敞。那里的大礼堂可容纳一千七百五十多人，"阿穆补充道。"这是一个很大的数字，"拉维说。"在奥拉主楼入口上方，刻着托马斯·索里德的一句话：'自由思考是伟大的，但正确思考更伟大，'阿穆说。"授勋仪式在哪里举行？"拉维问道。阿穆解释说："授予博士学位的仪式在大礼堂举行，并佩戴桂冠，这被认为是学生的最大荣誉，这是从大学成立之初就开始的传统。"

阿穆在授予仪式上穿着甘吉布勒姆丝绸纱丽，在纱丽外面，她穿着大学赠送的正式礼服。"你看起来很优雅，"拉维说道，欣赏着穿着灰色西装和红色领带的阿姆。礼炮鸣响，标志着乌普萨拉大学仪式的开始，随后在授予仪式期间举行了许多古老的传统、象征和庆祝活动。大礼堂座无虚席，金光闪闪。阿穆是第十一个被叫上台接受戒指、学位证书和月桂花环的人，这对阿穆和拉维来说是梦想成真。授予仪式结束后，在乌普萨拉城堡的国务厅举行了宴会。阿穆受邀参加，她和拉维准时到达。王室成员、乌普萨拉市高级官员、新任博士学位获得者、他们的嘉宾、特邀荣誉嘉宾、博士生导师和大学教授等约七百人出席。宴会是一场盛大的活动，阿穆和拉维会见了世界各地的许多政要。

午夜之前，阿穆和拉维到达了他们的酒店。"恭喜阿姆·托马斯·普洛克兰博士，"拉维拥抱着阿姆说。

"亲爱的拉维·斯特凡·梅耶尔，谢谢你参加仪式和宴会，"阿穆回答道。

拉维补充道："这是一种荣幸，一次难忘的活动，也是我们人生中的一个里程碑。""当然，拉维。我很高兴，我很高兴你和我在一起。"阿姆的话语很轻柔，她热情地吻了拉维。拉维拥抱了她，表达了他的终极存在，他与阿穆的整体存在。他体验到自己的存在，就好像阿姆占有了他一样，他不仅分享了她身体最微小的细胞以及她的感受和情绪，还分享了她的手势、表情、欲望和梦想。

"爱你，我的阿姆。我太爱你了。你在各方面都很出色，"拉维说。

"爱你,我的拉维,"她轻轻拍着他的胸口说道。

第二天,吃完午饭,他们就去观光了。"让我们去乌普萨拉大教堂,也就是 *Domkyrka*,"阿穆说。"我读到该建筑于一千二百七十年竣工,它是斯堪的纳维亚半岛最大的教堂建筑,"拉维说。"你已经对瑞典了解很多了,"阿穆回答道。"当然,亲爱的阿姆,过去六个月我一直与你保持联系,"拉维说。"我也很了解你,亲爱的拉维。我知道你是全球最和蔼可亲、最和蔼可亲的人。"阿穆说道。"那是因为你很近,阿穆,"拉维回答道。"你是我的英雄,"阿穆说。"你是我的光和声音、味道和触觉、感觉和意识。你让我成为一个人,"拉维回答道。"这些都是美丽的话语,最令人鼓舞和充满希望,"阿穆说。"我们是一对幸运的夫妇。我们一回到高知,就必须结婚,"拉维说。"想到我们的家庭生活,我感到非常兴奋。我的父母非常相爱。除了彼此之外,他们没有任何存在。父亲无法忍受母亲的去世,很快也跟着母亲去世了。我从他们身上学到了很多,"阿穆解释道。"阿姆,认识你的父母我感到很荣幸。他们是伟大的恋人。他们的爱是强烈的。我父母彼此相爱,我无法用言语来表达他们对彼此的爱。但我们的爱比你父母之间的爱和我父母之间的爱高一级。我称之为深刻的爱,并且我体验到了它。我相信世界上没有哪一对夫妻能够如此相爱。"拉维拥抱着阿穆说道。

他们已经到了大教堂的范围内。"我们的爱将比这座教堂的历史更长久,"阿穆评论道。"我们的爱将永远持续下去。人们会写诗来描写阿穆和拉维之间的爱情。他们将唱出我们世世代代的爱的歌曲,直到世界末日,"拉维评论道。"我知道,拉维。我们的爱比迪德里克和奥利维亚之间的爱深沉、坚实、深远、广泛、深刻、强烈、有力、生动和强烈。"阿穆说。拉维说:"我们的爱在情感上和理智上都让我们感到满足,这是一段关系的标准。"随后,阿穆站在大教堂正门,唱起了迪德里克之歌,表达了他对心爱的奥利维亚的浓浓爱意。"我的阿姆,我爱你。"良久亲吻着她的嘴唇,拉维说出了自己的心声。他们手牵手走在宏伟的教堂里。"这是法国哥特式风格,"拉维说。"你是对的,拉维。它是由法国建筑师 Etienne de Bonneuil 设计的,"Ammu 说。然后阿穆向拉维展示了大教堂内为达格·哈马舍尔德建造的纪念碑。

他们手牵手漫步到湖边。随后,他们又乘船游览了一个小时。"乌普萨拉充满了众多的水体、书店、咖啡馆和餐馆,"拉维说。"还有一些公园可以给人一种深深的宁静与平和的感觉,"阿穆补充道。他们到处都能看到青少年、青年、男人和女人骑着自行车到处走动。阿穆和拉维骑着两辆自行车参观了著名的乌普萨拉老城区,这里埋葬着三百多位国王、王后、其他皇室成员和维京英雄。从那里,他们骑自行车前往乌普萨拉老城博物馆。那里展示的每件文物都体现了维京神话、传说和文化。

一对三十多岁的夫妇骑着自行车来到这里,向阿穆和拉维打招呼,并向他们挥手致意。他们也向这对夫妇挥手致意。他们走近询问阿穆和拉维是否是游客。阿穆解释说,她在乌普萨拉参加授予仪式,拉维是她的客人,她前一天参加了该活动。夫妇俩与他们握手表示高兴。拉维询问他们是否是游客,这名女子回答说,她是瑞典政府的文化部长,她的同伴是她的丈夫,一名小学老师。周日,他陪她参观了乌普萨拉老城区为游客提供的设施。部长告诉他们,瑞典政府希望保持所有设施整洁、干净且适合游客。最后,部长感谢阿穆和拉维访问乌普萨拉老城区。"维京人是瑞典、挪威和丹麦的居民,讲挪威语。在基督教到达斯堪的纳维亚半岛之前,他们是一支强大的力量,"阿穆说。"我听说维京人是伟大的造船家。他们以良好的卫生习惯而闻名,使用一种独特的液体生火,并随处携带火种。他们把死者埋在船上。维京女性与男性享有平等的基本权利,"拉维解释道。"拉维,人权帮助你了解了很多事情,"阿穆说。"一些历史学家认为基督教彻底消灭了北欧地区的维京王国。现在基督教也面临着同样的命运,一种尊重人权、正义、自由和开放的新生活方式正在年轻人中兴起,"拉维说。

阿穆和拉维在一家巨大的水上餐厅吃晚饭。他们有*古布罗拉*、黄豌豆汤、小龙虾、烤牛肉、瑞典煎饼和甜点。半夜时分,他们到达了酒店。"拉维,我昨晚做了一个梦,"阿穆起床后告诉拉维。"那是什么,阿姆?"拉维问道。"我梦见了你和我。婚礼结束后,我们穿过佩里亚尔河,在阿鲁瓦附近乘坐独木舟。水势汹涌,风大,我们很难过河。但我不知道我们是否跨越了它。然后我睁开了眼睛。但这是一个可怕的梦,"阿穆讲述了她的故事。"最近几天,我们一直乘船和渡轮旅行,所以很自然地,你会梦见一条河。你梦见自己和我在一起也是很自然的事。当然,在喀拉拉邦季风期间过河是很困难的,尤其是在乡村船上。婚礼结束后,我们当然会划独木舟过河,"拉维说。"但是这个梦让我很伤心,"阿穆说。"没必要感到悲伤。我们是两个坚强的人。我已经有了自己的职业,在开展儿童权利活动和 PIL 后可以赚到足够的钱来照顾我们的家庭。而且，你已经申请了大学的助理教授职位，如果你得到了那里的职位，我们就有足够的经济基础继续前进。所以，阿姆，请别担心，"拉维试图安慰阿姆。"但是，拉维，金钱并不是保障生活的一切。还有许多其他因素，例如我们免受敌人的威胁，无论是想象的还是真实的。作为一名人权律师，你可能会遇到很多强大的敌人，比如政客、党内工作人员、其他律师以及强迫儿童工作的实业家，"阿穆看着拉维解释道。「我明白了，阿穆。每个人都可以创造敌人，已知的和未知的，个人的敌人，意识形态的敌人，意识形态的敌人更危险。但我们要渡过佩里亚尔河。"拉维的话里充满了希望。

阿姆微笑着，听起来像是大笑，拉维拥抱了她，将她压在自己的心口上。他们长久地站在那里，聆听彼此内心的音乐。然后他们想象自己就是另一个人；阿穆的就是拉维，拉维就是阿穆。他们交换的不仅仅是身体，还有感情和意识。阿穆把自己想象成一个刚出生的婴儿，在铁路桥下，用破烂的旧布包裹着新的脐带。她感觉有人用温暖、柔软的手抱起了她。她经历了艾米莉亚和斯特凡的关心、保护和爱。她可以看到雷努卡、阿普库坦和阿迪亚。她叫拉维，与阿迪亚一起游过瓦拉帕塔南的*巴拉普扎河*。一切都是那么的精彩，那么的神秘。她和艾米莉亚（Emilia）和斯特凡（Stefan）一起长大，跳 *Theyyam* 舞，参加"学习班"，在农场工作并打曲棍球。她当时就读于坎努尔的圣迈克尔英印学校，与艾米莉亚和斯特凡一起前往斯图加特。阿姆逐渐变成拉维——转变和进化。

拉维的体验就好像他是阿姆和安娜和托马斯·普洛卡兰一样。他看到了白牛、炼油厂和他们的豪宅。拉维看到自己与安娜和托马斯·普洛卡兰一起去教堂，会见了到他们家索取礼物、资金、捐款和现金的主教。他感觉到阿姆在学校里，和朋友们一起玩耍，目睹了她母亲的去世、她父亲的倒下，以及她被埋葬在为穷人建造的坟墓里。拉维体会到了阿穆获得乌普萨拉大学奖学金的喜悦。他为她在埃尔肯湖、维特恩湖、小龙虾、库塔纳德实验养鱼场、在哥本哈根与拉维的会面以及他们第一次从阿拉普扎骑自行车到蒙纳感到自豪；一切都是美丽而迷人的。拉维正在成为阿穆，他心爱的阿穆。"阿姆，"拉维轻声叫她。"我的拉维，"阿穆回答道。"我是你。""你就是我。""叫我阿姆吧，"拉维说。"叫我拉维吧，"阿穆回答道。"我是你。你就是我。""你和我是一体的。你和我是一体的。"

阿穆和拉维吻了很长时间，不知道自己是谁，也不知道自己在哪里，仿佛他们处于生命的不同维度，有新的经历。这是向新的身份和生活境界的转变。他们出去的时候，已经是中午了。午餐后，阿穆和拉维参观了林奈博物馆和植物学家卡尔·冯·林讷开发的广阔花园。对于阿穆和拉维来说，漫步在宏伟的公园里是一次非凡的经历。在访客登记簿中，拉维写道："我是阿穆，"阿穆写道："我是拉维。花园非常壮观。"阿穆和拉维欣喜若狂地看到了"极乐之岛"Stadstragarden，这里有数千种不同颜色、令人兴奋的鲜花，还有附近的露天剧院。他们参观完布罗尔·霍斯故居、乌普兰博物馆并在花园餐厅享用晚餐后，于十点钟返回酒店。

第二天一早，他们就乘火车前往斯德哥尔摩参加一个国际会议。根据会议组织者的要求，Ammu 根据她的博士研究准备了一篇科学论文。Ammu 的论文是主题论文之一，她必须在会议开幕式上与来自美国、南非和菲律宾的另外三名研究人员一起展示这篇论文。她有二十分钟的演示时间和十分钟的问答时间，并且她用英语发言。她能够客观、清晰、谦虚和有尊严地解释所有疑问。阿穆的演讲结束后，全场起立鼓掌。课间休息期间，许多研究人员、学者、学术界人士热情地会见了 Ammu 并寒暄了一番。她收到了斯坦福大学、阿姆斯特丹大学和新加坡国立大学的访问邀请并发表研究论文。阿穆还收到了向同行评审期刊投稿两篇不同研究论文的请求，并成为一家有关小龙虾和龙虾的国际期刊的编委会成员。Ammu 自豪地向大家介绍 Ravi。一整天，Ammu 和 Ravi 参加了各种会议。他们会见了组织者，组织者对 Ammu 的演讲表示非常满意，并告诉她她将成为他们未来年度会议的常客。

会议晚宴结束后，回到酒店，拉维拥抱阿姆说："恭喜阿姆，你做得很好。我为你感到骄傲。当你站在讲台上时，我以为我正在展示论文。这些天，我已经分不清你和我自己了。""当你坐在观众中间时，我感觉我变成了你。你的感受是我的，我的感受也是你的。这可能是我们爱情的成长阶段。"阿穆回答道。"阿姆，在爱的最高阶段，没有分离，因为两个人合而为一，但有个性、自尊和尊严。这就是爱的奥秘，"拉维解释道。"这是一种一体性的体验，要体验它，你需要处于爱之中，没有自私，没有自我感觉，但有存在的个性。这是成长。这是启蒙，"阿穆回答道。"你说得对，阿穆。我母亲经常谈论赫尔曼·黑塞的悉达多。乔达摩获得了启蒙，并感受到与他的环境合一，与他的朋友戈文达、恒河和整个宇宙合一。妈妈告诉我，这就是爱，纯粹而简单。当你爱对方时，你就变成了对方，对方也变成了你。当你在对方身上看到自己时，你就知道对方是你的朋友，当你在自己身上感觉到对方时，你就会尊重对方，就像尊重自己一样。没有分离，也没有鸿沟。阿姆，我总是在我身上看到你，对你的尊敬无以言表；当我第一次在哥本哈根机场见到你时，一切就开始了。它每天都在成长，因为它的成长没有上限，没有限制。"拉维低声说道，然后他再次拥抱了她，带着她在房间里走来走去。

"拉维，和你在一起我感到巨大的自由，每天都在体验我的自由。这是幸福、快乐和开放。这是一体性，"她微笑着看着他说道。

拉维像一个秘密一样说道："阿姆，我十六岁时常常把我的母亲抱在怀里。那时，我已经很强壮，体格健壮。当母亲在我怀里时，我给她唱马拉雅拉姆语电影歌曲，有时我什至唱摇篮曲。我的母亲非常喜欢马拉雅拉姆语电影歌曲，所以我和她在一起时唱了很多歌曲。她从心底里爱着我，我想回报这份爱，但我连十分之一都无法回报。当我看到你时，我看到了我母亲的影子。但我知道你不一样。然而，我可以像爱我的母亲一样爱你，甚至更多。爱总是会增长。我们可以爱不同的人，但为整个世界留下足够的爱。"

阿姆还在他手里，拉维为她唱了一首马拉雅拉姆语摇篮曲，阿姆睡得像个孩子。然后他轻轻地将她放在床上，拉维睡在她旁边，把他心爱的阿穆放在心上。

第二天，他们前往哥特兰郡的霍市，参观并体验维特恩湖。"维特恩湖是瑞典第二大湖，长 135 公里，宽 35 公里，"阿穆说。"我在某处读到，许多城市直接从维特恩湖获取纯净饮用水，"拉维说。"这是真的。许多学者声称，Vattern 源自瑞典语 *Vatten*，意为"水"。"Ammu 说道。他们一起在指定的洗澡区域游泳，有几十个人在温水里游泳。走着走着，他们就看到很多骑自行车的人绕着这个被称为 *'Vatternrundan'* 的湖骑行，距离大约有 350 公里。阿穆和拉维参加了小龙虾派对 *Kraftivaler*，当晚持续了三个多小时。夜晚很宜人，他们在湖岸上走了好几英里。两人都觉得散步很清爽，一起体验着幸福。

第二天，三点左右吃过午饭，他们乘公共汽车前往哥德堡，也就是迪德里克心爱的奥利维亚的故乡。在豪华轿车上，拉维要求阿穆为他唱迪德里克的歌，阿穆唱了这首歌。拉维喜欢反复听这首歌，阿穆又给拉维唱了一遍；她可能已经唱过至少十几遍了。旅程很愉快，从乔经延雪平到哥德堡，巴士在三个半小时内行驶了 204 公里。阿穆和拉维在戈塔阿尔夫酒店附属的一家餐厅吃了晚餐。这条河发源于维特恩湖，流经哥德堡注入卡特加特海。他们点了烤羊腿肉、墨西哥辣椒酱、烤大蒜、蒸胡萝卜、叶类蔬菜和热咖啡。阿穆从早上到中午都忙着准备她的研讨会，拉维坐在她身边，帮助她安排她的思维模式和演讲。Ammu 喜欢他的循序渐进的方法以及对每个问题和解决方案的解释。"你为什么这么爱我？"然后，阿木突然问他。

拉维看了她一会儿，说道："因为你就是你。"他停顿了一下，然后继续说道：

"我爱你，因为我爱你。这听起来像是同义反复，但它有更深的含义。我爱上了你一个人，爱上了你的全部；因此，毫无疑问我为什么爱你。我用现在时爱你，不关心过去或未来。它充满活力、闪闪发光，而且它的颜色永远不会褪色或消失。"

"拉维，我从你身上学到了很多东西。你的个性和你整个人都非常吸引我。没有可比性；你独一无二。当我想起你，当我看到你时，我的意识中只有一个人，那就是你。"阿穆回答道。

「阿姆，我也是一样。你对我来说就是一切：我的地平线、极限、高度、深度和无限。没有什么可以超越你而存在。我的整个宇宙都是由你组成的，我有勇气去做我的日常工作、计划和未来，"拉维解释道。"但很多时候，我都在想，是不是我没有遇见过你！"阿木提出了一个问题。"不可能出现这样的情况。我遇见你是因为你在那里。我的存在就是为了遇见你，爱上你，拥有永生。Ammu 是丰满的概念。因为存在信任，意识到这种信任会让我们体验到幸福和快乐。这是我们存在的体验，知道我恋爱了，我有另一个人，他本身就是一个整体，而那个整体就是我。所以，没有你，我是不完整的，这就是爱的本质，"拉维评论道，拥抱着他心爱的阿姆。

突然，阿木带着孩子般的纯真说道："当你拥抱我时，我感受到你的温暖，我感觉到你，我体验着你，我感觉到你的亲近，这是不可分割的。但为什么我会有这样的感觉呢？"拉维回答说："爱不期待任何东西，也不给予任何东西，因为它不提供任何东西，甚至不提供人。爱是完整地接受一个人，就像你一样，然后不加任何改变或修饰地归还那个人。但有两个人，而不是一个人。在这里，完全接受是指人的整体。它不仅仅是信仰。爱情里没有矛盾，没有冲突；这是纯粹的幸福，因为没有交换。你接受一个人的全部。你对待那个人时不会考虑任何积极或消极的生活维度。是你接受自己。当我说"我爱你"时，爱不是一种行为，而是生命。爱情是一个人一生的经历。爱情是一个人一生的幸福。这是一个人一生的快乐。爱是对一个人存在的认识，正如我们所说的"我是"。这意味着我爱你。在这里，你就是我，我就是你。没有分离，没有边界。爱是一个人想到的、感受到的、渴望的和承诺的一切。"说着，拉维再次拥抱了阿姆。

他们出去，穿过街道。戈塔阿尔夫河吹来一阵凉爽的微风。他们可以看到数百名年轻人在散步；对他们来说，只有他们自己才是重要的，在那个特定的时刻没有其他人存在。"拉维，看看这条河。事实上，它就是维特恩湖，它本身就是存在，但本质不同，"阿穆说。"你说得对，阿穆。但在爱情中，你爱一个人，逐渐演变成为那个人，"拉维说。阿木微笑着，美丽的脸庞反射着路灯的光芒。拉维微笑着，他们走到了陌生的海岸，但到处都感觉很熟悉，仿佛以前来过，熟悉这个地方。"我怎么感觉这个地方我来过？"拉维问道。"这是因为我们彼此了解，这种深度的熟悉改变了我们对周围一切的看法。当我们在一起时，我们就没有什么可害怕的。没有什么能让我们疏远，"阿穆回答道。拉维笑了。"阿姆，你让我着迷，"他说。然后他拥抱了她，站在河边。

他们可以看到许多年轻情侣拥抱、亲吻、体验合一。"爱超越时间和空间，"阿穆说。"阿姆，爱情就是这样。它超越了时间和空间。它没有形状或大小，是我们存在和本质完整性的最有力的表达。从终极意义上来说，爱与宇宙一样大，而宇宙就是爱。"拉维的话很清楚。夜晚是温柔而美丽的。早上八点三十分左右，阿穆和拉维到达市礼堂参加研讨会。开幕式从四分之一到九点，来自斯堪的纳维亚国家的几乎所有大学、非政府组织和政府部门的代表都出席了。阿穆详细讲述了她在库塔纳德的*库特恩*农业实验、农民的参与以及参与性捕捞活动的必要性。这种尝试有可能获得更高的产量、更好的营销和巨大的利润。阿穆满怀信心地回答了大家提出的问题。这确实是一次广受好评的演讲。会议主席赞扬了 Ammu 的实验精确性和对养鱼业的积极参与。拉维听着阿穆的话，既高兴又自豪。他意识到 Ammu 的演示很受欢迎，因为她的数据是可观察和可验证的。

阿穆和拉维在午餐期间会见了研究人员、学者和学者。哥德堡市长设宴招待，三十出头的阿穆与市长聊天。阿穆将拉维介绍给市长，市长在得知拉维是一名人权律师后，表示她是一名专业律师，曾在班加罗尔国家法学院学习，对儿童人权感兴趣。晚餐后，阿穆和拉维十一点回到酒店。拉维将阿穆抱在怀里，在房间里唱起了迪德里克之歌。阿穆惊讶地听到他用瑞典语唱歌，口音、发音和清晰度都很完美，因为他是在从 Hjo 到哥德堡的旅途中背下来的。"拉维，你学得真快！"阿木惊呼道。"当然，因为你喜欢这首歌，迪德里克和奥利维亚，"拉维回答道。"你是我的迪德里克，还有更多，"阿穆说。"你是我的阿姆，没有可比性，"拉维说，亲吻她的额头。拉维再次唱起迪德里克之歌，阿穆在他怀里睡着了。

第二天，拉维在早餐时问阿穆："遇见我之后，你在身体、精神和情感上有没有感觉到什么变化？"阿木看着他，微笑着。"我经历了巨大的变化，就好像我变成了一个新人，"阿穆看着拉维说道。"让我解释一下我身上发生的身体变化。当我第一次在哥本哈根见到你时，我的大脑经历了化学变化。我对其他人和物体有了新的、生动的看法。我觉得我看得更清楚了，就好像我的瞳孔扩大了，我可以看到更饱满的颜色。我的味觉增强了，每当我触摸某样东西时，我的感觉就会变得更强。此外，我体验到我的身体同时变得柔软而强壮。"

拉维问道："为什么要做出这些改变？" "因为遇见你是一次爱的邂逅，它减少了我的焦虑、痛苦、担忧、悲伤和绝望，"阿穆解释道。"你对它们有什么感受，阿姆？"拉维问道。"我对你的爱增加了我认识世界的信心。爱增强了我的希望。我对你的爱发展成为一种改善生活的疗法，"阿穆分析道。"哦，那太好了。但你如何衡量你的爱，有可能衡量它吗？"拉维又问了一个问题。"当然，你可以用我衡量*库特恩*成长的方式来衡量它。爱情具有某些客观的、可验证的特征。"阿穆科学地解释道。"如何？"拉维问道。"我对你的爱提高了我的表现。我可以对我的研究结果进行更好的分析和解释。我对你的爱给了我人生的方向和目标。我们的目标是和你永远在一起。"阿穆回答道。

"更多的东西？"拉维问道。"当然，还有很多可以观察到的事实，比如我变得更加敏捷，脚步变得柔和，动作有了方向性。我可以更好、更细致地计划。我可以识别出饱满的颜色，我的味蕾变得更加活跃，我可以辨别食物质量的微小变化并享受最后一口。即使你离我很远，我也能闻到你的味道，你的声音给我带来了希望、渴望和力量。我的身体变得更加强壮，精神更加警觉，心理更加平衡和敏感。此外，对你的爱改善了我的心情，让我体验到更多的愉悦和快乐，因为我有动力过上更好的生活。我对我遇到的所有物体、我遇到的事件、我想到的概念以及我产生的想法都体验到积极的参与，"阿穆解释道。

拉维看着阿姆，说道："听起来棒极了。"

"还有一件事，拉维。我对你的爱加深了我对自己的爱。与你的相聚已成为我的幸福。即使我不相信上帝的概念，如果我能使用宗教术语，那也是一种宗教体验。天堂不过是爱中的幸福，上帝不过是爱中的团圆。永恒不过是爱中合一的和谐。"阿穆微笑着说道。"很高兴听到你谈论爱情。你们发自内心和思想的可爱话语让我感到充实。我钦佩你对身体、情感和心理变化的敏感度和意识，但我爱你本来的样子，"拉维回答道。

他们乘火车前往隆德。他们的旅馆位于 Hoje 河边。他们可以看到不远处的哈克贝加湖，小溪的发源地。"事实上，霍耶河是另一个维度的哈克贝加湖，"阿穆说。"当然。厄勒海峡是霍耶河自行排空的一个湖泊。最终，一切都是一样的。一切都是一。但这种一体性具有多样性、包容性多样性、平等性和多样性自由，"拉维评论道。他们可以看到隆德的灯光在河流和湖泊中的倒影，就好像这种光不是短暂的。"即使是反射最终也是真实的，"阿穆说。"什么是真实的，什么是不真实的，取决于观察者的观点。当两个人有相同的观点时，他们就成为朋友和恋人。就像你和我一样，"拉维说。"所以，感知很重要，"阿穆说。

早餐后，一行人参观了隆德大学、植物园、历史博物馆、中世纪博物馆、隆德花园公园、生命博物馆。"阿姆，据我了解，瑞典是世界上福利最好的社会，"拉维在访问隆德大学时说道。"是的，正义的概念是瑞典国家每一项行动所固有的，"阿穆回应道。"看，这所大学是建立在正义、平等和自由原则之上的，"拉维说。"我同意你的看法，拉维，"阿穆说。"瑞典完全拒绝功利主义。我相信每个人都拥有基于正义的不可侵犯性。这就是瑞典福利制度的秘密。在这个国家，正义是不可剥夺的。"拉维有力地说。

当他们穿过雄伟的社会科学和哲学系的长廊时，阿穆默默地听着他的讲话。"即使是瑞典国家的福利也不能否定个人的正义，"拉维斩钉截铁地说。"我明白你的意思。瑞典的福利以个人为中心，而不是以国家为中心，"阿穆说。"你说得对，阿穆。在瑞典，个人权利不受社会利益讨价还价的影响。议员和立法者不能制定社会法律，而忽视人民的权利和正义。因此，个性是不容谈判的，"拉维补充道。

"看，大学的这些围墙保护着每一个在这里入学的学生。她的声音与国家的声音一样强大，有时甚至超过国家的声音，"阿穆说。

"正义是人类存在所固有的，并与人类尊严共存。人类之间不需要任何实际的契约来将正义建立为一个独立的系统。从我们出生的那一刻起，它就存在了。正义的基本原则甚至在我们发展之前就已经存在了，我们知道什么对我们来说是最好的，而不知道我们将在社会中扮演什么角色，我们可能从事什么职业，或者我们将接受什么职业。因此，正义的美妙之处在于，它永远不会诞生、创造或发展，但我们一出现就知道其基本原则。这个成长过程从不否认他人的正义，哪怕是一丝一毫，无论他们的种姓、信仰、宗教、语言、出生地、肤色、政治立场、职业、职业、职业、种族，甚至他们的名字。"拉维一边解释，一边穿过大学庞大的图书馆。

阿穆和拉维可以在图书馆、走廊和自助餐厅看到许多女性。

"拉维，这是性别正义的最好例子。在瑞典，男人和女人没有区别。这里的妇女不需要戴头巾，不需要被迫用厚衣服隐藏自己的身体，不需要被迫进行生殖器切割，不需要被引诱戴贞操带，也永远不会成为名誉杀人的受害者。瑞典男人的行为不像哈里亚纳邦、拉贾斯坦邦和中央邦的野兽，也不像北方邦和古吉拉特邦的怪物那样强奸妇女。瑞典女性不必像马图拉或瓦拉纳西的女性那样在露天场所排便。瑞典男性尊重女性，现代厕所是为每个人建造的。强奸对于瑞典女性来说是陌生的。这就是这个伟大国家所珍视的人类尊严之美，"阿穆解释道。

"阿姆，我很佩服你的正义感和价值观。即使在印度最开明和文明的喀拉拉邦，处于月经年龄（这是一种自然和生物现象）的女性也被禁止进入特定的寺庙。有些人认为寺庙里的神，据说是独身者，可能会受到性诱惑而失去独身。这是非理性的高度。为了保护神的贞洁而禁止妇女进入寺庙是一个荒谬的论点。寺庙是由人类而不是神创建的，并演变为聚集人类交流思想。寺庙是人们庆祝和享受丰收、狩猎成功和对抗敌人的战争的聚会场所。不幸的是，这个集会演变成一个剥夺妇女平等和平等代表权的征服舞台。在古代，这是一场辩论或争论的结果，认为经期妇女不需要被迫参加人们的集会，

瓦尔盖斯 V 德瓦西亚

因为她们觉得长时间呆在这种情况下很烦人。就这样，世俗的决定逐渐转变为神圣的决定，以神的名义变得神圣不可侵犯。随着时间的推移，它变得适用于羞辱和嘲笑某些被认为是"低种姓和被排斥者"的人群。这种文化进化过程支持统治精英维持他们的权力、地位和性别优势。这就像强奸一个女人是为了让她变得"纯洁"、顺从和可用，就好像一些"高种姓"男人有权强奸一个"低种姓"女人，让她的身体"干净"。我相信没有神能够对抗人类和人权。人类创造了众神，塑造了他们并赋予了他们生命。神不能成为衡量人类行为、成功与失败、对与错的决定性因素。根据人类的需要，神必须表现得没有人可以否认人类的正义。"拉维斩钉截铁地说。

"你解释得很好，"她说。

他们已经到了植物园。"进入寺庙，任何寺庙，是印度每个女性以及全世界所有女性的基本权利。男人不能否认它们，因为如果男人可以，女人也可以。她们的生殖器形状不应决定女性是否应避免进入礼拜场所。经期女性的出现可能会挑战神的情感平静，这是一种非理性的争论。这种推理违反了人人享有正义的宪法原则，"阿穆说。"从尼日利亚到摩洛哥，从开罗到德黑兰，从喀布尔到卡拉奇，从达卡到雅加达，从吉隆坡到伊斯坦布尔，残割生殖器的做法是最令人发指的。名誉杀人受到鼓励，而印度的处决是残酷的。拒绝对女童进行教育并进行羊膜穿刺术来验证未出生婴儿的性别以消灭女童是古吉拉特邦和拉贾斯坦邦普遍存在的不人道做法，"拉维补充道。阿穆说："平等有一个最初的立场：男女平等、富人和穷人平等、黑人和白人平等，这是任何人都无法否认的。"「没错，阿穆。正义原则是人类生存所固有的。当我们出生为人类时，我们都同意了这一点。这些原则要求我们有义务尊重他人，即使我们没有签订书面合同。但书面合同，比如国家宪法，可能不是一个自足的道德工具，"拉维说。"为什么成文宪法缺乏证明其条款合理性的能力？"当他们到达历史博物馆时，阿姆提出了一个问题。

他们在博物馆内闲逛。然后，拉维对阿穆说："一份实际的合同或一个国家的成文宪法可能不是为每个人提供正义的自给自足的道德工具。一个国家的成文宪法或合同可能并不能完全保证协议的公平性。例如，美国宪法允许奴隶制继续存在。印度宪法从未说过反对名誉杀人、童婚、对待达利特人比动物还不如、抛弃妻子、将寡妇扔到温达文或数千个其他朝圣中心，就像史诗英雄在森林里抛弃怀孕的妻子一样。美国或印度的宪法是商定的宪法,是签署的合同,但它没有建立商定的法律。""那么,宪法的道德力量是什么?"阿木问道。"美国、印度或任何其他国家的宪法都对该国人民负有义务,只要它致力于互惠互利。这是一种自愿行为。我们的决定基于我们的自主权。当一个人订立合同时,义务是自己强加的,因此存在道德义务。存在互惠,因为所做的决定是为了互惠互利,"拉维分析道。"拉维,你如何看待一个国家宪法的道德界限?"阿木问道。"在某些情况下,一个国家的宪法可能不足以在其人民之间建立公平。有些人可能得到的更多,而有些人得到的则更少。因此,我们必须超越成文宪法。瑞典超越了宪法来帮助人民,并在人权、社会正义和自由方面取得了巨大进步。这是一个包容性的社会。甚至移民也是其中的一部分。这就是印度和瑞典或者美国和瑞典之间的区别。"

拉维的话很强烈。"瑞典超越了其宪法。对于政府来说,默示同意不是必要条件,而是义务。政府在没有任何合同的情况下得到了人民的大力支持。这迫使政府有义务帮助人们,即使没有他们的积极同意。你看,在印度,政府的议价能力更高更强。它可能会被狂热分子、宗教狂热分子、谎言者或种族主义者滥用来对付人民,而他们才是最高权力。因此,互惠的观念对于普通人和弱者来说就成了海市蜃楼。此外,政府拥有更多的知识,而普通公民则缺乏这些知识。政府具有很大的对等值,以宪法的名义来征服人民。因此,我们必须超越宪法来提供正义、自由和平等。印度的每个公民都应该与政府平等。每个公民都应该享有平等,这才是真正的正义。""瑞典已经做到了这一点,"拉维在隆德花园公园吃午餐时说道。"阿姆,我们需要改变我们对正义的立场。印度的儿童与成年人不平等,因此他们需要特殊的特权才能享受正义。平等只有在平等的人之间才有可能。有利于儿童的良性歧视至关重要。这对印度女性也至关重要,"拉维解释道。

阿穆能够感受到拉维话语中深刻的人权关切。

"当我在温达文的寺庙里看到数千名被遗弃的寡妇时,我对政府缺乏道德义务以及虐待儿童和妇女感到震惊,他们的尊严常常被剥夺。甚至印度的奶牛也得到了更好的待遇,因为一些统一国民党成员让奶牛喝它们的尿液,"拉维补充道。

"摆脱这种悲惨处境的出路是什么?"

"我们需要为妇女和儿童创造平等的条件，使他们不会成为精英和政府所享有的权力和知识差异的受害者。权力、金钱和知识成为剥削弱势群体、无声者和弱者的手段，导致不公平和不公正。像瑞典一样，印度也需要一个平等的社会，"拉维在午饭后一边享用热咖啡一边说道。

第八章: 马拉巴尔的季风

阿穆和拉维手牵着手沿着生命博物馆的走廊行走。许多家长和孩子来到现场观看展品并了解生活的真相。家长们通过图片向孩子们讲解了生育过程的细节。"阿姆,生命是什么?"拉维问道。"把握生命的意义是很困难的。解释有很多种,比如生物学的、哲学的,甚至形而上学的。但将生命视为生物学事实比其他任何事情都更合乎逻辑,因为我们称我们的身体为生物学的,"阿穆回答道。"你为什么称其为生物?"拉维问道。"我们称其为生物学,因为通过这个名字,我们试图理解一个活的有机体。宇宙从无到有,最初是一个物理实体。由于数十亿年的化学变化,生物体诞生了,"阿穆解释道。"为什么生活就是生活,阿姆?"拉维问道。"生命这个词是一个概念,人类发明它是为了传达一种特定的含义,即它不是无机的。它将自身区分为有机物和无机物。但生命的定义可能不准确,尽管它提供了一些概念上的清晰度,"阿穆解释道。"你如何区分物理和生物?"拉维问道。

阿姆看着拉维说道:"有人说宇宙是有机的。它本身就是生命。这个定义源于生命源于生命,宇宙的整体就是生命的认识。但我们无法按原样处理宇宙,所以我们试图看到宇宙的更小的方面。我们试图通过验证较小的方面来确认较大的方面。但对某些人来说,宇宙是纯粹的意识,这给理解生命和意识之间的区别带来了问题。然而,宇宙是我们感知到的物理宇宙,我们不知道它是否还有其他维度,或者我们是否可以将那个维度称为意识。它让我们明白,差异在整体中失去了各自的身份。因此,生命可以同时是化学的、生物的和物理的。在另一个领域,它可以是完整的意识。但很多时候,我们试图通过观察最小的事物来理解一个概念,比如动物生命、植物生命等。" "Ammu,你如何看待人类生命的起源?"拉维问道。"人类的卵子是在卵巢中形成的。当它与人类精子受精时,可以成长为人类。成熟的卵子移动到输卵管并等待精子。在一次射精中,十亿个精子向前移动与卵子相遇。然后,通常情况下,卵子和精子融合形成受精卵,"阿穆解释道。

拉维说："所以，你和我是由一个精子与一个卵子融合而成的，而其余的十亿个精子都被排斥了。""没错，拉维。卵子与第一个精子结合形成新生命，并成长和发展为新人类。整个过程是数百万年进化的结果，"阿穆说。"卵子和精子必须结合形成新生命，新生命才能生长和繁荣。卵子就是生命，但没有精子，它就无法生长。同样，精子就是生命，但没有卵子就无法生长。因此，两种生命形式在一起可以产生新的生命。我对吗？"拉维问道。"你是对的，拉维。五周内，心脏发育，循环系统开始形成，六周内肠道开始形成，九周内生殖器官开始形成。目睹一个新生命的成长真是太奇妙了，而且这个婴儿有自己的个性。现在它已经超越了卵子和精子。它甚至超过了卵子和精子的总和。它每一秒都在成长和发展，"阿穆看着拉维解释道。"Ammu，很高兴听你讲话并了解你和我是如何进化的。我能感觉到、看到和触摸它，"拉维说着，将右手放在阿姆身上。他们拥抱在一起走着，一群孩子和老师一起从他们身边经过。

阿穆的语气很轻。"看，拉维，这就是真正的教育。这些孩子向父母和老师询问人类生活、生殖系统、卵子如何受精、精子如何与卵子相遇以及如何进化成新生命。没有任何抑制，家长和老师随时准备向孩子和学生解释所谓的性的秘密。在瑞典，性教育从一年级开始。家长和老师教育孩子提供科学知识。这是瑞典实现性别公正和性别平等的真正原因之一。强奸闻所未闻，性暴力时有发生。但想想印度正在发生的事情。我们还没有准备好向我们的学生提供性教育，即使是在大学里。学生们在街上学习，性变成了一种痴迷、神秘和激情，一种需要征服的东西。因此，强奸成为生活常态，女孩和妇女成为性对象。印度不是一个开放的社会。印度社会以性的名义虐待女性。许多印度史诗、神话和故事都将女性描绘成性对象，男性对女性进行性侵犯是可以接受的。你读到一位沮丧的已婚王子在森林里割掉了拉瓦那的妹妹年轻的舒尔帕纳伽的耳朵、鼻子和胸部，就好像这是他攻击妇女的权利。""阿姆，印度不尊重人权。许多印度男性，尤其是宗教领袖和政治家，并不认为个人权利神圣不可侵犯，就好像每个男性都拥有对女性身体的权利。性被认为是一种征服女性身体的行为，一种攻击。宗教和义化认为人类生命的尊严是理所当然的。童工就是这种可悲情况的一个例子，侵犯了人权，"拉维解释道。

阿穆坚信，"家长和老师需要从小就向儿童和学生解释人类生命的尊严、男女结合的美丽、子宫中婴儿的进化，以及婴儿在母亲体内的成长。让高中生在待产室观看分娩过程，让医生向男孩和女孩解释分娩的事实。对于十到十五岁的孩子来说，这将是一次很好的教育机会。由于这个年龄段的孩子已经具备了性交的能力，因此向孩子传授有关性的科学知识以帮助他们在性生活中做出成熟的决定至关重要，"阿穆解释道。"我同意你的看法，阿姆。从一年级开始，性教育势在必行。家长和老师必须接受教育和培训，成为好家长和老师。这将为孩子们提供很棒的服务。此外，性教育是一个人权问题，因为孩子有权接受科学教育，"拉维补充道。"是的，拉维。让孩子们了解有关性的事实。知识永远是一种资产。性知识将帮助孩子尊重自己的身体、尊严、个性和个性。当学生意识到十周大的胚胎具有发育的心脏时，学生就会产生对人类生命的尊重。在十六周内，婴儿的骨骼会变得强壮，肌肉也会形成。让一名小学生观察胎儿在子宫内踢打滚的情况，了解其进化过程中大约十八周的情况。向孩子们传授这些知识真是太好了，"阿穆说。

阿穆可以看到拉维在微笑。"我们需要重写印度的学校课程。应该是科学的、以人为本的。传播可观察的知识来解决我们今天面临的问题，是当前的需要，而不是教授神话和寓言，例如童贞女的诞生或一百零一个考拉瓦人的起源。史诗和圣保罗书信的故事不尊重妇女，使年轻一代失去人性，并导致他们进入男性主导的社会，必须永远抛弃。我们拒绝一个从神话和幻想而不是科学知识中获得虚假性知识的社会。我们拒绝一个相信暴力性表达而非尊重儿童和妇女尊严的社会。一个歌颂男神和女神的性行为的社会患有精神病。为了将世界从罪恶中拯救出来，天父上帝让一个十二岁的女孩怀孕是一种性侵犯，而不是一种救赎行为，"拉维观察到。"我同意你的看法，拉维。必须向孩子们传授科学事实。他们要知道，在三十周内，婴儿的大脑中就包含了数百万个神经元，到那时，婴儿已经成为一个新的人，头发和指甲不断生长。允许高中生进入产房对社交、情感和心理都是健康的，因为他们会成长为尊重女孩和妇女的人，"阿穆补充道。

夜晚令人愉快，阿穆和拉维在隆德的街道上散步。到处都可以看到一小群人，人们在享受夏天的到来。有带着孩子的父母，有牵手的情侣，有恋人，有年轻人，每个人都在庆祝。阿穆和拉维在湖边餐厅吃了晚餐，这是他们在瑞典的最后一顿饭，因为他们第二天早上将飞往哥本哈根，然后从那里飞往斯图加特。他们有鸭香肠、侧腹牛排、小龙虾、大菱鲆和瑞典面包。热咖啡很有营养。到了酒店，他们在睡觉前收拾好东西。阿穆和拉维起得很早,去机场的出租车正在等着他们。

"谢谢你,我亲爱的瑞典,感谢你的爱和关怀。感谢您教会我性别正义和人类尊严的永恒价值观。感谢瑞典提供的奖学金帮助我完成了我的研究并在库塔纳德进行了现场实验。感谢约翰逊教授,我的研究导师,我见过的最好的人之一。感谢瑞典,感谢爱丽丝和她的画作,感谢艾莎和埃巴,感谢迪德里克和奥利维亚,是他们教会了我爱的深刻。感谢我的同事和朋友们,感谢你们在瑞典度过了最充实的时光,以及我在这里度过的美好的日子、月份和年份。谢谢乌普萨拉的博士学位、授予仪式和愉快的宴会。谢谢亲爱的埃尔肯湖、维特恩湖、小龙虾、太阳、星星、月亮、灯光、声音、味道和迷人乡村的空气、可爱的森林、绿色植物和田野。感谢你们的温柔、你们的文化和文明的交往。我喜欢你生机勃勃的土地上的一切,亲爱的瑞典。最重要的是,感谢我在回家路上遇到的拉维。谢谢你,亲爱的瑞典。谢谢你为我做的一切。让我亲吻你神圣的大地吧。"阿穆跪倒在地,背诵着感恩的话语。

哈斯兰达是一个私人机场,研讨会主办方为阿穆和拉维安排了两张飞往哥本哈根机场的八座私人飞机的机票。哥本哈根维护良好的大型机场对旅客很友好,他们乘坐电梯到达出发区。干净明亮的等候室对阿姆和拉维来说是那么熟悉,他们缓慢而优雅地走到了第一次见面的地方,因为他们知道这个地方。那个地方有一个一生难忘的故事——生动活泼,孕育着希望和欢乐。"阿姆,"拉维称呼他心爱的阿姆。"拉维,"阿穆回答道。

突然,拉维将她抱在怀里,这对阿穆来说并不奇怪。他们从不关心其他乘客会怎么想,也不关心其他人是否在看着他们,就好像他们独自一人在那个令人不安的机场出发区一样。慢慢地,他吻了她,她用双手抱住他的脖子作为回应,突然轻声说道:"我爱你,拉维。"

他缓缓将她放下,她站在他面前,笑容灿烂。然后,他跪在她面前,从口袋里掏出一枚镶满钻石的铂金戒指,仰起脸,问她:"阿木,你愿意嫁给我吗?"

阿穆轻声回答:"是的,拉维,我会嫁给你。"

拉维慢慢地将戒指戴在她的手指上，亲吻她的手掌，说道："谢谢你，阿姆。"

"谢谢你，我的拉维·斯特凡，"阿穆说。

拉维拥抱了阿穆，他们觉得这一刻就是永恒。然后拉维抱着她到入境点，护照检查官员告诉他们他可以为阿穆安排轮椅。拉维说，这名军官更愿意将阿姆抱在怀里和飞机上。阿姆睡在拉维的怀里，拉维带着她走向直升机。其他乘客给了他们通过的空间，机内座位上的人慢慢起身表达敬意，全场起立鼓掌。拉维让她坐在座位上，并叫她"阿姆"。她缓缓睁开眼睛，说道："拉维·斯特凡。"飞往斯图加特的航班很愉快，空姐对 Ammu 特别照顾。她和拉维一起步行前往机场。

斯特凡·梅耶尔（Stefan Mayer）正在他家的门廊上等待拉维和阿穆，他拥抱了拉维，呼喊着他的名字。"爸爸，来见见阿穆。"拉维将阿穆介绍给他的父亲。"斯特凡·梅尔亲吻阿姆的额头说："阿姆，欢迎。我们听说过很多关于你的事。你是我们中的一员。" "爸爸，我很高兴见到你，"阿穆拥抱着斯特凡·梅尔说道。"阿妈在哪儿？"阿木问道。"艾米莉亚在里面，正在等你们俩。"斯特凡回答道。"来吧，我们进去吧，"拉维说。艾米莉亚坐在轮椅上。她的脸一片空白，没有任何表情。"妈妈，"拉维跪在母亲面前喊道。他吻了吻她的脸颊。"妈妈，"他又叫了一声。艾米莉亚只是坐在那里。

"妈妈，看看谁来看你了。她是阿穆，你的儿媳妇，"拉维说。

阿穆跪在艾米莉亚面前，亲吻她的脸颊。

"妈妈，"她喊道。

"我是阿穆。"阿穆的眼里含着泪水。"我很高兴认识你，妈妈。我等待这个机会已经很久了。今天遇见你，是我一生中最幸福的事。阿玛，我爱你，"阿穆又说了一遍。"来吧，让我们去你的房间，"斯特凡说着，带着阿穆和拉维去了他们的房间。拉维推着轮椅，艾米莉亚就坐在上面。靠近楼梯处，家庭护士接过轮椅，拉维和阿穆，以及斯特凡，上楼来到拉维和阿穆的房间。

晚上七点左右，晚饭准备好了。斯特凡欢迎阿穆和拉维共进晚餐。艾米莉亚坐在轮椅上，靠近斯特凡的椅子，斯特凡用勺子喂他的妻子。阿木注意到艾米莉亚穿着干净整洁的衣服，看上去清新整洁，头发也梳得整整齐齐。第二天，拉维接管了艾米莉亚的照顾，并帮助斯特凡做饭。阿穆加入了他们，每顿饭后都会清洗餐具、盘子和陶器。他们早晚帮助斯特凡打扫整个房子。斯特凡面带微笑，没有表现出任何焦虑或沮丧。他与阿穆和拉维交谈，讲述了许多关于他父母和他们在巴登符腾堡州农场的故事。午餐后，阿穆和斯特凡和拉维一起打牌。艾米莉亚总是和斯特凡在一起，他从来没有离开过她。

有时候，拉维会牵着他的母亲，在他们家门前的大花园里散步。他会告诉她许多关于他童年、瓦拉帕塔南、巴拉普扎和泰亚姆的故事，以及他们对门格洛尔、库格、各个村庄和马拉巴尔卡*武*的访问。阿穆会和拉维一起散步，有时还会为艾米莉亚唱电影歌曲，尤其是*切梅恩的*歌曲。拉维和阿穆会和他们的母亲坐在一起几个小时，只有当她睡觉时才离开她。斯特凡十点左右睡觉，四点左右早起。他很讲究艾米莉亚睡在他的床上，并且在她睡觉的时候受到保护。拉维每天早上都会给母亲擦澡，用柔软的毛巾擦干她的身体，然后梳理她的头发。他会把她抱在怀里，走到房子的露台上，带她去看摩天大楼、教堂的尖塔、桥梁、内卡河和格伦河、田野、远处的森林和远处的山脉。他会用德语和马拉雅拉姆语给她讲故事，而阿穆则用马拉雅拉姆语与艾米莉亚交谈。

拉维用他从喀拉拉邦为艾米莉亚带来的温和的*阿育吠陀油*按摩了艾米莉亚的腿和手，这样他的母亲就不会出现抽筋的情况。在与艾米莉亚交谈时，阿穆和拉维跪在她面前看她的脸，他们喜欢这样做。阿穆一章一章地读着艾米莉亚最喜欢的书《悉达多》。阿穆在读书时认为艾米莉亚是乔达摩，而她是戈文达。尽管阿穆看过《罗沙尔德》的副本，但她并不是为艾米莉亚读的，因为拉维告诉她，艾米莉亚对它的故事感到悲伤。斯特凡、拉维和阿穆带着艾米莉亚长途驾驶。开车的时候，艾米莉亚坐在驾驶座旁边，斯特凡讲解着他们所经过的各种建筑物、田野、河流、丘陵和山脉。他不断地用极大的关怀和爱意与她交谈，知道艾米莉亚无法理解他所说的话。但他对艾米莉亚的爱是如此之深，以至于他无法停止与她交谈。他们乘船游览莱茵河、多瑙河、易北河和奥得河。由于艾米莉亚热爱河流，*巴拉普扎*一直在她的脑海里。

阿穆和拉维计划与艾米莉亚和斯特凡度过的十五天即将结束。斯特凡告诉他们，管理艾米莉亚没有困难，因为在他不在的时候有两名家庭护士照顾她。斯特凡提醒拉维，他作为人权律师的职业对社会至关重要，他需要花更多时间与童工作斗争。在他们出发前往印度的前一天晚上，斯特凡给他的儿子和阿穆打了电话。他告诉他们，艾米莉亚上次拜访她的兄弟亚历克斯·施密特回来后，立即就以拉维和阿穆的名字为她在法兰克福的财产立了遗嘱。斯特凡还告诉阿穆和拉维，他已以他们的名义为其所有财产立了遗嘱。然而，拉维和阿穆强烈反对斯特凡实施这一选择，因为他距离六十岁还有很多年。斯特凡回答说，他无法预测未来会发生什么。阿穆和拉维都拥抱了他们的父亲并亲吻了他的脸颊。早上，他们给艾米莉亚擦澡，用阿育吠陀油按摩她的身体，给她换衣服，梳理她的头发，跪在他们深爱的母亲面前，拥抱并亲吻她的脸颊。拉维跪在艾米莉亚面前并亲吻她的脚，而阿穆则跪下亲吻她的脚。"妈妈，我们爱你，"他们在告别艾米莉亚和斯特凡之前说道。

阿穆和拉维回到科钦时正在下雨，阿穆去了她在阿拉普扎的旅馆。拉维在他位于科钦的住所兼办公室里查看他的邮件、书面通讯和案件卷宗。晚上，阿穆打电话给拉维，告诉他她收到了大学的消息，要参加渔业系助理教授职位的面试。面试当天，Ravi 早上从宿舍接 Ammu，然后骑自行车送她去大学，因为会议安排在上午 10 点左右。拉维在外面等着，阿穆则进去接受采访。中午时分，阿姆满面笑容地出来告诉拉维，她表现得很好。面试委员会问了她很多问题，涉及她在乌普萨拉大学的研究、在埃尔肯湖和维特恩湖的实地考察、库塔纳德的实验养鱼场和*库特恩*（她开发的杂交龙虾）。

两周后，阿穆收到了大学的通知，任命她为助理教授，她和拉维在阿拉普扎的一家餐厅共进晚餐来庆祝。第二天，阿穆进入了大学。她的教学包括理论、研究和实地考察。Ammu 和 Ravi 决定结婚，并打电话给 Stefan Mayer，Stefan Mayer 表示非常高兴，并邀请他们前往斯图加特与 Emilia 一起庆祝。Ravi 和 Ammu 还访问了 Valapattanam，拜访了 Madhavan、Kalyani、Renuka、Appukkuttan 等人。然而，农场和畜牧业因无人照顾而被废弃。马达万因年老卧床不起，而已经退休的卡利亚尼身体也不好。雷努卡 (Renuka) 和阿普库坦 (Appukkuttan) 与阿迪亚 (Aditya) 和詹妮弗 (Jennifer) 一起前往中国进行长期访问，而苏赫拉 (Suhra) 和莫伊丁 (Moideen) 带着孩子在迪拜工作。昆吉拉曼加入了统一国民党，并带着苏米特拉和他们的孩子离开了这个地方。吉萨和拉文德兰在购买了希莫加的农田后移居到那里。不幸的是，没有人可以参加拉维的婚礼。

Ravi 和 Ammu 去看了距离 Kochi 不远的几所房子，以便 Ammu 可以上大学，Ravi 可以很快去高等法院。最后，他们在高知-蒙纳公路上找到了一个地方，距离城市大约十五公里，当他们第一次一起去蒙纳旅行时，阿穆曾表示希望在那里为他们有个家。他们喜欢这栋占地十美分的土地上的房子，里面有一些椰子、一棵芒果、两棵菠萝蜜树和一个小花园。这是一栋两层楼的建筑，底层有一个相当大的房间，他们决定将其用作拉维的法律咨询办公室。一楼有一间卧室、一间厨房兼餐厅和一间客厅。一楼有两间卧室和一间书房。阿穆和拉维对房主的价格很满意，并通过银行贷款购买了它。阿穆和拉维为公寓配备了必要的家具。房子有电、煤气连接和自来水。他们用银行贷款给 Ammu 买了一辆小汽车。

周四上午 10 点左右，阿拉普扎市政府官员为阿穆和拉维举行了婚礼。签署文件后，阿穆监督学生们的实地考察，他们想参观库塔纳德的实验养鱼场。拉维向高等法院提起诉讼。晚上七点左右，阿穆和拉维一起回到家。阿穆从宿舍把她的所有物品装在三个手提箱里，放在车里。拉维只带了一些衣服。他们站在新房门口，拥抱在一起。他们做的第一顿饭就是晚餐，米饭和咖喱鱼。当阿穆准备米饭时，拉维用肉汁煮鱼。阿穆和拉维很喜欢他们的房子。周围环境干净、安静。虽然在市区内，但就像是一个村庄，有独立的别墅。对于他们来说，能够在一起是一种幸福。他们一起工作，打扫房子，洗衣服，做饭，吃饭，分析国家和世界的各种事件和问题。他们讨论了 Ammu 的教学任务和研究项目。法律问题、人权、儿童权利、性别平等和正义是他们日常对话的组成部分。他们内心散发出一种深深的感觉，他们珍惜彼此的团聚。

阿穆和拉维喜欢在一起并渴望彼此的陪伴。每天晚上，他们都拥抱在一起睡觉。拉维每天早上四点左右起床时，都会为他心爱的阿姆准备床上咖啡。他们从五点起就精力充沛地步行三刻钟，每天早上一起做早餐，然后带着午餐包去上班。阿穆和拉维非常讲究七点前回来。他们在周六购物，周日则用来放松和庆祝。阿穆喜欢她的理论课程和研究。与学生一起进行实地考察是一次丰富而有益的经历。作为她职责的一部分，她开始指导研究生攻读博士学位。她与学生和同事建立了新的关系，他们重视她的知识、技能、对职业的承诺和诚信。Ammu 在同行评审期刊上发表了多篇文章，参加了国内和国际研讨会和会议，并发表了基于证据的论文。

拉维成为一名非常成功的律师。他将自己的时间分配给客户，全心全意地为他们的案件辩护，他的执业所带来的经济回报非常令人鼓舞。他将大约三分之二的收入用于公共利益诉讼 (PIL) 以及打击童工和贩卖儿童。结婚后几个月，拉维在地方法院附近遇到了一名流浪汉，该流浪汉因闯入商店和抢劫而被警察逮捕。拉维自愿在地方法官面前为他提供法律保护，因为他看起来很痛苦，衣衫褴褛，饥肠辘辘，而且没有律师为他辩护。被捕者名叫纳拉亚南·巴特 (Narayanan Bhat)。几天之内，阿穆和拉维帮助他在高速公路上开了一家路边茶店。

在阿穆教学的第一年，安·玛丽亚是班上的一名修女。阿穆从安玛丽亚那里得知她的修道院就在阿穆家附近。安·玛丽亚 (Ann Maria) 是一名聪明的学生，在库塔纳德 (Ammu) 拥有实验养鱼场的实地考察中非常活跃。

有一天，阿穆看到安玛丽亚在等一辆去大学的公共汽车。阿穆停下车，载她一程，并告诉她欢迎她每天来大学。完成研究生学业后，Ann Maria 开始与库塔纳德的养鱼户合作开展 Ammu 项目。

结婚一年后，阿穆和拉维想去斯图加特看望父母，并预订了机票。然而，由于高等法院列出了一些值得注意的童工案件，拉维无法休假，不得不取消前往德国的行程。当他辩完案子走出法庭时，两名年轻律师找到他，请求他收他们为后辈。他们对人权和童工问题非常感兴趣。拉维对他们进行了简短的采访，发现他们非常聪明，并且致力于法律职业和人权。这两位年轻律师是丽莎·马修（Lisa Mathew）和阿卜杜勒·哈德尔（Abdul Khader），很快他们就与拉维建立了牢固的关系。他喜欢他们以及他们的工作质量。

丽莎·马修 (Lisa Mathew) 和阿卜杜勒·哈德尔 (Abdul Khader) 与拉维一起出庭处理拉维提起的所有案件。当拉维采访他的客户、起草内容、归档以及在法庭上辩论案件时，他们了解了法律实践的细微差别。在所有工作日，丽莎·马修（Lisa Mathew）和阿卜杜勒·哈德尔（Abdul Khader）从早上七点到晚上九点都在高等法院附近的拉维办公室。他们更新了所有案例文件并制作了适当的清单和文档。在拉维批准后，他们两人都向法庭提起诉讼，拉维可以在听证会或审判所遵循的法律程序的各个方面信任他们。拉维将涉及巴特的贩毒案件委托给丽莎·马修和阿卜杜勒·哈德尔。大约一个月后，他们与拉维会面，并获得了有关贩毒和利用儿童作为渠道的大量数据。阿卜杜勒·哈德尔（Abdul Khader）小心翼翼地跟踪三名年龄可能在十四岁到十六岁之间的青少年，在二十多天的时间里乘坐火车和公共汽车前往各个城镇，包括阿拉普扎（Alappuzha）、科塔亚姆（Kottayam）、奎隆（Kollam）和特里凡得琅（Trivandrum）。阿卜杜勒·哈德尔告诉拉维，这些男孩前往该地区的高中、大学、旅馆、餐馆和酒店出售毒品，并展示了他们与学生、年轻人甚至老师打交道的照片。

"这些男孩建立了广泛的网络，比我们想象的要多得多，"阿卜杜勒·哈德尔说。

"你看到还有其他人跟踪这些男孩作为毒品携带者吗？"拉维问道。

阿卜杜勒·哈德尔回答说："偶尔，我看到两个年轻人背着肩包，小心翼翼地跟踪这三个男孩，我猜他们的包里装着违禁品。"

他补充说，其他男孩和年轻人可能参与巴特指定的非法交易，并且可能涉及一系列人。然而，他无法收集埃尔讷古勒姆北部地区（例如特里苏尔、帕拉卡德、马拉普兰、科泽科德、瓦亚纳德、坎努尔和卡萨尔戈德）贩毒的数据。阿卜杜勒·哈德尔认为巴特可能将泰米尔纳德邦、卡纳塔克邦和果阿纳入他的贩毒业务。他可能是通过古吉拉特邦和旁遮普邦从阿富汗和巴基斯坦获取非法材料。阿卜杜勒·哈德尔补充说，巴特甚至有可能通过曼尼普尔邦从缅甸获取毒品。拉维说："但如果没有强有力的证据证明巴特参与其中，我们将无法在高等法院对他提起诉讼。""如何收集？"阿卜杜勒·哈德尔问道。

"我有一些关于巴特的事实，"丽莎·马修说。

"这些是什么？"拉维问道。

"大约两年前，一个名叫 N. Bhat 的人在高速公路上开了一家路边茶店。"一年后，他在城里购买了一家餐馆，之后又又增加了两家餐馆。他最近成立了一个政党——印度总理党（BPP），并计划以其旗帜下参加下届议会选举。其他政党的政治领导人、警察和政府官员经常光顾他的餐厅。有些人在他的赞助下前往豪华度假村和旅游中心，"丽莎·马修补充道。

"巴特是谁？"拉维假装不知道地问道。

"没有关于他童年和青年时期的信息。看来他完成了大学预科课程，但我没有任何细节。他游历了印度各地。他精通如何说服他人为自己谋取利益，并且擅长建立犯罪网络。他有很多奇思妙想，不是为了创造财富，而是为了收别人的钱。他入学后是否接受过任何进一步的正规教育不得而知，有人认为他在距高知约二十公里的高速公路上开了一家路边茶馆，但没有确凿的证据。有一家名为 Harmony Restaurant 的餐馆，由一位来自 Udupi 的人经营，他声称自己不认识 Bhat。建造餐厅的土地大约有两英亩，属于政府，但业主声称这块土地属于他。一些卡车司机说，一个名叫 Narayanan Bhat 的人在那里开了一家茶店，但我无法证明 Narayanan Bhat 和 N. Bhat 是否是同一个人。我觉得 N Bhat 很可能想抹去他的过去。我收集到了一些数据，大约一年前，有一些男孩在路边的茶馆里从事贩毒活动。"丽莎解释了她收集到的事实。

拉维聚精会神地听丽莎·马修讲话。

"丽莎，我们需要证明 Narayanan Bhat 实际上就是 N Bhat，并且他利用儿童充当毒贩。此外，他仍在让儿童参与贩毒，"拉维说。

"我会尽力，"丽莎·马修说，"但你必须非常小心。Bhat 会伤害你，而且他似乎是一个顽固的罪犯。他想建立一个新的名字，一个新的身份。在很短的时间内，巴特想改变一切。他可能是一个反社会者和狂妄自大的人，随时准备犯下任何罪行。他可能愿意杀人来实现他的目标，但这不会影响他，"拉维向丽莎·马修和阿卜杜勒·哈德警告说。三人同意两周后会面讨论同一问题。丽莎·马修和阿卜杜勒·卡德尔再次收集了有关 N. Bhat 涉嫌贩毒以及儿童作为渠道参与的证据。

与此同时，拉维在特里苏尔附近的一家瓷砖厂受理了一起针对童工的案件。十六名十一岁至十六岁的孩子每天工作长达十二个小时。丽莎·马修和阿卜杜勒·哈德与拉维一起去瓷砖厂看望孩子们，并与厂主交谈，厂主威胁要袭击他们。拉维试图让他相信童工是非法的，并且会毁掉儿童的童年、教育和未来。拉维要求瓷砖厂老板立即释放孩子们并给予适当赔偿。拉维还告诉业主，安排孩子们的教育、医疗保健和受保护的童年至关重要。瓷砖厂老板拒绝释放孩子们。拉维告诉他，唯一的选择是向高等法院提起公益诉讼，以恢复孩子们的自由，并为他们失去的童年寻求赔偿。工厂老板警告人权小组注意可怕的后果。

丽莎·马修 (Lisa Mathew) 和阿卜杜勒·卡德尔 (Abdul Khader) 谨慎地收集了所有相关数据，拉维 (Ravi) 帮助他们起草了针对工厂主童工和

瓦尔盖斯 v 德瓦西亚

虐待儿童的 PIL 案件档案。拉维鼓励丽莎·马修在高等法院审理此案，这是她向法官审理的第一个案件。她客观、逻辑、明确地提供了证据。她依据的是相关法律、《印度宪法》、《世界人权宣言》以及印度签署的联合国所有其他适当宣言。阿卜杜勒·哈德尔和拉维支持她。丽莎·马修能够对工厂主的律师进行令人信服的反驳，并对法庭提出的问题做出最满意的回答。法院宣布判决，释放瓷砖厂全部16名儿童，并由厂主支付足够的赔偿。丽莎·马修、阿卜杜勒·哈德和拉维对案件的成功感到高兴。在咨询了阿穆之后，拉维邀请丽莎和阿卜杜勒周末到他家吃晚饭，庆祝有利的判断以及丽莎和阿卜杜勒与拉维合作两周年。

Ammu 和 Ravi 做了晚餐，主菜有 *vellayappam*、羊肉咖喱、鸡肉 biryani、凝乳、醋栗泡菜、蔬菜沙拉和 *payasam*。丽莎·马修和阿卜杜勒·哈德尔于晚上七点左右抵达。阿姆第一次见到他们，他们立刻就一拍即合。他们在餐桌上讨论了文学、电影、国际象棋运动员和女子网球运动员。丽莎·马修最喜欢的电影是《异形》和《太空城》。阿卜杜勒·哈德尔说他喜欢《疯狂的麦克斯》，而阿穆则更喜欢《天启》。拉维热切地听着，但承认他不是电影观众，尽管他喜欢电影歌曲。

拉维告诉他们他喜欢小说，他最好的书包括《玫瑰之名》和《午夜》的《孩子们》。"当然，我喜欢赫尔曼·黑塞的所有书籍，"拉维微笑着补充道。阿木笑了。"你为什么笑啊？"阿卜杜勒·哈德尔问道。"赫尔曼·黑塞是他母亲最喜欢的作家，"阿穆说。"我爱悉达多、格特鲁德、*纳西索斯*和戈德蒙，"阿穆补充道。"我没有读过任何赫尔曼·黑塞的书，"丽莎说。"但我最喜欢的作家是欧内斯特·海明威，我喜欢他的小说《老人与海》、《丧钟为谁而鸣》和《永别了，武器》。海明威是最伟大的作家之一。我喜欢读他的杰作《乞力马扎罗*的雪*》，这是一部文笔优美的自传体中篇小说。这是对男女关系及其可能产生的冲突的优雅诠释，"丽莎·马修解释道。阿姆很喜欢丽莎的话。"丽莎，你说得很好，"阿穆回应道。"谢谢你，女士，"丽莎回答道。"对我来说，最好的小说是最伟大的马拉雅拉姆小说家塔卡齐的《Randidangazhi，两份大米》，"阿卜杜勒·哈德尔说。"我喜欢塔卡齐的作品，"拉维说。"我在学校时至少读过两遍他的《*Chemmeen*》和《*Thottiyude Makan*》，"拉维补充道。"上周，我读了《丽贝卡*的钥匙*》。这是一本伟大的小说，我很喜欢它，"阿卜杜勒·哈德尔说。

Ammu 为每个人提供了 *payasam*，他们都很喜欢。"你打网球吗？"阿穆问丽莎·马修和阿卜杜勒·哈德尔。"不，女士。但我喜欢看它。我喜欢玛蒂娜·纳芙拉蒂洛娃 (Martina Navratilova)、克里斯·埃弗特 (Chris Evert) 和斯特菲·格拉夫 (Steffi Graf) 的比赛，"阿卜杜勒·哈德尔 (Abdul Khader) 说道。"他们确实是伟大的球员；我喜欢他们的比赛。我也喜欢比利·简·金和埃文·古拉贡，"拉维说。"拉维在高中时是一名优秀的曲棍球运动员，曾两次参加全运会，"阿穆告诉丽莎和阿卜杜勒·哈德尔。"哦，那太好了，"阿卜杜勒·哈德尔说。"曲棍球是一项伟大的运动，由英国人发明并传授给印度人，我们长期以来都打得很好，"丽莎·马修评论道。"确实如此，"拉维说。晚餐后，他们坐在房间里，拉维为他们端上了热咖啡。"咖啡是拉维的最爱。他每天早上四点左右为我们准备床上咖啡，我非常喜欢它，"阿穆说。"你真幸运，"阿卜杜勒·哈德尔评论道。"我真幸运。阿姆就是我，"拉维说。

丽莎看着阿穆和拉维，说道："这是安瑟姆的本体论论证，在你们身上看到了另一个人。"

"本体论是一个神话，但我喜欢在我身上看到其他人，"阿卜杜勒·哈德说。"我认为本体论是一个毫无意义的哲学体系。但我欣赏任何与正义有关的事情。因为当我在别人身上看到自己时，我尊重他们的尊严和权利，这样的论点具有人类价值，"丽莎·马修解释道。

"我们不需要任何上帝的概念来解释人类的关切、价值观和人权，"阿卜杜勒·哈德尔说。

"我同意你的看法。我们不是科林斯的创始人和国王西西弗斯，被众神判处永远将巨石滚上山，看着它滚下来，并永远重复同样的任务。现在，我们凌驾于众神之上，可以判处他们在地狱中永远受苦。"丽莎·马修很强势。

"当然，我们就像泰坦普罗米修斯，他是伊阿佩托斯和忒弥斯的儿子，也是人类的伟大英雄，因为他从强大的神宙斯那里偷走了火种，"阿卜杜勒·哈德尔解释道。

"没有神能打败人类，因为所有的神都是死去的人类，"丽莎·马修争辩道。

"这是一个重要的声明，"阿卜杜勒·哈德尔说。

"确实，当我在别人身上看到自己时，我永远不会否认他们的正义，"阿穆评论道。

"当我允许别人享受我所享受的东西时，正义就源于那里，"拉维说。

然后大家都笑了。"这咖啡很美味，"阿卜杜勒·哈德尔评论道。"当然，"丽莎·马修说。现在是阿卜杜勒·哈德和丽莎·马修离开的时候了。"谢谢您，女士，先生，谢谢您邀请我们，"阿卜杜勒·哈德尔说。"我们非常享受这顿晚餐，"丽莎·马修说。"我们很乐意与您一起度过更多这样的夜晚，"拉维说。十点左右，路灯亮了。丽莎·马修（Lisa Mathew）启动了她的踏板车，而阿卜杜勒·哈德（Abdul Khader）则骑着自行车。阿穆和拉维洗了盘子和其他陶器，打扫了厨房和餐厅，然后十一点就睡觉了。早上电话铃响了，拉维接起电话。这是斯特凡·梅尔。"拉维，"他用清醒的声音喊道。"是的，爸爸，"拉维回答道。"拉维，你的妈妈已经不在了。艾米莉亚五分钟前就断气了。" "爸爸，我的妈妈。我爱她。爸爸，我们来了，"拉维抽泣着说道。阿穆已经起身，拉维告诉了她这个悲伤的消息。阿穆拥抱拉维来安慰他。

凌晨三点三十分左右，拉维和阿穆乘坐从科钦飞往法兰克福的航班，然后又飞往斯图加特。梅耶斯家门前有一小群人，还有几名警察。拉维和阿穆看到他们很惊讶。

"我是拉维·斯特凡·梅耶尔，艾米莉亚和斯特凡·梅耶尔的儿子，这是我的妻子阿穆，"拉维在向警官自我介绍时说道。

"拉维·梅耶尔先生，我很遗憾地通知您，您的父母已经去世。你母亲死后，你父亲立即开枪自杀。这是 Stefan Mayer 先生为您和您的妻子 Ammu 写的便条。我们已经进行了尸检，包括死亡证明在内的所有文件都准备好了。国家将处理火葬事宜，"警官一边说，一边将德文手写的字条递给阿穆和拉维·迈耶。

亲爱的阿穆和拉维，

我很遗憾地通知你，你的妈妈去世了。我的人生目标是和艾米莉亚幸福地生活在一起，现在我已经实现了。没有我的艾米莉亚，生活就没有意义。请原谅我给你们俩带来的痛苦以及给公众带来的不便。国家依法办理火葬，骨灰盒可以埋葬在没有墓碑的公共墓地。遗嘱在银行储物柜里,你可以按照你的意愿去做。我爱你们,我的阿姆和拉维。

爸爸,斯特凡·梅尔。

阿穆和拉维进去了。艾米莉亚和*斯特凡*·梅耶尔的尸体都在那里。火葬前,*斯特凡*和阿穆亲吻了父母的额头,然后又亲吻了他们的脚。那里大约有十个人,其中包括米娅·施密特和亚历克斯·施密特。第二天,拉维和阿穆将骨灰收集在两个容器中,并将它们埋在一个没有墓碑的公共墓地的同一个坟墓里。然后拉维和阿穆哭了,在离开前亲吻了坟墓。墓地里有两名市政官员。三天后,阿穆和拉维去银行领取遗嘱。有两份遗嘱;*斯特凡*·梅耶尔以四千一百万德国马克的价格执行了阿穆和拉维名下的第一起案件。艾米莉亚·斯特凡 (Emilia Stefan)以阿穆 (Ammu) 和拉维 (Ravi) 的名字完成了第二个项目,奖金为 4900 万德国马克。阿穆和拉维讨论了接下来两天如何处理这笔钱,并决定不接受任何这笔钱。阿穆和拉维认为,无论哪里有需要帮助的人,这笔钱都必须捐献给世界各地的人民。他们讨论了如何最好地将这笔钱用于造福人民,最后决定以父母的名义创建两个基金会。于是,第一个是以他们父亲的名字命名的基金会——*斯特凡·梅耶遗弃儿童基金会*。另一个基金会以她们的母亲命名——*艾米莉亚·斯特凡·梅耶被遗弃妇女基金会*。

在德国法律专家的帮助下,阿穆和拉维为拟议的基金会制作了两份单独的备忘录。*斯特凡·梅尔基金会*的主要目标是在适当的居住设施中照顾被遗弃的儿童。为他们提供爱、食物、衣服、教育和医疗保健同样重要。*艾米莉亚·斯特凡·梅耶被遗弃妇女基金会为社会、心理和情感健康的妇女提供居住设施,让她们过上有尊严的生活*。两份备忘录均已根据相关法律登记。阿穆和拉维充分授权德国政府在核实发展中国家非政府组织的正直和诚实等资质后,从每年累积的利息中向其发放必要的资金。非政府组织需要向政府提交由特许会计师准备和签署的年度审计财务报表,以及关于已完成工作的叙述性报告。对接受赞助者财政支持的非政府组织进行年度检查也是强制性的。阿穆和拉维没有将他们的名字写在地基的任何位置上。

在前往印度之前,阿穆和拉维参观了墓地,并在父母的坟墓上献上了玫瑰。然后他们亲吻了大地,向艾米莉亚和斯特凡说"再见"。离开喀拉拉邦的第十六天,他们回到了科钦。阿穆去了大学,拉维去了高等法院。阿卜杜勒·哈德尔正在办公室等待与拉维会面,他告诉拉维，丽莎·马修在他到达前一周发生了一场事故。事故并不严重，两天后丽莎就出院了。拉维询问事故是如何发生的。阿卜杜勒·哈德尔告诉他，当她九点左右离开办公室时，一辆面包车从后面撞上了她的摩托车。事故发生后，面包车一段时间内没有停留就加速驶离。丽莎掉进了满是泥浆的沟里，但由于戴了头盔，没有受重伤。

拉维和阿卜杜勒·哈德尔一起去丽莎·马修的住处看望她，那里距离城市大约二十公里。丽莎的父母在家，在助行器的帮助下，丽莎可以出来迎接拉维和阿卜杜勒。"嗨，丽莎；很高兴认识你。但谢天谢地，你没事，"拉维在欢迎她时说道。"这次事故让我感到惊讶。面包车从后面冲过来，撞到了我的两轮车，但没有立即停下来。但前方一百米处，停了两分钟。这让我感到惊讶，"丽莎说。"在正常情况下，车辆应该立即停下来，但事实并没有发生，"拉维反应道。"这可能是一次意外；我试着相信是这样。车辆司机可能喝醉了，"丽莎·马修说。"那地方很僻静，还好车辆没有立即停下来，司机就扬长而去。货车里可能还有其他人，"阿卜杜勒·哈德尔说。丽莎和拉维看着阿卜杜勒，沉默了很长时间。"我掉进了一条有淤泥的沟里，司机从他的货车里看不到我，可能是帮了我。如果我摔倒在人行道上，如果司机立即停车，"丽莎看着拉维和阿卜杜勒说道。"这不可能是一次意外，"阿卜杜勒·哈德尔说。"为什么？"拉维问道。"车辆停在前方约一百米处。司机核实了受害人的遭遇。由于他看不到受害者，他可能认为没有必要返回事故现场并核实受害者的命运。"阿卜杜勒·哈德尔分析道。"当我稍微抬起头时，我可以看到远处停着的货车。于是，我没有站起来，像死了一样留在沼泽里，直到面包车离开后才站起来。摩托车掉进了沟里，所以车内的人看不到它，"丽莎说。

拉维沉默了。他正在反思。见到丽莎并听她讲述这次事故让他感到震惊。爆炸的性质和随后发生的事件，即使不是有预谋的犯罪，也让拉维感到震惊，他与阿穆讨论了此事。"这听起来像是一场有计划的事故。丽莎在开车或旅行时需要小心。我觉得独自在高速公路上骑行可能会很危险，即使是晚上七点以后的短距离。丽莎需要在晚上七点之前回家，她应该使用公共交通工具而不是自行车，"阿穆建议。拉维要求丽莎在晚上七点之前乘坐公共交通工具回家一段时间，并要求阿卜杜勒·哈德尔每次他们一起去取证时就载她一程。丽莎·马修再次变得活跃、开朗。她和阿卜杜勒·哈德尔一起坐在后座收集有关童工和贩卖儿童的数据，拉维给了他们更多在法庭上陈述案件的机会。他们在法律方面进行了有力而有说服力的论证，使法官相信他们所处理问题的合法性。丽莎·马修、阿卜杜勒·哈德尔和拉维在喀拉拉邦不同地区发现了更多童工事件，他们一起走遍各地收集必要的信息和证据。他们的 PIL 非常成功，并在法律界广为人知。

丽莎和阿卜杜勒考虑成立一个协会，将儿童从童工中解放出来，以确保适当的住宿照顾、教育、医疗设施和娱乐机会。他们与拉维讨论了此事，拉维认为这是一个好主意，并建议在最初阶段，该协会应该只包括通过他们单独提交的 PIL 被法院释放的儿童。三个月内，丽莎和阿卜杜勒·哈德尔将一百八十七名儿童的名字纳入了他们的协会。一个周末，他们在市政厅为所有孩子们组织了一次聚会，有一百二十六名孩子参加了。拉维和阿穆赞助了各种文化节目和午餐。大多数孩子都非常享受这次活动，拉维、阿穆、丽莎和阿卜杜勒在将他们送回居住设施之前与所有孩子进行了交谈。

阿穆和拉维通过由阿穆开车前往科瓦兰和科瓦兰和科尼亚库马里为期一周的郊游来庆祝结婚五周年。这是他们结婚后第一次度假。他们经过了科塔亚姆、昌加纳瑟里、奎隆和特里凡得琅，这是旧特拉凡科王国的首都，美丽得令人惊叹。"它被称为帕德马纳巴普拉姆 (Padmanabhapuram)，是特拉凡科 (Travancore) 王室的首都，于 1500 年建立，"拉维说。"特拉凡科王室成员接受过英语教育，非常进步。这就是为什么喀拉拉邦成为印度最发达的邦之一，其识字率几乎达到百分之一百，其医疗保健系统与瑞士、奥地利、挪威和瑞典一样好，"阿穆评论道。阿穆和拉维一起在科瓦兰海滩游泳，并在阿拉伯海、印度洋和孟加拉湾交汇处的科尼亚库马里乘船。他们还参观了特里凡得琅的帕德马纳巴·斯瓦米神庙，对神庙墙壁上精美的雕刻感到惊叹。

当阿穆和拉维回来并恢复日常生活时，他们感到焕然一新。一个月之内，阿穆注意到她的乳房变得有点压痛和肿胀，并感到轻微的疲劳。她的腿和手也抽筋，醒来时感到恶心。阿姆告诉拉维，她不能喝床上咖啡，因为这会让她想呕吐。早餐前，她出现头痛、便秘和情绪波动。拉维测量时发现阿穆的血压略有下降，血糖也很低。阿穆感到有点头晕；她的体温升高了，她怀疑自己可能怀孕了。意识到是时候去看妇科医生了，拉维立即预约了早上九点。阿穆和拉维比预定时间提前十分钟到达诊所。初步测试后，妇科医生带着灿烂的笑容告诉拉维，他将成为一名父亲。拉维欣喜若狂，他不断地拥抱、亲吻阿姆，简直不敢相信自己的耳朵。

阿穆的怀孕对拉维来说是一次奇妙的经历，因为一个新的生命正在他心爱的人的体内发育。"怀孕是一个九个月的旅程。"拉维想象阿姆排卵，她的卵巢释放一个卵子，卵子与他的精子受精，并立即确定婴儿的性别。阿穆告诉他，胚胎需要三到四天的时间才能移动到子宫内膜并植入子宫壁。"孩子就在那里长大，"拉维抚摸着阿穆的腹部，兴奋地说。那天，阿穆请了假，这是她五年大学生涯中的第一次休假。同样，拉维也留在了阿穆身边。他把自己变成了她的母亲、妹妹和医生。第二天，Ammu 去了大学，Ravi 去了法庭，但他的脑子里全是 Ammu。最初，拉维每十五天带阿穆去看妇科医生。前三个月他不让阿穆做家务，这一点很关键。拉维每天早上开车送她去大学，并在从法庭回来时接她。拉维发现花更多的时间和阿姆在一起很有趣，他听着她的谈话，就好像她第一次和他说话一样。"现在你的宝宝身长约为七到十厘米，体重约为二十八克，"阿穆和拉维在怀孕第三个月去看望她时，妇科医生说道。

阿穆告诉拉维，他们的孩子在四个月末变得越来越活跃，她能感觉到轻微的动作。每天，拉维都会把身体靠向子宫，把耳朵贴近肚子感受宝宝的感觉，并播放轻柔的音乐，让宝宝在音乐声中长大。他鼓励阿穆与婴儿说话，以识别母亲的声音。就这样，婴儿在阿姆的子宫里长大，拉维则像父亲一样长大，拥抱着阿姆。Ammu 在六个月的怀孕期间感到非常快乐、精力充沛、活跃。她和拉维周末开车去不同的地方，晚上可以回来。她喜欢外出就餐，喜欢吃鱼制品。那时，*Kuttern* 的商业化生产已经在高知上市，她过去常常购买它并在冰箱中存放一周。Ammu 和 Ravi 经常邀请 Lisa Mathew 和 Abdul Khader 共进周末午餐，并为 Kuttern 准备瑞典风味的菜肴；他们都很喜欢它。丽莎和阿卜杜勒邀请他们到自己的地方吃午餐或晚餐。对于 Ammu 和 Ravi 来说，拜访他们是一次愉快的经历，因为他们总是非常积极和令人兴奋地分享各种事件和想法。

第九个月，妇科医生要求阿穆辞去她在大学的教职。有时，拉维会从法庭给阿穆打电话，听听她的声音。一个周日的早上，当拉维在家时，阿穆开始出现下背痛和轻微的宫缩，并且逐渐变得更强、更频繁。分娩迹象在妇科医生预产期前三天出现，促使拉维赶紧将阿穆送往产房。医生随后将阿穆转移到待产室，拉维在表达了自己的愿望后被允许留在她身边。分娩过程很顺利,拉维亲眼目睹了婴儿的出生。医生将婴儿的头捧在手中,轻轻地拔出,并用剪刀剪断了脐带。

突然,婴儿哭了。"我们的宝贝……"阿穆低声说道。"我们的宝贝!"拉维重复道。拉维坐下来,亲吻阿穆的额头。"阿姆!"他称。"我们的宝贝!"他又说道。护士给婴儿清洗干净后交给了 Ammu。"是个男孩,"她说。阿穆看着拉维,他轻轻地摸了摸婴儿的头。"你可以母乳喂养婴儿,"医生对阿穆说,她照做了。拉维问医生是否可以抱婴儿,医生在手里放了一块柔软的白布,把婴儿放在上面。"我们的宝贝!"拉维大声说道。阿穆在产房待了三天。丽莎和阿卜杜勒·哈德尔在最后一天拜访了阿姆和婴儿。他们帮助拉维将母亲和婴儿转移到他们的住处。阿穆和拉维给他们的儿子取名泰贾斯。

丽莎·马修 (Lisa Mathew) 和阿卜杜勒·哈德尔 (Abdul Khader) 收集了更多有关科钦贩毒的信息,特别是有关参与贩毒的儿童、青少年和青少年的信息。他们获得了 29 名直接参与贩毒的儿童和青少年的详细信息。根据收集到的证据,其中九名儿童要么是孤儿,要么来自其他州,已经辍学。丽莎和阿卜杜勒从路边茶店（后来被称为和谐餐厅）收到离散数据,在那里他们发现三名儿童被经常光顾该餐厅的卡车司机拐卖。但丽莎和阿卜杜勒·哈德尔无法核实这家餐厅的所有权,尽管他们有预感巴特间接拥有这家餐厅。一些参与贩毒的小学生和大学生被发现隶属于巴特市内的餐馆,但他们不知道贩毒的主犯是谁。由于没有足够的证据来提交 PIL,Lisa Mathew、Abdul Khader 和 Ravi 决定与警察局督察 Antony D'Souza 会面,秘密讨论此事并收集更多信息。督察安东尼·迪索萨 (Antony D'Souza) 和拉维让他们与迪索萨交谈。安东尼·迪索萨表示,由于巴特是一位活跃且有影响力的人物,他不会处理此案。因此,他建议丽莎·马修和阿卜杜勒·哈德尔联系警察副总监（Dy SP）。安东尼·迪索萨承诺对此事保密,绝不向任何人透露他们的名字。

第二天,丽莎和阿卜杜勒没有联系拉维（拉维带特哈斯和阿穆去看儿科医生）,而是与 Dy SP 进行了预约。他给了他们十分钟的时间,让他们早上九点左右在他的办公室与他会面。大约四十五岁的 Dy SP Ahmed Kunj 听了他们两分钟,并告诉他们贩毒是一种严重的犯罪行为。他们应该直接接近他,而不联系警察督察安东尼·迪索萨。Dy SP 承诺,一旦收集到必要证据,将立即采取适当行动,拘留

Bhat。艾哈迈德·昆吉严格告诉丽莎和阿卜杜勒不要将此事透露给任何人,甚至是警察督察安东尼·迪索萨,因为他们的生命将受到威胁。

两天后,阿卜杜勒·哈德尔一大早给拉维打电话,告诉他丽莎·马修前一天晚上还没有回家,她的父母很担心。拉维请阿卜杜勒·哈德尔立即到他那里去。不多时,两人就到了丽莎家。她的父母都是退休教师,他们悲痛欲绝,对女儿的失踪表示深切的悲痛。丽莎的父母只有两个女儿;长辈已经结婚并在班加罗尔做医生。拉维带着丽莎的父母去了警察局,并投诉说他们的女儿从前一天晚上起就失踪了,因为她还没有从法庭回来。拉维写信给警方称,丽莎与他和阿卜杜勒·哈德尔一起在他的法庭办公室待到晚上六点,她通常从附近的公交车站乘坐公交车。警方向丽莎的父母承诺提供一切可能的帮助来寻找失踪的女儿。

接下来的两天什么也没发生。丽莎的父母非常痛苦。拉维、阿穆和阿卜杜勒四处搜寻,并向所有报纸通报了失踪人员的消息。第四天早上,有人带着狗散步,在佩里亚尔河岸上发现了一具妇女的尸体。丽莎的父母认出尸体是他们女儿的。尸检花了两天时间才完成,第二天下午尸体就被交给了父母。他们发现丽莎的私处被肢解,乳头被割断。她全身布满黑点,警方已立案侦查,涉嫌绑架、强奸、殴打、肢解、谋杀不明犯罪分子等案件。Dy SP Ahmed Kunj 直接处理了此案,他安慰了 Lisa 的父母,称他将在一两天内逮捕罪犯。

当天晚上,教区居民将丽莎埋葬在东正教教堂墓地,她的父母痛哭不已。由于他们失去了知觉,他们的大女儿将他们送往医院。拉维和阿卜杜勒陪他们去了医院。大批群众参加了葬礼,随后前往警察局抗议警方处理此案的粗心大意。他们要求 Dy SP Ahmed Kunj 辞职,因为他完全未能保护绑架、强奸和谋杀的受害者。当天午夜左右,警方突袭了阿卜杜勒·哈德尔在科钦堡附近的家,并以谋杀丽莎·马修的罪名逮捕了他。第二天,Dy SP 艾哈迈德·昆朱 (Ahmed Kunju) 造访了拉维在法院的办公室,询问他有关阿卜杜勒·哈德尔的详细信息,并告知他阿卜杜勒·哈德尔已被捕。拉维听到这个消息感到很惊讶,并立即请求法院释放阿卜杜勒·哈达尔。然而,法院拒绝了这一抗辩,因为警方告诉法庭,有确凿的证据表明阿卜杜勒·哈德尔在强奸和谋杀丽莎·马修之前绑架了她。法院将阿卜杜勒·哈达尔 (Abdul

Khadar) 拘留 7 天。拉维和阿穆相信警方陷害了阿卜杜勒，并且有某个有权势的人是丽莎被谋杀和阿卜杜勒·哈德尔被捕的幕后黑手。

拉维去了警察局，但警察拒绝会见阿卜杜勒·哈德尔。拉维可以听到警察局看守所里有人发出令人痛苦的大声喊叫。这是一个令人心碎的声音，一个年轻人的尖叫声，持续了好几个小时。尽管尖叫声刺痛了拉维的心，但他却无能为力。拉维感到这些事件非常可怕，迫使他接受在由 Dy SP 艾哈迈德·库尼 (Ahmed Kunj) 创作、可能由 N. Bhat 设计的蛮力面前失败。阿卜杜勒·哈德尔的哭声粉碎了拉维的尊严和人性信念，至少有几分钟的时间，他对法庭的公正性产生了怀疑。当拉维回到家时，阿穆看到他眼里含着泪水，她很难安慰他。第八天，警方将阿卜杜勒·哈德尔带上法庭。拉维意识到阿卜杜勒·哈德尔不拿着柳条就无法行走。他的脸上有瘀伤，眼睛也发黑，看上去精神上受到了残酷的对待，情感上也受到了重创。检方辩称，阿卜杜勒·哈德尔与克什米尔恐怖分子有非法联系，因为他是伊斯兰原教旨主义者。有证据表明有一群人参与了绑架、强奸和谋杀，如果他被释放，他是一名执业律师，很有可能销毁证据。

在法官面前，警方出示了丽莎·马修骑在阿卜杜勒·哈德尔自行车后座上的照片。前一天晚上，五名目击者在文巴纳德湖的一家餐馆里看到了受害者和阿卜杜勒·哈德尔。法院拒绝接受拉维的论点，即阿卜杜勒·哈德尔与绑架、强奸和谋杀丽莎·马修无关。Dy SP 通过检察官艾哈迈德·昆吉 (Ahmed Kunj) 告知法庭，一群支持克什米尔恐怖分子的巴基斯坦人入侵喀拉拉邦，并在前一天晚上的一次遭遇中杀死了警察督察安东尼·德苏扎 (Antony D'Souza)。因此，释放阿卜杜勒·哈德尔是危险的。法院将阿卜杜勒·哈德尔送入监狱，在远离其他囚犯的独立牢房中接受审讯，不得保释。拉维第一次在针对政府辩护人的官司中败诉。丽莎·马修 (Lisa Mathew) 的谋杀对阿穆 (Ammu) 和拉维 (Ravi) 造成了永久性的打击，而阿卜杜勒·哈德尔 (Abdul Khader) 在警察看守所的拘留和虐待造成了难以想象的痛苦。很快，拉维就高知日益严重的贩毒威胁和政客的参与提起了公共利益诉讼。他收集了大量有关该市贩毒的证据，并在一个月内提交了 PIL。拉维恳求法庭允许他会见阿卜杜勒·哈德尔。他收集了有关该市权势精英贩毒的材料，他们利用儿童作为渠道，学生和青少年主要成为受害者。

向法院提起诉讼后三天内,当地报纸上出现了一条新闻报道:"一名名叫阿卜杜勒·哈德尔的待审人员,被指控为恐怖分子和杀人犯,在牢房内用床单上吊自杀。"

拉维不知道该如何反应,黑暗降临到各处。他从法庭回来后立即给正在大学的阿穆打电话,告知阿卜杜勒·哈达尔的死讯,并请她照顾好自己。突然间,阿穆和拉维的世界发生了巨大的变化。他们在晚上停止外出。阿穆告诉阿耶,当陌生人靠近时不要打开大门,当他们外出工作时不要带孩子出去。夜间,他们开始锁上大门和停车场。六个月大的特哈斯被迫睡在拉维和阿穆之间的床上。对生命和生存的基本认知突然被颠覆了。

他们意识到,在政治上强大的野蛮人面前,教育和知识已经变得毫无意义。"正义已被完全剥夺。恐惧和不安全感越来越大,很难证明什么是真什么是假,"拉维告诉阿穆。"我们的生活彻底改变了,谁能给我们正义和信心?"阿木问道。"这样的生活我们还能持续多久?"拉维补充道。拉维说:"这不是自然的,而是人为的,我们不能再这样下去了。""我们无法逃避这种对死亡的恐惧,这种心理上的挫败,"阿穆说。"你认为我们应该移民到其他国家吗?"拉维问阿穆。"不,但是继续在这里生活很困难。"阿姆回答道。"我们在其他地方建立新生活没有问题,因为我们年轻且受过教育。我们的知识、技能和态度会在其他方面给我们带来回报。在那里我们可以拥有宁静、快乐和尊严,"拉维说。"但是儿童、童工、贩卖儿童的受害者、无声者和被剥削者呢?他们需要我们,我们需要与他们站在一起,为他们工作,"阿穆回答道。

拉维陷入了两难的境地。他知道没有地方可以躲藏。然而,留在高知是危险的。"我理解你,我尊重你的观点。但巴特不允许我们住在这里。当巴特拥有政党时,我们无法为这些孩子而战。当巴特参与贩毒并利用儿童进行邪恶活动时,没有人能够捍卫童工的解放。当警察和巴特在一起时,我们无法帮助孩子们康复。当反对党成员加入 Bhat 时,我们不能反对 Bhat。如果我们的生命受到威胁,如果他们消灭了我们,我们的光辉战机将变得孤独。想想这样的情况,"拉维解释道。"拉维,我完全清楚这一点,"阿穆握住他的手说道。"阿姆,如果我们去德国或瑞典,那里会受到欢迎。在那里,我们将过上安全的生活。我可以在律师事务所执业,你可以在大学工作。我相信我们会在那里取得成功。但我不想离开印度，因为我总是想到这些童工和他们的福利，"拉维说。

"拉维，如果我申请瑞典的任何一所大学，我肯定会在那里获得学术职位。所以说，我们的事业是没有问题的。但我们怎么能离开印度呢？这是我们的国家，"阿穆说。

"阿姆，我爱我的印度，我是印度公民，尽管我的父母是德国人。但这种仇恨、剥削、征服、极端民族主义和对死亡的持续恐惧在我们的国家超出了我的极限。我再也无法忍受了。我不是一个许下虚假诺言、贪污腐败、杀人不眨眼、脸上挂着笑脸的政客。这超出了我的能力范围，"拉维说。

阿木也明白事态的严重性。"我们的处境如此悲惨。我们已经成为自己国家的难民，这超出了我的理解范围。我们成了被遗弃的人。Bhat 站在那里用铁棍或刀判我们死刑或极刑！没有出口，"阿穆说。"我们正处于一种无法挽回的境地。没有办法逃脱它。我们在印度伸张正义的钥匙已经永远丢失了。巴特烧毁了我们的船！我们在印度到处都看到童工和贩卖儿童、腐败和残忍、绑架、强奸、袭击、谋杀、奶牛私刑和私刑的腐烂尸体。任何锁着的门都抵挡不住。他们谴责了我们，我们也受到了谴责。"拉维因绝望而浑身发抖。

阿穆拥抱了拉维。"拉维，我的拉维，我爱你，"她抽泣着说。"让我写信给斯图加特的一家律师事务所和法兰克福的另一家律师事务所。他们很了解我并且尊重我。我可以在那里获得高级职位。此外，我的德语非常好，就像我的英语一样。您当然可以在斯图加特或法兰克福的大学获得教学和研究职位。让我们忘记印度这里的一切。让它成为一个老故事吧，"拉维说。"当然，拉维，我永远和你在一起。我为你感到骄傲。您可以在德国取得巨大成功，因为您拥有才华、法律敏锐度和积极的态度。我可以在大学或政府找到一份工作。我们的光辉战士可以接受良好的教育，有利于成长的环境，并在世俗环境中过有意义的生活，"阿穆补充道。第二天，拉维向斯图加特和法兰克福的一家律师事务所寄了一封信。阿穆向斯图加特的一所大学发送了一份信息以及她的个人资料。

连续几天下雨，电闪雷鸣，标志着马拉巴尔季风的来临。

第九章: 圣母的王冠

拉维在两周内收到了德国两家律师事务所的信件。斯图加特律师事务所为拉维提供了法律顾问的职位,为来自德国的捐助者和赞助者提供有关与南亚国家从事妇女和儿童福利计划以及农村和部落人口发展工作的福利机构、慈善组织和非政府组织打交道的建议。作为职责的一部分,法律顾问一年内需要走访南亚最多二十个受益机构。报酬包括每年十三万德国马克和三万德国马克的其他福利。

法兰克福律师事务所的报价非常有吸引力。该公司为汽车行业(主要是德国和印度的汽车制造商)提供法律咨询。工作规格是与印度各大城市和大城镇的印度汽车经销商打交道,每年 3 次访问印度进行业务洽谈。报酬包括二十五万马克的工资和五万马克的其他福利,包括免费医疗、住宿和汽车。阿穆收到了斯图加特一所大学的一封信,通知她他们很高兴欢迎她的申请和个人资料。阿穆资历很高,按照大学的标准程序,他们可以给她提供教授职位。他们要求她在两个月内出席一次面对面的讨论。拉维和阿穆收到信件非常高兴,并决定在两个月内前往德国。他们从银行借了二十年的贷款买了房子,并决定继续从德国偿还每月的分期付款,这样房子就留在他们的名下。每当他们访问印度时,他们都可以呆在家里。阿穆想从大学休两年假,而不是辞职。拉维希望将他的所有案件交给其他对人权感兴趣的律师。

与阿穆讨论后,拉维写信给斯图加特律师事务所,表示他接受所提出的条款和条件,并将在两个月内加入该律师事务所。阿穆还写信给大学,表示她很高兴收到这封信,并将在两个月内与他们进行讨论。与此同时,拉维收到了一个非政府组织的邀请,要在一周内的创始人日发表演讲。建议讨论的主题是*教育机构正义平权行动*。阿穆鼓励拉维接受邀请,因为这将改变他的日常生活,让他结识有新想法和方向的人。拉维为这次活动做了充分的准备。周末举行演讲时,Ammu 陪同 Ravi。"收入、财富、机会和生活中的美好事物都需要分配,"拉维开始了他的演讲。"在民主社会中,人们可能会从自己的好运中获益,但这种利益必须有利于社会中最不富裕的人。那些赚取更多收入并创造大量财富的人必须为了最不富裕的人的利益而纳税。自然优势者不应该仅仅因为他们更有天赋而从他们的所有收入中受益。他们需要获得培训和教育费用，并利用他们的捐赠来帮助不幸的人，税率也应该相应调整。对有天赋的人、富人和富人征税不应该伤害弱势群体，因为富人将停止创造更多收入。这应该成为征税的标准，"拉维补充道。

拉维认为，"正义不是根据人们的美德来奖励他们，因此，社会的平权行动政策会考虑一个人的背景，例如纠正教育劣势的影响。一个对平权政策抱有信心的民主社会超越了考试成绩和成绩，"拉维斩钉截铁地说。"补偿过去的错误对于实现正义同样重要，"拉维看着观众补充道。"就印度的情况而言，自雅利安人入侵并征服印度河流域以来，达利特人和部落在大约四千年的时间里遭受了广泛而巨大的苦难。这些雅利安袭击者来自小亚细亚，途经伊朗和阿富汗。他们已经旅行了数千年。印度最初的定居者拥有繁荣的生活方式，并发展了以丰富的农业和家庭手工业为基础的经济。雅利安人是游牧民族，是一支破坏性力量，与摩亨佐-达罗人相比，他们还很不文明，他们打败了最初的定居者，消灭了最初的印第安人在几个世纪的艰苦劳动中发展起来的一切。一部分人口逃往印度中部地区，后来被称为部落。另一部分人成为雅利安人的奴隶，被视为被排斥者。雅利安人使他们非人化。由于雅利安人大量迁徙，他们拥有更多的武器。他们可以更好地解读星星和其他天体的运动并相应地计划他们的战争，这是原始印第安人无法有效做到的。但今天的部落和达利特人是印度最初的定居者，他们比雅利安人更聪明。他们热爱和平，更加文明。由于数千年的压迫和剥削，原定居者的生活条件日益恶化。雅利安人的后裔需要补偿对部落和达利特人祖先繁荣文明的破坏，"拉维解释道。

拉维的话是客观的，并且与历史证据产生共鸣。"许多学者认为哈拉帕人是德拉威人。他们拥有发达的语言、艺术、科学和文化，你可以在哈拉帕的废墟中看到德拉威语言的痕迹和他们美丽的艺术。泰米尔语比梵语更古老、更丰富，并且拥有丰富的文学。渐渐地，雅利安人借用了德拉威人、达利特人和部落的神，如湿婆、毗湿奴、卡利、加纳帕提、克里希纳和数百个其他神。*Theyyam* 是一种纪念古代诸神的民间舞蹈，雅利安人试图侵占这些神。这就像统一国民党试图侵占萨达尔·帕特尔（Sardar Patel）、苏巴斯·钱德拉·博斯（Subhash Chandra Bose）和许多其他自由斗争的英雄和烈士。统一国

瓦尔盖斯 V 德瓦西亚

民党从未参与过独立运动。但掌权后，他们操纵教育政策以谋取私利。因此，补偿过去的错误是正义的先决条件。"拉维强调。"在教育机构中，拥有多元化的学生群体对于获得更好的教育体验非常重要。它还有助于在教育机构内建立更广泛的社会。它有助于实现社会目标、凝聚力和共同利益，"拉维继续说道。"一旦教育机构在正义的背景下定义其使命，并设计与该使命相关的入学标准，制定相应的政策，平权行动将成为现实并保持可持续性。根据平权行动原则，没有人应得任何东西，但人们根据其使命宣言制定的标准享有权利。因此，机会原则在平权行动中比收入和财富更重要。为弱势群体创造机会，他们将克服一切障碍，"拉维在结束演讲时说道。他在长达九十分钟的演讲中举了几个印度实际情况的例子，试图证明自己的观点。

演讲结束后，进行了热烈的问答环节。当拉维和阿穆走近他们的车时，一些大学生和年轻人走过来与拉维讨论。阿穆等了一会儿，听着他们的讲话。天色已晚，她想继续前行，拉维跟着她。阿木慢慢地朝车子走去。突然，两辆摩托车停在她面前，两名后座骑手跳了出来。一个抓住了阿穆，另一个拉出了她的纱丽和衬衫。阿穆目瞪口呆，一动不动，无法反应。当纱丽出来时，他们拉出了她的内衣，不到一分钟，阿穆就赤身裸体了。年轻人跳上自行车，带着纱丽和内衣疾驰而去。突然，一小群人聚集了过来。看到阿姆试图遮盖自己的裸体，一些年轻女子跑向她，用手围住她。听到骚动，拉维跑向人群，说道："阿姆！阿姆！"那时，团体中的一些年轻女性已经用她们的杜帕塔（一种披肩）包裹着阿穆。

拉维将阿穆抱在怀里，让她坐进车里。他开得很快，直到他们到家。阿穆大吃一惊，因恐惧、羞耻和内疚而浑身颤抖。她突然发烧，无法说话，情绪低落，失落。拉维要求阿耶留在家里照顾泰哈斯，即使是在晚上。第二天，他叫了一位医生到他们的住处。经过初步诊断和检查后，医生认为阿穆必须休息两周，而拉维必须始终陪伴在她身边。医生除了给阿木开了几片退烧药外，没有给阿木开任何药物。

拉维意识到阿穆需要爱和关怀来克服她的恐惧。他拥抱并亲吻她的脸颊，将她抱在怀里，在房子里走来走去。拉维开始给她唱许多摇篮曲，这些都是他为他的母亲艾米莉亚创作的。阿穆睡在拉维的怀里，他抱着她从来不觉得累。有时，拉维将她压在胸前，感受她的呼吸和心跳。他喜欢她心脏的节奏——阿穆内心的音乐。然后拉维开始唱迪德里克歌曲。渐渐地，阿木盯着他，好像她喜欢他唱这首歌的方式。阿姆时不时地看着他的眼睛，拉维意识到她喜欢音乐并表达了她的快乐。晚上，他把她抱到露台上，唱起了迪德里克之歌。当他给她擦澡时，他又唱了一遍。早餐、午餐和晚餐时，拉维都会在餐桌上为她唱这首歌。一周后，阿木开始微笑，第十五天，她开始说话。"拉维……"她叫道。"阿姆？"拉维回应道。"我爱你，阿姆，"他说。"我爱你，拉维，"阿穆回答道。然后拉维意识到他心爱的阿姆已经从创伤中恢复过来。

第二天拉维带她开车，他们绕城转了一圈。他们来到Vembanad湖并肩而坐。他向她讲述了他们在哥本哈根第一次见面的故事，以及她如何微笑和握手。阿穆喜欢他的声音、他的说话、他的外表、他的头发梳理方式和他的法式胡须。她爱他的一切。他有一种罕见的甜蜜、充满爱意和吸引力。"拉维，我太爱你了。我的生活不能没有你。如果你比我先死，我会把我的心埋在你身边。"她拥抱着他。"我们会一起死去，他们也会把我们埋葬在一起。我们是一体的，并且将永远在一起，"拉维回答道。他们忘记了其他一切。阿穆和拉维开始准备前往德国，预订了航班，并决定只携带必要的物品——一些衣服和一些文件。一周之内，他们将离开印度，很可能永远离开。

拉维和阿穆去市场购买日常必需品，包括蔬菜、水果和鱼。买完东西后，他们并肩走向车。阿穆打开了驾驶员侧的车门，拉维打开了对面的车门。突然，有人用一根铁棍从后面打了拉维。阿穆看到拉维摔倒了，他的额头撞到了车上。"拉维！！！"她尖叫着从车里跳了出来。拉维躺在地上，一动不动，他的头靠近方向盘。鲜血从他的后脑勺渗出。"拉维！！！"阿穆大声哭泣，试图抬起头。"拉维！！！"她的声音尖叫起来。他的眼睛依然睁着，额头上的鲜血渐渐滴进了他的眼睛里。市场里的人们纷纷赶到现场。"有人打了我丈夫！！！请帮忙！！！"阿穆尖叫起来。她尖叫着寻求帮助，但由于她的疯狂状态，她的言语变得模糊不清。

人群中有人抬起了拉维，阿穆注意到血从他的鼻子里滴下来。阿木把车开到了附近的医院，医生很快把他抬到了急诊室。阿木走进去。"脖子上的脊髓似乎受到了损伤，后脑勺上也有一道很深的伤口。需要立即手术，"医生说。手术历时四个多小时，团队由三名医生组成。"我们现在不能说什么，必须等待至少十个小时才能说些什么。

如果病人能在这段时间内恢复意识，那你就很幸运了。"外科医生对阿穆说道。阿穆独自一人。她在重症监护病房（ICU）外等候。透过玻璃，她可以看到拉维；他的身体连接着许多管子和电缆，她不知道他是否还有呼吸。她的大脑一片空白，她忘记了泰哈斯，忘记了这个世界。晚上十一点左右，一名护士告诉阿穆，她的丈夫已经开始在没有机器的情况下呼吸。但他仍然处于危险之中，阿穆需要等到第二天下午。阿木坐在那里，没有睡。她没有想到别的事情。她只是看着重症监护室里的拉维。

阿穆从来不知道现在是早上；四小时后，她看到一群医生进了 ICU，半小时后他们出来了。当医生们离开时，其中一位医生走到阿穆面前说道："你的丈夫已经恢复了知觉，但他不能说话，似乎无法理解周围发生的事情。你可以穿一件白袍进去，一米的距离就可以看到他。"护士给了她一件白色的长袍，给她清洗手脚并脱掉凉鞋后，阿穆走进了重症监护室。她的拉维就在那里。她可以看到他的呼吸；他的嘴、鼻子、胸部和手上都连接着许多管子。"拉维，"她喊道。"我的拉维。"现在是她该出去的时候了。她又在外面坐了一个小时，感到孤独无助。突然，她想起了她的学生安玛丽亚，她是一名修女。阿穆从 ICU 大楼拐角处的电话亭打来电话。安·玛丽亚在另一端，阿穆讲述了一切。一个小时之内，安·玛丽亚和另一位修女到达了。

安·玛丽亚拥抱了阿姆并询问了拉维的情况。当她发现 Ammu 已经一天多没有吃东西时，她冲到咖啡角给 Ammu 买了一些零食和咖啡。安·玛丽亚向她询问泰哈斯的情况，并要求阿穆回家，因为她和她的同伴会等到阿穆回家。阿木赶忙，已经晚上七点了。阿姨就在门口等着。她担心为什么阿穆和拉维一天后还没有回来。当泰哈斯看到阿穆时，他哭了，她把他抱起来，亲吻了他的脸颊。阿穆向阿姨讲述了拉维的事，并说她要返回医院，而阿姨还需要在特哈斯身边待很多天。一个小时内，阿穆被紧急送往医院。安·玛丽亚和另一名修女在重症监护室附近等候，表示愿意整夜陪伴阿穆。他们要求阿穆睡觉，他们会照顾拉维。阿木把披肩铺在地上，一觉睡到了凌晨。八点左右，阿穆被叫到医院行政办公室，要求立即存入二十万卢比。阿穆用支票付了钱。

医院管理部门通知阿穆，病人可能还得再留院十天。她坐在重症监护室外面看着拉维，一整天没有想到任何其他事情。她只想着拉维。晚上，安·玛丽亚和另一位修女一起来，坚持要求阿穆晚上至少睡六个小时。阿穆从十一点睡到凌晨四点。安·玛丽亚和另一位修女早上六点钟离开，答应晚上五点左右再来，这样阿穆就可以回家一段时间看看泰哈斯。为拉维做手术的外科医生和其他医生告诉阿穆，拉维的病情略有改善。他可能需要在一家处理脊髓损伤的超级专业医院进行进一步的手术。晚上四点左右，安·玛丽亚和她的同伴修女来了，阿穆赶回家。泰哈斯对阿亚的态度很好，阿穆拥抱并亲吻了她的儿子。在获得阿亚和特哈斯的日常必需品后，阿穆于晚上八点左右返回医院。

阿穆注意到拉维有一些轻微的动作。第二天，医疗队前来观察。经过长时间的诊断后，外科医生告诉阿穆，她可以在第二天将拉维转移到一家治疗脊髓损伤的超级专科医院。当天晚些时候，医院管理部门打电话给阿穆，要求结清三十二万六千卢比。阿穆用支票付了钱。安玛丽亚答应第二天来医院，同时将拉维转移到超级专科医院。早上十点左右，阿穆和安玛丽亚带着拉维去了新医院。这家超级专科医院位于 Vembanad 湖畔。抵达后，医院要求阿穆缴纳三十万卢比押金，阿穆支付了这笔费用。经过详细的诊断和检查后，医院管理人员认为患者需要进行一系列脊髓手术。外科医生告诉阿穆，拉维可能需要在医院呆三个月，因为头部受伤需要手术。

头部手术在两天内完成，医院要求阿穆支付二十万卢比，她立即支付。两天之内，阿穆再次支付了二十万卢比。医院通知她，头部手术很成功，不需要再做手术。安·玛丽亚每天晚上都会来看望阿姆，但她是独自一人，因为阿姆是她在大学的老师，修道院的上司允许她单独去。阿穆写信给斯图加特律师事务所和大学，要求将入职日期再延长四个月，并得到了双方的积极答复。阿穆每天晚上都会回家看望泰哈斯和阿耶，并与他们待上两到三个小时。在超级专科医院进行第四次手术后，拉维有了明显的变化，每次手术阿穆支付了二十万卢比。当第六次脊髓手术完成时，拉维已经在超级专科医院住了两个月了。医院管理办公室通知阿穆还需要进行四次手术。

医疗费用对于阿穆来说已经是一个不小的负担。他们的银行存款正在迅速耗尽。由于阿穆已经从大学休了两年假，她没有月薪，拉维也没有收入。阿穆已经为拉维的治疗支付了两百万卢比。她知道支付了接下来的四次手术和住院费用后，已经没有钱了。到第三个月月底，拉维又做了四次手术，阿穆为每次手术支付了二十万卢比。

现在，拉维可以坐在病床上，但他无法抬起头。他也失去了说话的能力。拉维住院的倒数第二天，阿穆被要求支付九十万卢比的治疗费、药品费、房租和伙食费。由于银行余额不足，阿穆在科钦一家著名的珠宝店卖掉了拉维在哥本哈根机场送给她的钻戒。她买下这枚戒指花了三十万卢比。阿穆从阿姆斯特丹一家珠宝商出具的证明中得知，这枚戒指的原价相当于一百万卢比。

那天晚上，安·玛丽亚告诉阿穆，单靠药物无法治愈病人；必须要坚持下去。祈祷同样重要。阿穆回答说，她不相信祈祷的功效，因为她母亲的祈祷没有成功。她对耶稣和圣母玛利亚有着坚定的信仰，每周日和圣徒节日，阿穆都会和母亲一起参加圣体庆典。然而，她的母亲却因不明疾病去世，无人能医治她。安·玛丽亚告诉阿穆，她的论点并没有否定祈祷的力量和上帝的爱。

"每天为拉维的康复向上帝祈祷，你会看到奇迹。"

阿穆没有说什么，因为她对上帝没有信心。父亲去世后，阿穆成为一名不可知论者。安·玛丽亚告诉阿穆，每天睡觉前，她都会为拉维祈祷，并为他献上一串念珠，圣母帮助了拉维，这就是他能坐下来的原因。阿穆知道拉维可以在她的帮助下坐在床上，但他无法抬起头或说话。他双手的动作并不自由。

出院当天，阿穆向医院支付了九十万卢比的最后账单。医生告诉阿穆，拉维可能至少需要两到三年才能抬起头，不需要特殊治疗。他每天都需要锻炼，每次至少十五分钟，每天四次，脖子和手部需要物理治疗师早晚按摩。医生进一步告诉她，拉维可能需要两到三年才能开始说话，他需要锻炼来移动下巴和嘴唇。持续的护理对于他的康复至关重要。医院要求阿穆每三个月带病人回来做一次全面检查，每次可能要花五万卢比。阿穆已经为拉维的治疗花费了近四百万卢比。四个月之内，她的银行余额几乎为零，阿穆不知道该怎么办。

安·玛丽亚早上去了医院，帮助阿穆把拉维送回家。四个月后，拉维终于回到家了。然而，他无法举起泰哈斯，也无法与他说话。阿穆负责打扫房子、洗衣服、做饭、照顾拉维、按摩他的脖子和手，并帮助他锻炼下巴。她坐在他身边大声读书，这样他就可以根据阿穆嘴唇和下巴的动作来移动嘴唇和下巴。她每天晚上给他擦澡，给他讲童年的故事。她让他想起他们在哥本哈根的会面、蒙纳和瑞典的旅行、乌普萨拉的授予仪式、他们在埃尔肯湖周围的自行车骑行以及他们在维特恩湖的住宿。她甚至还记得，在他们第二次访问哥本哈根时，他在走向飞机时抱起了她。拉维饶有兴趣地听她说话。他听懂了阿姆的话，但无法说话，也无法自由活动双手。阿穆时不时地唱起迪德里克的歌曲，从拉维的眼神中，她意识到他热爱并享受这首音乐。他甚至尝试和阿穆一起唱歌，她唱了一些拉维曾经为他的母亲艾米莉亚唱的马拉雅拉姆语电影歌曲。阿穆知道拉维正在康复，但这是一个漫长而痛苦的过程。

安·玛丽亚每天早上都会来，几乎每天，她都会从修道院花园带来一些蔬菜和水果——香蕉、番石榴、菠萝和芒果等。尽管阿姆告诉她不要这样做，安·玛丽亚还是把它们带来了。有时，安·玛丽亚坐在拉维对面，大声朗读，帮助他锻炼嘴唇和下巴。她还协助阿耶喂养泰哈斯。"祈祷是与上帝的对话，"安·玛丽亚有一天告诉阿穆。"安玛丽亚，我不相信祈祷。我只相信我能够观察和分析的经验事实，"阿穆回答道。"小时候，你和你的母亲一起祈祷。现在，回到童年，真诚、公开地向上帝祈祷。他会听你的，"安玛丽亚坚持说。

"我很久以前就离开了上帝，因为上帝无法帮助人类。我们创造了上帝，"阿穆说。

"你需要保持谦虚。不要为自己祈祷；为拉维祈祷。让他受益。但愿。祈祷并不昂贵，"安·玛丽亚说。

"我的父亲受到神父和主教的剥削。我不想再遇到同样的情况，"阿穆说。

"女士，您应该为您的丈夫祈祷。就这样。我知道你希望他变得更好，能够昂首挺胸地说话和走路。向圣母祈祷，她会为你求情。"安·玛丽亚试图说服阿穆。

阿木思考了一会，没有给出答复。三个月后，阿穆和安玛丽亚按照医院的指示，带着拉维去超级专科医院进行了彻底的检查。诊断和测试持续了大约六个小时，医生宣称他对进展感到满意，但拉维需要在接下来的两年里继续每三个月检查一次。阿穆支付了五万卢比的全面检查费用。阿穆的银行存款几乎所剩无几。她意识到一个月内支付阿雅和购买家庭用品将变得困难。安·玛丽亚告诉阿穆，她可以利用自己的研究知识和技能赚一些钱，这可能有助于她购买家庭用品。在当地报纸上刊登一个小广告，为研究学者和博士生提供专业咨询。需要这样的帮助来构建研究主题、问题、目标和假设，并制定实证研究的基本原理、抽样设计和方法。安玛丽亚说服阿穆每天花两到三个小时，每天赚五百卢比，这在她困难时期是合理的。

阿穆在当地报纸上刊登了广告，当天就有六条询问。攻读各种科学博士学位的学生向她寻求专业帮助。因此，阿穆开始每天早晚花一个小时帮助研究学者和博士生。第一个月，阿穆大约能赚到一万二千卢比；第二个月，就涨到了一万五千。但这笔钱不足以支付阿雅和购买日常生活用品。阿穆算了一下，她每个月至少需要四万卢比来支付阿耶、日常开支、水电费和电话费。支付拉维每三个月进行一次全面检查的费用是很困难的。没有其他收入来源，阿穆有时感到沮丧。她希望拉维能够康复并工作，但按照医院的建议，她需要等待两年的理疗、按摩和为期三个月的全面检查。

第二天，安·玛丽亚告诉阿穆，她想有一天和阿穆一起去圣母教堂。教堂附属的静修院里有一尊圣母像，每天都有很多人参观圣母像，因为这里是朝圣中心。安·玛丽亚告诉阿穆，教堂里曾经发生过许多奇迹，都是因为圣母雕像和从法蒂玛带来的王冠。阿穆乘坐巴士前往朝圣中心，让安玛丽亚开心。"法蒂玛在葡萄牙，"安·玛丽亚说。"我知道，"阿穆回答道，"因为在我父亲去世之前我一直是一名虔诚的天主教徒。"

"你必须回到教堂，圣母会保佑你，"安玛丽亚说。

"让我看看，"阿穆说。

"法蒂玛有一个朝圣中心，称为法蒂玛圣母。圣母玛利亚在一千九百一十七岁时向三个牧童显现，并告诉他们三个秘密。圣母显现的地方竖立着一座圣母像，"安·玛丽亚叙述道。

"好吧，"阿穆回答道。

"十九年四十六岁，教皇庇护十二世为法蒂玛圣母像加冕，"安·玛丽亚解释道。

巴士站就在禅修所附近。数千名妇女和一些男子大声唱歌并念念珠。人们仿佛失去了理智，许多人都陷入了恍惚之中。安·玛丽亚带着阿穆来到静修所，人们排起了长队，等待观看戴着王冠的圣母雕像。排了大约一个小时的队后，他们到达了雕像。人们在地上打滚，用多种语言赞美圣母。对于阿穆来说，这是一个混乱的场景。她认为这更多的是迷信和恐惧，而不是灵性。"隐居处的王冠来自法蒂玛，它是法蒂玛圣母王冠的复制品，"安玛丽亚说。"为什么圣母需要王冠？她是一位来自村庄的普通妇女，"阿穆说。"如果你戴上王冠走上祭坛，圣母就会满足你所有的愿望。"安·玛丽亚说道，但没有回答阿穆的询问。

人群推着他们，他们没有时间站着不动观看圣母或她的王冠。"这里每天都会发生奇迹。你需要信仰，信仰，就像一个孩子一样。这就是对圣母玛利亚及其力量的完全信任。她是上帝的母亲。她可以满足你任何事情，你的每一个愿望，"安玛丽亚像在诉苦一样说道。参观完圣母玛利亚和她的王冠后，阿穆和安玛丽亚乘坐公共汽车。"我会通知我们在特里苏尔的院长，我带你去见圣母并向你展示王冠。她会很兴奋的，"他们在公共汽车上时安玛丽亚说。"谁是你的院长嬷嬷？"阿穆问道。"她是凯瑟琳母亲。我们教会的创始人乔治主教祝福了她，"安玛丽亚说。

阿穆没有告诉安玛丽亚，她在高中时就认识凯瑟琳母亲。凯瑟琳修女和主教就童贞的美德发表了演讲。"她已经快四十八岁了，仍然每天虔诚地拜访主教以帮助他。主教已年过五十五岁，他很活跃，访问过许多地方，包括梵蒂冈、法蒂玛、圣地，我们的修女会陪伴他，帮助他进行精神活动。"安·玛丽亚补充道。阿穆在夜幕降临前回到了家，安·玛丽亚也回到了她的修道院。拉维正在等待阿穆，她解释了她参观朝圣中心的情况。然而，阿穆并没有告诉他她为什么去看圣母的王冠。这是她第一次向拉维隐瞒什么。

第二天，当安玛丽亚到达时，她告诉阿穆，她前一天晚上梦见了圣母。圣母对她说，如果阿穆戴上圣母的王冠，她就能治愈拉维。阿姆看着安玛丽亚，但没有说什么。她想不惜一切代价让拉维恢复健康的生活。和其他律师一样，她希望他四处走动，为自己的案子辩护并取得胜利。他还有很多年的路要走。当他康复后，她以为自己会和他一起去德国过平静的生活。然而，她却面临着严重的财务危机。尽管拉维袭击已经过去了一年，但阿穆只带他接受了一次医院建议的全面检查。但阿穆没有钱支付。五万卢比对她来说是一笔巨款，而且两年内不可能每三个月就筹集到这笔钱。连日常开支都变得难以应付。她每月可以从研究指导中赚到两万卢比左右，仅此而已。阿穆忘记了许多重要的东西，因为她买不起。她认为拉维和特哈斯不应该挨饿，决定再为更多的学生提供两个小时的专业咨询，这样她每天就能多赚几个卢比。

与此同时，Ammu 收到银行的通知，称她已经有八个月没有偿还贷款了。如果每月没有支付这笔钱，银行将对借款人阿穆和拉维采取法律行动。不可能赚那么多钱，也没有来源可以赚那么多钱。但阿穆很感谢安·玛丽亚给了她研究咨询的想法，因为阿穆通过指导她的研究生每天可以赚近千卢比。然而，很难抽出四个小时，因为她必须花至少六个小时陪伴拉维，喂饭、锻炼身体、按摩他的手、给他洗澡。这位阿耶表达了她想辞职的愿望，因为她发现在这种情况下继续工作很烦人。但阿穆恳求她再留几个月。安·玛丽亚也许是对的。阿穆想，祈祷可能有其未知的好处。她心里突然有了一个决定，要去看看圣母像。她想询问一下戴王冠作为一种精神锻炼的过程。阿穆认为圣母王冠可能会帮助她克服根深蒂固的问题，并帮助拉维从脊髓损伤中恢复过来。她的信仰逐渐从不信状态转变为相信状态。

阿穆想起了她的母亲，她真诚地相信圣母。她的母亲从来没有错过周日的弥撒，但并不像她父亲那样迷信，父亲没有坚定的信仰，但相信仪式和规则。他为自己的叙利亚基督教背景感到自豪，他祖父的信仰也灌输了他。他认为来到喀拉拉邦传播耶稣福音的使徒圣托马斯在公元五十二年已经改变了九个婆罗门家庭并建立了九个教堂。阿穆的父亲赚了钱，但花钱并不谨慎，他给教堂、神父、修女和主教捐了大笔钱。他们从来没有得到任何回报，主教甚至没有表示感激。但阿穆认为信仰可能是有意义的。像她母亲那样的信仰——真诚可靠、成熟温柔——可以帮助她克服问题。她决定在周日去朝圣中心，没有进行任何研究或咨询。阿穆想在第二天拜访安·玛丽亚时告诉她，她计划参加仪式，并且很想戴上圣母的王冠。那天晚上，安·玛丽亚打电话给阿穆，告诉她她母亲的长官已将她转移到特里苏尔的主屋。由于修女凯瑟琳生病了，安·玛丽亚不得不帮助主教进行每日的弥撒。安·玛丽亚很高兴回到主屋，但在困难时期离开阿穆、拉维和泰哈斯感到难过。

阿穆将拉维托付给阿耶后就离开了。她在圣母像前站了一会儿。阿穆发现，戴着王冠的圣母看起来就像一位女王。静修所的牧师告诉阿穆，她需要两周的忏悔。连续十五天每天跪着念念珠是必不可少的。不吃鱼和肉，不发生性关系，即使是与她的丈夫，也是忏悔活动的一部分。她需要向静修所的神父忏悔自己可能犯下的所有罪孽。阿穆考虑参加忏悔仪式，并准备好受苦以取悦圣母。她知道自己已经很多年没有忏悔了，因为她不喜欢向一个坐在忏悔室里贪婪地观察她的男人讲述她的故事。

戴上圣母的王冠被称为加冕礼。牧师会在吟诵和祈祷中将王冠戴在她的头上。仪式的一部分是穿着蓝色长袍，代表圣母玛利亚在耶稣诞生后仍保持童贞。她手里拿着一串念珠，身着圣衣的祭坛侍童站在两侧，在牧师的带领下，走到教堂接受圣餐，然后回到圣母像前，牧师摘下王冠，为她摘下王冠。把它放回圣母的头上。阿木感到很高兴；她希望拉维能尽快好起来。她头上的王冠可以治愈拉维的脊髓损伤。"拉维很快就会康复。他将来不会有任何问题，圣母会保佑他，他会完全康复。"阿姆想起了安玛丽亚的话。阿穆为拉维做了一切，她已经准备好为他而死。

询问结束时，神父告诉阿穆，她需要在加冕前给教堂一份小礼物。这是为了维护圣母雕像的辉煌和荣耀。

"当然，我会送一份礼物，"阿穆看着牧师说道。

"这是习俗，一份小礼物，"神父重复道。

"金额是多少？"阿木问道。

"十万卢比，"神父说。

阿木震惊不已，一时反应不过来。

"你必须将礼物存放在这个办公室，取得收据，然后在静修所出示。然后他们将进行加冕典礼，"神父继续说道。

"谢谢你，父亲。"阿穆转身时说道。

如何赚到这些钱，从哪里来？阿木沉思着。在公交车上，她感到悲伤和沮丧，想着如何帮助拉维，让圣母相信拉维需要她的祝福。将王冠加冕在她头上是帮助拉维的唯一方法。"让耶稣在圣母玛利亚的恩典下治愈他的脊髓损伤，"阿穆沉思道。当阿穆回到家时，拉维还没有睡觉。他看起来很痛苦，阿穆想。他可以慢慢走动，但无法抬起头，无法正常使用双手，也无法说话。拉维完全需要圣母的祝福。"万福玛利亚，满有恩典，主与你同在，你在妇女中受祝福，你子宫里的孩子耶稣也受祝福，"阿穆在厨房里背诵道。

"圣母玛利亚，天主之母，请为我们罪人祈祷，无论是现在还是在我们死亡的时刻。"她沉默了，然后大声说："阿门！"

"亲爱的圣母，请帮助我筹集善款，"阿穆祈祷道。"请帮助我的拉维再次变得正常并完全康复，"她继续祈祷。

阿穆接过安玛丽亚送给她的白色念珠。一串白色念珠。它的珠子是蓝色的，闪闪发光，上面有一个十字架，耶稣挂在上面。阿穆记得安·玛利亚的话："他为了人类的罪孽而放弃了自己的生命。"她祈祷说："圣母玛利亚，为我的拉维祈祷。主耶稣，请帮助我的拉维克服这种痛苦。"女阿姨在客厅里忙着照顾泰贾斯，所以阿穆跪在厨房里，开始背诵念珠，这是她和母亲多年来共同享有的传统。他们会跪在圣母像前，用信心和爱心发自内心地祈祷。阿穆已经记住了所有的念珠奥秘，并从心里快速背诵它们。她闭上眼睛，双手合十，为拉维祈祷。

"圣母，请帮助我的拉维；让他完全康复。"

每天，阿穆在厨房里喂拉维喂食、按摩他的手、给他洗澡时，都会默默地念诵念珠很多遍。现在，念珠已经成为她的迪德里克之歌。

拉维注意到阿姆的变化。她变得更加安静、平静，有时甚至感到悲伤。在进行阅读练习时，他感觉阿木读得很慢。早些时候，她声音更大，速度更快。

阿穆过去每周两次修剪拉维的法式胡须，之后，她亲吻了拉维的脸颊。"你看起来很英俊，拉维，"她说，注意到拉维的眼睛湿润了。阿穆的研究生定期来，她很高兴自己有收入满足日常需要，支付电费、水费、电话费和阿耶的工资。阿木再次收到银行通知，通知她过去十二个月没有支付住房贷款的每月分期付款。阿穆感觉自己好像在发抖，这一切让她不知所措。"圣母，帮助我……帮助我帮助我的拉维，"她祈祷。当阿穆在厨房里时，她听到卧室里有声音，她跑到拉维身边，发现他已经倒下了。尽管他很重，她还是把他举了起来，推到了床上。"你怎么了，拉维？"她拍着他的脸问道。阿穆注意到拉维呼吸粗重。"圣母，请帮助我的拉维，"阿穆大声说道。拉维看着她，尽管他无法抬起头。他的脸上浮现出一抹惊愕之色。"旧的信仰有时会像火山一样爆发，"阿穆看着拉维说道。"这些天，我时常感到筋疲力尽、无助。我需要有人的保护。即使我是理性的，也很难独自一人，"阿穆补充道，握住拉维的手。

拉维试图表明他理解她的痛苦、痛苦、恐惧、信念和爱——她对他的迷人热情。"阿穆，我爱你。我太爱你了。但我没有什么可以报答你的爱。当然，爱不需要任何回报。这是接受，完全的、完整的，"拉维试图说，但他的嘴唇颤抖着，没有发出声音。

"拉维·斯特凡，我明白你在说什么。你告诉我你爱我，非常爱我。你不应该回报我的爱，因为你已经接受了我这个像你一样的人和个体。你和我是一体的，"阿穆说。

然后，她紧紧地抱住了他，良久。她感觉自己仿佛从他身上得到了力量，仿佛有什么东西从他身上流淌出来，进入了她的全身。这不仅仅是触电那么简单。它是愉快的、可爱的、神奇的、神秘的。阿穆相信拉维的整体存在和意识正在进入她体内。她亲吻他的脸颊，觉得是时候修剪他的胡子了，她每周修剪两次可爱的法式胡子。她能感觉到他的鼻子、嘴唇、脖子和胸部。她拥抱过他数千次，始终感受到同样的一体、团结和爱的感觉。

"拉维，我永远深爱着你。我无法想象离开你的一刻。你给了我力量和力量。你给了我希望和对更好生活的渴望，"阿穆抱住胸口说道。

拉维能感觉到阿姆——和他在哥本哈根机场第一次见到她时所经历的感觉一样。当她和他一起去蒙纳旅行时，也有同样的感觉。当他和她一起去瑞典时，也有同样的感觉；当他们在斯德哥尔摩的酒店里第一次做爱时，也有同样的感觉——这对他们俩来说都是第一次，身体和心灵的结合，他们的爱的融合。拉维喜欢保持这样，但他无法拥抱她，因为他的手没有动。他想和 Ammu 一起度过一生，直到永远。拉维试图靠近阿穆，她意识到了这一点，并能感觉到她把他抱得更紧了。她有一种可爱的气味——她身上的气味，她女人味的香气，还有她存在的芬芳——他喜欢这种气味，把鼻子靠近她的脖子。令人陶醉，渐渐地他忘记了世界的一切。他可以看到她慵懒而明亮的眼睛，他的阿姆看起来性感而美丽。阿穆和拉维希望一直保持这样的状态直到生命的尽头。突然，门铃响了。是邮递员和一封来自超级专科医院的信。

"除了一次全面检查外，你已经错过了所有检查。我们可以给你一万卢比的折扣。你付四万而不是五十，"阿穆读道。

"我手里连四卢比都没有。"阿穆自言自语道。

生活已经成为一个真正的挑战。她需要钱，没有什么可以替代。她必须成功，否则她就需要在银行账户上存满纸币。

但必须立即为拉维提供更好的治疗。圣母的祝福就能做到这一点，并且可以消除他们所有的毛病、悲伤、忧虑、疾病和伤害。她立即要求十万卢比向教堂赠送礼物，以供圣母加冕。阿穆回忆说，有一位名叫穆罕默德·科亚的建筑商。他建造了安玛丽亚修道院、学校、医院、神学院和其他机构。十年之内，他就在这座城市中出名了。阿穆想向他借十万卢比，这样她就可以把它捐给教堂。突然，阿穆感到一阵欣喜。阿穆见过科亚的办公室——就在去她大学的路上。喂完拉维后，阿穆坐在他身边，给他讲了许多他们穿越欧洲的故事。在遇见穆罕默德·科亚之前，她曾辅导过她的三名研究生。

他的办公室位于他建造的一栋优雅的建筑内，距离阿穆家约三公里。高野在办公室，等了四十五分钟后，他给她打了电话。"嗨，女士，晚上好。我能为你做点什么吗？"Koya 微笑着问 Ammu。"我需要一笔贷款，一笔十万卢比，"阿穆在没有做任何介绍的情况下说道。"没问题。我们收取百分之十八的复利，每三个月计算一次。你可以用黄金、房屋登记文件或任何其他财产来获得贷款，"科亚回答道。"没有黄金，我们已经从银行以我们的财产为抵押贷款了，"阿穆回答道。"所以，你需要钱而不需要抵押财产？"科亚说道。"是的……"阿穆回应道。"没问题。让我想想。无论如何，我必须帮助你，因为你是为了钱而来的。我不想让你空手而归。"科亚说得很坦白，阿木也感觉到了。"所以我该怎么做？"阿木问道。"一周后见我。我要出去，一周后回来，等我回来你的钱就到你手里了。可以肯定的是。"小野在一张纸上写下了他的电话号码。"这是我的电话号码。"科亚微笑着把电话号码递给了阿穆。

阿木感觉很幸福。时隔数月，她带着笑容归来。她购买了蔬菜、牛奶、鸡蛋、水果和其他日常用品。回到家后，阿穆给拉维准备了咖啡，并帮他慢慢地喝。"拉维，我爱你。你很快就会好起来的。"阿穆边说边帮拉维用汤匙喝咖啡。然后她用软布擦干净他的嘴唇。她握住泰哈斯的手，对他说话并坐在拉维旁边。

"一周后，特哈斯就满两岁了，"她告诉拉维，她看到他眼中闪烁着光芒。

晚上，阿穆又接待了两名研究生，并和他们一起度过了大约两个小时，直到八点。阿穆非常注重让阿耶开心，并定期支付她的报酬。但在支付完所有必要的费用后，她的钱包里什么也没剩下。阿穆继续她的禁食和苦行。特哈斯出生后，她就禁欲了。她每天跪下念珠，并向圣母祈祷，帮助拉维治愈脊髓损伤。当她祈祷时，她闭上眼睛，双手合十，她以为圣母正在聆听她的祈祷。她确信，在加冕圣母王冠后，她的拉维就会完全康复，可以像正常人一样行走和说话。然后他们会环游世界，享受充实的生活。她想到了定居在斯图加特的一个小家庭：拉维、泰哈斯和她自己。

她相信圣母会创造奇迹，圣母的王冠会改变她的生活。

一周过去了，阿穆回到穆罕默德·科亚的办公室。"晚上好，女士。"科亚满面笑容地向她打招呼。"晚上好，"阿穆回答道。"所以，你需要十万卢比，而无需抵押财产，"科亚看着阿穆说道。阿姆回头看着科亚。"但如果没有适当的记录或文件，我不会捐出任何钱。然而，我有一个朋友，他捐钱时没有任何记录，"Koya继续说道。

"那么，我应该去见见他吗？"阿木问道。

"是的。我带你去我朋友家。他是一个好人，"科亚说。

"你是什么意思？"阿木问道。

"他的钱不是贷款。没有兴趣。你甚至不需要归还它，"Koya 说。

"为什么？"阿木问道。

"你不明白我在说什么。这很简单，"Koya 再次微笑着说道。

"告诉我清楚，"阿木说道。"由于他在没有任何记录和利息的情况下给钱，你需要在没有任何记录的情况下归还给他一些东西，"科亚解释道。"但是我会把钱还给你的。"阿木坦言。"他不需要钱。但你可以给他一些回报，"科亚说。"它是什么？"阿木问道。"你很年轻，而且很漂亮。你手里将有十万卢比。让我的朋友自己住一晚，"科亚说。"你在说什么？"阿木一边说着，一边从座位上站了起来。

"没有人愿意付十万一晚。你的钱是肯定的，"科亚补充道。

阿穆没有说话；她走了出去。回到家后，她惊讶地看到拉维慢慢地走来走去。"拉维！"她叫。"你的修为有进步了！"阿木亲吻他的脸颊说道。她握住他的双手，确认有一些改善。"我相信你一个月之内就能正常走路了，而且很快你就能拿东西了。"阿木说道，表达了她的幸福。拉维想说话，但说不出来。"你会没事的，亲爱的拉维，"她说，将手掌放在他脸的两侧。第二天，两名银行职员来了。他们告诉阿穆，银行不能再等了，如果一个月内未支付全部十八笔分期付款，银行就会将他们赶出房子并接管。阿穆不知道该如何反应。

没有赚钱的可能。学校已经安排了别人代替她工作两年,所以她只能等到假期结束。

如果拉维快点好起来,一切都会好起来的,他需要圣母的祝福。"为了拉维,让我戴上圣母的王冠吧,"阿穆想。那天晚上,喂完拉维,给他清洗,按摩他的手和下巴,梳理他的头发,给他换上睡衣,打扫整个房子,锁上大门和停车场,锁上大门,并念诵她的念珠,阿穆拥抱了拉维。然而,她却睡不着。她想过摆脱财务困境和日常苦差事,帮助拉维克服伤病,过上健康的生活。阿穆意识到这是一项艰巨的任务,并向圣母寻求灵感。她想到了圣母。然后阿穆突然受到圣母的启发,吟诵了圣母颂。

"我的灵魂尊主为大,我的灵以上帝我的救主为乐,因为他眷顾了他仆人的孤独。从今以后,万代都要称我为有福的,因为全能者为我行了大事,他的名为圣。他的慈悲临到世世代代敬畏他的人。"

圣母玛利亚与约瑟夫订婚并答应嫁给他,约瑟夫爱她并信任她。尽管他们订婚了,圣母玛利亚并不反对上帝在她身上生下他的儿子。是的,圣母通过神的干预怀上了一个孩子,这是为了一个目的——将世界从罪恶中拯救出来——她没有自私的动机。阿穆相信圣母无私,她为拉维痊愈所做的祈祷并不是为了个人享受。她急需十万卢比向教堂赠送礼物,以便她能戴上圣母的王冠,也就是加冕法蒂玛王冠。然后阿穆说"是",就像拿撒勒圣母对天使加百列说"是"一样。

圣母没有犯罪。相反,她通过她的儿子耶稣消除了人类的罪孽,而耶稣的父亲就是上帝。然后阿穆看到了圣母玛利亚和天使加百列的出现,告诉上帝他对她和她与上帝的结合感到满意,于是圣母玛利亚怀孕了。约瑟夫总是和她在一起,从不质疑玛丽,并且相信上帝的计划。

阿穆相信她与圣母玛利亚相似,并感到有必要筹集足够的钱来支付教堂佩戴圣母玛利亚的王冠。突然,阿穆的视野变得更加强烈,她再次感受到圣母与上帝在肉体和精神上的结合。这是一种令人难以置信的身体体验,性与神性的融合,将圣母的体验转变为一种深刻的快乐,就像耶稣诞生时阿穆与拉维的高潮一样。

有时,阿穆会变身为圣母玛利亚,体验在她的子宫里怀着耶稣的经历。在这些时刻,她会失去所有外部意识,并出现反复而短暂的性快感。她的时间和空间感将会消失,但美丽而神圣的一体性却存在。她体验到上帝是一个人,与他发生性关系就像创造宇宙一样,花了七天的时间。最后一天,她会经历一次恍惚,最后,上帝会安息。

第十章: 传奇

阿穆陶醉于上帝，相信上帝已经成全了她，就像圣母与圣灵一样。这是一种痛苦的肉体结合，一种末世的、持久的性体验，一种对上帝的深入的爱，淹没在上帝之中，沉浸在上帝之中，并回归上帝。阿穆对新加布里埃尔穆罕默德·科亚产生了深深的信任，并打电话给他，让他知道她已经准备好了。

早上按摩拉维的手并给他喂饭后，阿穆告诉他她将去安玛丽亚的修道院过夜祈祷并与修女们一起静修。拉维已经知道阿姆一直在进行某种崇拜，所以他脸上没有表现出任何情绪，尽管他对祈祷没有信心。他知道阿姆正在为他的康复做一切事情。然而，阿穆感到深深的伤害，因为她不得不对拉维撒谎，这是她告诉他的第一个谎言。尽管如此，Ammu 还是在家里承担了所有的工作，给 Ravi 按摩、锻炼、喂食、清洁，这给她带来了快乐。她指示女阿姨，告诉她要出去过夜，并热情地吻了泰哈斯。在他们的卧室里，她拥抱了拉维，注意到他留着法式胡须，看起来很优雅。然后阿穆乘坐公共汽车前往穆罕默德·卡亚的办公室，他开着他的奔驰车在那里等候。

"我们需要从这里向山上行驶大约五十公里，"他对阿穆说。

阿木没有说话，但看上去很高兴。她的脸上浮现出一种期待，希望能拿到十万卢比来支付教堂佩戴圣母皇冠的费用。她相信圣母会立即治愈拉维。虽然是在城外，但还是有路灯的。

"我的朋友是一位年轻、聪明的单身汉，比你年长一些。他每个月赚数百万美元，而且非常慷慨，"穆罕默德·科亚继续说道。

当他们穿过丘陵地区的一片广阔的橡胶园时，阿姆默默地听他说话。"过去十年我们一直是朋友。我管理他所有的建筑工作。与他一起工作是一种乐趣，"穆罕默德·科亚补充道。"我正在为他寻找未来十到十五年的合作伙伴。这将减轻我每个月寻找一个的负担，"穆罕默德·科亚回顾过去说道。"我准备每次来付十万。"阿穆没有回应。突然，他们停在一座典雅的宅邸前。"这是我的宾馆。今晚除了我的朋友之外没有人来。有一些仆人，但他们永远不会见到你。早上我的司机会在这里等你。"高野一边说着，一边走进了大楼。"就是这里，"当他们到达一扇灯光昏暗的门口时，他递上一捆钞票说道。

高野打开门，但光线不够。阿穆意识到这是一间套房。"在这儿等着。他随时都会来。"高野关上门时说道。阿木坐在沙发上，听到一阵轻柔的脚步声。突然，他就在那里。阿姆看不清他，但他和拉维一样高，留着胡子。他站在阿姆面前，伸出手说："欢迎。"然后，他轻轻地抱住了阿姆。"来吧。"他拉着她的手，带着她往卧室走去。卧室设有连接浴室。他再次拥抱阿穆，亲吻她的脸颊和嘴唇，脱掉她的衣服，亲吻她的乳头、肚脐、阴唇、阴蒂，良久。在床上，他一开始是体贴温柔的，但有时却是粗暴的。阿穆很快意识到他比她更有经验。他们尝试了很多姿势，他的抽插、咕噜声和体操一直持续到凌晨。

早上七点她就准备好了，而他则赤裸着脸趴在床上睡觉。阿木缓缓打开门，关上，然后走了出去。司机就在门口等候。阿木让司机把车停在距离她家一公里左右的地方。车子停稳后，她便朝自己的家走去。她很高兴看到拉维一步一步地漫步；他低着头，试图活动双手。"圣母玛利亚保佑了我们！迹象就在那里。我必须把钱存入教堂作为礼物，并戴上圣母的王冠。"阿穆想。"拉维……"她叫道，拥抱并亲吻他的脸颊。"你正在好起来，拉维。我很高兴，"她补充道。

拉维试图看她的脸，但他的头仍然低着。阿耶正在喂泰哈斯，阿穆吻了他。洗完澡后，阿穆准备了早餐，喂拉维。饭后，Ammu 帮助他四处走动，她带着 Tejas 来帮助 Ravi 抱着他。经过多次尝试，拉维可以留住泰哈斯，但他的控制力并不稳定。然后阿穆把整个房子打扫干净并拖地。她的三个学生来了。在接下来的两个小时里，她开始与学生进行研究咨询，审阅他们的论文草稿，并帮助他们对数据进行更好的统计分析，并对潜在的统计值做出令人信服的解释。

阿穆已经完成了三个多月的禁食和苦修，尽管只有一个月是强制性的。她计划在下周末之前认罪，然后戴着圣母皇冠向静修中心捐赠十万卢比，以治愈拉维的脊髓损伤。这一周过得很愉快，阿穆也感到很开心。拉维现在可以把光辉放在手里几分钟了。阿穆一大早就做家务，包括帮助拉维做日常事务。她只剩下一个月的时间来完成两年的休学，并决定重新加入。等拉维完全康复后，他们将前往德国，或者拉维将再次开始在高等法院的练习。她对更美好的未来充满希望。受苦和痛苦的日子已经一去不复返了。阿穆相信两年的艰辛将是多年持续幸福的前奏。

他们的儿子 Tejas 将于三年内开始上学，Ammu 相信他会在学业上表现出色。她也希望他能追随父亲的脚步，变得有良心，愿意帮助那些被压迫和受害的人。阿穆设想泰哈斯会为穷人和有需要的人挺身而出，为他们的权利而奋斗，并最终实现美好的生活。她相信为他人而活是有目的和目标的。阿穆设想特贾斯成为一名人权律师，与父亲一起站在法庭上，展示他们的法律知识和技能，并揭示其隐藏的含义。她相信，人权与法官的正义息息相关，他们最终会取得胜利。阿穆的忧虑深重而痛苦，但她仍然对光辉的未来充满希望。

阿穆忘记了离开拉维和泰哈斯的痛苦，前往静修所。她向拉维保证，她会为他们更好的未来祈祷。在公共汽车上，她想到了圣母的王冠和加冕礼。牧师会将王冠戴在她的头上，她会戴上王冠，在祭坛男孩和牧师的陪同下走向教堂。充满灵性的气氛将会盛行，教堂内也会有祈祷。空气中弥漫着焚香的香气，祭坛侍童将香炉交给牧师，牧师将其摇向祭坛以敬拜上帝。芳香的香水会在香炉内燃烧，释放的香气会取悦上帝，上帝会通过圣母的代祷来祝福拉维。

阿穆知道她会为拉维戴上圣母的王冠，希望圣母能治愈他。当她到达静修所时，一大群人正在祈祷圣母玛利亚的代祷，主要是为了他们所爱的人的康复。她看到入口处高高的基座上戴着王冠的圣母像。

阿穆在圣母雕像前跪下，祈求她帮助拉维过上健康的生活。然后她去了忏悔室，把钱包放在胸前，里面装着一捆十万卢比的钞票。她在队列里等了一个小时才轮到她。阿穆不确定在忏悔期间该对神父说些什么，也不知道如何提及她两周前的性接触。对于阿穆来说，收钱买礼物是上帝的旨意。这是为了教会；她服从了上帝的旨意，正如圣母遵循上帝的旨意怀上了上帝的儿子耶稣一样。

在忏悔室里，阿穆跪下来说道："以圣父、圣子和圣灵的名义。"她还背诵了一次主祷文和圣母经。

阿穆注意到忏悔室就像一个柜子，而她已经在忏悔室呆了将近十八年了。

"保佑我，父亲，"她说。

"是的，我的女儿，以圣父、圣子和圣灵的名义，"阿穆听到牧师说。她可以看到他用右手画了十字。

"父亲，我在十八年后承认这一点，"阿穆说。

"十八年后？"神父惊呼道。

透过忏悔室的小洞，阿穆看着牧师。"他长得很像。"她在心里说道。"他不可能是他，"她自言自语道。

"父亲，有一次我和一个不是我丈夫的人发生了性关系，"她说。

"我的女儿，与你丈夫以外的人发生性关系就是通奸。这是一项大罪，违反了上帝的第六条诫命。你犯下了严重的罪孽，"神父说道。

"但是父亲，圣母。"

"不，我的女儿，这严重违反了上帝赐给摩西的诫命。你需要通过圣母的代祷进行忏悔和祈祷，"神父补充道。

阿穆再次从忏悔室的洞里往外看。她隐约能看到他的脸。"他长得像他……就是他！"阿木在心里说道。"我的女儿，你犯了罪，"她听到神父说。"他的声音很熟悉，"阿穆想。"是他的声音。"她突然想起他说："欢迎光临。" "但他不可能是他，"阿穆想。"他永远不可能成为他，"阿穆安慰自己。"接下来的三个月你需要禁食和忏悔，祈求上帝的怜悯并向圣母祈祷。这就是惩罚。我以圣父、圣子和圣灵的名义宽恕你的罪孽，"牧师祝福阿姆说道。"谢谢你，父亲，"阿穆说。"但他不可能是他。"阿木在心里说了一千遍。她去静修所办公室支付了十万卢比、礼物以及她放在钱包里的那捆钞票。过去负责收钱的牧师缺席了。她再次走出去，与圣母玛利亚的信徒们一起走动。她需要出示收据才能在祭坛前举行圣母加冕典礼和教堂祈祷。

一个小时后，她再次去付礼物。在她前面排队的有几个人。她知道神父坐在里面，收钱并开具收据。她排着队，走到门口时，身后有几个人。她面前又多了一个人，神父收了钱，开出了收据。她可以看到他的桌子上有一个巨大的十字架，可能是钢制的，上面有被钉在十字架上的耶稣的图像。她从钱包里拿出钞票，站在坐着的牧师面前。

"父亲……"她叫道。

突然，他看着她。

"是他。"她在心里说道。

那捆钞票从她手里掉到了地上。阿穆抓起手中的十字架。这东西相当重,她用尽全力砸在他的头上。她可以看到十字架的右臂深入牧师的头部,刺穿他的大脑并留在那里。身后的骚动、叫喊声持续了她的余生。人群聚集,很快警车就出现了。那天晚上,阿木被关了起来,第二天,警察把她带到了地方法官那里。由于这是一起谋杀案,因此无法保释,阿穆受到了三个月的待审。监狱当局将她关在牢房里,因为她属于最危险的类别。审判期间她没有律师,并拒绝接受慈善律师。

检方态度坚决,并成功证明阿穆偷了神父的钱。埃彭的桌子上,当牧师抓住她时,她用十字架打了他。这是一起有预谋的谋杀案。在漫长的审判过程中,阿穆一直保持沉默。她无话可说,也没有回答检方提出的问题。"杀人是你犯的吗?"法官直接问了她一个问题。但她没有回答,令法官感到惊讶。"她应该被判处死刑,"检方坚称。

"你难道不知道我有权力对你进行惩罚吗?那你为什么不说话?"法官问阿穆。

她保持着深深的沉默。

"被告已经接受了她的犯罪行为,这是有预谋的。她应该被判处死刑。"检方辩称。"毫无疑问,这证明你犯下了谋杀罪。所有的证据都对你不利。很多人都目睹了你的行为,"法官说。对于阿木来说,沉默就是她的真相,而保持沉默的好处是她不必记住自己说过的话。

法官判处阿穆终身监禁,不得假释,这意味着她将留在四堵墙内直至死亡。当地报纸大肆报道此案,竞相称这位神父为圣人。神父。埃彭负责一个教区的慈善和发展工作,监管不同教区的七十五所学校和各种工程、艺术和科学学院。他还管理着三十多个慈善机构,并监督神学院、教育机构和医院等建筑的建设,并在此过程中与许多修道院合作。

"神父。埃彭与教区所有其他神父和修女都保持着良好的关系,他是主教的得力助手,"一份报纸写道。

"他出身卑微，来自伊里蒂以外一个叫马塔拉的小村庄，曾帮助教区管理的孤儿院、妇女机构和疗养院的数百名儿童。人们喜爱并钦佩他，"另一家当地报纸说。

"神父。埃彭对他所处理的资金进行了细致的记录。他对从美国、意大利、西班牙、爱尔兰、德国和荷兰的捐助机构收到的外国资金很诚实，而且他从不渴望出名，"另一家报纸提到。

"神父是一个需求微薄、生活方式简朴的人。埃彭代表了人类最好的一面，"他的老朋友兼建设者穆罕默德·科亚说。科亚几乎承担了教区的所有建筑工作，包括主要的神学院。

另一份报纸说："他的死是一个巨大的损失——一个圣人被一个贪婪的女人残酷地屠杀。"

「由于静修所的神父因紧急工作而外出，神父。埃彭从很远的萨拉塞里赶来，照顾闭关院的行政工作两天。当然，梵蒂冈很快就会宣布他为圣人，"教区新闻杂志写道。

阿穆在监狱里的日子是多事的，她的行为堪称典范。十年之内，当新的监狱长上任时，她被要求在监狱里教导男性囚犯，这在喀拉拉邦还是第一次。她开始对囚犯进行教育，因为他们中约有百分之十是文盲。阿穆采用了与女性囚犯相同的方法，挑选识字的囚犯作为教官。她将大约一百四十名学生分成七组，教他们阅读、写作和算术。几个月之内，他们中的大多数人开始阅读马拉雅拉姆语报纸，并可以给家里写信。她可以独自在男犯的病房里走动，没有男狱警的陪同，赢得了男犯的尊重和狱警的信任。所有囚犯都称她为"阿姆老师"。十五年内，她在监狱中的成人扫盲计划在喀拉拉邦广为人知，有关教学的详细信息被纳入该州监狱的年度报告中。

监狱长要求阿穆为男囚犯准备第五级和第十级考试。她发现第五堂课的准备容易多了，但第十堂课却是一项艰巨的工作。男囚犯还有很多其他兴趣，因此很难集中精力进行期末考试。第一批参加十级考试的男囚犯中，只有十分之二的人能够通过。然而，阿穆并没有放弃。十一个成功了。次年十八考。监狱长每三个月为所有被定罪的男性囚犯安排一次会议。大约七百名囚犯要求阿穆与他们谈论家庭生活、医疗保健、识字、家乡儿童的教育，以及通过写信与家人保持良好沟通的重要性。监狱当局还要求阿穆与囚犯讨论维持监狱内提供的技能或职业培训、日常体育锻炼、参加监狱内组织的体育和游戏、参与文化活动以及避免吸烟、吸毒的必要性。和酗酒。监狱工作人员和囚犯都对阿穆的演讲表示赞赏。她有一种用简单语言解释问题的天赋，囚犯们都热切地等待着她的发言。监狱工作人员尊重她的知识和个性，因为阿穆可以以不同的方式帮助数千名囚犯。

当阿穆服完十八年的牢狱生涯后，出现了一位新的监狱长。有一天，他把阿穆叫到他的办公室，请她坐下。这是第一次有狱警要求她坐在他面前。"我听说你是一个受过高等教育的人，而且我了解到你拥有瑞典的博士学位，会说瑞典语和英语，"他在没有任何介绍的情况下说道。和往常一样，阿穆保持沉默。

"我有一个请求。你能教我妻子说英语吗？"他一边提出请求，一边看着阿穆。

阿木没有说话。她只是看着院长。

"你可以说。我允许你说话。"警长说道。

"先生，我很乐意这样做，"阿穆回答道。

"那太棒了。我的妻子会来这里；你不能走出监狱。我办公室旁边有一个房间，你可以在一年内训练她说一口流利的英语。你还可以帮助她提高阅读和写作。"负责人微笑着说道。

"是的，先生，"阿穆说。

"看，我们经常收到大学、机构和其他组织的邀请，去演讲并参加会议和研讨会，掌握良好的英语口语是有帮助的，"负责人补充道。

第二天，阿穆开始在主管办公室附近的一个房间里为主管的妻子提供指导。房间里有两把椅子、一张桌子和一块黑板。阿穆的新学生是萨丽塔，她拥有社会学学士学位。最初，阿穆问了萨丽塔一些基本问题，并要求她用英语回答。然后他要求她大声朗读报纸上的特定段落。尽管萨丽塔三十出头，但她对从阿穆那里学习英语口语和书面语的细微差别表现出了极大的兴趣。阿穆每天都会给她布置大量的练习作为家庭作业，而萨丽塔总是能让阿穆满意地完成这些练习。负责人对进展感到满意，并赞扬了阿穆和他的妻子。他购买了六本阅读练习书籍和一些基本语法和作文的读本。阿穆花了一个小时进行英语口语，半个小时进行阅读，另外半个小时进行写作。六个月之内，萨丽塔就能毫不费力地说英语。

阿穆在剩下的一天里在女性和男性病房组织成人扫盲计划。每年有四十多名囚犯参加入学考试；十到十五人写了毕业考试；大约有四到五个人参加了毕业考试。结果总是令人鼓舞。到她二十岁时，几乎所有囚犯，包括女性，都识字了，这是一项独特的成就。萨丽塔（Sarita）英语说得很好，她告诉阿穆（Ammu）她可以关注BBC新闻并理解新闻播音员所说的每一个字。阿木感到很高兴。在监狱长被转移到另一所监狱的前一天，他把阿穆叫到他的办公室。萨丽塔也在办公室。

"女士，我们很感谢你，"警长对阿姆说道。

听到警长叫她"女士"，阿穆有些困惑。在监狱里，第一次有警官恭敬地对她说话。

"这是我的职责，长官，"阿穆回答道。

"这超出了你的职责，"他补充道。

然后萨丽塔拥抱了阿穆。"女士，非常感谢您，"她说。"我们能为您做什么？"萨丽塔问阿穆。

阿穆看着萨丽塔。她知道她的结局将在监狱围墙内，而她的埋葬地将在围墙内的一棵柚木树下。"我们可以帮助您，女士。我即将晋升为监狱副监察长。当我去特里凡得琅时，我会确保你的无期徒刑转为无期徒刑。由于您已经完成了规定的无期徒刑期限，您将被释放出狱。政府可以做出这样的决定，"他解释道。阿木不知道该说什么。"女士，我们会帮助您，"萨丽塔说。临走前，萨丽塔再次拥抱了阿穆。

阿穆继续她的成人扫盲计划。新任院长是一位年轻人。有一天，他把阿穆叫到他的办公室。"政府的政策是矫正和康复，而不是惩罚，当局正在认真考虑是否可以让你出狱，让你过上正常的生活，"负责人说。一周后，由监狱部门的五名专家组成的委员会会见了阿穆，探讨政府是否可以将阿穆的无期徒刑改为无期徒刑。他们向阿穆询问了过去二十四年来她在监狱中组织的成人扫盲计划的工作情况，她回答了所有问题。委员会似乎对她的回答相当满意。一个月之内，负责人通知阿穆，委员会已无条件地给出了关于她出狱的有利报告。政府批准了委员会的建议，并决定在阿穆服满二十五年后将她无条件释放出狱。在获释的前一天，阿穆走遍了监狱的各个病房。所有犯人都很认识她，因为她是他们多年的老师，他们都很尊敬她。她是唯一一位被允许探视监狱内男性病房的女性因犯。她在监狱男科教了十五年，在女科室教了二十五年。她的日子成了监狱的一部分。

多年来，阿木夜里无法入睡，思考着生命的无意义。她知道她的结局将在一棵柚木树下，因为当她年老去世时，没有人会认领她的尸体。但阿穆对她的成人教育计划感到高兴，因为她可以在二十五年的时间里帮助数千名囚犯，并极大地改变他们的生活。

阿木回到人间时已经六十一岁了，两手空空。对她来说，无处可去。她将成为一个孤儿，从一条街到另一条街，从一个村庄到另一个村庄，没有遇到任何人。她没有家，也没有亲戚，即使在她种植*库特恩*多年的库塔纳德，她在这个地方也是一个陌生人。二十五年来，监狱一直是她的家，是她唯一可以为自己辩护的地方，在那里她是安全的，也是她作为一个人受到尊重的地方。阿穆永远不知道她的儿子在哪里，但她确信他会为自己谋生，帮助别人像他父亲一样过上更好的生活。除了她已故的丈夫之外，阿穆没有见过任何人。监狱当局将她从囚犯的世界释放到死人的世界。

她正从一个没有自由的地方走向一个只为死者提供空间的地方。她想找到自己的丈夫睡在哪里，和他日夜不停地说话，和他一起睡到永远。这是她二十五年来的渴望。

突然之间，阿穆变成了一个被遗弃的女人。

门外响起了敲门声，阿木突然起身去开门。这是一个笑容满面的贾纳基。"早上好，梅耶教授，"贾纳基说。"早上好，亲爱的贾纳基，"阿穆向她打招呼。"你睡的好吗？"将热气腾腾的咖啡放在桌上，贾纳基问道。"当然，"阿穆回答道。喝完睡前咖啡后，阿穆和贾纳基和阿伦一起准备早餐。"早上好，梅耶教授，"阿伦说。"早上好，阿伦，"阿穆回答道。他们有 *idli*、*vada*、*uppama*、*sambar*、酸辣酱和水果沙拉。再次，一杯咖啡。"今天有什么节目？"阿木问道。"早上，我们会打扫整个房子，"阿伦说。"那就去投票吧。今天是州议会选举，"阿伦说。"主要政党有哪些？"阿穆问道。"像往常一样，国大党、共产党和统一国民党，"贾纳基说。"极端民族主义者从未在喀拉拉邦赢得过一个席位。有一位名叫 Bhat 博士的人，几年前组建了一个名为 *Bharat Premi Party 的*政党，自大约二十年前成立以来，他一直拥有一个席位。现在统一国民党要求他担任他们在喀拉拉邦的领导人。他还将自己的政党与统一国民党合并。政治分析人士称，他可以在这次选举中获得四到五个席位。这将是统一国民党的伟大胜利，也是对巴特博士能力的考验。"阿伦解释道。

阿木没有反应。"喀拉拉邦有一百四十个选区，国大党和共产党的实力大致相当。假设统一国民党这次获得五个席位，他们可能会改变喀拉拉邦的整个政治格局，"贾纳基说。"这是真的。国大党憎恨共产党，共产党也憎恨国大党，他们都憎恨统一国民党。但对于他们组建政府来说，如果他们没有独立获得简单多数，他们就迫切需要统一国民党的支持，"阿伦说。"统一国民党正在等待将国大党和共产党连根拔起。但它渴望与他们中的任何一个一起加入政府。国大党和共产党人都清楚，如果没有统一国民党，他们就无法组建政府，"贾纳基解释道。"因此，如果统一国民党能够获得四到五个议会选区，他们可能会成为喀拉拉邦最强大的政党。随着*巴拉特普雷米党*与统一国民党合并，巴特党也取得了领导地位，统一国民党很有可能成为一支强大的力量，并利用他们新获得的力量，"阿伦分析道。"政治专家声称巴特将成为下一届政府的副首席部长。没有他，国大党和共产党都将无能为力，而在他的支持下，任何人都可以组建政府却仍然无能为力。Bhat 正在等待出击！他很残酷，"贾纳基评论道。

"共产党的领袖是谁？"阿木问道。

"他是阿迪亚·阿普库坦 (Aditya Appukkuttan)，一个高度理性、专注且忠诚的人。他了解人们的脉搏。为了党的缘故，他早就和除了妻子以外的所有亲戚都疏远了。阿迪亚出身卑微，决心改变喀拉拉邦。他不像老共产党员。邓小平是他的理想。这些天，他赞扬了习近平的政策，"阿伦解释道。

停顿了一下，阿木问道："他的父母呢？"

"他们已经不复存在了，"阿伦说。

"阿迪亚受到他的妻子詹妮弗的训练，她是一位杰出的政治操纵者和理论家。一些政治评论家说她不是共产主义者。她甚至可能向巴特提供最高职位，让她的丈夫担任副首席部长，但这种可能性很小，"贾纳基一边喝着咖啡一边澄清道。

阿穆沉默了片刻。尽管她从未见过阿迪亚和詹妮弗，但拉维告诉了她很多关于阿迪亚的事，并提到了詹妮弗的名字。

阿穆和阿伦一起，贾纳基打扫了房子，大约花了三个小时才完成。中午时分，Janaki 和 Arun 决定做牛肉 Biryani，Arun 是厨师。他取了一定数量的小豆蔻、丁香、肉桂、茴香、孜然籽、吉拉、肉豆蔻和肉豆蔻粉，阿穆帮助他将它们磨成细粉。然后贾纳基带来了腌制的肉。阿伦将香料与牛肉、姜酱、大蒜酱、酸橙汁、凝乳、香菜和普迪纳叶混合。他把香料、半生不熟的米饭和肉分层放入容器中，上面放上稍微炸过的腰果和洋葱片。阿伦关紧锅盖，用小火煮印度比尔雅尼菜。

他们吃了 *vellayappam* 炖菜作为开胃菜。"印度比尔亚尼牛肉味道独特，"阿穆边吃边说道。"这是马拉巴尔典型的庆祝餐，"阿伦补充道。"香料很均衡，不会降低牛肉的味道，"阿穆说。"牛肉是解放者和均衡器，"阿伦评论道。"对于数百万印度人来说，这是最好、最便宜的营养食品。达利特人、部落、穆斯林、基督徒和许多其他人都喜欢它。但统一国民党的精英却想在印度全境禁止吃牛肉，压制吃牛肉者的自由和平等。"贾纳基说。"吃牛肉可以给普通人带来精神和体力，但统一国民党的权力贩子却无法消化它。极端民族主义者希望通过限制大多数人的饮食习惯来控制他们。意识形态的统治导致肉体的压迫。对牛的治安维持、暴民暴力以及对妇女和女孩的杀害和强奸是这种统治和压迫的表现。这就是为什么统一国民党领导人对奶牛私刑和私刑保持沉默。通过默许支持狂热分子和原教旨主义者，统一国民党已将自己转变为印度塔利班，"阿伦分析道。"印度最初的定居者和其他人类一样以牛肉为食。来自小亚细亚的野蛮雅利安人袭击了印度的原住民，他们以牛肉为食，并且吃牛肉持续了几个世纪。后来，雅利安人的祭司编造了反对吃牛肉的故事来统治大多数人，"贾纳基试图给出一个历史观点。

"牛肉提供了大量的蛋白质，你不需要吃太多食物。在生产和消费过程中，没有必要浪费食物。"阿穆补充道。

阿穆说："那些自称素食者甚至浪费了盘子里一半的食物，因为没有人有权浪费资源，即使钱是他们的。"

"我见过新加坡、韩国、日本、以色列、许多欧洲国家和美国的人们，即使在餐馆和聚会上，也没有浪费哪怕一口食物。这就是他们的文化，因为没有必要浪费非素食食物。而在印度，大多数人会浪费掉盘子里百分之四十到七十的食物，就好像浪费素食是他们文化的一部分或权利一样。因此，坚持只吃素食，这个国家就浪费了大量的熟食。"贾纳基斩钉截铁地说。

"在加入印度理工学院之前，我一直是素食主义者。我的朋友拉曼·南布迪里（Raman Namboodiri）展示了吃牛肉的好处。他买不起食堂里昂贵的素食。于是，他开始在他的小房间里做饭：大量的牛肉、面包、鸡蛋、牛奶和水果。他的食堂伙食费用还不到三分之一，而且他始终保持着健康和聪明，口袋里还有现金余额，是他守寡的母亲每月寄给他的。我开始和他一起吃饭不是因为我没有钱，而是因为我确信他的实验的积极成果和他的行为背后的意识形态。我很惊讶地看到食堂里的素食者每天都毫无顾虑地浪费大量食物。自从加入拉曼以来，我一直保持健康和富有，没有感到内疚或羞耻，"阿伦坚定地说。

贾纳基哈哈大笑。"在牛肉出现之前，不存在种姓或信仰、阶级或俱乐部、宗教或语言、地区或省份。每个人都是平等的。所有人都是平等的，"她补充道。

"在印度背景下，全素食对穷人、边缘化群体和中产阶级存在偏见，尤其是那些从事体力劳动的人、妇女和成长中的儿童。他们买不起足够的蔬菜和水果，因为它们价格昂贵且营养价值较低，"阿穆说。

"所谓的素食者，喝牛尿和牛奶，每天都吃生牛肉，因为每杯牛奶和尿液中都含有数百万个新鲜的牛细胞。事实上，科学家可以克隆从牛奶和尿液中分离的细胞来产生健康的奶牛后代。UNP 中的一个渴望权力的黑手党延续了吃牛肉是一种罪恶的神话。这个寓言压迫了数百万人，使他们沦为奴隶。"阿伦非常大声地解释了科学事实。

清理完桌子并清洗陶器后，阿伦和贾纳基前往投票站投票，而阿穆则沉浸在史蒂文·平克的《当下的启蒙》中。"书怎么样？"贾纳基在他们回来后问道。"推理严密，引人入胜，"阿穆回答道。"作者引用了数千条相关事实来证明他的论点。事实可以帮助我们理解社会环境的复杂性，加上动机、爱、信任、目标和尊严，事实可以帮助我们过上幸福的生活，"阿穆说。"我同意你的观点，梅耶教授，"阿伦补充道。"这就是为什么计算机不能成为人类。他们了解许多事实，并且能够对它们进行统计分析和解释。他们只剩下骨头，没有任何血肉。而且，他们没有内在的成就动机。" "人类是不同的，"Janaki 坐在 Ammu 旁边的沙发上说道。"从南方古猿到智人，这种成就动机是显而易见的。在智人的旅程中，即使是尼安德特人、鲁道夫人、弗洛勒斯人或纳莱迪人，动机也是一股强大的力量。"

"人类的动机是基于不同层次的需求。首先是生物需求，例如食物和性。当饥饿的时候，人类可以做任何事，成为食人者，就像十八八十四年夏天失事的木犀草号的船长、大副和水手一样。第二十天，在远离南大西洋的救生艇上，船长和另外两人在没有任何食物的情况下杀死了船舱男孩理查德·帕克，并将他吃掉。机舱男孩只有十七岁。计算机不能因为食物或性而杀死任何人，"阿穆解释道。

阿伦和贾纳基看着阿穆。"性刺激所有动物，甚至植物，生存。由于计算机无法与另一台计算机发生性关系，因此计算机的生存取决于人类的决定。"Ammu 进一步分析道。"否则，计算机需要发明另一种比性更高的乐趣，但如果没有动力，这种努力永远不会发生，"贾纳基说。"当人类吃东西并感到满足时，他或她就会考虑安全，而计算机永远不会考虑这种可能性，因为它无法独立思考，"阿伦补充道。"我们人类做事是为了实现和体验。我们想要爱一个人，信任一个亲爱的人，并为他人牺牲自己。许多人有不同的动机，无论如何，它们都是动机，"阿穆解释道。"人们强烈担心强大的人工智能会超越人类、征服人类、消灭人类，"阿伦说。"但人工智能没有需求、目的、目标或成就动机。人工智能不关心自己或他人，因为它没有自己的个性，没有个性，没有尊严，也不会从其行为中得到满足，"贾纳基认为。"瓦斯科·达·伽马抵达卡利卡特，哥伦布登陆美洲。人类登上月球、探索火星、观察星空。但人工智能没有马拉巴尔，没有美洲，也没有星星。"阿穆笑着说。阿伦和贾纳基和她一起笑。阿伦说："如果人类能够为人工智能创造动力，让人工智能能够像数字人类一样成长和繁殖，那么最初的推动力必须来自人类智能。""这是有可能的，"贾纳基说。

经过短暂思考后，阿穆说道："动机是数百万年进化的副产品，人工智能不可能在几年内获得它。在目前的情况下，只有人类才能激励人工智能，这可能需要多年的实验和研究。我们不能仅仅假设未来会发生什么，因为这取决于我们的价值体系。在生物需求之后，价值体系不断发展并与我们的情绪和感受交织在一起。如果创造数字存在是合理的，那么没有人可以否认它。即使是社会的福利也不能凌驾于一个人有动力创造数字存在的独立决定之上。因为那是自由，而且是不可避免的。任何人都不能否认另一个人的自由。"

然后他们喝了咖啡，吃了点心，阿伦就出去了。"我会在晚餐前回来，"他对阿穆和贾纳基说。"梅耶教授，每周，当他在家时，可能是周四和周日，阿伦都会出去寻找他的父亲。自从我们在这里定居以来，他就一直这样做，"贾纳基告诉阿穆。阿穆看着贾纳基。"他多次告诉我他想念他的父亲。他怀念父亲的形象，也没有机会向他学习。当他两岁的时候，他的母亲告诉他，她在她家门口发现了阿伦。她收养了他，并像爱自己的孩子一样爱他。他也爱她，并告诉我马拉蒂·南比亚尔是他的母亲。但有一个空白。他父亲的，"贾纳基说。

"孩子们，尤其是男孩，需要一个父亲的形象。这是一种一直持续到生命终结的渴望，"阿穆补充道。

"阿伦到处搜寻。他走遍了茶馆、餐馆、电影院、鱼菜市场、劳教所、贫民窟、农村、墓地、火葬场、海滩、山站、农田、工厂，甚至寺庙、清真寺、教堂、敬老院等。能力不同的人寻找他的父亲。他梦见了他的父亲，并翻阅了几乎所有的市政记录。不幸的是，他不知道父亲的名字、年龄或其他细节，但他心里有一个父亲的形象，并认为他可能长得像他。阿伦相信有一天他会找到他。他正在尝试开发一款应用程序，利用孩子的 DNA 样本寻找失踪人员。他确信自己会成功，"贾纳基解释道。

阿穆再次陷入沉思。

"那他妈妈呢？"她问。

"阿伦说他不会想念他的亲生母亲，因为他有一个母亲。但他对他遇到的所有女性都非常体贴和尊重。他在每个人身上都看到了他的母亲，"贾纳基补充道。

阿穆和贾纳基讨论了各种事件和问题，并享受彼此的陪伴。"我们不知道原因。有时我们会爱上陌生人。第一次出现就产生了感情和强烈的个人关系。这是一种深刻的感觉，但它没有定义。梅耶尔教授、阿伦和我和你们有同样的感觉，"贾纳基告诉阿穆。"谢谢你，贾纳基，"阿穆说。"我也对你有一种永恒的亲密感。它涉及我的存在、我的感受和我的推理。你们两个已经成为我生命中不可分割的一部分。"

门铃响了。"我是阿伦，"贾纳基说道，他的照片在门上的数码玻璃上闪现。"你好！"贾纳基向阿伦打招呼。"梅耶教授，我正在寻找我从未见过的父亲。有时，我的父母可能会因为一些问题而把我留在一起，他们可能去了很远的地方。但我想念我的父亲，"阿伦看着阿穆说道。"这是自然的。但我相信有一天你会成功。"阿穆回答道。

然后大家就开始做晚饭了。饭后，阿穆、贾纳基和阿伦围坐在沙发上的茶壶旁。贾纳基和阿伦演唱了两首穆罕默德·拉菲的歌曲，即《 Kya Hua Tera Wada》和《 Baharon Phool Barsao》。然后他们请阿穆和他们一起唱歌。他们唱了" Yeh Duniya, Yeh Mehfil"和"Khoya, Khoya Chand"。

"梅耶教授，你的声音很美，"阿伦说。"请为我们唱首歌，"贾纳基向阿穆恳求。然后阿穆唱起了迪德里克之歌，贾纳基和阿伦惊讶地看着阿穆，仿佛完全被她的歌声迷住了。阿伦说："这真是太棒了，温暖人心，同时又令人心碎，尽管我们听不懂这种语言。"

突然，阿伦和贾纳基来到阿穆身边，坐在她的两侧。他们握住她的手并亲吻。

"非常感谢，让我们一起唱吧，"贾纳基说。

他们把手放在她身上。"我们非常爱你，"阿伦说。

然后阿穆又唱了一遍，贾纳基和阿伦的眼里含着泪水。"梅耶教授，我们下周要去新加坡。作为介绍，我们与那里的一所大学有一个人工智能项目，"阿伦说。"我们将在新加坡停留三天，然后返回，"贾纳基补充道。"我们每两个月一次访问新加坡、韩国或日本进行公务。我们邀请您加入我们的新加坡之行，"阿伦说。"我们将立即管理您的护照和签证，"贾纳基说。

阿木看着他们说道："我很乐意和你们一起旅行，但我有两个承诺要遵守。"

一阵长时间的沉默。

"我们以为你会永远和我们在一起，"贾纳基说。

"我永远感激你们俩。和你一起度过的三天是金色的。我不知道如何表达对您给予我的爱和信任的感激之情。你们俩将永远在我心里。我明天早上就要离开，"阿穆说。

阿穆早上就准备好了。贾纳基和阿伦拥抱阿穆并亲吻她的脸颊。

"再见……"阿穆说着，慢慢地走了出去。她原计划前往大约十二公里外的火车站，前往特里凡得琅与阿迪亚会面，然后按照她向拉维的承诺，返回墓地与拉维共度一夜。拉维承诺会见阿迪亚和他的妻子，阿穆希望履行这一承诺。火车原定晚上七点左右。"

阿木拎着小包走着，里面装着两条裙子。早晨的阳光很宜人，她走了一个小时。在路边，她看到一块牌子："弃妇之家"，阿木在门前站了五分钟，然后走进去，关上了门。一座相当大的老建筑，维护得很好，周围也很干净。它有一个花园，阿穆看到公园里有一些中年和老年妇女。阿穆站在花园附近，看着他们修剪植物并四处挖掘。还有安·玛丽亚，但她没有修女的习惯。"安玛丽亚改变了很多，"阿穆自言自语道。"安玛丽亚……？"称为阿穆。阿穆看到安玛丽亚盯着她看，她一动不动地站了几分钟。

"梅耶教授！"安玛丽亚一边跑向她，一边喊道。他们紧紧地拥抱在一起，良久。

"你好吗？"阿木问道。

"我很好。你好吗？"安玛丽亚回应道。

然后他们一起坐在大楼的台阶上。"我在这里已经十八年了。我不再当尼姑已有二十二年了。我离开了会众，所以我不是圣母之女会的成员，"安·玛丽亚说。"你什么时候来？"安·玛丽亚问道。"我四天前被释放，"阿穆说。一阵长时间的沉默。"我常常感到内疚，非常糟糕。我不应该带你去闭关中心并强迫你戴上王冠。对我来说这很愚蠢。我从来没有想过后果，"安玛丽亚说。"忘掉它。我们永远无法挽回失去的一切，"阿穆说。"你是对的。思考已经发生的事情是没有意义的。我们在某些势力面前是无能为力的，"安玛丽亚评论道。"但你现在正在工作，这很好，"阿穆说。"我们开始了。我的第一个同伴就在这里，一个像我一样被遗弃的女人。当我从修道院出来时，我在街上遇见了她。她和我一样怀孕了，无处可去。我们俩去了火车站对面的一个贫民窟，在那里我们找到了一间棚屋。我们在那里做饭，在那里睡觉。早上，我们收集废料、塑料、旧金属、报纸以及我们得到的任何东西，然后将它们出售以维持生计，"安玛丽亚叙述道。

阿姆看着安玛丽亚，看到她明亮的眼睛。她记得她在大学班上是一个活跃、聪明的研究生。她的实地考察项目是最好的。

"这是我的第一个同伴，苏南达。"安·玛丽亚指着花园尽头的一位女士说："我们一起开始的。""苏南达是最年长但最活跃的，"阿穆想。"我们在这里四十八岁，苏南达负责厨房，"安·玛丽亚说。"当她四十岁左右时，她的丈夫把她赶出了家门，娶了一个更年轻的女人。和我一样，她也无处可去，但她已经怀孕六个月了，我们在街上相遇了。她是第一个生产的，没有钱去月子中心。贫民窟里的一些妇女帮助了我们，但那是一个死产。我女儿一个月后就来了，"安玛丽亚补充道。"她在哪？"阿木问道。"安妮塔和我在一起。然后我们又遇到了两个女人，她们都因为年纪大而被遗弃。他们和我们在一起，我们的家庭成长了。我们十一岁了，在原来的地方呆了大约两年。只有四个人可以工作；其他人生病或身体虚弱。有一天，我从废纸上找到了一家德国基金会的地址，并给他们写了一封信。很快我就收到了回复，要求我提交所有详细信息。我们十一名妇女立即注册了一个非政府组织，我们将其称为"*被遗弃妇女之家*"。两个德国人来见我们并进行了长时间的讨论。他们对我们的项目提案非常满意。三个月之内，一切都准备好了，他们帮我们租下了这栋大楼。过去十八年来，我们一直收到艾米莉亚·斯特凡·梅耶被遗弃妇女基金会的资金。五年前他们帮助我们购买了这座建筑，"安·玛丽亚叙述道。

阿木默默地听着她的话。"现在没有人能把我们从这里驱逐出去。这是我们的。"安玛丽亚自信地说。"感情是珍贵的，因为它源于内心。如果你照顾它们，它们就会变绿、停滞，如果你拒绝它们，它们就会枯萎。如果你用爱浇灌它们，它们仍然是生活的一部分，安·玛丽亚也在做同样的事情来克服她生活中的痛苦经历，"阿穆想。铃声响起，通知大家午餐已经准备好了。阿穆注意到他们有一个大餐厅和五张餐桌，每边各有五把椅子。大厅里有两台大冰箱、饮水机和风扇。食物很有营养。"我们有一些牛、兔子、猪和一个小家禽养殖场，所以我们有足够的鸡蛋、肉和牛奶供我们消费。安·玛丽亚表示，*艾米利亚基金会*非常注重保持场所整洁干净，并提供健康营养的食物。"安·玛丽亚说道。"当没有腐败、裙带关系或侵犯权利时，生活就会变得更加轻松和幸福，"阿穆评论道。"你是对的，梅耶教授。人类生活中的大多数悲剧都是由于侵犯人权而发生的。在这里，我们没有仆人，我们做所有的工作。我们之间没有等级之分，每个人都是平等的。我们享受绝对的自由，体验真正的正义。我们不允许任何外部影响，无论是宗教还是政治影响。"安玛丽亚的话很准确。

午餐后，阿穆和其他人一起清洗餐具、盘子和碗碟。然后安·玛丽亚 (Ann Maria) 将她的女儿安妮塔 (Anita) 介绍给了阿穆 (Ammu)。

"安妮塔今年二十一岁，很有绘画天赋。有一个展览厅，你可以在那里看到安妮塔的许多画作。"安·玛丽亚说。

然后她带着阿穆来到大楼底层的一个角落房间。安妮塔陪着他们。阿木看到安妮塔的画感到惊讶。全部都是关于女人——被遗弃的女人——主题、色彩搭配、脸上的表情都很棒。他们在压迫和征服的环境中创造了一种令人痛苦的感觉，并在令人恐惧但令人着迷的生活情境中创造了逼真的感觉。但每幅画都蕴藏着一丝希望——不是隐藏的，也不是明确的。阿姆看着安妮塔的脸。她很安静，也很警惕。"安妮塔又聋又哑，她的心理年龄只有十二岁左右，"安·玛丽亚说。

听到安玛丽亚的话，阿姆虽然感到震惊，但脸上却没有任何反应。

"当我怀孕五个月时，我被逐出修道院。我无处可去。我的父母去世了，我的两个兄弟不想让我住在他们的房子里。我的父母很穷，我的另外两个姐妹是印度北部修道院的修女。我没有可以依靠的资产，"安·玛丽亚说。

"这是一次痛苦的经历。我能理解，"阿穆说。

"许多女性都经历过这种情况。修女们从修道院出来时，会感到不受欢迎。他们一直被天主教社会主流边缘化。他们被遗弃，过着悲惨的生活，没有人类存在的尊严，"安·玛丽亚解释道。

"你过去是，现在仍然是一个坚强的人，"阿穆说。

安·玛丽亚说："那是我一生中最艰难的时期，它使我形成了自己的价值观和优先事项，并帮助我面对现实的生活。"

"我同意你的看法，"阿穆说。

一片寂静。

"女性的力量主要取决于社会的价值体系。对于一名妇女来说，反对一个否认妇女权利、无视她们的平等和正义的社区是一项挑战，"安·玛丽亚解释道。"男性主导的社会不相信女性的尊严。"

"当女性说出赤裸裸的真相时，别人不会相信她们；男性认为女性没有权利说真话，因为对于男性来说，她们是真理的守护者，"阿穆说。

"事实上，边缘化、刑事定罪、性剥削和孤立是针对妇女的武器。妇女面临疏远和无能为力，尤其是修女，这是妇女在天主教徒中面临的主要问题。我满怀期待地来到母院，上级让我每天早上七点到十点帮助主教处理日常的宗教事务。我们的母亲凯瑟琳多年来一直在帮助主教，但当她生病时，我不得不在主教家里做她的工作，"安玛丽亚叙述道。

"作为一名神父，主教是教会的创始人，即圣母之女会。作为它的创造者，他对我们拥有绝对的权威。他也是所有决策机构的主席，他的话就是最终决定。没有人质疑他们。如果你反抗他，你的生活就会变成地狱。他被称为圣人，我也相信他是圣人。我必须在早上七点之前到达他的办公室，协助他做弥撒，在他卧室旁边的私人厨房里准备早餐，清洗他的法衣，熨烫他的衣服。凯瑟琳母亲多年来一直这样做，没有任何抱怨，事实上，她很高兴这样做，因为她可以陪伴他完成所有的国外旅行。"安玛丽亚停了下来，看着阿穆。

她的眼睛闪闪发光，没有任何恐惧或羞耻的迹象。"安·玛丽亚，我理解男性完全统治女性的问题。当你赋予男性统治以精神或政治维度时，它就会变得可怕，而女性则无处可逃，"阿穆反应道。"主教的房子是一座大型两层建筑。主教的主办公室、会议厅、研讨室、主礼拜堂、会议室、餐厅和大约十间客房均位于底楼。早上十点，主教通常在一楼参加他的会议、研讨会和会议。他在食堂与牧师一起吃午餐、茶和晚餐，"安·玛丽亚解释道。"他的私人办公室在一楼，他每天都呆在那里直到早上十点。不成文的规定是，他不应该因为主教正在祈祷、做晨弥撒和吃清淡的早餐而受到打扰。这是一间小办公室，附有一间卧室，卧室的右侧是他的私人教堂，他在那里举行弥撒，除了协助他做日常弥撒的人外，任何人都不允许进入。我被任命到主教办公室协助他每天早上七点举行圣弥撒。他的厨房与办公室左侧的一间小房间相连，房间里装有洗衣机和熨烫设施。第一天过得很顺利，主教和我一起欢笑，讲了很多笑话。当我们在他的私人厨房兼餐厅吃早餐时，他拍了拍我的肩膀几次，"安·玛丽亚说。

阿木看着她，说道："安，我能想象得到。"

"第一天,当我上午十点左右回到修道院时,凯瑟琳修女打电话给我,问我与主教的工作进展如何。我告诉她一切进展顺利,她提醒我主教是我们会众的创始人和主席。她强调我必须遵守他的一切,我答应她我会按照她的意愿去做。第二天,弥撒结束后,我看到主教赤身裸体地在他的房间里走来走去,透过微开的门,一边准备咖啡。我很震惊,以为他可能错误地将门半开着。当他出来吃早餐时,他已经穿戴整齐,并坚持让我每天和他一起吃早餐,就像凯瑟琳母亲从一开始就一直在做的那样。然后他想拥抱我、亲吻我,告诉我我年轻又美丽。"当他们爬上通往一条长廊的楼梯时,安·玛丽亚停了下来。

"第三天,在熨烫衣服时,主教来到我身后拥抱我,双手按在我的胸部。然后他吻了我的脸颊。"

阿姆可以想象当时的情况。"'你看起来聪明又坚强,安,'他说。我浑身发抖。然后他站在我身边告诉我,两年后他可以送我去任何欧洲大学或美国继续深造。然后他说他很想和我发生性关系。凯瑟琳母亲没有问题。他让我考虑他提出的建议,并在第二天通知他我的决定。"安·玛丽亚停下脚步,停顿了一下,补充道:"当我回到修道院时,凯瑟琳修女把我叫到她的床边,告诉我主教是一位圣人,所以我必须遵守他的一切话。"作为我们的创始人和管理机构的主席,他决定了我们的组建、教育、转会、职业、财务资源以及与我们生活相关的一切。我们没有其他选择,也无处可去。她再次要求我完全服从他并按照他告诉我的去做。"

"每天,我都必须去主教家,我的工作地点。第四天,弥撒结束后,甚至在早餐之前,他强行把我抱到床上,强奸了我两次。他喜欢在我面前赤身裸体,而我感到失落、无力和痛苦。我知道我已经失去了尊严和决策权。我陷入了无法逃脱的境地,没有人可以诉说我的痛苦。主教拥抱、亲吻我,并告诉我我很新鲜、很棒,与我发生性关系是一次令人兴奋的经历。然后他给了我一些每天吃的药,并警告我不要给任何人看。那天,他准备了早餐,后来让我陪他去给孩子们讲话,为他们的第一次圣餐做准备。返回修道院时,主教让我回到他家的主食堂与其他神父共进午餐,以便他能把我介绍给他们。"安玛丽亚的态度非常明确。

然后,阿穆慢慢地反应过来,"当男人做出关于她们的所有决定时,女人就失去了自由,甚至包括她们的性选择。"

"我的情况确实如此。很快我就成了主教的性奴隶。我的生殖器成了主教的私人财产。"

安玛丽亚的话语中充满了深深的痛苦。

一个月之内，凯瑟琳修女被转移到教区偏远角落的另一所修道院。临走前，她把我叫到她的房间，哭着说她为主教服务了二十多年。当她年纪稍长时，主教抛弃了她。

"女人变成了性狂手中的玩具，"阿穆说。

"那天，我必须在主教家里的主食堂与主教和神父们共进午餐。那里的每个人都将主教视为圣人，怀着深深的崇敬。他把我介绍给别人，说我是研究生，学习很好，准备出国读博士。他为我感到骄傲，因为我属于他建立的一个会众。因此，我是他精神上的女儿。他说我在主的葡萄园里会有光明的未来。他提醒他们，我每天都在他的神圣弥撒中协助他。所有远道而来的神父修女们都鼓起掌来，对主教表示赞赏。然后他告诉我，我会和高中生谈论童贞的重要性以及在日常生活中追随圣母的重要性。第二天，在床上，他说每个人都喜欢我的外表，并祝贺他让我加入他的会众。"

"在某些日子里，我一到他的办公室，在弥撒之前，他就强奸了我。很多时候，他在领圣餐时亲吻我的嘴唇，"安·玛丽亚抽泣着说道。

"安玛丽亚，你经历了最痛苦的经历，并且默默地承受着痛苦。我知道你无处可逃，如果你告诉别人有关主教的事，没有人会相信你，或者没有人愿意相信你，因为他们认为你作为一个女人，没有权利指控一个男人。权力、地位和金钱是不可能同时战胜的。这就像与上帝作斗争，因为你无处可躲，也无处可逃，"阿穆评论道。

两人走下来，坐在花园里。"每天我都默默地哭泣。我的孤独变成了我的负担，主教用权威束缚了我。我知道他日复一日地剥削我，而性就是他的消遣。两年后，我意识到自己怀孕了，并告诉了他。主教回答说，凯瑟琳修女已经怀孕两次，尽管她经常服用避孕药。主教告诉我，胚胎可以在距离那里五百公里的一家医院进行流产，他认识那里的一些医生。我拒绝堕胎。然后，在修道院里，我告诉母亲我怀孕了，但没有透露怀孕的来源。一周之内，她要求我搬出修道院，并在我面前关上了大门，我就流落街头，"安·玛丽亚叙述道。

"这显示了教会的残暴。没有爱，没有怜悯，"阿穆回应道。

阿穆在乔治主教担任主教的最初几年拜访她的父亲收集现金、捐款和礼物时认识了乔治主教，在凯瑟琳还是新手时也认识了她。成为修女后，凯瑟琳谈到了童贞、圣洁以及效仿圣母的必要性。阿木回忆说，那是她上高中的时候。

"当我回首往事时，我觉得这是一个摆脱永久性奴役的机会，"安玛丽亚拥抱阿穆说道。

"梅耶教授，谢谢您耐心听我讲话。我从未想过会遇见你，一直想告诉你我的故事。我一直在等你。现在我感觉好多了，你帮我把脖子上的磨石去掉，减少了我的愧疚。现在，我感觉轻松了。但我告诉你，天主教会是一个骗局，而主教、神父和修女则使这种骗局永久化。"安玛丽亚的话很尖锐。

阿姆亲吻安玛丽亚的脸颊说："我祝你一切顺利。我喜欢安妮塔，也很欣赏她的画。这个机构改变了我对被遗弃妇女的看法。他们也有自己的生活。你已经证明，你的能力是为了别人，他们的福祉也是你的。"阿穆从花园里的水泥长凳上站起来，继续说道："我需要进化成一个更好的人，这个过程还在继续。"安玛丽亚回答说："我知道，当你战胜命运时，你就成为了胜利者。"

"当你在自己身上看到别人时，你就会改变自己；当你在别人身上看到自己时，你就会爱他们。安玛丽亚，我爱你，"阿穆说。

"梅耶教授，请不要走开；和我们在一起。成为我们中的一员。我们的生活将会很美好。"安·玛丽亚恳求道。

"安·玛丽亚，我得走了。我有两个承诺要遵守，"阿穆说。

"我以为你会永远和我们在一起，"安玛丽亚说。

"再见……"阿姆一边走一边说道。

火车很准时，前往特里凡得琅的旅程很愉快。拉维向她保证，有一天他们会见到阿迪亚和他的妻子，因为阿穆以前从未见过他们。然而，拉维始终未能兑现他的诺言，结婚后，他们也没有机会见面。现在，阿穆想要履行拉维的诺言。她记得二十八年前和拉维一起参观过这座城市。早上九点左右，阿穆到达特里凡得琅。她从火车站乘坐公共汽车前往阿迪亚居住的斯里卡亚姆。从公交车站出来，她走到了他的门口。入口处停满了许多车辆，外面有一大群人在等候，一些警察控制着暴徒。阿穆把自己的全名写在一张纸上，交给看门人，并让他通知阿迪亚，他的嫂子来看他，正在外面等他。警卫让她跟着他，她就往大门走去。当警卫进去时，阿穆在外面等着。

不一会儿，一名衣着优雅的女子带着护卫走了过来。

"我是詹妮弗，阿迪亚的妻子，"她站在门口自我介绍道。

"我是阿穆。"詹妮弗看着她，一阵长时间的沉默。"我是阿迪亚的嫂子，"阿穆站在外面澄清道。

"但阿迪亚从未告诉过我他有一个嫂子，"詹妮弗回答道。

"我的意思是，阿迪亚是我已故丈夫的兄弟，"阿穆澄清道。

"你在说什么？据我所知，阿迪亚没有兄弟。"詹妮弗听起来很恼火。

"我是来见阿迪亚的，"阿穆说。

"他全神贯注于与政治精英的讨论。接下来的三个月你将无法见到他。此外，你需要在联系他之前进行预约，"詹妮弗澄清道。

"我明白了，"阿穆说着，转身要走。

"别回来打扰他。他不想把自己和有前科的人联系在一起，"詹妮弗说。

阿穆感到羞辱，这让他震惊。但她说的是事实，阿穆想。

"守卫，锁上大门，不准任何人进入。"阿穆听到詹妮弗对守卫命令道。

在火车站，阿穆买了一份当地报纸。文章指出："共产党和统一国民党之间正在就组建政府问题进行认真讨论。共产党有六十八个席位，国大党有六十六个，统一国民党在一百四十个席位中占有六个。没有统一国民党的支持，就不可能组建政府。共产党和国会正试图将统一国民党纳入自己的阵营。统一国民党的立场是稳固的，它可以加入共产党，也可以加入国大党。国会已向统一国民党授予副首席部长职位和一个额外的政府职位。巴特博士在住所与阿迪亚和他的妻子詹妮弗讨论了这些进展。

有一趟夜班火车，阿穆在车站等到了十点。第二天，她从那里到达了小镇，想去拉维睡觉的墓地。她乘坐一辆公共汽车经过闭关院，当她到达时，阿穆看到了一大群人，所有的道路都被成千上万的人聚集在那里而堵塞。由于闭关院举行庆祝活动，道路无法通行，巴士无法继续行驶，巴士司机要求所有乘客下车。阿穆可以看到教堂附近的巨大横幅：*"教宗宣布神父。圣埃彭是圣人》*、*《梵蒂冈的仪式》*、*《圣埃彭，为我们罪人祈祷》*、*《圣埃彭，圣母的奉献者》*和*《圣埃彭在保护贞洁和童贞时殉道》*。阿穆花了近一个小时才从人群中走过，在一个角落里，她看到了另一条横幅："*名誉主教最高牧师。活着的圣人乔治博士将带领祈祷，尽管他已经很老了。*"

阿木再次步行一个小时到达一座小镇。她坐公共汽车去墓地。从公交车站出来，她走到拉维睡觉的坟墓前。天色渐暗时，阿穆跪在墓前，亲吻它，并表达了敬意。

"拉维·斯特凡……"她说。"我回来了，正如我所承诺的那样。让我和你一起睡吧，这是我的心，我喜欢把它和你一起埋葬，""阿穆说，跪倒在塌陷的坟墓上。

"拉维，我想和你分享一些好消息。我遇到了我们的 Tejas，就像你一样，他是一个好人，非常成功且有进取心。他有一个充满爱心、受过良好教育、迷人的生活伴侣。你会很高兴见到他们的。"阿穆低声说道，仿佛她在分享一个秘密。

她听到拉维在跟她说话。

突然，阿穆感觉自己就像和拉维一起坐在一艘小独木舟里，漂浮在海洋中，一起前往遥远的土地，日复一日，月复一月，年复一年，光明与黑暗共舞，直至永恒。令她惊讶的是，阿穆看到*库特恩*在独木舟的两侧跳跃。她在每个港口都唱着迪德里克之歌，她能听到拉维的声音；他正在和她一起唱歌。有时，阿穆是乔达摩，拉维是她的戈文达。

阿穆在一个偏远的港口看到了艾米莉亚，她的脸画着，穿着 *Theyyam* 服装，而斯特凡·梅尔就是 Kathivanur Veeran。他们绕过各种*卡武*，人们拿着火把聚集在他们周围，观看他们表演 *Theyyam*，但他们却和阿穆和拉维在一起，这是一个谜。在深海中的独木舟上，阿穆脱掉衣服，赤身裸体。她的身体与遥远星辰的光芒融为一体，仿佛她正在与拉维拥抱并融为一体，成为一个永恒的拥抱。他们已经老了，但他们依然年轻。阿穆伸出双手，就像挂在十字架上一样，拉维抱着她。他到处都带着她；无论他们走到哪里，她都能看到上帝的眼睛，像天空一样广阔，眼睛里有海洋。"我就是那个女人，"阿穆大声哭了三声，她的尖叫声回荡着痛苦与痛苦、悲伤与羞耻、绝望与希望、生与死。然后，阿穆和她心爱的拉维永远睡在一起了。

一个月后，市政工作人员前往墓地埋葬一具废弃尸体。他们在一块大石头和一棵古树的残骸之间发现了一具严重腐烂的尸体。尸体是赤裸的。他们无法将尸体移至当地太平间进行化验验证，因此请了一名医生到墓地证明死因，并鉴定死者的性别和年龄。医生确定死因是自然原因，遗体是一名六十至六十五岁的女性。但他并没有注意到，一具古老的骷髅从下面抱住了腐烂的尸体。

由于尸体被埋在一个塌陷的坟墓里，市政官员指示工作人员不要再挖一个墓坑，而是在腐烂的尸体上堆上松散的泥土。葬礼前，工人们用旧报纸覆盖尸体以示尊重，以免泥土直接落在尸体上。突然，指挥工作的官员大声朗读了小报上的大字："巴特博士宣誓就任首席部长，阿迪亚是他的副手。政治分析家预测巴特博士将在五年内成为总理。"

关于作者

Varghese V Devasia 是孟买塔塔社会科学研究所前教授兼院长，也是塔塔社会科学研究所图尔贾布尔校区的所长。他还是那格浦尔大学 MSS 社会工作研究所的教授和校长。

他获得哈佛大学司法成就证书、印度班加罗尔大学国家法学院人权法文凭、申巴甘努尔圣心学院哲学专业毕业、孟买塔塔社会科学研究所社会工作硕士学位科尔哈布尔希瓦吉大学社会学硕士，那格浦尔大学法学学士、哲学硕士和博士学位。他在犯罪学、惩教管理、受害者学、人权、社会正义、参与性研究方面出版了许多学术参考书，并在同行评审的国内和国际期刊上发表了研究文章。

他是短篇小说集《大眼睛的女人》的作者，由伦敦奥林匹亚出版社出版。浮世出版社出版了他的两部小说《佛陀阿玛耶》和《独身者》。白鹰出版社出版了他的小说《囚徒的沉默》。卡利卡特桑树出版社出版了他的马拉雅拉姆语中篇小说《 *Daivathinte Manasum Kurishuthakarthavante Koodavum*》。他住在喀拉拉邦科泽科德。

电子邮件：*vvdevasia@gmail.com*

www.ingramcontent.com/pod-product-compliance
Lightning Source LLC
LaVergne TN
LVHW041914070526
838199LV00051BA/2605